KB153921

한국 현대시의 시작방법 연구

권혁웅

한국 현대시의 시작방법 연구

권혁웅

■ 책머리에

이 책은 한국 현대시의 詩作 方法에 대한 연구서이다. 우리 시에서 시적 구성의 유형을 찾고, 각각의 유형이 어떻게 개별 시인의 시세계를 형성하는가를 연구하고자 했다. 이 책을 구상하게 된 것은 석사논문(『김춘수 시 연구』, 1995, 본문의 2부)을 쓰고 난 다음의 일이다. 김춘수의 이른바 무의미시를 연구하면서 무의미시가 특정한 作詩法을 토대로 하고 있다는 걸 알게 되었고, 거기서 비롯된 관심이 점차 다른 시인들의 작품으로 확대되었다. 여러 시인들이 활용한 시작의 방법을 찾아 모으면, 그 방식끼리 서로 가깝고 먼 관계의 망을 형성하게 되지 않을까. 그 망의 성격을 살펴 시작의 방법론을 이론화할 수 있지 않을까. 그렇게 된다면 그 갈래와 유형에 따라 시인들이 가진 영향의 수수관계를 알아볼 수 있지 않을까. 나아가 그 영향의 선후를 살펴 문학사의 계보까지 기술할 수는 없을까. 이 연구서는 보잘것없지만 그런 문제의식의 첫 열매이다. 연구 결과에 대해 크게 자신할 수는 없으나, 이후의 작업만큼은 쉬지 않겠다고 스스로 다짐한다.

주제론에 치우친 연구 방식은 내게 그리 큰 흥미를 끌지 못했다. 방법론과 주제론을 나누고, 전자보다는 후자에 집중해온 그 동안의 연구 관행은 그것대로 소중한 것이지만, 방법론에 대한 경시가 치밀한 내재 분석을 생략하는 풍조를 낳았던 것도 사실이다. 사실 詩作에서, 방법론은 방법론에 그치는 것이 아니다. 시인이 특정한 방식을 선택하여 시를 썼다는 것은 그 방식이 자신의 전언을 드러내는 데 가장 효과적이었다는 것을 뜻한다. 다르게 말해서 시인에 의해 선택된 시작 방식에는 이미 시인이 말하고자 하는 전언의 성격이 내재해 있다.

시작의 방법론을 확립하기 위하여 비유의 주요 유형인 은유, 환유, 제유에 주목하였고, 이를 언술 차원으로 확장하여 연구 방법론으로 삼았다.

1부 1장이 특별히 난삽해진 것은 공부가 얕고 재능이 부족하여 그 동안의 이론적 성과를 깔끔히 정리하지 못한 탓이지만, 한편으로는 詩語에서 詩行, 詩聯에까지 이르는 여러 차원의 언술 영역을 통합하여 기술하기 위해 비유적 언술의 이론을 새로이 정립해 보고자 한 과욕 탓이기도 하다. 욕심은 크고 그릇은 작아서, 이 연구서에는 빈틈이 많다. 무엇보다도 문학사의 계보를 기술할 수 있으려면 연구 대상이 통시적으로 확장되어야 한다. 그래서 이 작업은 완결된 것이 아니고 겨우 시작에 지나지 않는다.

연구서에서 다룬 시인이 김춘수, 김수영, 신동엽인데, 이들을 동시대적 단면에서 의미화하기 위해서 김춘수의 전기, 후기시를 생략할 수밖에 없었다. 이를 보완하기 위해 김춘수의 시세계 전반을 2부에서 검토하기로 했다. 여러 해 전의 석사논문을 다시 꺼내어 읽으니, 거칠고 조악한 논리와 문장이 겹으로 걸린다. 그래도 이 연구의 첫 시작이었으니, 기분대로 넣고 뺄 수 없었다. 이 점 양해를 구한다.

시원찮은 안목과 솜씨에 대해 변명하자면, 사과의 말이 이 책의 본문 부피를 넘어설 것이다. 그래도 책을 낼 용기를 갖게 된 것은 문학의 즐거움과 엄정함을 가르쳐주신 최동호, 오탁번, 김인환 선생님 덕택이다. 책을 낸다고 그 분들이 꾸짖지나 않으셨으면 좋겠다. 깊은샘에서 출판을 맡아주셨다. 샘이 깊은 물처럼, 문학의 깊이를 더 숙고하라는 무언의 말씀으로 여기고 싶다.

권혁웅

차 례

■ 책머리에

현대시의 방법

김춘수의 시 세계

Ⅰ부

현대시의 방법

시적 구성의 이론

1. 연구 목적 및 방법

이 논문은 한국 현대시의 詩作 方法에 관한 연구이다. 시인이 어떤 구성 방식을 활용해서 시를 짓는가를 검토하여 시적 구성의 유형을 확립하고, 각각의 구성적 유형이 어떤 시적 구조를 낳는가를 연구하고자한다. 시의 구성은 한 편의 시를 이루는 언술 차원에서 논의되어야 한다. 언술의 차원에서만 전언의 맥락과 전언을 둘러싼 상황을 두루 검토할 수 있으므로, 詩作을 통한 시적 구성에 대한 연구는 시적 언술의 구조화 연구로 확장되어야 한다. 시작 방법의 연구를 위해 이 논문에서는 비유의 주요 유형인 은유, 환유, 제유에 주목하였다. 은유, 환유, 제유는 어휘 차원에서만 생성되는 것이 아니다. 한 시인이 이 셋을 시에서 구사할 경우, 그것을 단순히 수사적 차원의 활용이라고 볼 수만은 없다. 은유, 환유, 제유가 생성되는 원리는 독자적인 것이며, 이 원리가 시를 구성하는 데 투영되기 때문이다. 이 셋을 이루는 本有 개념이 시를 구성하는 언술의 차원에서도 관찰된다. 그래서 이 논문에서는 은유, 환유, 제유가 생성되는 원리를 시적 想像力의 구조화 원리로 간주하였다.

하지만 은유, 환유, 제유를 언술 차원에서 다루기 위해서는 수사학의 긴 역사를 우회해야 한다. 은유, 환유, 제유에 대한 견해가 통일되어 있지 않고 이를 언술 차원에서 다룬 논의도 확립되어 있지 못한 상태이기 때문이다. 그래서 먼저 은유, 환유, 제유에 대해 중요하다고 생각되는 논의를 검토하였다. 아리스토텔레스, 퀸틸리아누스, 중세 시대의 은유, 니체, 레이코프와 존슨의 개념적 은유, 휠라이트의 병치 은유, 야콥슨의 은유와 환유, 쥬네트의 은유와 환유 비판, 뮈 그룹의 제유 등을 비판적으로 검토하였다. 은유는 고전 수사학에서 현대 수사학으로 이행하면서 수다한 수사적 목록을 정복하며 영토를 넓혀가고 있다. 은유와 맞짝을 이루는 환유 역시 그 수사학적 생성 원리와는 무관한 채로, 중요한 지위로 부상하였다. 그러나 수사적 의미의 환유와 현대시에서 언급되는 환유적 사고는 무관한 것이다. 이 논문에서는 환유가 본래의 수사학적 생성 원리와 무관한 개념으로 다루어지는 것에 찬성하지 않는다. 환유가 산출되는 수사적 방식이 시적 사고의 방식과 만날 수 있어야만 그것을 환유적이라 부를 수 있다고 본다. 또 이 논문에서는 제유를 환유의 일종으로 보는 견해에도 찬성하지 않는다. 제유가 생성되는 원리는 환유와는 매우 다르다. 이 논문에서는 은유와 환유만이 아니라, 제유 역시 언술 차원에서 중요한 구성의 원리로 간주할 수 있다고 보았다.

다음으로 이들을 언술 차원에서 다루기 위해 연구의 기본 단위를 설정하고자 했다. 한 편의 시는 시어, 구와 절, 문장, 행과 연 사이의 상호작용을 통하여 이루어진다. 이것들이 同型의 방식으로 구조화되어 있으므로, 이들을 연구하기 위해서는 계층화된 개념을 설정할 필요가 있다고 판단되었다. 은유, 환유, 제유의 사고 방식이 시적 언술의 차원에서 어떻게 드러나는가를 연구하기 위해서는 언술을 계층화된 하위 개념으로 상세화할 필요가 있다. 은유, 환유, 제유는 어휘에서 句와 節, 문장, 행과 연에 이르기까지 폭넓게 관찰된다. 따라서 이들이 언술에 미치는 영향의 정도는 일종의 場 개념으로 설명될 수 있다. 言述의 場 곧 複數化된 언술의 영역을 기술하기 위해 이 논문에서는 다음과 같이 시적 언술의 영역을 나누었다.

일차적 층위 : 연 혹은 문장 이상의 단위에서 관찰되는 언술의 영역
이차적 층위 : 행 혹은 구와 절 단위에서 관찰되는 언술의 영역
삼차적 층위 : 시어 단위에서 관찰되는 언술의 영역

　이러한 언술의 영역에 대한 기술을 토대로 시적 구성의 방식을 은유적, 환유적, 제유적 구성으로 가르고, 이들을 다시 둘로 나누어, 도합 여섯 가지 구성의 유형을 산출하였다. 은유적인 중첩과 병렬, 환유적인 연접과 이접, 제유적인 구체화와 일반화의 방식이 그것인데, 이들은 은유, 환유, 제유의 本有 개념에서 도출한 구성의 유형이므로, 수사적 의미의 은유, 환유, 제유와도 유관하다. 곧 각각의 구성적 유형에서 흔히 수사적인 은유, 환유, 제유가 관찰된다. 구성의 유형을 確定하는 과정에서 버크, 호옥스, 바르트, 메츠, 로지, 슈레트, 토도로프, 리쾨르, 소쉬르, 워프, 트리어, 바이스게르버, 기퍼, 로트만, 링크, 푸코, 카이저, 크루저, 브레딘, 에코, 리챠즈, 블랙 등의 논의를 부분적으로 참조하였고, 국내 저작으로는 김인환, 김상환, 박성창, 정시호의 저서와, 정원용, 김욱동, 한국기호학회가 각각 쓰거나 엮은『은유와 환유』를 주로 참조하였다.

　김춘수, 김수영, 신동엽의 시들은 위에서 밝힌 여섯 가지 유형을 고르게 보여주는 텍스트라고 판단하였다. 각 시인들의 시적인 지향이 어떤 것인가를 짐작하기 위해, 먼저 2장에서 각 시인의 시론을 간략히 검토하였다. 시적 구성을 이루는 각각의 유형을 3장에서 자세히 살폈다. 김춘수의 시는 은유적인 중첩과 환유적인 연접의 방식으로, 김수영의 시는 은유적인 병렬과 제유적인 구체화의 방식으로, 신동엽의 시는 환유적인 이접과 제유적인 일반화의 방식으로 구성되어 있다. 각각의 시인이 보여주는 시적 언술의 특징과 시적 구조는 이런 방식들을 활용하여 성립된 것이다. 이 점을 화자의 특성과 연관지어 4장에서 검토하였다. 특징적인 점은 김춘수의 시에서는 제유적 구성방식이, 김수영의 시에서는 환유적 구성방식이, 신동엽의 시에서는 은유적 구성방식이 거의 보이지 않는다는 점이다. 이런 특징이 개별 시인의 시세계와 어떤 관련을 맺는지를 본론에서 상술하였다.

　이 논문에서는 각 시인들의 史的 변모과정을 살피지 않는다. 시를 짓는 데 활용되는 구성상의 특질이 각 시인들에게 어떻게 나타나고 있는가에 주안점이 있기 때문에, 개별 시인들의 시세계가 어떻게 변화하였는가는 검토의 대상이 아니다. 그래서 해당 시인들이 作詩의 방법론을 확립한 시기로 대상 시들을 한정할 필요가 있다. 김춘수의 시는『打슈

調·其他』(1969)에서 『비에 젖은 달』(1980)에 실린 시들을 대상으로 삼는다. 김춘수는 세 시인 가운데 가장 오래 시를 썼고, 詩作의 역사가 긴 만큼 여러 차례 변모의 모습을 보여주었다. 첫 시집 『구름과 薔薇』(1948)에서 『꽃의 素描』(1959)까지는 이미 많은 논자들에 의해 그 功過가 정리되었다고 생각된다. 김춘수는 이후 10년만에 『타령조·기타』를 출간하였는데, 이 시집에서 새로운 변모의 기미가 보인다. 그는 이후 10여년간 이른바 <무의미시>를 제작하고 이론을 정립하는 데 힘을 기울였다. 김춘수는 『라틴點描·其他』(1988) 이후의 시들에서 또 다른 변모의 모습을 보인다. 이후 시들 역시 대상에서 제외하였다. 김수영의 시는 40년대에 지어진 8편을 제외한 시 전체를 대상으로 삼는다. 흔히 김수영의 시가 4·19를 계기로 변화를 보인다고 평가하지만, 시적 구성방식에는 거의 변화가 없다고 판단되었다. 김수영은 50-60년대에 기복 없이 꾸준히 시를 썼는데, 이런 지속성은 일관된 시작 방법론을 바탕으로 한 것이라 생각된다. 신동엽의 시 역시 全篇을 대상으로 삼는다. 신동엽은 등단 이후 10년만에 타계하였고, 그 사이에 시세계를 바꿀만한 어떤 계기도 보이지 않았다. 다만 미발표 시들을 모은 『꽃같이 그대 쓰러진』(1988)은 대상에서 제외하였다. 등단 이전의 습작시들이어서 작품의 수준이 현격히 떨어진다고 판단하였기 때문이다.

1) 은유, 환유, 제유에 대한 검토

은유, 환유, 제유에 대한 견해는 논자마다 상당히 다르다. 수십 개로 세분화한 수사법의 한 항목으로 이 셋을 다룬 논의에서 출발하여, 제유를 환유에 포함시켜 은유와 환유만으로 수사적인 갈래를 통합한 논의가 있고, 은유만으로 비유 일반을 설명하는 논의도 있으며, 은유와 환유를 제유의 일부로 보는 논의도 있다. 은유를 낱말의 차원에서 보느냐, 언술의 차원에서 보느냐에 따라서도 이론적인 전개는 크게 달라진다. 전자가 전통 수사학의 견해라면 후자는 현대의 이른바 신수사학의 견해라 할 수 있다. 은유는 또한 오랫동안 철학적인 탐구의 대상이어서 논의가 복잡해졌다. 현대에 들어와 은유와 환유는 구조주의 방법론으로 활용되면서 인문학의 여러 분야에 적용되고 있기도 하다. 이 때문에 은유, 환유, 제유에 대한 개별적인 정의도 통일되어 있지 못하다. 특히 환유와 제유를 어떻게 정의하고 구별할 것인가에 대해 상이한 견해가 제출되어 있다. 은유, 환유, 제유에 대한 일치된 정의가 없고, 이 논문의 관점에 부합하는 이론도 제출되지 않았으므로, 중요하다고 생각되는 몇몇 논의를 검토한 후에 이 논문의 방법론을 서술하려 한다. 그 과정에서 이 논문의 시각과 겹치거나 엇갈리는 부분이 있으면, 좀더 상세한 검토와 비판을 행하고자 한다.

A. 아리스토텔레스에서 중세까지의 은유

은유metaphor는 고대 수사학에서부터 중요하게 다루어졌다. 아리스토텔레스는 『시학』에서 은유를 명칭의 전용으로, 즉 "어떤 사물에다 다른 사물에 속하는 이름을 轉用epiphora하는 것"으로 정의하였다.[1] 그는 은유의 종류를 넷으로 나누었는데, 명사를 ① 類에서 種으로, ② 종에서 유로, ③ 종에서 종으로, ④ 유추에 의하여 (다른 명사로) 대치하는 것이 그것이다.[2]

①과 ②는 전통적으로 제유로 알려져 있는 것이다. 아리스토텔레스가 ①과 ②의 예로 든, "여기 내 배가 서 있다"(<서 있다>는 <정박해 있다>를 대신한 말), "오디세우스는 실로 만 가지 선행을 행하였다"(<만 가지>는 <다수>를 대신한 말)에서 보이는 문장의 대치는, 유와 종의 자리바꿈에서 파생된 말이므로 제유라 보아야 한다. 아리스토텔레스는 아직 환유와 제유의 개념을 몰랐던 셈이다. 환유와 제유는 그의 은유 개념 속에 미분화된 상태로 포함되어 있다. 그는 이 가운데 ④ 유추의 방법을 가장 생성적인 것으로 보았다. "유추에 의한 전용은 A에 대한 B의 관계가 C에 대한 D의 관계와 같을 때 가능하다. …예컨대 잔(B)이 주신 디오니소스(A)에 대하여 가지는 관계는 방패(D)가 군신 아레스(C)에 대하여 가지는 관계와 같다. 따라서 잔을 <디오니소스의 방패>(A+D)라고 말하고, 방패를 아레스의 잔(C+D)이라고 말할 수 있을 것이다."[3] 이러한 중첩은 다른 방법으로 사용되기도 한다. "어떤 사물에 속하는 명칭

1) 아리스토텔레스, 『시학』(21장), 천병희 역, 삼성출판사, 1982, 380면.
2) 같은 면.
3) 같은 면.

을 부여함과 동시에 그 명칭에 고유한 속성의 하나를 부정하는 방법"으로, "<술 없는 잔>"(=방패)과 같은 은유가 파생될 수도 있다.4) 아리스토 텔레스는 사물의 명칭을 다른 사물로 대치하는 모든 수사적 활용을 은유라는 이름으로 묶었다. 그는 은유의 지나친 사용이 의미의 모호함을 초래한다고 보았지만, 은유 자체의 생성적인 면을 부정하지는 않았다.

퀸틸리아누스Quintilianus는 은유를 다음의 네 가지로 구별하였다. ① 무생물에서 생물로('적'을 '칼'이라 부르는 경우); ② 생물에서 무생물로 (언덕의 '이마' the 'brow' of a hill); ③ 무생물에서 무생물로(그는 '함대에게 고삐를 주었다' gave his fleet the rein); ④ 생물에서 생물로('카토가 스키피오에게 짖어댔다' Scipio was barked by Cato).5) 퀸틸리아누스 역시 아리스토텔레스를 이어, 은유를 명칭의 전이로 보고 있음을 알 수 있다. 고대의 수사학에서 은유는 적극적인 의의를 갖지 못했다. 그것은 사물의 본래 의미가 아니며, 다만 그 의미의 이면을 장식적으로 보여주는 것이어서, 진리 파악의 수단이 되지 못하는 것으로 간주되었다. 은유는 다만 "특별한 장식적인 '효과들'을 위하여 문장가에게 유용한 약간 수상쩍은 방안"일 뿐이었다.6)

중세 기독교 사회에서는 가시적인 세상과 불가시적인 신 사이에 은유적인 관련을 유추하고자 하였다. 기독교적인 인간은 세상에서 신의 손길을 느낀다.7) 그래서 중세 기독교인의 사고는 그 자체로 은유적인 사고였다. 시인의 임무는 "궁극적으로 신의 뜻을 발견하려는 것이며, 그의 은유들은 그 목적을 달성하기 위한 수단이다. 그런고로 기독교의 세계에서는 고전주의적인 수사학자들이 받아들여질 수 있었다."8) 다르게 말하자면, 중세의 수사학은 기독교 해석학의 하위 학문으로 존속될 수 있었다. "수사학은 기독교의 보증을 받아, 합법적으로 고대로부터 서양의 기독교 사회 속으로(따라서 근세 사회 속으로) 건너올 수 있게 된다."9)

---

4) 같은 면.
5) 호옥스T. Hawkes, 『은유』, 심명호 역, 서울대 출판부, 1986, 18면.
6) 같은 책, 21면.
7) "창세로부터 그의 보이지 아니하는 것들 곧 그의 영원하신 능력과 신성이 그 만드신 만물에 분명히 보여 알게 되나니 그러므로 저희가 평계치 못할지니라"(로마서 1장 20절)
8) 호옥스, 앞의 책, 25면.
9) 롤랑 바르트R. Barthes, 「옛날의 수사학」, 김성택 역, 김현 편, 『수사학』, 문학과지성사, 1985, 42면.

중세에 이르기까지 수사학자들은 서로 다른 문채를 구별하고 상세화하는 데 힘을 기울였다. 수사적 항목의 폭발적인 증가는 논의의 공소함을 불러올 수밖에 없다. 그것들을 묶어줄 전체의 틀이 무너지는 결과를 초래하기 때문이다. "이러한 분류에 대한 집착은 대개의 경우 수사학에 대한 비판과 혐오의 주된 원인을 이룬다. 왜냐하면 분류에 대한 열의는 언제나 여기에 공감하지 않는 사람에게는 무의미하고 무용해 보이기 때문이다."10) 근대에 들어 그와 상반되는 움직임, 즉 다양한 수사적 갈래들을 통합하려는 움직임이 있는 것은 이런 연유에서인 듯 하다. 은유 중심의 논의가 활발해지는 경향을 단순화의 경향이라고 부를 만 하다. 은유 중심으로 수사적 갈래를 통합하려는 논의는 결국, 아리스토텔레스의 견해로 회귀하는 방식이 되는 셈이다.

B. 니체, 레이코프 & 존슨, 휠라이트의 은유

니체Nietzsche는 우리의 세계 인식이 은유적인 것이라고 말했다. "니체에게서 은유는 최초의 신체적 접촉에서부터 일어나는 현상이다. 대상이 일으키는 생리적 자극을 수용할 때 이미 신체는 그 자극을 은유적으로 해석하며, 이 해석에서 비롯되는 지각과 언어는 그 해석에 대한 은유적 재해석이자 재왜곡의 과정에 불과하다. 은유적 해석과 가상은 있는 그대로의 사물과 일치하지 않으며, 그런 한에서 인간의 언어는 기원에서부터 실재를 있는 그대로 반영해본 적이 없다. 따라서 진리란 허구에 불과하다."11) 모든 언어의 母根을 이루는 말은 신체적 접촉에서 파생된 말이다. 여기에서부터 은유적인 왜곡이 일어난다.

> 진리란 무엇인가? 은유와 환유와 의인화로 이루어진 기동부대이다. 요컨대 그것은 사람들의 관계가 집적된 것으로서 시적이고 수사적으로 강화되고 변형되고 꾸며져서 오래 쓰이다가 결국 한 나라 안에서 고정되고 전범이 되고 결속된, 사람들 사이의 관계의 총화이다. 진리란 그것이 환상이라는 것을 잊어버린 환상이며, 아무 느낌도 주지 못하는 낡은 은유이다.12)

---

10) 박성창, 『수사학』, 문학과지성사, 2000, 86면.
11) 김상환, 『해체론 시대의 철학』, 문학과지성사, 1996, 238면.
12) Nietzsche, *Essays on Metaphor*, Whitewater, Wisconsin: The Language Press, 1972, p. 180.(정원용, 『은유와 환유』, 신지서원, 1996, 9-10면에서 재인용. 원문을 다시 번역했음)

니체에 따르면 모든 개념적 언어는 결국 은유적인 대체의 결과인 셈이다. 개념들의 진리치는 부정될 수밖에 없으며, 존재와 언어 사이에는 근본적인 단절이 있다. 은유적인 전이는 비논리적인 비약과 단절의 역사를 자기 안에 숨긴다. 니체의 이러한 언급은 모든 언어가 가진 은유적 성격을 지적하고 있는 말이라 하겠다.

레이코프G. Lakoff와 존슨M. Johnson도 은유가 세계를 인식하는 방식이라고 보았지만, 이들에게서 은유는 진리를 왜곡하는 것이 아니라 깨닫게 하는 것이다. 저자의 은유론은 어휘나 언술 차원의 은유론이 아니라, 개념의 은유론이다. 우리가 체험을 구조화하면서, 은유적인 개념의 도움을 얻어 개념과 경험을 일치시킨다는 것이다. 우리는 세계와 상호 작용 하면서 世界像을 창조해 가는데, 이때 은유적 개념은 "하나의 경험을 다른 경험에 의하여 부분적으로 구조화하는 방식"이 된다.13) 우리는 은유적 개념을 활용하여 체험적인 게슈탈트를 만들어간다. 저자는 은유를 지향적 은유, 존재론적 은유, 구조적 은유 등으로 유형화했으며, 그것이 어떻게 복잡한 구조의 체계를 생성하는가를 보여주었다. 저자는 환유를 은유와 구별하였다. "은유와 환유는 다른 종류의 과정이다. 은유는 주로 하나의 사물을 다른 사물에 의하여 인식하는 방식이어서, 그것의 주요한 기능은 이해이다. 반면에 환유는 우선적으로 지시적인 기능을 갖는다. 말하자면 환유는 우리로 하여금 하나의 실체로 다른 실체를 대신하여 쓸 수 있게 해준다."14) <햄 샌드위치>라는 말로 그것을 먹는 사람을 대신할 때, 그것은 "의인화된 은유의 실례가 아니다. 우리가 햄 샌드위치에 사람의 특질을 부여함으로써 햄 샌드위치를 이해하는 것이 아니기 때문이다. 대신에 우리는 어떤 실체와 관련된 다른 실체를 지시하기 위해 그 실체를 사용하고 있다."15) 은유는 사물을 <이해>하기 위해 다른 사물의 관점에서 한 사물을 이해하는 방식이고, 환유는 한 사물을 <지시>하기 위해 다른 사물을 대신하는 것이다. 은유와 마찬가지로 환유도 체계적이며 어느 정도 이해의 기능을 가지고 있다. 레이코프

---

13) George Lakoff & Mark Johnson, Metaphors We Live By, Chicago: The Univ. Chicago Press, 1980, p. 77.
14) Ibid., p. 36. 이 글에서 저자는 제유를 환유의 특수한 경우로 포함하여 논의하고 있다.
15) Ibid., p. 36.

와 존슨 역시 은유와 환유를 인식의 주요한 두 방식으로 간주하고 있다.16)

휠라이트P. Wheelright는 은유의 종류를 둘로 나누었다. 그는 전통적 개념의 은유를 치환은유epiphor라 부르고, 이것을 병치은유diaphor와 구별하였다. "전자가 비교를 통해 의미를 넘어서거나 확산하는 일을 대표한다면, 후자는 병치juxaposition와 통합synthesis에 의해 새로운 의미를 창조하는 일을 대표한다."17) 치환은유의 근본적인 목표는 "비교적 잘 알려져 있거나 구체적으로 알려져 있는 것(매개)과 훨씬 더 가치 있고 중요한 것이지만 잘 알려져 있지 않거나 막연하게 알려져 있는 것(취의)과의 유사성을 표현하는 것이다."18) 서로 비슷하지 않은 듯이 보이는 사물의 유사성을 발견함으로써 숨겨진 의미를 드러내 보여주는 것이 치환은유의 기능이다.

병치은유는 어떤 특정한 경험들을 은유적으로 관통하는 원리가 있을 때 발생한다. 서로 다른 이미지나 개념이 병치되면서 새로운 의미론적 요소가 생겨난다. "병치 은유의 근본적인 가능성은 새로운 특질과 의미를 만들어내는 광범위한 존재론적 사실에 놓여 있다. 그것은 지금까지는 묶여지지 않은 요소들을 결합하여 새로운 존재에 이르게 만든다."19) 그래서 그는 "치환은유의 역할은 의미를 암시하는 데 있고, 병치 은유의 역할은 존재를 만들어내는 데 있다"20)고 말했다. 결국 병치은유는 레이코프와 존슨이 말한 존재론적 은유와 가까운 셈이다. 휠라이트는 에즈라 파운드의 「지하철 정거장에서」를 병치은유의 예로 들었는데, 이

---

16) 이 책에서는 환유가 충분히 언급되지 않았다. 뒤에 레이코프는 *Women, Fire, and Dangerous Thing: What Categories Reveal about the Mind*, Chicago Univ. Press, 1989 에서 일곱 가지 환유 모델을 제시하였다. 1) 사회적 고정 관념; 2) 전형적인 사례; 3) 이상적인 것; 4) 모범적인 것; 5) 生成源; 6) 하위 모델; 7) 두드러진 사례가 그것이다.(김욱동, 『은유와 환유』, 민음사, 1999, 204~207면 참조) 그의 환유 이론은 제유를 포괄하고 있는 것이어서, 이 논문에서는 받아들이지 않았다. 제유를 별항으로 설정한다면, 위 모델의 거의 전부는 제유의 모델이 되어야 한다. 또한 다른 많은 환유적인 예들이 위 모델로 설명될 수 있는 것도 아니다. 1장 1절 3항의 환유의 예 가운데 많은 부분은 위 모델에 포섭되지 않는다. 중요한 것은 환유가 성립하는 생성원리이다.

17) P. Wheelright, *Metaphor & Reality*, Indiana Univ. 1973, p. 72.

18) *Ibid.*, p. 73.

19) *Ibid.*, p. 85.

20) *Ibid.*, p. 91.

예는 은유의 예로 적절해 보인다. 위 시는 하나가 다른 하나의 은유적 표현으로 간주될 수 있다.[21]

하지만 병치은유를 인정한다고 해도 그가 들고 있는 다른 예들에서는 은유적인 요소를 추출하기 어려운 것으로 보인다. 은유에 병치적 요소가 없는 것은 아니나[22], 그 예를 지나치게 확대 적용할 수는 없다. 휠라이트가 든 예를 검토해 보겠다. 첫째, 휠라이트는 오든의 시, 「로마의 멸망」의 마지막 부분을 병치은유의 예로 들었는데,[23] 이것은 단순히 진술의 이미지화일뿐이다. 이를 서술적인 이미지라 부를 수는 있어도, 여기에서 야기되는 효과("멀리 떨어진 순록들이 무엇인가를, 즉 로마의 패망이 암시하는 것이 가능한 인간의 조건과도, 평안함과도 다른 것임을 표상한다는 것"[24])가 이전의 시행들과 은유적인 관련을 맺는 것은 아니다. 이 시행을 병치은유로 본다면, 이미지를 통해 나타난 모든 진술(혹은 범박한 은유적 성격을 가진 모든 진술)을 병치은유로 간주해야 할 것이다. 다음으로 휠라이트는 이집트 피라미드 텍스트에 있는 고대의 시와 『도덕경』의 예를 들었는데, 이 역시 병치은유라 보기 어렵다. 두 작품은 여러 개의 치환은유를 단순히 늘어놓은 것에 지나지 않는다. 다시 말해 병치은유가 아니라, 은유의 나열일 뿐이다. 매개어들이 교차하는 자리에서 은유적 효과가 생겨나는 것이 아니기 때문이다. <나는 A이고, B이고, C이다>라는 은유는 세 가지 치환은유를 등위적인 접속어 <그리고>로 이은 것이다. 만일 병치은유가 되려면 A, B, C의 세 은유가 교차하면서 생성되는 어떤 것이 있어야 한다. 병치된 이미지들 사이에서 은유적 효과가 발생해야 하는 것이다.[25] 셋째로, 리차드 알딩튼, 「새끼사슴이 처음 눈을 본다」의 예이다. 내용만 보면 병치은유의 요소가

---

21) 「지하철 정거장에서」란 시에서 보이는 은유는 두 개의 시행(혹은 언표) 사이에 맺어진 은유이다. 이 논문의 관점에 의하면, 이 시는 은유적인 중첩에 해당한다. 논문의 3장 1절 1항 참조.

22) 이 논문이 취하고 있는 구성적 요건으로서의 은유 역시, 일종의 병치인 셈이다. 두 言述의 영역이 맺고 있는 은유적 관계에 집중하는 것이기 때문이다. 문장 차원에서도 분명히 은유적인 관계는 발견될 수 있다. 문제는 모든 문장이나 시행 사이에 병치적 요소가 발견되지는 않는다는 데 있다. 언술의 영역에 관한 논의는 1장 1절 2항 참조.

23) *Ibid.*, pp. 86-87.

24) *Ibid.*, p. 87.

25) 이 논문의 관점에 따르면 이런 교차가 은유적인 병렬을 낳는다. 3장 1절 2항 참조.

있는 듯 한데, 사실은 제목과 본문 사이에 치환은유적 관련을 맺은 시이다. 이 시의 경우, 본문 전체는 제목과의 연관 아래서만 은유적 성격이 검토될 수 있다. 따라서 이 역시 치환은유의 예가 된다.

그럼에도 불구하고 휠라이트의 병치은유는 은유의 생성적인 면을 언술 차원에서 검토한, 중요한 논의로 보인다. 특히 김춘수의 서술적 이미지는 병치은유의 중요한 실례로 간주될 수 있다.26)

C. 야콥슨의 은유와 환유

야콥슨R. Jakobson은 은유와 함께 환유의 중요성을 강조하였다. 그의 선구적인 통찰 이후에, 은유와 환유를 두 축으로 삼는 견해가 일반화되었다. 야콥슨은 문장 구성의 두 축을 결합의 축(통합체)과 선택의 축(계열체)이라 불렀고, 전자를 환유에 후자를 은유에 연결지었다. "화자는 단어들을 선택하고 그것을 그가 사용하는 언어의 구문체계에 따라 결합하여 문장을 만든다. 문장 역시 같은 방식으로 결합되어 언표가 된다."27) 하나의 문장을 이루는 각각의 어휘들은 유사 어휘들 가운데 선택된 것이며, 하나의 문장은 그렇게 선택된 어휘들이 인접한 구문체계에 따라 결합된 것이다. 선택의 축은 유사성의 원칙에 따라, 결합의 축은 인접성의 원칙에 따라 배열된다. 문장구성의 차원에서 보면, 선택의 축은 非顯前의 것이며 결합의 축은 顯前의 것이다. 선택/결합을 은유/환유의 이항대립과 동일시하면서, 야콥슨은 예술의 두 가지 경향을 일반화할 수 있었다. 낭만주의·상징주의/ 사실주의, 초현실주의/ 입체파, 영화예술에서의 (은유적) 몽타주/ (제유적) 클로즈업·(환유적) 배경 등의 대비가 그것이다.

야콥슨에 따르면 "그 동안의 시적 비유에 대한 연구는 주로 은유에 대해 이루어졌고 환유적인 원리와 깊이 관련된 이른바 사실주의 문학은 여전히 해석되지 못하고 있다."28) 시에서 은유가 환유보다 더 중시된

---

26) 홍문표는 『현대시학』, 양문각, 1987, 158-159면에서 김춘수의 시를 병치은유의 중요한 예로 들었다.

27) R. Jakobson, *Language in Literature*, edit. by Kristina Pomoraka & Stephen Rudy. Harvard Univ. Press, 1987, p. 97.

28) *Ibid.*, p. 90. 환유를 제유와 분리하면 시사적 유형도 야콥슨의 논의와는 다르게 나타난다. 곧 사실주의 문학의 특성은 제유의 개념에 내포된 특성이다. 버크는 「네 가지 비유법」에서, 은유는 <관점>, 환유는 <환원>, 제유는 <재현>이란 용어로

것은 시에서의 유사성이 결합의 축에서도 반영되어 있기 때문이다. 야
콥슨은 "시에서는 유사성이 인접성 위에 겹놓인다. 따라서 등가성이 연
속체를 구성하는 장치로 승격된다"고 말했다.[29) 시에서는 유사성에 의
한 선택의 원리가 인접성에 의한 결합의 원리와 결합한다. <내 마음은
호수>라는 문장은 인접성의 원칙에 따라 배열된 것이지만, 이 문장을
이루는 마음과 호수는 유사성에 따른 등가의 자리를 가지고 있다. 의미
적 유사성이 위치적 인접성의 축에 반영된 셈인데, 야콥슨은 이를 "시
에서는 등가의 원리를 선택의 축에서 결합의 축으로 투영한다"고 표현
했다.[30) 로지D. Lodge는 야콥슨의 두 축을 다음과 같이 정리했다.

은유 METAPHOR	환유 METONOMY
계열체 Paradigm	통합체 Syntagm
선택 Selection	결합 Combination
대체 Substitution	[없음]조직 [Deletion]Contexture
인접성 장애 Contiguity Disorder	유사성 장애 Similarity Disorder
조직 결함 Contexture Deficiency	선택 결함 Selection Deficiency
연극 Drama	영화 Film
몽타주 Montage	클로즈업 Close-up
꿈의 상징화 Dream Symbolism	꿈의 압축과 전위
	Dream Condensation & Displacement
초현실주의 Surrealism	입체파 Cubism
시 Poetry	산문 Prose
서정시 Lyric	서사시 Epic
낭만주의와 상징주의 Romanticism	사실주의 Realism & Symbolism[31)

대체할 수 있다고 말했다(케네스 버크, 「네 가지 비유법」, 석경징 외 편, 『현대
서술이론의 흐름』, 솔, 1997, 151면). 은유는 한 사물을 다른 사물의 입장에서 보
는 방법이므로 관점이라는 용어로 대치될 수 있고, 환유는 추상적이고 무형적인
것을 구체적이고 유형적인 것에 입각하여 말하는 것(곧 추상화의 과정을 역으로
거슬러 가는 것)이므로 환원이라는 용어로 대치될 수 있다는 것이다. 제유가 재
현인 것은 부분(혹은 종)이 전체(혹은 유)를, 전체가 부분을 나타내는 방식이기
때문이다. 소우주microcosm와 대우주macrocosm가 동일하다는 형이상학적 주장,
사회 기구가 전체 사회를 대표한다는 정치 이론, 사물의 성질을 감각을 통해 판
단하는 인식의 방식, 작품의 내용이 실제 세계를 드러낸다고 보는 예술적 시각
역시 제유적 재현이다. 그러므로 사실주의 문학의 기본적 입지가 (환유가 아니라)
제유에 있다고 추론할 수 있다. 이 논문에서 다룰 김수영과 신동엽의 시가 제유
적 구성에서 공통점을 갖는 이유도 이와 다르지 않다.

29) *Ibid.*, p. 127.
30) *Ibid.*, p. 61.
31) David Lodge, *The Modes of Modern Writing*, Edward Arnold, 1977, p. 81.

하지만 그의 은유, 환유 이론은 그 영향력에도 불구하고 정치하지는 못한 것으로 보인다. 은유/환유로 가는 일반화의 방식에는 여러 가지 개념의 혼란이 노정되어 있다. 그는 실어증의 두 유형을 분석하면서, 유사성과 인접성이 언어의 두 가지 능력임을 밝혔다. 문제는 이를 은유와 환유로 일반화면서 생기는 논리의 허점이다.

첫째, 야콥슨의 은유, 환유 이론은 문장 구성의 일반적 원리에서 도출된 것인데, 이를 은유와 환유로 간주할 수 있는 근거가 없다. 야콥슨은 선택과 결합축이 가지는 원리를 유사성과 인접성으로 간주하고, 이를 다시 은유와 환유로 일반화하였다.32) 이것은 엄밀한 논리 변환이라기보다는, 유추에 가깝다.

둘째, 야콥슨에게서는 의미론과 구문론이 명쾌하게 구별되지 않는다. 그가 말한 유사성과 인접성은 문법적인(위치적인) 유사성과 인접성, 의미적인 유사성과 인접성으로 다시 나뉜다. 유사성에서 구문론적인 것(위치적인 유사성)과 의미론적인 것이 섞이면서, 환유적인 자리와 은유적인 자리가 겹치게 된다. 그가 말한 환유가 사실은 전혀 환유가 아니라는 비판은 여기에서 파생된 것이다.33) 유사성과 인접성을 이야기할 때에 의미론적인 것과 구문론적인 것을 구별하는 것은 당연하나, 이것들이 상호 교차하여 별개의 가짓수를 형성하는 것은 아니다. 은유와 환유는 의미론적인 국면에서만 작동하는 것이다. 문장 결합의 원리를 유사성과 인접성으로 볼 수는 있으나, 이 차원에서는 은유와 환유가 도출되지 않는다.34)

---

32) 메츠는 야콥슨이 인접성/유사성과 환유/은유가 연관됨을 주장했으나, 그 둘을 혼동하지는 않았다고 본다. "이와 같은 연관에도 불구하고 야콥슨은 결코 은유와 계열축이, 환유와 결합축이 같은 것이라고 주장한 적이 없다. 그 대립쌍은 비교되지만 언제나 별개의 것이다. 이 사실이 아주 자주 잊혀져 왔다. 사람들은 유사성 때문에 다른 두 가지 쌍을 혼동하여 은유와 계열축을 뒤섞어 <은유>라 부르고, 환유와 통합축을 뒤섞어 <환유>라 불렀다."(Christian Metz, *The Imaginary Signifier: Psychoanalysis and the Cinema*, trans. by Celia Britton etc., Indiana Univ. Press, 1982, p. 180) 그러나 실제로 야콥슨이 둘의 친연성을 강력하게 주장하였으므로, 이를 읽는 이의 혼동이라 말하기 어렵다. Jakobson, *op. cit.* p. 109 참조.

33) Surette, "*Metaphor and Metonomy*", University of Toronto Quartly, vol.56, No.4, summer, 1987, pp. 557-574(정원용, 『은유와 환유』, 142-158면) 참조.

34) 메츠는 은유와 환유를 의미론적 유사성과 인접성에서 찾았다. 그 역시 지시체로서 작

셋째, 결국 야콥슨의 환유 이론은 은유 이론으로 설명할 수 없는 모든 것이다. 다시 말해 환유론이 아니라 非은유론이다. 그의 인접성에는 다음과 같은 사항이 포함된다. 1) 문장을 결합시키는 통사적 관계; 2) 화자와 청자간의 접촉; 3) 공간적으로 이웃하고 있는 것; 4) 시간적으로 연속되는 것. 결국 전통적 의미의 환유는 그의 이론체계에서는 발견되지 않는다. 은유와 맞먹는 환유의 성격을 그의 체계에서는 도출할 수 없다. 1)의 경우 위치적 인접성을 환유라고 부를만한 근거는 전혀 없다. 예컨대 "오두막집Hut"에서 "불타버렸다"라는 반응을 보이는 것은 서술적인데, 이 방식은 전통적인 의미의 환유와는 아무 관련이 없는 것이다.35) 2)는 실생활에서의 접촉 상황을 가정한 것이므로 역시 환유로 간주할 수 없다. 3), 4)에서는 환유의 인접성을 떠올릴 수 있으나, 이때의 인접성은 어느 정도는 비유적인 어법이다. 인접한 것을 환유라 이름 붙이고 있는 것이기 때문이다. 전통적 의미의 환유에서 중요한 것은, 인접성이 갖는 관습적이고 自動化된 성격이다. 모든 공간적, 시간적인 接面이 환유적인 것은 아니다.

넷째, 따라서 그가 말한 은유의 축 역시, 논리적 정합성에서 벗어나 있다. 선택의 축에 배열된 가상의 항목들을 은유적인 것으로 묶을 수 없다. 야콥슨은 언어 연상 실험에서 "오두막집Hut"을 대치하는 단어들로 다음과 같은 것을 들었다. ① 동어반복(Hut); ② 동의어(Cabin, Hovel); ③ 반의어(Palace); ④ 은유(den, burrow).36) 야콥슨에 따르면

동하는 의미론적 영역과 언술의 영역을 구별하였다. Metz, *Ibid.*, pp. 184-185 참조.

35) 환유는 통사적 결합이 화자와 청자간에 일반화되어서, 특정 부분이 탈락해도 화자와 청자 사이의 의사소통에 문제가 되지 않을 때 일어난다. <톨스토이>로 <톨스토이가 쓴 작품>을, <한 잔>으로 <한 잔의 술>을 지칭하는 것이 환유이다. 야콥슨이 통사적 결합을 환유의 축으로 간주한 것은 이 때문이다. 그렇다고 해도 모든 통사적 관계가 탈락을 허용하는 것은 아니며, 모든 탈락이 환유인 것도 아니므로, 통사적 관계를 환유로 본 것은 오류이다. 환유는 통사적 인접성이 의미론적 인접성으로 전이했을 때에만 일어난다. 다시 말해 환유 역시 의미론의 차원에서만 논의할 수 있다. "인접성이 곧 통사론인가의 의문이다. (중략) 통사론은 필요성의 질서를 대표하고, 완전히 공식적인 법칙에 의해 지배된다. 그런데 인접성은 불확정의 질서에 머무르며, 더 나아가 대상 자체의 층위에서 부수적인 질서에 머무르며, 그 속에서 매 사물은 완전히 독립적인 전체를 형성한다. 그래서 환유적인 인접성은 통사적 연결과 아주 다른 것으로 나타난다는 점이다."(김욱순, 「언술은유와 기형도의 시」, 한국기호학회 편, 『은유와 환유』, 문학과지성사, 1999, 167면)

36) Jakobson, *Ibid.*, p. 110.

이것들은 (위치적) 유사성의 예인데, 전통적 의미의 은유적인 반응은 ④ 뿐이다. 이 모두를 은유의 방식으로 간주하기는 어렵다.

다섯째, 그는 환유와 제유를 같은 것으로 간주했는데 이런 일반화가 정당한 것인지는 검증되지 않았다.[37]

이 논문에서는 그의 은유, 환유 이론이 언술 차원에서 활용되는 방식에 주목하고자 한다. 다시 말해 언술 내에서 문장(혹은 시행)이 다른 문장과 유사성이나 인접성의 틀로 결속하고 있을 때를 은유적, 환유적 구성으로 간주하기로 한다. 문법적인 인접성은 환유의 경우로 고려하지 않으며, 제유적 구성과 환유적 구성을 구별하고자 했다.

D. 쥬네트의 은유, 환유 비판

쥬네트G. Genette는 고대 수사학의 여러 범주가 현대에 오면서 은유와 환유로, 더 극단적으로는 은유로 줄어들었다고 말한다. 먼저 쥬네트의 환유에 대한 비판을 살펴보기로 한다. 그는 야콥슨이 유사와 인접이라는 고전적인 대립을 "계열체와 통합체, 등가 관계와 연속 관계간의 적확하게 언어학적인 대립들(시니피앙에 근거한 대립들)에로의 어쩌면 대담하다 할 수 있는 어떤 同化에 의해"[38] 일반화시켰다고 비판했다. 이러한 일반화가 매력적인 것은, 그 일반화를 통하여 감지할 수 있는 sensible 의미적 특징, 이를테면 시간, 공간의 관계, 유추 관계가 두드러지기 때문이다. 예컨대 제유를 환유의 하위항에 포함하는 것은 인접성이라는 "어떤 假-空間的인 개념"이 가진 매력 때문이다. "감지될 수 있는", 다시 말해 "감각적인" 국면이 제유와 환유의 모든 부면을 아우르게 되었다.[39] 실제로 야콥슨의 인접성이 반드시 공간적인 것은 아니지만, 최소한 공간화된(감지할 수 있는) 어떤 비유의 틀에 의해 지탱되고 있음은 분명한 사실이다. 따라서 서술의 중심을 인접성에 두는 것만으로 환

---

37) 환유가 일종의 축약에서 생성됨을 앞에서 말했다. 환유의 인접성을 심리적, 공간적 거리의 인접이라 보는 것은 환유가 가진 축약으로서의 성격 때문이다. 반면 제유에는 이런 축약이 없다. 일반적으로 제유의 성격을 포괄성으로 정의하는 것은 제유적 사물이 전체에 대해 대표성을 갖고 있기 때문이다. 이 점에서도 환유를 제유와 동일시하기는 어렵다. 환유와 제유의 차이에 관해서는 48-50면 참조.

38) 쥬네트G. Genette, 「줄어드는 수사학」, 김현 편, 『수사학』, 문학과지성사, 1985, 123면.

39) 앞의 책, 126면.

유를 설명하기는 어렵다.

다음은 은유에 대한 비판이다. 쥬네트는 "은유가 점점 유추의 場 전체를 포함하려는 경향이 있다"고 말했다.[40] 그가 보기에 은유가 모든 비유의 핵심적인 위치를 차지하게 된 데에는 두 가지 이유가 있다. 첫째는 <이미지>라는 용어의 사용이다. 이미지가 "유사에 의한 문채들만을 가리키는 것이 아니라 모든 종류의 문채 혹은 의미의 파격을 가리키는 것으로 오용되어 쓰이고 있다."[41] 이로써 많은 통합적 문채들이 은유적인 것으로 축소, 해석된다. 둘째는 <상징>이라는 용어가 겪은 의미의 변화이다. 이 용어가 "서로 有緣的 기호론적 관계라면 어떠한 것이든지간에 적용되고 있다."[42] 모든 비유는 용어들 사이의 치환sub-stituion으로 설명할 수 있다. 그래서 그것들 사이가 전혀 유추적이지 않을 때에도, 두 용어간에는 어떤 <등가equivalence>의 관계가 있다. 등가의 자리를 가진 두 대상을 유사성으로 묶을 때 은유가 탄생한다. 따라서 모든 용어들의 자리바꿈을 은유로 간주할 수 있게 된다는 것이다. 이것은 은유에 부당한 지위를 부여하는 것이다.[43]

쥬네트의 논의는 은유와 환유를 중심으로, 혹은 은유 중심으로 모든 비유를 설명하려는 현대 수사학의 경향이 단순화의 오류를 범하고 있음을 말해준다. 이 논문에서 은유적, 환유적 구성에 제유적 구성을 추가한 것은 이러한 집중화의 경향이 바람직하지 않다는 문제의식에서 비롯된 것이다. 이 논문은 비유적 구성의 일반형을 도출하려는 목적을 가지고 있지만, 그것이 은유와 환유의 축으로만 구축되지는 않는다고 본다.

E. 뮈(μ) 그룹의 제유

뮈 그룹은 은유와 환유가 궁극적으로 제유의 일종이라고 본다. 은유는 두 사물의 공통 부분이 두 사물 전체에 확대, 적용될 때 성립한다. 그래서 은유는 두 개의 과정으로 분해된다. 첫 번째는 출발점으로서의

---

40) 같은 책, 127면.
41) 같은 책, 138면.
42) 같은 면.
43) 토도로프T. Todorov 역시 뮈 그룹의 제유를 소개하면서 은유 중심의 논의를 비판하였다. "언어에 있어 모든 것이 은유적이라 말한다면… 은유의 특이성을 거부하는 것이 되고 따라서 은유의 존재 자체를 부정하는 것이 된다."(토도로프, 「제유」, 같은 책, 167면)

사물(D)에서 공통부분(I)으로 진행하는 과정이고, 두 번째는 공통부분(I)에서 도착점으로서의 사물(A)로 진행하는 과정이다. 이 두 과정이 일반화 혹은 개별화의 과정으로 설명될 수 있으므로, "은유는 두 개의 제유의 결과이다."[44] 결국 은유는 의미상의 공통부분을 일반화하거나(종에서 유로, 부분에서 전체로), 개별화한(유에서 종으로, 전체에서 부분으로) 이중의 과정을 통해 완성된다. 물론 모든 제유의 결합이 은유를 산출할 수 있는 것은 아니다. 뮈 그룹은 개념적인 분해(Π분해)의 경우에는 개별화 + 일반화의 방식만이, 물질적인 분해(Σ분해)의 경우에는 일반화 + 개별화의 방식만이 은유를 가능케 한다고 보았다. 다른 두 경우에서 은유가 성립하지 않는 것은 의미상의 공통부분을 이루기 위한 교차가 불가능하기 때문이다. 다음에 도식을 나타내었다.

1) 일반화 + 개별화(물질적인 분해): 자작나무↗유연한↘소녀(은유 가능)
2) 일반화 + 개별화(개념적인 분해): 손↗사람↘머리(은유 불가능)
3) 개별화 + 일반화(물질적인 분해): 녹색의↘자작나무↗유연한(은유 불가능)
4) 개별화 + 일반화(개념적인 분해): 배↘돛↗과부(은유 가능)[45]

환유 역시 같은 방식으로 이해할 수 있다. 은유와 환유의 차이점은, 은유가 의미상의 공통 부분을 매개로 성립하는 데 반해, 환유는 공통부분이 없이 두 사물을 포괄하는 전체의 場 아래에서 성립한다는 것이다. 은유는 두 사물이 의미소나 부분을 共有함으로써 성립하고, 환유는 의미소 집합이나 전체 가운데 두 사물이 공동으로 소속됨으로써 성립한다. 뮈 그룹에 따르면, 환유를 분류하는 많은 정의들(예컨대, 그릇/내용, 생산자/생산물, 소재/완성품, 원인/결과, 운전자/기계 등)은 결국 이러한 의미소 집합이 내포하는 바를 부분적으로 지시하는 것에 지나지 않는다. "작품에 대해 말하기 위해 작가의 이름을 말할 때, 두 의미는 마찬가지로, 그의 일생, 작품들 등을 포함하는 어떤 더 큰 집합에 관련되어, 제유로서 작용한다. 이 두 의미를 同置시키는 것이 가능해진다."[46]
뮈 그룹의 연구는 은유(혹은 은유와 환유)만을 중시하는 일반적인 경

---

44) 자크 뒤부아 外('μ'그룹), 『일반수사학』, 용경식 역, 한길사, 1989, 183면.
45) 앞의 책, 187면 참조. 이 책에서는 3)이 "일반화 + 개별화"로 제시되어 있는데, 인쇄상의 오식이다.
46) 토도로프, 「제유」, 앞의 책, 170면.

향을 극복하는 새로운 시각을 제시했다는 점에 의의가 있다. 하지만 그
들의 주장대로, 은유나 환유가 제유의 변종에 불과한 것인가에는 의문
의 여지가 있다. 은유에서 중요한 것은 의미상의 공통부분이 아니라, 하
나의 事象을 다른 事象의 시각에서 보는 일 혹은 하나의 사상에서 다른
사상으로 이행하는 일이다. 그러한 시각이나 이행은 의미상의 공통부분
에 대한 제유적인 <추론>으로 이루어지는 것이 아니라, 사물의 유사성
에 대한 순간적인 <직관>으로 이루어진다. <내 마음은 호수>라는 은유
에서 <마음>과 <호수>의 맺어짐은 개별화와 일반화의 복잡한 방식을
우회하지 않는다. 더욱이 둘 사이의 공통부분이 여러 속성(예를 들어 <
고요함>, <넓음>, <축축함> 등)으로 이루어졌을 경우에는 제유적인 추
론을 하기 어렵다. 서로 다른 여러 개의 제유가 결합하여 하나의 은유
를 성립시킨다는 것은 결국 은유에 고유한 결합의 원리가 있다는 말이
되기 때문이다.

환유의 경우 역시 설명하기 어렵다. 환유를 판별하는 방식에 대한 저
자의 설명은 부정어법으로 이루어져 있다. 뮈 그룹은 "문채가 제유인지,
은유인지, 反用法antiphrase인지를 연구"한 다음, 문채가 그 어느 것에도
해당되지 않을 때 "환유를 확인할 가능성을 얻는다"고 말한다.47) 이는
결국 제유도 은유도 반용법도 아닌 경우가 환유라는 말인데, 이런 부정
의 어사로는 환유를 정의하기 어렵다고 생각된다. 더욱이 환유 관계인
두 사물과 관련된 제유적 사물을 획정하기가 곤란하다. 제유된 것은 포
괄적인 類의 범주일 뿐, 사물이 아니기 때문이다.

결론적으로 말해서 뮈 그룹이 은유와 환유를 제유로 설명한 것을, 사
물의 대체를 설명하기 위한 논리 조작의 일환으로 받아들일 수는 있을
것이다. 하지만 그 조작의 결과로도 은유와 환유는 고유한 작동 원리를
가진 것으로 나타난다. 이 때문에 은유, 환유의 본유 개념 자체를 제유
에 종속시키기는 어렵다.

---

47) 뮈 그룹, 앞의 책, 206-207면. "反用法과 반어법은 거의 구별되지 않는다."(같은
    책, 242면) 불유쾌한 태도를 비난할 때 흔히 '굉장한 놈(불어로는 Belle mentalité:
    <멋진 정신상태>)'이라고 한다든지, 어머니가 자식에게 '내 강아지(불어로는 Petit
    monstre: <작은 괴물>)'라고 부르는 것이 반용법의 예이다. 뮈 그룹에 따르면 반
    어와 역설, 반용법은 논리변환의 영역에 있고, 은유, 환유, 제유는 어의변환의 영
    역에 있다.

휠라이트와 야콥슨을 제외하면, 은유, 환유, 제유를 둘러싼 논의는 대개 어휘 차원의 논의였다. 은유, 환유, 제유 등을 어휘 차원에서 이루어지는 부분적이고 장식적인 요소로만 간주하면, 각각의 수사는 그 생성적 역할을 마감하고 기계적이고 기능적인 학습의 대상으로 전락할 위험이 있다. 중세 수사학이 교육의 場으로 한정되자 나타난 병폐가 이와 같다.

> 규범화된 연습들은 학생들에게 기계적인 작문의 습관을 가져다주며 여러 담론들에서 비슷하게 발견되는 관념들이나 표현법들의 저장고를 습득하게 해준다. (중략) 학생들은 어떠한 주제가 주어지면 언술의 생산에 이를 수 있는 모든 단계들—논거들을 발견하고 그 순서를 정하고 언술을 작성하고 외운 다음 목소리와 동작을 통해 말하는 것—두루 섭렵하게 된다. 그러나 이 단계들에서는 영감의 자유로운 전개나 흐름은 허용되지 않았으며 재능은 아주 제한적으로만 즉 세부적인 부분이나 새로운 결합에서만 나타날 수 있었다.[48]

시를 짓는 데 활용되는 시적 구성의 방식을 연구하기 위해서는 은유, 환유, 제유에서 도출된 사고의 基底形을 언술 차원으로 확대할 필요가 있다. 은유, 환유, 제유의 기본적 정의는 개념적인 것이므로 단순한 대체만으로는 설명되지 않기 때문이다. 그래서 이 논문의 은유, 환유, 제유적 구성에 대한 논의는 단순히 어휘적 차원의 논의가 아니다. 한 시인이 시를 쓸 경우, 연상이나 사고의 흐름은 개별 어휘 차원에서 진행되지 않는다. 그러한 흐름은 시를 이루는 전체 언술의 맥락 안에서만 관찰되고 연구될 수 있다. 이 논문에서 주목하는 것은 그러한 연상이나 사고의 결합 방식이며, 형식적 구성 원리가 의미론의 영역과 어떻게 만나는가하는 점에 있다.

2) 시적 구성의 단위

언술 차원의 연구는 한 시인의 세계 이해의 방식을 보여준다. 언술의 차원에서만, 전언의 맥락과 전언을 둘러싼 상황이 드러나기 때문이다. 문장과 문맥의 차원에까지 연구를 확장할 때에, 의미와 지시성의 문제

---

48) 박성창, 앞의 책, 146-147면.

가 대두될 것이다. 언어 자체에는 의미만 있을 뿐, 지시성의 지표가 없
다. 기호는 체계 내적 차이만을 전제로 하는 것이기 때문이다. 소쉬르의
기호는 사물과 의미의 결합이 아니라, 기호표현(청각 영상)과 기호의미
(개념)의 결합이다. 기호는 언어 체계 내에서 다른 기호와의 차이로 의
미를 획득하는 것일 뿐이다. 하지만 문장 이상의 단위에서 언어는 지시
성의 차원으로 이동한다. 즉 지시성은 언어 너머의 어떤 상황, 경험, 현
실을 전제로 한다. 예를 들어, 문장에서 인칭대명사는 그 자체로는 어떤
것도 지시하지 않으나, 언술 내에서는 말하고 있는 그 사람을 지시해준
다. 시제는 말하고 있는 자에게 시간성의 좌표를 부여하고, 술어는 말하
고 있는 자의 특실, 관계, 행위의 범주를 획정한다. 따라서 언술의 차원
에서 언어는 주체, 시간, 공간성을 부여받아서, 어떤 자기 초월적인 지표
가 된다.[49] 언술을 통해서 언어는 언어 체계의 외부에 있는 현실과 관
련을 맺는 것이다. 시작 방법을 언술 차원에서 연구하는 의의가 여기에
있다. 언술 차원의 시적 구성에 대한 검토를 통해 시인의 세계 대응방
식을 검토할 수 있다고 판단된다. 한 시인이 선택한 특정한 언술 방식
은 그 시인의 특정한 세계 이해를 보여준다고 할 수 있다.

이 논문에서 검토하고자 하는 은유, 환유, 제유적 구성은 언술 차원에
서의 구성에 대한 논의이다. 한 시인이 시에서 어떤 시작 방법을 활용
하였는가, 곧 한 편의 시가 어떻게 구성되어 있는가를 파악하기 위해서
는 문맥과 문맥간에, 문장과 문장간에, 시행과 시행간에 이루어지는 상
호작용을 두루 검토해야 한다. 한 편의 시에서 문맥을 결정하는 것은
다층적이다. 하나의 텍스트는 기호표현의 층위에서는 문자소, 음소→음
절→단어→구→문장→텍스트로, 기호내용의 층위에서는 의미소→형태소
→어휘소→절→전개→텍스트로 형성된다.[50] 따라서 시작 방법이나 시적

---

49) 언술의 의의에 관해서는 다음 부분을 참조했음. P. Ricoeur, *The Rule of
Metaphor*, trans. by R. Cherny, Routledge & Kegan Paul, 1977, pp. 70~76. 리
쾨르가 언술의 생산성을 이야기한 것은 은유에 한정되어 있다. 낱말에서가 아니
라 주부와 술부가 이어지면서 은유가 발생하는 것이기 때문이다. 그는 환유가 여
전히 기호 차원에서 하나의 낱말을 다른 낱말로 대치하는 수사법이라 보고 있다
(Ricoeur, *La métaphore vive*, pp. 252, 255, 양명수, 「은유와 구원」, 한국기호학회
편, 『은유와 환유』, 문학과지성사, 1999, 29면에서 재인용). 이 논문에서는 언술
차원에서 은유, 환유, 제유적 구성이 가능하다고 보았으므로 리쾨르의 견해와 다
르다.

50) 자크 뒤부아J. Dubois 外('μ'그룹), 앞의 책, 48면.

구성에 대한 연구는 문장과 문장, 문맥과 문맥의 관계에까지 확장될 필
요가 있다.

이를 위해서 먼저 연구의 기본 단위를 확정해야 한다.

> 비유의 핵심이 되는 낱말들은 電磁場과 비슷한 물결무늬를 그리면서 주위로 파동
> 쳐 나아간다. 이러한 운동에서 형성된 두 문맥이 상호 침투하여 비유가 생성된다. 비
> 유에는 둘 이상의 사실들이 관련되는데, 그것들은 대개의 경우에 폭과 깊이, 부피와
> 운동을 지니고 있는 문맥들이다. 이러한 둘 이상의 문맥들이 서로 연결되고 대립되
> 며, 화합하고 鬪爭함으로써 보통의 독자가 예상하지 못했던 새로운 방식의 문맥을 형
> 성하는 것이다.[51]

시는 여러 층위를 가지고 있다. 이러한 층위는 시의 음절, 시어, 시행,
문장을 포괄한다. 이러한 층위는 한 편의 시 안에서 일종의 場field을
이룬다. 언술의 장 곧 언술의 영역을 언표의 담화력이 언술 내에서 미
치는 범위라고 규정할 수 있을 것이다. 한 편의 시에서 음절, 시어, 시
행, 문장 등은 서로 결속하고 길항하는데, 그것들은 여러 개의 크고 작
은 동심원에 비유될 수 있다. 하나의 문맥은 물결 무늬를 이루듯 시어
와 시어, 句와 句, 節과 節, 시행과 시행, 문장과 문장의 차원으로 확산
되어 간다. 이를 언술의 차원에서 검토하기 위해 언술을 영역으로 분할
하였다. 그러므로 언술 영역은 시어에서 시행과 문장에 이르는 문맥 內
영향의 정도를 측정하기 위해 설정한 단위이다. 언술의 영역들이 서로
연결되거나 대립함으로써 새로운 의미를 도출하며, 이러한 상호 작용을
통해 한 편의 시를 이루는 언술이 만들어진다. 물론 이러한 상호작용은
단일한 차원에서 이루어지지 않는다. 시어와 시어 사이의 상호작용은
기존의 연구로 충분히 해명될 수 있다고 생각되지만, 구와 절, 문장, 행
과 연 사이의 상호작용은 한 편의 시를 이루는 언술 내에서만 해명될
수 있다. 다층적인 맥락의 결을 파악하기 위해 언술을 하위 단위로 나
눌 필요가 있다.[52]

이 논문에서 言述을 개별화된 언술 영역 곧 언술의 장으로 분할하면

---

51) 김인환, 『비평의 원리』, 나남, 1994, 123면. 강조 인용자. 이하 같음.
52) 그러므로 언술의 영역[場] 역시 複數的 階層을 이룬다. 이 영역은 단어에서 句와
  節, 문장과 문장 이상의 단위(행과 연)를 아우른다. 이 논문에서는 이를 일차적,
  이차적, 삼차적 층위의 언술 영역으로 간주하였다. 각주 67) 참조.

서 <語彙場lexical field>의 개념에서 많은 시사를 받았다.[53] 한 언어 내에서 단어는 고립된 채로 존재하지 않는다. 단어는 특정한 체계에 귀속되어야 의미를 담지하게 된다. 소쉬르F. Saussure는 하나의 어휘가 갖는의미가 체계 내에서 인접한 어휘들의 의미와 상호 획정됨으로써 규정된다는 사실을 고려하여 <位置價>란 개념을 설정하였다. "동일 언어 내부에서 유사한 개념을 표현해주는 모든 낱말들은 서로를 한정하고 있다. 즉 redouter(싫어하다, 두려워하다), craindre(무서워하다, 경외하다), avoir peur(겁내다, 걱정하다) 등의 동의어는 상호 대립에 의해서만 그고유의 가치를 지닌다."[54]

또 워프B. Whorf는 개념의 결합과 전달이 사람들이 가진 공유개념에의존한다고 여기고, 이를 어휘들간의 연계로 설명하였다.[55]

A. set sink drag drop hollow depress lie   DOWN
B. stand heavy pull precipice bear extend
C. upright heave hoist tall air uphold swell   UP

소쉬르의 位置價나 워프의 공유개념이 어휘장 개념을 이룬다. 어휘장이론을 정초한 트리어J. Trier는 어휘장을 다음과 같이 정의하였다. ① 어휘장은 단어의 의미, 내용을 규정하는 場이다. 의미나 내용은 다른 인접어와의 대립에 의해서만 劃定된다. ② 어휘장은 전체 어휘체계와 개별 단어의 중간에 위치하는 언어적 실재이다. ③ 개개의 단어가 가진의미변화는 전체 어휘장과의 관련에서 살펴야 한다.[56] 이를 언술의 하위 구성 단위, 곧 언술의 영역에도 적용할 수 있을 것이다. 곧 ① 언술의 場은 언술 內의 의미, 내용을 규정하는 場이다. 특정한 언술의 영역은 다른 영역과의 대립에 의해서만 언술 내에서 기능적 지위를 부여받는다. ② 언술 영역은 전체 언술과 개별 단어의 중간에 계층적으로 자

---

53) 이하 어휘장 이론은 정시호, 『어휘장 이론 연구』, 경북대학교 출판부, 1994를 참조하였다.
54) 소쉬르, 『일반언어학강의』, 최승언 역, 민음사, 1990, 138면.
55) 정시호, 앞의 책, 47면.
56) 앞의 책, 52-55면. 정확히 말해서 어휘장을 언어적 실재로 간주하기보다는, 언어구조를 설명하기 위한 방법적 수단으로 간주하는 것이 옳은 듯 하다. 그러므로언술의 하위 영역 곧 언술의 장 역시 시에서 계층화된 언어 구조를 연구하기 위한 가설적 수단이라 말하는 것이 정확할 것이다. 각주 59) 참조.

리한 언어적 실재이다. ③ 개개의 언술 영역이 가진 의미변화는 그보다 상위의 언술 영역, 나아가 전체 언술과의 관련에서 살펴야 한다.

바이스게르버 L. Weisgerber는 어휘적 차원에 머물러 있던 어휘장 개념을 형태론적 영역 및 문장 영역에까지 확장하였다. 그에 의하면 문장 전체를 場 개념으로 해석할 수 있다. "어떤 언어가 가질 수 있는 명령 Befehlen, 청Bitten 등의 諸 형식은, 이러한 제 형식이 가지는 총가능성에 좌우된다는 의미에서 볼 때 하나의 장을 이루게 된다."57) 이 논문에서 설정한 언술의 영역에 대한 단위 설정은 이와 같은 場의 개념을 문장 혹은 그 이상의 차원에까지 확장하여 도출한 것이다. 어휘장 이론에서도 각각의 어휘는 그보다 상위의 단계에 있는 어휘에 포함되는 계층 구조를 이룬다. 어휘 구조는 계층적으로 계열화되어 한 어휘장 내에서 서로 하위, 상위의 관계를 맺는데, 하나의 언술을 이루는 개별 영역[場] 역시 그와 같이 계층화된다고 보아야 할 것이다. 기퍼H. Gipper는 "어휘는 고립된 것이 아니며 어휘간에 상호작용이 있다는 것을 의미하는 힘의 장 Kraftfeld으로 이해해야 할 것이다"58)라고 말했는데, 언술 역시 언술 內에서 상호작용 하는 힘의 場으로 설명될 수 있으리라 생각한다.59)

---

57) 앞의 책, 59면.

58) 앞의 책, 81면.

59) 場 개념은 본래 물리학 용어였으나, 언어학에서 원용하여 많은 개념어들을 낳았다. 다음의 예는 블랑케가 어휘구조 형성의 유형을 다루면서 든 개념어들이다. <語義場Bedeutung>, <어휘장Wortfeld>, <聯語場Kollokationsfeld>, <述語場prädikatives Feld>, <의미장Semantisches Feld>, <연상장assoziatives Feld 혹은 상징장Symbolfeld>(앞의 책, 90-91면). 이 논문에서 한 편의 시를 이루는 언술을 다루기 위한 분석의 단위로 언술의 영역을 분할한 것은 이러한 어휘장의 개념을 원용한 것이다. 언어학에서는 이러한 언술의 영역[場]을 개념 단위로 설정할 수 없다. 언술의 하위구조를 이루는 계층화된 각각의 차원을 묶어 이름한 것이기 때문이다. 언술을 계층된 영역으로 분할한 것은 시의 구성을 총체적으로 연구하기 위한 가설적 시도로 간주되어야 한다. 어휘장의 개념 역시, 언어적 실재가 아니라 "언어구조 기술을 위한 이론적, 방법론적 보조수단"(같은 책, 104면)이라고 말하는 것이 옳을 것이다. 아래 인용에서 전자는 기퍼H. Gipper의 말이며, 후자는 루프H. Rupp의 말이다. "어떤 단어가 가진 내용을 의미가 유사한 단어영역에로 함입시킴으로써 그 의미를 규정하기 위한 중요한 방법이 어휘장 개념임이 잘 알려져 있다."(같은 면); "어휘장 그 자체는 다만 언어에 대한 성찰 속에 존재한다. 그것은 …언어 내에 내재해 있는 언어구성적 현상이 아니라 우리가 언어에 대해 숙고하고 성찰할 때 인식할 수 있고 또 크게 유용할 수 있는 현상인 것이다."(같은 책, 103면)

은유, 환유, 제유를 언술 차원에서 다루면서 언술을 개별화된 영역으로 분할한 것은 이것들이 처음부터 일종의 場을 통해서만 개념화될 수 있기 때문이기도 하다. 예를 들어 설명해보자.[60] ① "그녀의 눈 아래 두 송이 장미가 피어 있다"에서 대체물인 <장미>와 피대체물(취의)인 <뺨> 사이에는 은유가 성립한다. 이 둘을 은유로 묶는 것은 <빨간, 부드러운>과 같은 의미상의 공유지점이 있기 때문이다. 이 지점은 하나의 의미소가 아니므로 일종의 의미 영역을 형성하는데, 이를 場 개념으로 설명할 수 있다. ② "그 반 전체가 반을 뛰쳐나갔다"에서 앞의 <반>은 <반 학생들>을, 뒤의 반은 <교실>을 의미하는 환유이다. 이 경우 대체물과 피대체물이 환유를 이루는 것은 사회적인 맥락에 따라 결정된다. 다시 말해 둘을 아우르는 관용적인 의미 영역[場]이 형성되어 있어야 하는 것이다. ③ "그 여자는 내 지붕 밑으로 들어오지 않았다"에서, 대체물인 <지붕>은 피대체물 <집>을 대신하는 제유이다. 이 경우 <지붕>이라는 부분적인 요소를 <집>이라는 전체의 맥락 안에 포함하여 생각해야 한다. 이 전체가 제유적 요소를 포괄하는 영역[場]이다. 따라서 이러한 場의 개념은 재래의 은유, 환유, 제유를 설명하는 개념으로도 활용될 수 있으며, 어휘 차원을 넘어 언술 차원에서도 활용될 수 있는 개념이라 판단된다.

로트만 Y. Lotman은 텍스트 내적인 의미론적 분석을 위해 다음과 같은 조작이 이루어져야 한다고 말했다.

1. 텍스트를 차원들로 분해하고 통합적 분절들(시 텍스트에 있어서 음소, 형태소, 행, 연, 장, 그리고 산문 텍스트에 있어서는 단어, 문장, 단락과 장)의 차원들에 따라 그룹 짓는다.
2. 텍스트를 차원들로 분해하고 의미론적 분절들의 차원에 따라 그룹 짓는다(예를 들어 인물들의 유형). 이러한 대립은 특히 산문의 분석에 있어서 중요하다.
3. 모든 반복들(등가물들)의 짝들의 추출.
4. 모든 인접성들의 짝들의 추출.
5. 가장 고능력의 등가물을 가진 반복들의 추출.

---

60) 이 예는 위르겐 링크, 『기호와 문학』, 고규진 외 역, 민음사, 1994, 204면에서 가져왔다. 이 책에서 링크는 <제유>를 <강조법>의 逆으로 보았으나, 논문에서는 이 관점을 채택하지 않았다. 또 역자는 <제유>를 <대유>라 번역하였으나, 논문에서는 원래의 용어로 되돌렸다.

6. 텍스트의 변별적 의미론적 자질과 모든 차원의 의미론적 대립을 추출하기 위하여 서로의 등가의 의미론적 짝들을 겹쳐 놓는 것. 문법적 구성들의 의미론화의 검토.
7. 통합적 구성의 구조와 인접성에 의해 형성된 짝들 속에서 그것으로부터의 의의 있는 이탈을 수집하는 것. 구문론적 구성의 의미론화를 검토하는 것.61)

텍스트의 구성을 위해 먼저 구문론적, 의미론적 분절이 선행되어야 한다. 이 분절은 句와 節, 시행과 문장 등을 포괄한다. 포괄적인 분절의 단위를 일차적, 이차적, 삼차적 언술의 영역으로 간주하고자 한다. 분절에 따라 여러 차원의 등가(음운론적, 구문론적, 의미론적 등가)와 이탈을 찾아내고, 이 상호연관을 통해 형식적 구성과 의미화의 방식을 검토할 수 있다.

문장이 최종 경계가 아니라 기본 단위로 등장하는 것은 언술의 영역에서이다. 즉 문장은 언술의 단위이다.62) 시적 구성에서도 언술의 기본 단위를 문장으로 설정해 볼 수 있다. 하지만 시에서는 문장만으로 구성의 차원을 해명하기 어렵다. 시에서의 행갈이를 고려해야 하기 때문이다. 이 때문에 시적 언술을 계층화된 개념으로 보아야 한다. 언술이 문장으로 분절된다면 문장은 문장을 이루는 句와 節을 포함한 문법적 구성 요소로 분절될 것이며, 언술이 시행으로 분절된다면 시행은 행의 구분에 따른 형식적 경계에 따라 분절될 것이다. 이러한 두 가지 분절이 의미론적인 분절을 낳는다. 한 편의 시를 이루는 언술의 영역은 개별 시행과 일치하거나 엇놓이는데, 의미 단위의 검토 나아가 詩作의 방법론으로서의 구성의 검토를 위해서는 시행에 대한 기계적인 분석보다는 이러한 언술 영역의 배열방식에 주의를 기울이는 게 생산적이라 생각된다.63)

---

61) 로트만, 『예술 텍스트의 구조』, 유재천 역, 고려원, 1991, 144면. 로트만은 등가성과 인접성을 결합축에서 진행한다. 이것은 시적 구성의 원리에 대한 언급이어서, 야콥슨의 선택과 결합의 축에 대한 언급과는 차이가 있다.
62) 이정민·배영남, 『언어학사전』, 박영사, 1987, 284면. 이 논문에서 사용된 譯語는 김인환의 용어를 따랐다. ① discourse, discours (언술); ② utterance, énoncé (언표); ③ enunciation énonciation (발화). "발화의 결과로 언표가 산출되므로 이 둘은 원인과 결과의 관계이고, 언술은 여러 문장들로 이루어진 복잡한 언표를, 그것을 이루고 있는 문장들이 짜여 나가는 규칙의 견지에서 이르는 개념이다." (김인환, 『비평의 원리』, 나남, 1994, 285면)
63) 푸코의 언술에 대한 정의를 참고할 수 있다. "나는 <언술>이라는 단어의 유동적인 의미를 점차로 제한하는 대신 사실상 그것에 의미를 더했다고 믿는다. 즉 언

언술의 영역은 계층적으로 구성되어 있다. 이 논문에서 대체로 일차적 층위에서는 연이나 문장 이상의 단위로 분절되는 언술의 영역이, 이차적 층위에서는 시행이나 句와 節 단위로 분절되는 언술의 영역이, 삼차적 층위에서는 시어 단위로 분절되는 언술의 영역이 검토될 것이다. 언술 영역을 계층적으로 설정하여, 한 편의 시를 이루는 체계 내의 모든 구성적 요소를 연구하고자 했다. 은유, 환유, 제유가 어떻게 언술 차원에서 논의되는가에 대한 간단한 예를 든다. 먼저 은유의 예이다.

> 南天과 南天 사이 여름이 와서
> 붕어가 알을 깐다.64)

이 시의 "붕어"는 겹잎으로 핀 남천 잎들을, "알"은 작고 흰 꽃들을 은유한 말이다. 그러므로 시어 차원에서 붕어=남천 잎, 알=꽃이라는 은유를 추려낼 수 있다(일차적 은유). 한편 "붕어가 알을 깐다"라는 문장은 "남천이 잎 사이로 꽃을 피웠다"는 문장을 은유적으로 치환한 문장이다. 문장 전체가 은유적인 所與를 갖는 것이다(이차적 은유). 이 문장을 이렇게 볼 수 있는 것은 바로 앞 행, "남천과 남천 사이 여름이 와서"를 통해서이다. "남천과 남천 사이"라는 말에서 "붕어가 알을 깐다"라는 시행이 남천이라는 나무에서 벌어진 일임을, "여름이 와서"에서 여름에 벌어진 일임을 짐작할 수 있기 때문이다. 남천이 6-7월에 작고 흰 꽃을 피우므로, 앞 시행까지 염두에 두어야 이 시의 은유적 성격이 온전히 해명된다(삼차적 은유).

술을 때로는 모든 진술들의 일반적인 영역으로 다루었으며, 때로는 진술들을 개별화할 수 있는 그룹으로 다루었고, 때로는 일련의 진술들을 설명할 수 있는 통제된 실제로 다루었다."(M. Foucault, *The Archaeology of Knowledge*, Trans. by A. M. Sheridan Smith, Routledge, 1972, p.80) 푸코는 언술에 複數的인 정의를 시도했다. 언술은 언표들이 정초된 일반화의 場이며, 언표들을 묶어내는 유형화의 場이며, 언표들을 설명하는 내재적 통어의 場이다. 결국 푸코에게서도 계층화된 언술의 자리는 領域 혹은 場 개념으로 설명될 수 있다고 하겠다.
64) 김춘수의 「南天」 1-2행이다. 이 시에 대한 전문분석은 264-265면을 볼 것.

「南天」에서의 은유적 언술 영역

일차적 은유(시어)	붕어, 알	잎, 꽃
이차적 은유(시행)	붕어가 알을 깐다	잎 사이로 꽃이 피었다
삼차적 은유(문장 이상)	남천과 남천 사이 여름이 와서, 붕어가 알을 깐다	남천 나무 잎들 사이로 여름에 흰 꽃이 피었다

그러므로 위 은유는 시어 차원에서 문장, 나아가 문장 이상의 차원에까지 그 영향력을 행사하고 있다. 다음은 환유의 예이다.

우리들의 포동 흰 알살을 덮은 두드러기며 딱지며 면사포며 낙지발들을 面刀질해 버리는 거야요.[65]

"알살"은 우리의 본질적 실체를 나타내는 제유이다. 알몸의 살로 몸 전체를 나타내기 때문이다. 한편 각각의 "두드러기" "딱지" "면사포" "낙지발"은 우리의 일부이면서도 비본질적인 것들을 일컫는 환유들이다. 몸을 뒤덮은 껍질들에 불과하기 때문이다(일차적 환유). 이 환유들이 모여, 부정의 대상을 일관되게 나타낸다. "알살"이라는 제유가 "포동 흰 알살"이라는 句로 확장되듯, 각각의 환유가 결합하여 적대적인 하나의 대상을 다면적으로 환유한다(이차적 환유). 이 환유는 신동엽의 시에서 늘 부정적인 어사와만 결합한다. 이것들이 "면도질"의 대상으로서만 나타나므로, "면도질하다"라는 술어는 앞의 환유적 구절들을 통해서만 해명될 수 있다(삼차적 환유).

「주린 땅의 指導原理」에서의 환유적 언술 영역

일차적 환유(시어)	두드러기, 딱지…	우리를 덮은 더러운 것
이차적 환유(구)	…알살을 덮은 두드러기, 딱지…들	우리의 아름다움을 가리는 비본질적인 것들
삼차적 환유(문장)	…알살을 덮은 두드러기, 딱지…들을 면도질해 버리자	우리의 아름다움을 가리는 비본질적인 것들을 제거하자

---

65) 이 구절과 다음 제유의 예는 신동엽의 「주린 땅의 指導原理」에서 뽑았다. 이 시에 대한 상세한 분석은 140-142면 및 226면 참조.

그러므로 위 환유는 시어 차원에서, 그것들을 묶는 句, 나아가 문장 차원에까지 확장될 수 있다. 다음은 제유의 예이다.

누가 말리겠어요. 젊은 阿斯達들의 피꽃으로 채워버리는데요

"아사달"은 건강한 생명력을 가진 민중의 대표여서, 민중 전체의 제유이다(일차적 제유). 신동엽은 아사달을 "아사달들"이라 불러, 고유명사를 일반명사로 바꾸었다. 그러므로 "아사달들" 역시 민중 전체를 집단적으로 대표하는 제유가 된다. 한편 "피꽃"은 건강하고 아름다운 민중의 생명력을 표상한다. "꽃"이라 불렀으니 은유와 결합되어 있으나, 이 시어의 본질적 표상은 "피"에 있다. "피"로 생명력 있는 민중을 나타냈으니, 피는 민중의 제유이다(일차적 제유). 이 제유가 "피꽃"이라는 합성어를 낳았고 이 합성어가 "젊은 아사달들"이라는 제유와 결합하였으므로, "젊은 아사달들의 피꽃" 역시 민중을 대표하는 제유적인 句이다(이차적 제유). 이것들이 화자의 청원과 결합하므로, "채우다"라는 술어는 앞의 제유적 구절들을 통해서만 해명될 수 있다(삼차적 제유).

「주린 땅의 指導原理」에서의 제유적 언술 영역

일차적 제유(시어)	아사달, 피꽃…	민중
이차적 제유(구)	젊은 아사달들의 피꽃	건강하고 아름다운 민중
삼차적 제유(문장)	젊은 아사달들의 피꽃으로 채우자	건강하고 아름다운 민중의 세상을 이루자

그러므로 위 시의 제유 역시 시어 차원에서, 그것들을 결합시킨 句, 나아가 문장 차원에까지 확장된다.

이처럼 한 편의 시를 이루는 언술의 개별적인 하위항목들은 통합하여 연구될 필요가 있다. 은유, 환유, 제유를 언술의 차원에서 논의하기 위해서는 계층화된 여러 층위의 구성적 同型을 통일할 연구 단위가 필요하다고 판단하였다. 언술의 영역을 규정하여, 시어 차원의 은유, 환유, 제유를 포함하여 문장과 행, 연들을 구성하는 방식을 유형화할 것이다.[66]

---

66) 수사학의 문채는 단어에서 언술 차원에 이르기까지 광범위하게 걸쳐 있다. "문

나아가 한 시인의 전체 작품을 포괄하는 구성적 특성을 도출하여, 시적 언술이 해당 시인의 세계관과 어떤 관련을 맺고 있는가를 살펴보고자 한다.[67]

3) 시적 구성의 방식

비유는 낱말과 낱말 사이에서만 작용하는 것이 아니라, 문맥과 문맥 사이에서도 작용한다.

> 책읽기는 텍스트의 공간을 지나가는 것인데, 그때의 궤도는 문자들의 연속을 왼쪽에서 오른쪽으로, 또 위에서 아래로 읽어 내려가는 것으로 제한되지는 않는다(이 방식이 글읽기의 <유일하게> 독자적인 방식이며, 텍스트가 왜 독자적인 의미를 갖지 않는가를 설명해준다). 그것은 인접한 것을 분리하고 멀리 있는 것을 결합하는 방식이며, 사실상 텍스트를 線的으로서가 아니라 공간적으로 구성하는 방식이다.[68]

시를 이루는 시행 역시 하나의 선을 따라 일정하게 흘러가는 단선적인 진행이 아니다. 시행은 공간적으로 축조된다. 따라서 시작의 방법을 이루는 시적 구성을 살펴보기 위해서는 문장이나 시행의 결합과 분리에 따른 시의 공간적인 배열 방식에 주목할 필요가 있다. 문학작품의 구성적 요건은 일차적으로 문장 단위에서 찾아져야 한다.[69] 시에서는 문장

채는 전의와는 달리 고유한 용어들을 사용하여 생겨날 수도 있으며 '아이러니'의 경우에서 볼 수 있는 것처럼 한 문장 또는 문단의 차원에서 이루어지거나 '알레고리'의 경우처럼 언술 전체 또는 작품 전체의 맥락을 요구하기도 한다."(박성창, 앞의 책, 112면) 그러므로 은유, 환유, 제유에서 아이러니나 알레고리에 이르는 문채 전반을 연구하기 위해서는 통합적인 연구 단위를 설정할 필요가 있다.

67) 구체적인 시 분석에서는 다음과 같이 기호화하기로 한다.

A, B, C/ 일차적 층위의 언술 영역(연 혹은 문장 이상 단위)
a, b, c/ 이차적 층위의 언술 영역(행 혹은 구와 절 단위)
1, 2, 3/ 삼차적 층위의 언술 영역(시어 단위)*

괄호 안의 사항은 개략적인 것이며, 개별 시편에서 바뀔 수 있다. 단 기호가 번다해지므로 삼차적 층위의 언술 영역(*부분)은 필요한 경우가 아니면, 이 논문에서 기호로 표기하지 않겠다.

68) Tzvetan Todorov, *Introduction to Poetics*, Trans. by Richard Howard, Univ. of Minnesota Press, 1981, p. 5

에 더하여 행의 배열에서도 찾아야 할 것이다. 이 논문에서는 문장과 시행을 포괄하여 연구하기 위해 언술의 영역을 셋으로 분할하였다. 각 언술 영역의 배열방식에 따라 시적 구성의 문제가 해명될 수 있다고 판단하였다. 수사학의 명칭인 은유, 환유, 제유를 구성의 분석에 활용하고자 하는 것은 이런 문장이나 시행 단위의 구성적 요건을 검토해보기 위해서이다. 따라서 이 논문에서 시적 구성의 명칭으로 사용한 <은유적>, <환유적>, <제유적>이라는 용어는 <은유>, <환유>, <제유>의 기본 개념에서 추출한 구성상의 용어이다.

이 논문에서는 은유, 환유, 제유를 전통적인 수사학에서처럼 <용어를 대체하여 장식적인 효과를 내는 비유법의 하나>로만 다루지는 않는다. 수사법의 갈래로 이 용어들을 다루면, 은유, 환유, 제유는 단순히 낱말의 대체로만 설명될 것이다. 벵베니스트에 의하면, 문장의 차원에서 언어는 기호의 체계가 아니라, 의사소통의 방식으로 기능하는 언술의 영역에 들어서게 된다. 기호의 체계를 다루는 기호학적 질서는 계열적 관계를 다루는 것이며, 문장의 의미를 다루는 의미론적 질서는 통합적 관계를 다루는 것이다. 따라서 언술 차원에서 詩作의 구성방식을 연구하기 위해서는 고전 수사학의 대치이론을 활용할 수 없다. 대치가 선택의 축(계열체)에서만 작동하는 것이기 때문이다. 이 때문에 이 논문에서는 야콥슨처럼 은유를 선택의 축으로, 환유를 결합의 축으로 운위할 수 없었다.

이 논문에서는 언술 차원의 의미화 방식을 다루기 위해 은유, 환유, 제유를 사용했다. 현대 언어학에서 언술 차원의 은유는 중요하게 논의되었다.[70] 하지만 환유와 제유를 은유적 언술과 동일한 지평에서 다룬

---

69) "문학작품이 다른 어떤 언어학적 언표보다 더 단어들로 구성된 것은 아니다. 문학작품은 문장들로 구성되어 있으며, 이러한 문장들은 다른 언술의 기록register(문체style라는 단어의 어떤 용법에 근접한 개념)에도 속한다"(*op. cit.* p. 20)

70) "은유에 대한 이론은 크게 네 가지로 압축할 수 있다. 1) 치환 이론 2) 상호작용 이론 3) 개념 이론 4) 맥락 이론이 그것이다."(김욱동, 『은유와 환유』, 민음사, 1999, 102면) 1) 치환 이론에서는 축어적 표현에 해당하는 것을 비유적 표현으로 바꾸어놓은 것이 은유라고 본다. 유사성 이론 혹은 비교 이론은 서로 다른 대상이나 개념을 비교하여 유사성을 찾아내는 것으로 치환 이론의 변용에 해당한다. 아리스토텔레스 이래 은유론의 중심은 치환 이론에 있었다. 2) 상호작용 이론에서는 취의와 매개어가 서로 작용하여 은유를 만들어낸다고 본다. 리챠즈나 블랙이 대표적인 이론가이다(2장 각주 2) 참조). 3) 개념 이론에서는 인간의 언어 체계가 은유적인 것이며, 따라서 은유는 인간의 사고와 행동에 영향을 끼치는 인지의 방식이라고 본다. 앞에서 든 레이코프와 존슨, 마크 터너와 같은 이론가들이

논의는 보이지 않는다. 물론 야콥슨 이래 은유와 환유를 언술 차원에서 다룬 논의들이 많이 제출되었으나, 이 논의들이 수사학에서의 은유, 환유와 연관되는 논의였다고 말하기 어렵다. 비은유적 언술을 환유적 언술이라 부를 수는 없기 때문이다. 은유, 환유, 제유의 기저개념을 존중하면서, 언술로서의 은유이론을 확장하고 언술로서의 환유, 제유이론을 세우고자 하는 것이 이 논문의 주요 목적 가운데 하나이다.71)

　기존 연구를 검토하면서 설명했듯이, 이 논문의 관점은 기존의 관점과 일치하지 않는다. 예컨대 이 논문에서는 야콥슨처럼 은유, 환유를 문장 구성의 일반 원리로 다루지 않으며, 휠라이트처럼 은유만으로 시적 의미화 방식을 설명하려 하지 않는다. 은유, 환유, 제유라는 용어는 시어들 사이의 변환과 대치를 설명하기 위한 것뿐만 아니라 언술이 이루어지는 구성적 특질을 설명하기 위해서도 사용되었다. 은유, 환유, 제유의 기본 개념이 시의 구성적 차원에서도 반복되기 때문이다. 개별 시어나 시행의 차원에서 은유, 환유, 제유가 나타나므로 구성적인 차원(언술의 차원)에서도 은유, 환유, 제유의 방법이 보이는 것이다. 어휘 차원에서

───────────

대표적이다. 마지막으로 4) 맥락 이론은 "은유가 쓰이는 맥락을 은유 이론의 가장 중요한 범주로 삼으려는 입장을 말한다. (중략) 맥락이론에서는 은유의 의미가 일어나는 그 근거를 구체적인 상황에서 찾으려고 한다."(같은 책, 110면) 이 맥락이 곧 언술의 차원이다. "버그먼은 <은유가 일어나는 맥락과 그 은유를 사용하는 장본인이 누구인지 모르고서는 그 은유가 과연 무엇을 의미하는지 명확하게 말하기란 불가능하다>고 잘라 말한다. 스탬보브스키도 <은유적 표현은 무엇보다도 먼저 오직 그 표현이 사용되는 어떤 맥락 안에서만 은유로서 이해할 수 있다>고 밝힌다. 그렇다면 일상 생활에서이건 문학 작품에서이건 의미 있는 은유란 개별적인 낱말이나 구 또는 문장의 차원을 뛰어넘어 <언술의 우주>를 구성하는 필수요소이다."(같은 면, 강조 인용자, 용어의 통일을 위해 <담론>이란 譯語를 <언술>로 바꾸었음) 이 논문에서는 시어 차원의 은유에서 언술 차원의 은유를 동시적으로 검토하기 위해 언술을 복수화된 언술의 영역으로 나누었다. 아울러 언술 환유, 언술 제유의 이론을 정립하고자 하였다.

71) 다음과 같은 언급은 고전 수사학 역시 언술적 상황 하에서만 그 체계가 작동될 수 있었음을 일러준다. "수사학은 언술을 '상황 속에서만' 인식한다. 즉 수사학은 언술을 수신자와 발신자간의 또는 변론가나 청중간의 또는 법정에서의 변론의 경우 두 변론가들간의 의사 소통의 수단으로 간주한다. 수사학에 있어서 언술은 독자적인 텍스트가 아니며 수사적 언술은 대상objet이 아니며 그 자체로는, 즉 구체적 상황이나 청중이 배제된 상태에서는 '미완성의 상태'에 놓여 있을 수밖에는 없다."(A. Kibédi-Varga, *Rhétorique et littérature*, Didier, 1970, p. 22. 박성창, 『수사학』, 문학과지성사, 2000, 22면에서 재인용. 용어의 통일을 위해서 "담론"이라는 譯語를 언술로 바꾸었음) 따라서 은유, 환유, 제유와 같은 文彩를 특정한 언술의 상황 아래서 검토할 필요성이 있다고 하겠다.

은유, 환유, 제유가 드러나는 곳에서는 대개 구성적 차원의 은유, 환유, 제유가 관찰된다. 다시 말해 은유, 환유, 제유를 지적할 수 있는 곳에서 은유적 사고, 환유적 사고, 제유적 사고라 부를 만한 사고의 基底形이 두드러지며, 이들이 詩作의 주요한 방법론을 이루고 있다고 판단된다.

시의 구성 방식을 파악하기 위해 먼저 중시되어야 할 것은 형식적인 특질이다. "구성변환은 문장의 형태에 작용하기 때문에 통사론과 관계가 깊다. 그러므로 그것의 잠재태를 정의하기 위해서는 문법적 규범을 참조해야 한다. …통사법은 형태소들 사이의 본질적 구조적 관계를 내포한다. 말하자면, 문법적 기술은 오랜 전통에서 생겨난 많은 논리적 기준이나 의미론적 특징들을 무시한다. …그러한 기술에서 더 중요한 것은 결합·위치·표지와 같은 형식적인 변별적 특징들이다."72) 형식적 특징이 중시되는 것은, 그러한 특징을 통해서 작품 자체의 구조가 성립하기 때문이다. 한 편의 시는 통사법의 규칙에 따라 의미화되고 구조화된다. 시적 구성의 특질에 대한 연구가 구문의 배열과 위치, 반복적으로 등장하는 표지에 주목해야 하는 이유가 여기에 있다.

시적 구성으로서의 은유, 환유, 제유를 살펴보고자 한다.

A. 은유적 구성

은유란 서로 구별되는 두 타자 사이의 차이를 전제한다. 은유는 …서로 분리되어 있는 두 현상 간의 거리를 지나는 운동이다. …따라서 은유는 사물들 간의 유사성뿐만 아니라 차이의 존재론을 바탕으로 해서 성립하는 언어 유희이다. …그 차이와 거리에 의해 은폐된 두 사물간의 연계 가능성이 발견되었을 때 비로소 은유가 시작될 수 있다.73)

은유는 유사성만이 아니라 相異性도 그 안에 내재하고 있다. 두 사물이 유사성의 관계로 묶인다는 것은 두 사물이 본질적으로 他者임을 전제로 하는 것이다. 서로 다른 사물간에 연계 가능한 어떤 指標가 있을 때 은유가 성립한다. 이 지표는 본질적으로 의미론적인 것이지만, 언술의 차원에서는 자주 그 의미를 담보하는 구문의 유사성이 있다. 구문의

---

72) 자크 뒤부아 外('μ' 그룹), 앞의 책, 107-108면.
73) 김상환, 『해체론 시대의 철학』, 문학과지성사, 1996, 246-247면.

유사성 자체가 서로 다른 언술을 이어주는 통로와 같은 기능을 하는 것
이다.74) 反復recurrence이나 병행성parallelism은 이를 보여주는 중요한
지표이다.

> [리듬에서-인용자] 이러한 반복을 추동하는 힘은 어휘나 사상 속에서 그 반복에 상
> 응하는 반복이나 병행을 산출하는 것이며, (거칠게, 그리고 불변하는 결과라기보다는
> 보통의 경향에 따라 말하자면) 그것이 정교하든 강조되어 있든지간에, 구조적인 병행
> 성이 두드러질수록 단어나 문장에서의 병행성도 두드러진다. ···이런 종류의 두드러진
> 혹은 급격한 병행성은 은유, 직유, 우화 등(사물의 유사성에서 효과를 구하는 것)이나
> 대구, 대조법 등(비유사성에서 효과를 구하는 것)에 속한 것이다.75)

은유적인 구성은 상이한 두 構文 사이에 연계 가능한 지표mark를 허
용하며, 그 지표를 통해 구조적인 유사성을 산출한다. 둘 이상의 사물
사이에 유사성이 성립하므로, 은유와 직유, 우화와 같은 의미론적인 유
사성이나 대구, 대조와 같은 구문론적인 유사성이 모두 同型의 구조를
갖게 되는 것은 자연스러운 일이다. 구문적으로 유사한 구문 사이에 의
미적으로 유사한 관계가 흔히 맺어지는 것이다. 두 개의 문장이나 구,
절, 시어가 구문적으로 통합되면서 둘에 공통되는 어떤 의미를 산출하
므로, 이렇게 통합된 언술 영역끼리의 관계를 은유적이라고 부를 수 있
다. 유사한 구문이 여러 번 반복되며 의미론적 반복을 낳을 수도 있으
므로, 은유적 구성은 여러 언술 영역에 걸쳐 있을 수도 있다. 은유적 구

---

74) 펀pun을 통한 말놀이는 같거나 비슷한 말소리로 두 개의 어휘(혹은 구문)를 결
   속한다. 이러한 결속 역시 유사성으로 差異를 가로지른다는 점에서 은유적이라
   할 수 있다. "등가원리의 적용에 의해서 나타난 시 구성요소들 사이의 형식적인
   유사성이 기호에 有緣性을 부여한다. 즉 유사한 음 구조를 갖는 단어들 사이에
   의미의 유사성이 나타나며, 또한 유사한 문장구조를 갖는 문장들 사이에 의미의
   유사성이 나타난다."(진종화, 「시에 나타나는 형식과 의미의 관계--로만 야콥슨의
   등가원리를 중심으로」, 석경징 외 편, 『서술이론과 문학비평』, 서울대 출판부,
   1999, 68면)

75) Hopkins, *Journal and Papers*, p.85, Jakobson, Ibid., p. 83에서 재인용. 수사학에
   서는 비유를 말의 비유와 의미의 비유로 나누어 설명하였다. 전자는 대조, 대구,
   도치 등과 같은 단어나 구문상의 변이를 기준으로 한 것이며, 후자는 은유, 환유,
   제유 등과 같은 의미 생성의 조건을 기준으로 한 것이다. 전자는 형식을, 후자는
   내용을 강조한 셈인데, 이런 이분법은 언술 차원의 의미 생성 방식을 연구할 때
   에는 그다지 효과적이지 않다고 생각한다. 의미를 낳거나 변형시키는 것은 특정
   한 단어가 아니라, 그 단어가 포함된 문맥이다. 그러므로 언술 차원에서, 새로운
   의미는 문장을 만들어나가는 과정에서 생성된다. 위 인용문 역시 의미 생성의 요
   건이 구문 구조와 밀접히 관련되어 있음을 보이는 증거라 하겠다.

성은 다음과 같은 하위항을 포함할 것이다.

① 중첩. 두 개 이상의 언술이 동일성의 틀 안에서 결속하는 것. 이 경우, 하나의 언술 영역은 다른 영역의 매개어이자 취의가 된다. ② 병렬. 두 개 이상의 언술이 유사성의 틀을 통해 연쇄되는 것. 이 때 각각의 언술 영역은 취의 역할을 하는 하나의 언술 영역을 核子로 공유하게 된다. ③ 반복. 동일한 언술의 영역이 여러 번 출현하는 것. 언술이 반복된다고 해도, 시행의 위치나 다른 언술과의 관련에 따라 조금씩은 다른 기능을 수행하게 마련이다. 부분적인 변환 역시 반복의 예로 볼 수 있을 것이다. ④ 첨가. 부분적으로 다른 언술이 삽입되면서, 반복이 이루어지는 것. 이 가운데 반복과 첨가는 시 전체의 구조를 해명하는 구성상의 근본적 요소라 보기 어렵다. 중첩에도 의미론적인, 혹은 구문론적인 반복이 발견되므로, 반복을 중첩의 특수한 경우로 간주할 수 있을 것이다. 또한 병렬이 유사한 언술 영역의 집합이므로, 첨가를 병렬의 특수한 경우로 간주할 수 있을 것이다. 이것들은 구성의 틀을 형성하는 것이 아니라 그 틀에 덧붙은 부수적인 방식이다. 따라서 이 논문에서는 은유적인 구성의 예로 중첩과 병렬을 중시하고자 한다.

구문적 有標가 가능한 언술들이 수평적으로 전환될 때, 두 언술 영역 사이에서는 자주 문법적이고 의미적으로 등가의 관계가 맺어진다. 수평적인 언술 영역끼리의 등위적인 결합을 <은유적인 구성>의 경우로 간주하고자 한다. 은유적인 구성은 시선의 수평적인 초점(물질적인 것)이나 연상의 수평적인 초점(개념적인 것)을 갖는다.[76] 은유적 구성에서 시선은 하나의 집중된 초점을 갖거나(중첩), 同格의 여러 초점을 갖는다(병렬). 중첩의 경우, 각각의 언술 영역은 유사성이 매우 강해서 자주 동일성의 관계로 묶인다. 병렬의 경우, 각각의 언술 영역이 이루는 유사성은 미약한 편이어서, 그 각각은 하나의 전언——취의 구실을 하는 언술 영역——을 위한 매개어처럼 작용한다. 중첩이 하나를 다른 하나와 同化시키는 것이라면, 병렬은 하나를 다른 하나와 유사성의 틀 안에서 결속하

---

76) 물질적, 개념적인 것의 구분은 뒤 그룹의 견해를 따른 것이다. 예컨대 <나무>는 다음과 같이 두 가지로 분해된다. ① 나무=가지+잎+줄기+뿌리; ② 나무=포플라+떡갈나무+버드나무……. 우리는 이 두 가지 방식으로 분해를 수행할 수 있는데, 전자가 개념적인 분석이라면, 후자는 물질적인 분석이다(자크 뒤부아 외, 앞의 책, 170-177면 참조). 여기서 <개념>은 의미론적인 차원을 말하고, <물질>은 대상적인 차원을 말한다.

는 것이다.

이 논문에서 수사법 상의 직유는 은유에 포함하여 논의하기로 한다. "직유는 'like'나 'as if' 구조 때문에 은유보다는 더욱 그 요소들 사이에 視覺的인 경향을 띤 관계를 포함한다. 사실상 때때로 직유는 은유의 빈약한 친척이며, 다만 轉移作用의 '앙상한 뼈대'만을 제한된 유추나 비교의 형식으로 제시"한다.77) 언술 영역끼리의 비유를 검토할 때에, "처럼"이나 "같은"과 같은 가시적 문법 요소는 중요하지 않다고 생각된다. 구문론상, 의미론상의 두 언술을 동일성이나 유사성으로 묶을 때 은유관계가 맺어지는 것이기 때문이다.78)

은유적인 구성에서 하나의 언술은 은유적인 틀 안에서 생략되는 경우가 많다. 은유에서 우리는 자주 하나의 언술에서 다른 하나의 언술을 읽어내야 한다. 이 경우 드러난 언술이 생략된 언술의 역할까지 떠맡게 되는데, 이 때문에 은유적 구성은 흔히 이중적인 의미구조를 갖는다. 환유적 구성이나 제유적 구성에서도 사정은 다르지 않다.

B. 환유적 구성

전통적인 은유의 경우, 대체물과 피대체물 간에는 공통 특성이 있는 것으로 간주된다. 의미상의 공통집합이 은유를 유사성으로 묶어주는 근거가 된다. 반면 환유에서는 그 공통특성이 매우 미약하다. 전통적인 환유는 은유와 마찬가지로 하나가 다른 하나를 대체하는 수사법이지만, "이 둘 사이에 의미적으로 공통 부분이 없을 때"를 이른다. <서울>로 <대한민국의 정부 대변인>을 대신하는 경우, 이 둘 사이에는 공통의 의미소가 없으나 "실용적 관계, 즉 동일한 사회적 문맥"이 있다. 그래서 "환유는 항상 실용적 동기에 근거한다."79) 이러한 현상은 "피대체물과 대체물 사이에서 일어나는 통사적 결합의 아주 잦은 반복이 있을 때 일

---

77) T. 호옥스, 『은유』, 앞의 책, 4면.

78) 카이저W. Kayser는 직유가 <비교>의 영역에서, 은유가 <전이>의 영역에서 작동하는 것이라 말했다. 그는 "직유의 동작을 받아들이기 어려운 은유"가 있음을 들어, 본질적으로는 둘이 구별되는 것이라 추정했다.(볼프강 카이저, 『언어예술 작품론』, 김윤섭 역, 시인사, 1994[재판], 189-194면 참조) 그러나 <전이>는 <비교>와 다른 것이 아니다. 비교되는 두 대상이 서로 삼투하여, 하나가 다른 하나를 대신하는 것이므로 <전이>에 <비교>의 개념이 내포되어 있다고 볼 수 있다. 따라서 직유를 은유에 포함하여 논의할 수 있다고 판단하였다.

79) 위르겐 링크, 『기호와 문학』, 앞의 책, 219-220면.

어난다."[80] 다시 말해 사회적으로 어떤 생략과 비약을 허용할 수 있을
만큼 일반화된 용법이 가능한가 하는 점이 환유를 낳는 조건이다. <톨
스토이>로 <톨스토이가 쓴 책>을 나타내거나, <감투>로 <벼슬>을 나타
내거나, <자동차>로 <운전자>를 나타내는 일은, 그 연상의 통로가 이미
명확히 밝혀져 있기 때문에 가능한 일이다. 따라서 환유가 발생하는 근
본적인 전제는 환유적 연상의 통로가 얼마나 분명한가에 있다. 흔히 공
간적인 인접성을 환유적인 것으로 간주하는 것은, 시선의 이동이 예측
가능한 방식이기 때문이다. 시선의 공간적인 이동, 연상의 자연스러운
흐름을 환유적인 것으로 간주할 수 있는 이유는 이 때문이다.[81]

환유를 낳는 조건은 연상이 가진 일종의 自動性이다. 이런 자동성이
언중에 익숙해져서 축약될 수 있을 때 어휘 차원의 환유가 생성된다.
自動化된 인접성이 곧 환유의 방식이다. 하나의 언술이 다른 하나의 언
술로 자동화된 인접성의 길을 따라 이행하는 것을 환유적 구성이라 부
를 수 있다. 그래서 언술 차원의 환유 역시 때로 축약을 낳는다. 긴 인
접성의 목록을 압축하여 이어붙이는 경우, 우리는 이를 환유적이라고
말할 수 있다.

환유를 은유와 제유의 이중적 과정으로 설명할 수 있는 경우가 있다.
은유와 제유가 동시적으로 성립했을 때, 은유 관계에 있는 한쪽의 제유
적인 유개념과 다른 한쪽의 제유적인 종개념 간에는 환유적 관계가 맺
어진다. 은유적인 두 대상을 A와 B라 하고, A와 B가 맺고 있는 제유적
대상을 a와 b라 하면, Aa와 B, Ba와 A를 사이에 환유적인 관계가 생성

---

80) 같은 면.
81) 다음은 환유를 유형화한 목록과 실례이다. 이 목록은 매우 장황한 데다가 환유
　　의 성립원리라 보기도 어렵다. 따라서 이들을 관통하는 일반적인 원리를 찾을 필
　　요성이 대두된다.
　　㉠ 원인과 결과: 전쟁은 참혹하다.(전쟁의 결과)
　　㉡ 기호와 기호화된 것: 왕관을 쓰다, 왕좌에 앉다(왕이 되다)
　　㉢ 구체물과 추상물: 꽃다발을 받다.(축하를 받다)
　　㉣ 행위자와 행위: 성범죄는 가혹하게 처벌받아야 한다.(범죄자)
　　㉤ 열정과 열정의 대상: 그녀는 나의 진정한 사랑이다.(사랑하는 대상)
　　㉥ 용기와 내용물: 끓고 있는 주전자(주전자 속의 물)
　　㉦ 장소와 장소에 있는 대상: 청와대의 발표가 있었다.(청와대의 정부 대변인)
　　㉧ 시간과 시간적인 대상: 호전적인 시대(전쟁이 많았던 시대)
　　㉨ 소유자와 소유물: 그는 펜을 꺾었다.(글을 쓰지 않다)
　　㉩ 창조자와 만들어진 것: 그는 김소월을 읽고 있다.(김소월이 지은 시)
　　㉪ 사용자와 도구: 가죽잠바가 들어왔다.(가죽잠바를 입은 사람)

되는 것이다. 환유가 가진 교환 가능한, 곧 등위적인 성격은 Ab와 Ba
사이에 맺어지는 성격이다. 결국 환유는 이중의 유추로 이루어지는 셈
이다. 예를 들어보자.

자동차(A) = 바퀴(a) + 운전석(b) + 전조등(c) + …
사람(B) = 다리(a) + 머리(b) + 눈(c) + …

자동차를 바퀴, 운전석, 전조등 만으로 나타내거나 사람을 다리, 머리,
눈만으로 대표하면 제유가 된다. 또 자동차를 사람으로, 바퀴를 다리로
나타내면 은유가 된다. 환유는 이 두 가능성이 동시에 성립할 때 이루
어진다. 자동차를 사람의 다리로(예: 무서운 다리들이 경적을 울리며 도
로를 뛰어왔다), 사람을 자동차의 바퀴로(예: 그 바퀴는 열심히 돌았으
나, 인생이라는 진창을 벗어나지 못했다) 나타낼 수 있는 가능성을 여기
서 얻는다.

　等位的인 언술들이 공통특성을 가지고 결속되는 것이 <은유적인 구성
>이라면, <환유적인 구성>은 등위적인 언술들이 교차하는 점 없이 변위
displace하는 것이다. 다시 말해 구문적 유표가 없는 언술 영역의 수평
적인 전환이 환유적인 구성이다. 환유적 구성에서 언술 영역끼리의 관
계는 어느 정도는 異質的인 것이지만, 사회적인 관습의 길을 따라 앞의
언술 영역이 뒤의 언술 영역을 불러 온다. 수사적인 환유가 갖는 관성
적인 성격이 언술의 차원에서도 가능한 셈이다. 환유적 구성은 다음과
같은 하위항을 포함할 것이다.

　① 연접. 하나의 언술 영역이 다른 언술의 영역과 접속하는 것. 화자
의 시선이 공간적인 인접성에 따라 이동하거나 연상이 계기적인 진행에
따라 다음 연상으로 옮겨가게 될 것이다. ② 이접. 하나의 언술이 그와
무관하거나 상반된 다른 언술로 옮겨가는 것. 연접이 순행의 방식이라
면 이접은 역행의 방식인 셈이다. ③ 생략. 시선이나 연상이 진행되면서
예상되는 언술의 영역이 출현하지 않는 것. ④ 비약. 예상되는 언술의
영역 대신 시선이나 연상의 고차적인 혹은 최종의 결과로 간주할 만한
언술의 영역이 출현하는 것. 생략이나 비약은 결국 동일한 구성인 셈이
다. 예상되는 하나의 언술이 출현하는 대신 그 다음의 언술이 환유적으
로 출현하는 것이기 때문이다. 생략이나 비약은 은유적인 첨가와 대척

적인 자리를 이룬다. 첨가가 예상되는 언술이 출현하기 전에 돌출하는
것이어서 예상되지 않은 언술이라면, 생략이나 비약은 예상되는 언술이
삭제되고 시선이나 연상이 그 다음으로 비약하는 것이기 때문이다. 생
략이나 비약을 연접의 특수한 예로, 말하자면 급격한 연접의 예로 간주
할 수 있다. 따라서 이 논문에서는 환유적인 구성의 예로 연접과 이접
을 중시하고자 한다.

　환유적 구성에서는 시선이 수평적으로 옮겨가거나(물질적인 것), 연상
이 수평적으로 옮겨간다(개념적인 것). 시선이나 연상이 인접한 공간이
나 생각으로 순차적으로 옮겨가는 경우가 연접이며, 동떨어지거나 상반
된 공간이나 생각으로 옮겨가는 것이 이접이다.

C. 제유적 구성

　전통적인 제유의 경우, 제유관계에 있는 두 사물은 상위/하위 관계에
놓여 있다. 전통적인 제유는 "부분으로 전체를(<오십 개의 배> 대신에
<오십 개의 닻>을), 전체로 부분을(<봄> 대신에 <미소짓는 年>을), 종으
로 유를(<암살자> 대신에 <살인자>를), 유로 종을(<인간> 대신에 <피조
물>을), 재료의 이름으로 만들어진 사물을 대신하는 것 등"을 이른다.82)
부분과 전체의 대체는 물질적, 결합적인 대체이며, 종과 유 혹은 재료와
사물의 대체는 개념적이고 분리적인 대체에 해당한다. 따라서 시선(물질
적)이든 연상(개념적)이든 제유는 상위 개념과 하위 개념 사이의 대체를
이른다. 많은 경우 환유와 제유를 동일시하는 것은, 대체물과 피대체물
을 물질적인 것으로만 상상했기 때문이다. <내 코트에 소포가 있다>고
했을 때 <코트coat>는 <주머니pocket>를 이르는 말이며, <한 잔 하겠다
>고 했을 때, <잔cup>은 <한 잔의 커피cup of coffee>를 이르는 말이
다.83) 전자가 제유이고 후자가 환유인데, 양자 모두 환유의 물질적인(공
간적인) 인접성의 용어로 설명할 수 있는 것이다. 하지만 전자가 제유인
것은 <주머니>가 <코트>의 일부이기 때문이며, 후자가 환유인 것은 <
잔>이 <커피>와 관용적으로 관련되어 있기 때문이다.

---

82) J. Kreuzer, *Eliments of Poetry*, Macmillan Company, 1955, p. 106.
83) *op. cit.* pp. 106-107. 크로이저 역시 제유가 환유의 특수한 종류로 간주될 수 있
　　다고 말하고 있다.

구조적 관계는 사물들 내within의 관계이고 외적 관계는 사물들 간among의 관계이다. (중략) 구조적 관계란 제유적 관계를 일컫는 것이다. 즉 전통적으로 부분과 전체, 종과 일반, 사물과 그 재료의 관계를 말하는 제유라는 것이다. 이들은 관계들의 이질적 집합이 아니라 단일 유형의 변종들인 것이다.

주장하고자 하는 것은 제유적 관계는 구조적이고 환유적 관계는 외적extrinsic이라는 것이다. 즉 특정 사항과 그 사항에 속한 부분들, 또 특정 사항들 간의 관계를 말한다. (중략) 예를 들어 '바퀴들'이란 자동차에 대한 제유이지만 경주 운전자가 '바퀴'라는 별명을 갖게 되면 그것은 환유이다. 전자의 경우 '특정' 사항은 자동차이고 바퀴는 그것의 일부, 전체에 대한 부분으로써 자동차에 구조적으로 관련된 것이다. 후자의 경우 바퀴가 특정사항이고 또 다른 특정사항은 운전자와 외적으로 연관되어 있다.[84]

제유는 사물의 부분과 사물 전체의 관계에서 맺어지는 것이어서 내적 관계라 할 수 있으며, 환유는 한 사물과 관용적으로, 혹은 사회적인 문맥으로 관련된 사물과의 관계에서 맺어지는 것이어서 외적 관계라 할 수 있다. 다시 말해 제유는 한 사물의 부분과 그 사물 전체를 형성하는 구조적 틀 안에서 발생하는 것이며, 환유는 여러 개의 이질적인 사물들 사이에서 그것들을 아우르는 사회적인 문맥의 힘이 있을 때 발생하는 것이다. 따라서 환유와 제유는 다른 사고의 결과로 형성되었다고 보아야 한다.

은유가 교차 관계의 사물 사이에서 맺어진다면, 제유는 포함 관계의 사물 사이에서 맺어지며, 환유는 배제 관계의 사물 사이에서 맺어진다. 은유의 유사성(혹은 동일성)은 교차 관계의 사물 사이에서 성립하는 것이며, 제유의 포괄성(혹은 종속성)은 하나의 사물이 다른 사물의 일부분이거나 전체일 때 성립하는 것이고, 환유의 인접성은 교차하지 않는 두 사물을 전제로 할 때 성립하는 것이다.[85] "제유는 인간의 기본적인 범

---

84) 정원용, 『은유와 환유』, 앞의 책, 164-165면. 이 부분은 Bredin의 논의를 요약한 부분이다. 외적 관계는 다시 의존관계와 단순관계로 나뉜다. 의존관계는 사물들이 갖는 속성이 특정 관점에 의해 결합된 경우인 반면, 단순관계는 사물들 사이에 의존적인 관계가 보이지 않는 경우이다. 전자의 특징이 유사성이므로 의존관계는 은유의 기초를 이룬다. 반면 단순관계는 상호 의존적이지 않은(곧 공유되는 속성이 없는) 관계여서 환유의 방식을 이룬다. 결국 제유는 사물들 사이의 구조적 관계에서, 환유는 외적인 단순관계에서, 은유는 외적인 의존관계에서 발생한다는 것이다.

85) 한편 에코는 기호적 조직화의 방식으로 제유와 환유를 구별하였다. 먼저 제유에 대한 설명이다. "사실이 그렇듯, 만일 의미소가 연결되지 않은 의미소들의 비계층적 집합이라면, 우리는 의미소 <남성>이 외연denotation적 표시소 <인간>을

주화 능력(많은 것 속에서 한 가지 공통성을 보는 것)과 관계 있고, 환유는 인간의 기본적인 지각 능력(다른 것과 인접해 있는 것)과 관계 있기 때문이다. 범주화의 능력이 없으면 세계는 무의미한 무질서의 상태로 보일 것이고 인간의 대상 인식이 불가능해진다고 할 수 있다. 또 시-공간의 인접성에 대한 지각이 없으면 세계는 산산이 흐트러지게 된다. 인간은 한편으로 주변에 존재하는 사물들과 발생하는 사건들과 인접하여 생활함으로써 공간적 시간적(인과적) 지식을 얻게 된다. 인간은 또 다른 한편으로 인간과 사물과 사건들을 범주화하고 재범주화하여, 의미 부여를 함으로 인식의 발전을 갖게 된다."86) 인간의 인식적 능력을 염두에 둘 때에도 제유와 환유는 이처럼 엄밀히 구별된다.

　<제유적인 구성> 역시 언술의 영역이 상위/하위 관계로 맺어졌을 때

　　가지고, 의미소 <인간>이 내포connotation적 표시소 <남성>을 가질 수 있다고
　말해야 한다. (중략) 각 표시소는 (기호적 합의에 의해) 유genus를 내포하며, 이
　때 유 안에 그 표시가 포함된다. 그리고 그 표시소는 구성원의 유가 되는 구성원
　을 내포한다. 그러므로 의미소는 類이며, 상의관계에 의해서 그것의 種species을
　외연하며, 하의관계에 의해서 그것의 유가 되는 종을 내포한다(<주홍>은 <붉은>
　을 외연하고, <붉은>은 <주홍>을 내포한다). 이것은 제유의 현상에 묶인 모든 수
　사적 구별을 설명한다."(에코U. Eco, 『기호학 이론』, 서우석 역, 문학과지성사,
　1985, 308면. <기저의미>라는 譯語를 외연으로, <부가의미>라는 역어를 내포로,
　제누스를 類로 바꾸었음) 제유를 상위개념과 하위개념간의 계층적 관계로 설명하
　는 셈이다. 종개념(남성, 주홍)으로 유개념(인간, 붉은)을 외연(기저 의미)하고 유
　개념으로 종개념을 내포(부가 의미)하는 것이 제유이다. 다음 환유에 대한 설명
　이다. "환유에 대해서 말하자면 만족스런 해명은 의미적 재현 안에 역할roles 또
　는 <경우cases>의 유형학에 따른 n-위치의 속성predicates을 삽입함으로써 도달
　될 수 있다. 이런 방법으로 우리는 결과 대신 원인이나 그 역, 소유자 대신 소유
　한 것이나 그 역, 포함하고 있는 것 대신 포함된 것이나 그 역 등과 같은 관계들
　을 기록할 수 있다."(같은 면) n-위치란 문맥적 선택cont-에 따라 분화되어 가는
　기저의미d(외연)와 부가의미c(내포)의 자리를 말한다. 다시 말해 특정한 문맥 안
　에서 외연과 내포에 따른 의미소의 자리바꿈이 환유를 낳는 조건이란 얘기다. 의
　미소가 문맥 안에서 특정한 역할이나 경우의 유형에 따라 자리를 바꿀 때에 환
　유가 생성된다.
86) 정원용, 앞의 책, 191면. 저자는 환유가 물질적인 면과, 제유가 개념적인 면과 관
　련된다고 추론하였다. 환유가 실세계에서의 인접성을 지각하는 능력이며, 제유가
　개념적인 범주화 능력이기 때문이다. 환유가 인간의 지각 능력과, 제유가 인간의
　범주화 능력과 관련되어 있다는 추론은 옳은 듯 하다. 긴 구문을 혹은 시-공간의
　긴 회로를 축약했을 때 환유가 생성되는 것이므로 인접성으로 설명할 수 있으며,
　부분과 전체, 종과 유(일반)를 구조화했을 때 제유가 생성되는 것이므로 포괄성
　(혹은 종속성)으로 설명할 수 있다. 그러나 개념적으로 인접한 환유(예: 범죄자
　→ 범죄)와 물질적으로 범주화된 제유(예: 음식 ⊃ 빵)를 간추릴 수 있으므로, 환
　유가 반드시 물질적인 측면에서만 발생하거나 제유가 반드시 개념적인 측면에서
　만 발생하는 것은 아니다.

성립한다고 말할 수 있다. 제유적인 구성에서는 상위의 언술 영역이 하위의 언술 영역을 포괄한다. 두 언술이 제유적인 관련을 맺기 위해서는 하위 언술 영역이 상위 언술 영역의 부분이거나 특화이어야 한다. 다시 말해, 하위 언술의 체계 안에 상위 언술의 체계가 반영되어야 한다. 제유적인 구성은 다음과 같은 하위항을 포함할 것이다.

① 구체화. 물질적인 영역에서, 시선이 넓은 범위(비가시적인 범위)에서 좁은 범위(가시적인 범위)로 축소되는 것, 혹은 개념적인 영역에서 연상이 상위의 범주에서 하위 범주로 내려가는 것. 곧 상위의 언술이 시선이나 연상의 진행에 따라 하위 언술로 개별화되는 것을 말한다. ② 일반화. 물질적인 영역에서, 시선이 좁은 범위에서 넓은 범위로 확대되는 것, 혹은 개념적인 영역에서 연상이 하위 범주에서 상위 범주로 올라가는 것. 곧 하위 언술이 시선이나 연상의 진행에 따라 상위 언술로 보편화되는 것을 말한다. ③ 특수한 종류의 類比. 하나의 언술과 다른 언술의 관계가 상위 혹은 하위 언술과의 연관 없이는 유추되지 않는 경우. 유비추론은 은유적인 구성에 해당하는 것이라 할 수 있으나, 특수한 경우 곧 일반화와 구체화의 추론을 거치지 않고는 유추되지 않는 때가 있다. 이 경우의 유추는 이중적인 제유의 방식 곧 일반화와 구체화가 결합된 방식으로 이루어진다. 따라서 이를 일반화, 개별화로 분리하여 설명할 수 있다. 따라서 이 논문에서는 제유적인 구성의 예로 일반화와 개별화를 중시하고자 한다.

제유적인 구성의 경우, 두 언술의 영역은 등위적인 위치를 갖지 않는다. 부분과 전체, 상위 범주와 하위 범주의 경우에서만 제유적인 관계가 성립하기 때문이다. 동등한 층위의 언술 사이에서는 은유적인 관계(유사성으로 묶인 경우)나 환유적인 관계(인접성으로 묶인 경우)가 이루어진다. 제유적인 관계를 설명하는 특질은 포괄성 혹은 종속성이다. 상위 언술이 하위 언술에 대해 갖는 특질이 포괄성이며, 역으로 하위 언술이 상위 언술에 대해 갖는 특질이 종속성이다.

각각의 구성은 논리변환의 성격을 내재하고 있기도 하다. 은유적 구성은 等位文을 만들어낸다. 대등한 언술 영역의 교체를 통해 시적 전개가 이루어지기 때문이다. 은유적 구성 가운데 <중첩>은 언술과 언술을 동일성의 차원에서 묶기 때문에, <즉>이나 <환언하면>과 같은 논리형식을 갖는다. 우리는 은유적인 중첩에서 하나의 언술이 대등한 같은 언술로 바뀌는 논리의 변화를 관찰할 수 있다. <병렬>은 하나의 언술이 대등한 다른 언술로 바뀌는 것이어서, <그리고>나 <또한>과 같은 논리형식을 보여준다. 은유적인 병렬은 언술 사이의 유사성을 구성적 원리로 하기 때문이다. 다만 그러한 병렬이 은유적으로 기능하기 위해서는 언술들을 묶어주는 동일성의 場, 곧 취의 부분이 형성되어 있어야 하며, 은유적 병렬의 경우 이 지점을 지적할 수 있다.

환유적 구성은 언술을 둘러싸고 있는 사회적 연상의 場이 마련되어 있을 경우에 성립한다. 異質的인 언술들이 그 場 안에서 환유적으로 결합하는 것이다. 수평적인 언술들이 시선이나 연상의 흐름에 따라 결합하는 방식을 환유적이라 이름 붙일 수 있다. 환유적 구성 가운데 <연접>은 그 흐름이 자연스러운 시선이나 연상의 전개에 따라 이루어지는 것이어서, <그래서>나 <그러므로>와 같은 논리형식에 대응한다. 하나의 언술 영역이 예측 가능한 자연스러운 흐름을 따라 다른 언술의 영역과 접속하는 것이다. 환유적인 <이접>에서는 그 흐름이 역행적이다. 하나의 언술이 그와 상반되는 다른 언술을 떠오르게 하는 경우이기 때문이다. 그래서 환유적인 반동은 <그러나>나 <그럼에도 불구하고>와 같은 대조의 논리형식을 갖는다.

제유적 구성에서는 일종의 包含文이나 從屬文이 관찰된다. 하나의 場이 그보다 하위의 구성을 이루는 장이나 상위의 구성을 이루는 장으로 변화하기 때문이다. 이 경우 두 개의 언술 영역은 하나가 다른 하나를 포함하거나, 다른 하나에 종속된다. 제유적 <구체화>의 경우에는 하위 언술 영역이 상위 언술 영역의 實例이거나 이미지化로 간주될 수 있다. 그래서 상위 언술 영역에서 하위 언술 영역으로 이행하는 것을 <예를 들어>나 <가령>과 같은 논리형식으로 설명할 수 있다. 반면 제유적 <일반화>의 경우에는 상위 언술이 하위 언술의 핵심 전언의 구실을 한다. 그래서 <일반화>는 <요컨대>나 <요약하면>과 같은 논리형식으로 설명된다.

각각의 구성을 비유적으로 설명하자면, 은유적 구성은 같은 말을 그와 유사한 다른 말로 바꾸는 말바꾸기(혹은 말맞추기) 놀이에 비유될 수 있다. 다시 말해 하나의 말에서 파생될 수 있는 동의어들을 만드는 놀이(중첩)이거나, 유의어들을 만드는 놀이(병렬)이다. 환유적 구성은 하나의 말에서 파생되어 다른 말로 옮겨가는 말잇기 놀이와 같다. 하나의 말을 그와 관련된 다른 말로 바꾸는 놀이(이동)이거나, 그와 반대되는 말로 바꾸는 놀이(반동)인 셈이다. 제유적 구성은 하나의 말을 그것에 속해있는 하위의 말로 바꾸거나(구체화), 그것에 포함된 상위의 말로 바꾸는 놀이(일반화)이다.

여러 방법을 준용하여 한편의 시를 엮을 수도 있으므로, 각각의 구성 방식이 결합될 수도 있다. 앞으로 이 논문에서 다룰 김춘수, 김수영, 신동엽의 시를 어느 한 가지에 귀속시키지 않고, 각각 두 가지 방식에 걸쳐 이야기한 것은 이런 사정을 반영해서이다. 곧 김춘수에게서는 은유적, 환유적 구성 방법이, 김수영에게서는 은유적, 제유적 구성 방법이, 신동엽에게서는 환유적, 제유적 구성 방법이 지배적이라 판단하였다. 각 시인들의 방법이 동일하지 않은 것은 같은 구성 내에서도 시를 축조하는 방식과 그 방식을 통해 드러내고자 하는 세계관이 달랐기 때문이다. 각각의 은유, 환유, 제유적 구성을 세분화하여, 그 상이점들을 밝히고자 하였다.

각각의 구성적 특질을 도식화하여, 아래에 표로 제시하였다.[87]

	은유적 구성		환유적 구성		제유적 구성	
	중첩	병렬	연접	이접	구체화	일반화
구문적 指標	있음	있음	없음	없음	없음	없음
시선(연상)의 이동	수평적	수평적	수평적	수평적	수직적	수직적
특성	동일성	유사성	親인접성	反인접성	종속성	포괄성
논리변환의 성격	<즉>	<그리고>	<그래서>	<그러나>	<예컨대>	<요컨대>
언술 영역간의 결속력	강함	강함	약함	약함	보통	보통

87) 구체적인 시 분석에서 필요할 경우, 다음과 같이 기호화하기로 한다.

은유적 중첩/ A=B
은유적 병렬/ A+B
환유적 연접/ A→B
환유적 이접/ A↔B
제유적 구체화/ A⊃B
제유적 일반화/ A⊂B

제유적 구성의 경우, 포함관계는 언술 영역(장)의 순서에 따르지 않고 화자의 강조점에 따른다. 제유적 구성에서, ⊃의 왼쪽항이 일반항, 오른쪽 항이 구체항이다. ⊂의 경우는 그 반대이다.

2. 선행 연구의 검토

이 논문에서 김춘수, 김수영, 신동엽의 시를 대상으로 삼은 것은, 이들의 시가 대체로 同時代的 斷面에서 의미화되는 동시에, 현대시의 詩作 方法을 보여주는 대표적인 텍스트가 될 수 있다고 판단했기 때문이다. 이 세 시인은 시를 짓는 데 서로 다른 구성의 방식을 활용하여 독자적인 시적 세계를 구축하였다. 이들이 겹치거나 만나는 意味의 網은 당대 한국 현대시의 넓이를 아우른다. 이를테면, 김춘수와 김수영은 모더니즘적 특성을 가진 시인으로 알려져 있으며, 김수영과 신동엽의 시는 참여시, 나아가 리얼리즘적인 시의 중요한 성취로 평가받는다.88) 이러한 의미상의 공유지점은 각 시인들이 세부적인 구성의 방식에서는 서로 다르면서도, 큰 줄기에서는 부합하는 면을 가지고 있었기 때문이다. 예컨대 김춘수와 김수영의 시는 은유적 구성의 특징을, 김춘수와 신동엽의 시는 환유적 구성의 특징을, 김수영과 신동엽의 시는 제유적 구성의 특징을 보여준다는 점에서 공통적이다.

대부분의 문학사가들이 서정주와 함께 이 시인들을 50-60년대의 시적 의미망을 이루는 주요한 시인들로 간주하였다.89) 이 논문에서는 이 시인들의 특성을 그 시작의 방법론에서 찾고자 했다. 시의 구성 방식과

---

88) 이 논문에서는 김춘수와 신동엽의 시 역시 詩史的 공유지점을 갖는다고 판단하였다. 두 시인에게는 시를 제작하는 방법적 특성, 다시 말해 비유적 구성 방식에서 서로 닮은 점이 있다. 곧 환유적 특성이 두 시인에게서 공히 나타난다. 논문의 3장 2절 참조.

89) 다음과 같은 연구를 참조할 것.

김윤식·김현, 『韓國文學史』, 민음사, 1973.

최동호, 「分斷期의 現代詩」, 『現代詩의 精神史』, 열음사, 1985.

김재홍, 『현대시와 역사의식』, 인하대출판부, 1988.

김준오, 「순수·참여와 다극화시대」, 28인 공저, 『韓國現代文學史』, 현대문학사, 1989.

최동호 편, 『남북한 현대문학사』, 나남, 1993.

권영민, 『한국현대문학사』, 민음사, 1994.

김인환은 이들이 후대 시인들에 미친 영향을 다음과 같이 계통화하였다. "1970년대와 1980년대의 시인들은 서정주, 김춘수, 신동엽, 김수영의 영향을 받았다. 우리는 김지하, 신경림, 김광규, 박노해, 김용택의 시에서 김수영과 신동엽의 영향을 확인할 수 있고, 정진규, 이성선, 강우식, 이수익, 조정권, 오탁번, 박의상의 시에서 서정주와 김춘수의 압력을 확인할 수 있고, 황동규, 정현종, 오규원, 이성복, 최승호의 시에서 김춘수와 김수영의 압력을 확인할 수 있다."(김인환, 「이상 시의 계보」, 『현대비평과 이론』, 1997. 가을·겨울, 129면)

시적 언술의 특징에 주목한 것은 이러한 이유에서이다. 김춘수, 김수영, 신동엽 시의 구성적, 언술적 특질을 언급한 주요한 논의와, 논문에서 참조한 사항은 다음과 같다. 그 외에 참조한 기존 연구는 본문에서 주를 달아 검토하였다.

김춘수의 무의미시에 대한 구성상의, 혹은 언술상의 특징에 대한 연구는 많지 않다. 이는 대체로 무의미시가 기호나 심상, 리듬의 조합만으로 이루어진 의미배제의 시라는 결론이 낳은 불가피한 한계이다. 무의미시에 대한 견해를 셋으로 유별할 수 있다. 첫째, 무의미시론의 주장을 받아들여 시적 결과를 해석하는 연구가 있다. 정도의 차이는 있으나, 많은 논자들이 무의미시가 시적 대상을 찾아볼 수 없는 의미배제의 시라는 견해를 견지하였다. 이기철, 이승훈, 김준오, 김두한 등이 시론과 시를 연관지어 장르론이나 시적 존재론에 토대를 두어 논의를 전개하였다.90) 이들이 마련한 해석의 범주에 드는 많은 연구결과가 제출되었으나, 김춘수 자신의 시론을 여과 없이 수용하고 있고, 몇몇 시들만이 집중적으로 예시되어 있어서 논의가 중복된다. 둘째, 무의미시에서 의미의 결절점을 찾아 무의미시의 의의나 한계를 짚어내는 연구가 있다. 김주연, 황동규, 김종길 등이 무의미시론과 시적 결과의 괴리를 지적하였다.91) 이 연구의 한계는 본격적인 작품론의 형식으로 체계화되지 못했다는 데 있다. 셋째, 무의미시론을 김춘수의 시적 견해로 제한하고, 무의미시 자체의 구조와 문체에 주목한 연구가 있다. 김인환, 이창민 등이 무의미시의 전개와 특성을 개별 시의 분석을 통해 규명하였다.92) 두 논자는 무의미시가 정상적인 경험 세계의 언어로 파악할 수 없는 대립과 차이의 놀이, 혹은 심상과 운율을 가지고 벌이는 언어의 유희에 토대를

---

90) 이기철, 「무의미시, 그 의미의 확대」, 『시문학』, 1976. 6.
이승훈, 「무의미시」, 『비대상』, 민족문화사, 1983.
김준오, 「무의미와 서정양식--김춘수의 이분법 체계」, 『한국 현대 장르 비평론』, 문학과지성사, 1990.
김두한, 『김춘수의 시세계』, 대구: 문창사, 1992.
91) 김주연, 「김춘수와 고은의 변모」, 『변동사회와 작가』, 문학과지성사, 1979.
황동규, 「감상의 제어와 방임」, 『창작과비평』, 1977. 가을.
김종길, 「시의 곡예사--춘수시의 이론과 실제」, 『시에 대하여』, 민음사, 1986.
92) 김인환, 「과학과 시」, 『상상력과 원근법』, 문학과지성사, 1993.
이창민, 『김춘수 시 연구』, 고대 박사논문, 1999.

두어 지어졌다고 결론을 내렸다는 점에서, 첫 번째 논자들이 이른 결론과 크게 다르지 않으나, 시론을 참조사항으로만 여기고 시의 내재분석에 충실했다는 점에서 첫 번째 연구와 구별된다. 무의미시의 구성 방법과 언술적 특성을 연구하기 위해서는 무의미시에 해석의 가능성을 부여해야 한다.

김춘수 시의 언술적 특성에 주목한 논자로 이은정이 있다. 이은정은 김춘수의 시적 언술의 특징을 묘사주의라 정의하였다.[93] 그녀에 의하면 김춘수의 묘사주의가 극단적으로 추구될 때, "'인간적'인 것은 그 잔영마저 철저히 배제되고 대상의 묘사만이 절대화되는 현상으로 나타난다". 그녀에 의하면 묘사수의는 극단화되면서 의미해체와 통사해체로 나아가는데, 이 과정이 무의미시가 산출되는 과정이다. 김춘수 시의 서경적 특성을 묘사라 이름짓는 것은 타당하다고 판단된다. 그러나 무의미시가 의미 분석의 대상이 될 수 없다는 결론은, 이 논문의 立地와는 사뭇 다른 것이다. 이 논문에서는 이은정이 정의한 묘사주의의 세부적 특징(절제의 기법화, 의미의 無化, 대상의 존재화) 역시 받아들이지 않았다.

노철은 김춘수의 시작 방법이 해체와 재구성이라는 일관된 지향을 가지고 있다고 보았다.[94] 기존의 세계를 해체하기 위해 언어를 해체하고 세계를 언어로 재구성하기 위해, 김춘수는 기존의 사물을 해체하여 일부분을 제거하거나, 과장된 서술적 표상이나 기존 언어 체계를 해체한 무의미한 표상을 만들었다. 이 과정에서 이미지나 소리의 오브제가 만들어진다. 그러나 그의 결론은 김춘수의 무의미시론 자체에 이미 상당 부분 포함된 것이어서, 대체로 앞에서 언급한 첫 번째 연구의 범주를 벗어나지 않는 것으로 보인다.

김수영의 시에 대한 기존의 연구는 네 가지 정도로 유별된다. 첫째, "정직성, 사랑, 양심, 자유" 등의 주제어를 중심으로 김수영의 시세계를 검토한 연구,[95] 둘째, 김수영의 시와 산문을 포괄하여 시사적 의미를 밝

---

93) 이은정, 『김춘수와 김수영 시학의 대비적 연구』, 이화여대 박사논문, 1993.
94) 노 철, 『김수영과 김춘수의 시작 방법 연구』, 고려대 박사논문, 1998.
95) 김인환, 「한 정직한 인간의 성숙과정」, 『신동아』, 1981. 11.
  김종철, 「시적 진리와 시적 성취」, 『문학사상』, 1973. 9.
  김 현, 「자유와 꿈」, 김수영 시선집 『거대한 뿌리』(해설), 민음사, 1974.
  황동규, 「정직의 공간」, 김수영 시선집 『달의 행로를 밟을지라도』(해설),
    민음사, 1976.

히고자 한 연구,96) 셋째, 김수영의 시론을 검토한 연구,97) 넷째, 김수영
시의 형식적 특질을 밝힌 연구98)가 그것이다. 첫째에서 셋째 범주에 드
는 연구 가운데서도 부분적으로 김수영 시의 구성적, 언술적 특질을 설
명한 부분이 있다.

  김수영 시의 언술적 특성에 주목한 논자로 김혜순과 이은정이 있다.

  김혜순은 김수영 시의 언술적 특성을 형태소의 반복과 의미소의 대
립, 이원적 대립 구조와 변증법적 담론 구조, 내적 대화 구조 등으로 정
의하였다.99) 김수영의 시는 주로 형태소 반복을 통하여 리듬감을, 초행
적 반복을 통하여 의미론적 확대를 도모하였고, 이원론적 대립 구조를
통하여 참된 것을 참되지 못한 것과 분리해내는 변증법적 담론구조를
지녔으며, 내적 대화구조를 통해 이중화자의 목소리를 낸다는 요지이다.

  염무웅,「김수영론」,『민중시대의 문학』, 창작과비평사, 1979.
  김우창,「예술가의 양심과 자유」,『궁핍한 시대의 시인』, 민음사, 1978.
  정과리,「현실과 전망의 긴장이 끝간 데」,『김수영』, 지식산업사, 1981.
  유종호,「시의 자유와 관습의 굴레」,『세계의 문학』, 1982. 봄.
  김기중,「윤리적 삶의 밀도와 시의 밀도」,『세계의 문학』, 1992, 겨울.
96) 김현승,「김수영의 시사적 의의와 업적」,『창작과 비평』, 1968. 겨울.
  백낙청,「역사적 인간과 시적 인간」,『창작과 비평』, 1977. 여름.
  김영무,「김수영의 영향」,『세계의 문학』, 1982. 겨울.
  유재천,『김수영의 시 연구』, 연세대 박사논문, 1986.
  김종윤,『김수영 시 연구』, 연세대 박사논문, 1987.
  이건제,『김수영 시의 변모양상 연구』, 고려대 석사논문, 1990.
  이종대,『김수영 시의 모더니즘 연구』, 동국대 박사논문, 1993.
  김명인,『김수영의 <현대성> 인식에 관한 연구』, 인하대 박사논문, 1994.
  강연호,『김수영 시 연구』, 고려대 박사논문, 1995.
  최동호,「김수영의 문학사적 위치」,『작가연구』, 1998. 상반기.
97) 김윤식,「김수영 변증법의 표정」,『세계의 문학』, 1982. 가을.
  이승훈,「김수영의 시론」,『한국 현대시론사』, 고려원, 1993.
  정남영,「김수영의 시와 시론」,『창작과 비평』, 1993. 가을.
  강웅식,『김수영의 시의식 연구--'긴장'의 시론과 '힘'의 시학을 중심으로』,
      고려대 박사논문, 1997.
  황정산,「김수영 시론의 두 지향」,『작가연구』, 1998. 상반기.
98) 서우석,「김수영--리듬의 희열」,『문학과 지성』, 1978. 봄.
  김 현,「김수영의 풀--웃음의 체험」, 김용직·박용철 편,
      『한국 현대시 작품론』, 문장사, 1981.
  강희근,「김수영 시 연구」,『우리 시문학 연구』, 예지각, 1983.
  이경희,「김수영 시의 언어학적 구조와 의미」,『이화어문논집』, 1986.
  김혜순,『김수영 시 연구--담론의 특성 연구』, 건국대 박사논문, 1993.
  이 중,『김수영 시 연구』, 경원대 박사논문, 1994.
  권오만,「김수영 시의 기법론」,『한양어문연구』(13집), 1996. 11.
99) 김혜순,『김수영 시 연구--담론의 특성 연구』, 앞의 글.

김혜순의 논문은 김수영 시의 형식적 특질과 기법을 밝히는 데 매우 유용하다.

이은정은 김수영 시의 언술적 특성을 서술주의라 명명하였다.[100] 이은정은 야콥슨의 계열체와 통합체를 묘사적 특성과 서술적 특성으로 나누고, 전자를 김춘수 시의 특성에, 후자를 김수영 시의 특성에 할당하였다. 야콥슨에게서 후자는 산문의 구성원리이다. 이은정은 이를 원용하여, 김수영 시가 갖는 산문적 특성을 서술주의라 이름붙인 후에, 서술의 양상을 다섯 가지로 나누어 살폈다. 이것은 김수영의 말하기 방식을 유형화하는 작업이어서, 산문적 성격이 시에 어떻게 도입되었는가를 살피는 기계적 분석에 빠질 위험이 있다. 본문에서는 자주, "서술하다"란 말을 <쓰다>는 의미로 사용하는 데 이 역시 개념의 엄밀성이란 측면에서는 약점이라 생각된다.

강연호 역시 김수영 시의 반복을 이야기하면서 김수영의 시적 언술의 특징을 "서술 혹은 진술을 위주로 한 산문성"이라 보았다.[101] 김수영의 작품들이 대개 산문적 진술에 의존하고 있어서, 전통적 율격과는 무관하며, 다만 같은 말이나 구절의 반복으로 운율적 효과를 내고 있다는 것이다.

김수영 시의 반복에 주목한 논자로는 김혜순과 강연호 외에 황동규, 이 중, 노철 등이 있다. 황동규는 김수영 시의 반복이 "분위기를 위해서가 아니라 강조하기 위하여, 그리고 강조를 통해 논리를 뛰어넘기 위하여 사용"되었다고 말했다.[102] 이 중 역시 반복과 병치가 김수영 시에서 고르게 나타나는 시적 장치 중의 하나라고 이야기했다.[103] 김수영 시의 반복은 단순 반복이라기보다는 同型의 語句나 문장이 반복적으로 출현하는 특성을 보인다. 반복句나 문장이 서로 다른 어휘나 구절로 채워져 있으므로 김수영 시의 특성이 반복 자체에 있는 것은 아니라고 생각된다. 이 논문에서는 김수영의 시가 흔히 유사한 구문들의 병렬을 통해 시적 진술을 엮어나갔다고 보았다.

---

100) 이은정, 『김춘수와 김수영 시학의 대비적 연구』, 앞의 글.
101) 강연호, 『김수영 시 연구』, 고려대 대학원 박사논문, 1995, 129면.
102) 황동규, 「정직의 空間」, 『김수영의 문학: 김수영 전집 별권』, 민음사, 1983, 123면
103) 이 중, 『김수영 시 연구』, 경원대 박사논문, 1994, 47면.

노철은 김수영의 시작방법이 사고의 흐름을 정직하게 표현하려는 일
관된 지향에서 나온 것이라 보았다.104) 정직한 자기 응시에서 연유하는
사고의 흐름이 기존 시의 형식을 탈피하고, 생각의 반복과 변화를 낳는
動因이 되었다. 그에 의하면, 김수영은 동일구문의 반복과 다른 구문의
첨가로 생각의 변화 과정을 표현하였다. 이때 중심적인 생각을 표현하
는 것은 의식의 판단을 담고 있는 술어이다. 곧 술어 자체를 심상으로
변화시켜, 술어의 반복과 변주를 통해 의식의 흐름을 표현했다는 것이
다. 다른 연구자에 의해 주제론의 측면에서 검토된 "정직성"이라는 용어
가 시작 방법론에 활용될 수 있는가, 술어를 심상으로 제시했다는 주장
이 가능한가에 의문의 여지가 없는 것은 아니나, 김수영의 시가 술어
중심의 역동적 심상으로 짜여졌다는 결론은 참조할 만하다.

신동엽의 시에 대한 기존의 연구를 네 가지로 분류할 수 있다. 첫째,
신동엽의 시세계를 그의 민족주의적 성향이나 동양적 세계관에 비추어
분석한 연구,105) 둘째, 신동엽 시의 사회적, 시사적 의의를 검토한 연
구,106) 셋째, 그의 서사시, 오페레타, 시극 등을 별항으로 분석한 연
구,107) 넷째, 신동엽 시의 형식적 특질에 주목한 연구가 그것이다.108)

---

104) 노 철, 앞의 글.
105) 김영무, 「알맹이의 역사를 위하여」, 『문화비평』, 1970. 봄.
　　　신익호, 「신동엽론」, 『국어국문학』, 전북대 국문과, 1985.
　　　김종철, 「신동엽의 道家的 想像力」, 『창작과 비평』, 1989. 봄.
　　　강은교, 「신동엽 연구」, 『국어국문학』(9집), 동아대 국문과, 1989.
　　　이동하, 「신동엽론--역사관과 여성관」, 『한국현대시인연구』, 민음사, 1989.
　　　서익환, 「신동엽의 시세계와 휴머니즘」, 『한양여전 논문집』(14집), 1991.
　　　조해옥, 「신동엽 연구」, 고려대 석사논문, 1992.
　　　박지영, 「유기체적 세계관과 유토피아 의식」, 민족문학사연구소 편,
　　　　　『1960년대 문학연구』, 깊은샘, 1988.
　　　오윤정, 「신동엽 시 연구」, 서강대 석사논문, 1997.
　　　김윤태, 「신동엽 문학과 중립의 사상」, 『실천문학』, 1999. 봄.
106) 조남익, 「신동엽론」, 『시의 오솔길』, 세운문화사, 1973.
　　　채광석, 「민족시인 신동엽」, 『한국문학의 현단계Ⅲ』, 창작과비평사, 1984.
107) 김우창, 「신동엽의 『금강』에 대하여」, 『창작과 비평』, 1968. 봄.
　　　김주연, 「시에서의 참여문제」, 『상황과 인간』, 박우사, 1969.
　　　이가림, 「만남과 同情」, 『시인』, 1969. 8.
　　　조태일, 「신동엽론」, 『창작과 비평』, 1973. 가을.
　　　최유찬, 「『금강』의 서술양식과 역사의식」, 『리얼리즘 이론과 실제 비평』,
　　　　　두리, 1992.
　　　민병욱, 「신동엽의 서사시세계와 서사정신」, 『한국 서사시와 서사시인 연구』,
　　　　　태학사, 1998.

첫째에서 셋째 항에 이르는 연구는 상호 겹치는데, 엄밀한 내재분석에 기초하기보다는 당대 사회상황이나 시인의 사상적 기반에 논거를 두는 경우가 많다.109) 넷째 항의 연구는 소략한 편이다.

신동엽 시의 형식적 특질에 주목한 논자로 김창완과 김응교를 들 수 있다.

김창완은 『신동엽 시 연구』의 3장에서 시의 형식과 이미지를 분석하였다. 그는 신동엽 시의 시어와 소재, 어조, 시행의 유형 등을 든 후에, 詩行의 전개방식으로 다음 여섯 가지를 들었다.110) ① 부연으로 이루어지는 전개("서두에 강한 단정적 의미로서 긍정이나 부정을 제시하고, 그것을 부연하면서 행의 전개를 이룬다") ② 반복적 구조 ③ 대조와 대립의 구조 ④ 열거 ⑤ 영탄 구조 ⑥ 도치 구조. 이 가운데 핵심적인 의미구성의 요소는 ①과 ③일 터인데, 이 논문에서는 이를 환유적 이접의 구성으로 간주하였다. 그 다음으로 그는 신동엽 시의 이미지를 '대지 이미지' '신체 이미지' '식물 이미지' '광물 이미지' '천체 이미지'로 나누었다.111) 이 논문은 心象의 연구에 목적이 있지 않으나, 신동엽의 시에서 신체 이미지는 제유로, 광물 이미지는 환유로 나타난다는 점은 지적할 필요가 있다. 또 대지 이미지는 신체 이미지와 관련되어서 드러나므로, 이 셋은 제유와 환유로 설명된다. 이 논문에서는 식물과 천체 이미지는 시의 배경과 상황을 이루는 것으로 보아, 별개의 구성적 특질을 이루지 않는다고 판단하였다.

김응교는 시 「껍데기는 가라」, 장시 「이야기하는 쟁기꾼의 대지」, 「여자의 삶」, 장편 서사시 「금강」, 시극 「그 입술에 파인 그늘」을 텍스트로 하여, 각 장르에서 내용과 형식이 어떤 관련을 맺는가를 검토하고는, 시

강형철, 「신동엽 시의 텍스트 연구--「이야기하는 쟁기꾼의 대지」를 중심으로」, 구중서·강형철 편, 『민족시인 신동엽』, 소명출판, 1999.
　홍기삼, 「신동엽론」, 앞의 책.
108) 김창완, 『신동엽 시 연구』, 시와시학사, 1995.
　김응교, 「신동엽 시의 장르적 특성」, 같은 책.
109) 신동엽에 관한 주목할 만한 글은 김준오의 것이다. 김준오, 『신동엽--60년대 의미망을 위하여』, 건국대 출판부, 1997. 이 글에서 김준오는 신동엽의 생애와 시세계, 시사적 의의, 장편 서술시의 문제 등을 요령 있게 짚어냈다.
110) 김창완, 앞의 책, 89-101면.
111) 김창완, 앞의 책, 109-144면. 신동엽 시의 이미지를 검토한 연구로 정귀련, 「신동엽 시 이미지 연구」, 동아대 석사논문, 1987이 있다.

에 나타나는 대상들을 각각 原數性, 次數性, 歸數性 世界를 보여주는 것
으로 유별하였다.112) 원수성 세계와 귀수성 세계는 실상 다른 세계가
아니므로, 둘은 통합될 수 있다. 그렇다면 이 시들에서 나타나는 대상은
긍정적 계열(원수, 귀수성 세계의 대상)과 부정적 계열의 둘로 二分되는
셈이다. 이 논문에서는 두 지점이 제유적 일반화와 환유적 이접의 방식
으로 나타난다고 보았다. 이런 계열화는 신동엽의 시 전편으로 확장될
수 있다.

   연구사를 검토한 결과, 시작 방법에 관한 연구는 김수영의 경우가 가
장 많았고, 신동엽의 경우가 가장 적었다. 김춘수의 경우는 무의미시에
대한 해석 여하에 따라 시적 구성과 언술적 특성을 간추릴 수 있다고
생각된다. 신동엽의 경우는 주제론에 해당하는 연구가 많았으나, 대표작
들에 논의가 집중되거나, 같은 주장이 중복되는 경향을 보인다. 신동엽
시 전편에서 발견되는 시적 구성과 언술의 특성에 대한 연구는 미진한
편이다.

   은유에 대한 논의는 심도 있게 이루어졌으나 언술 차원의 은유에 대
한 연구는 최근에야 다루어지기 시작했다. 환유와 제유를 깊이 있게 검
토한 국내 저작은 거의 없는 실정이다.

   김재홍은 은유의 형태를 세밀하게 나누고, 현대시의 예를 들어 설득
력 있게 해명하였다.113) 그에 의하면, 한국의 현대시에서 은유의 형태는
① 계사형, ② 특수조사형, ③ 어미형, ④ 동격형(명사형), ⑤ 동격 <~
의> 형, ⑥ 돈호법형, ⑦ 형용사형, ⑧ 동사형, ⑨ 활물변질형, ⑩ 의인
법 등 다양하게 관찰된다. 김재홍의 연구는 형태론적으로 은유를 검토
하고, 이를 우리 현대시에 적용한 의의 있는 작업이다.

   유종호는 은유의 의미론적 연관을 네 가지로 설명하였다.114) ① 구상
화의 은유, ② 애니미즘 성향의 은유, ③ 인간화 은유, ④ 공감각적 은
유가 그것인데, 이 가운데 ②는 활유법으로, ③은 의인법으로 알려져 있
는 것이다. 그의 연구는 은유를 비유 일반으로 확장하여 적용한 감이
없지 않으나, 앞의 연구와 같이 구체적 실례에 곧바로 적용될 수 있다
는 장점이 있다.

---

112) 김옹교, 앞의 책, 625면.
113) 김재홍, 「한국현대시 은유형태 분석론」, 현대문학사 편, 『시론』, 현대문학사, 1989.
114) 유종호, 「시와 은유」, 현대문학사, 1995.

김현자, 김옥순은 서정주와 기형도의 시를 언술 은유 차원에서 검토
하였다.115) 김현자는 블랙M. Black과 흐루숍스키B. Hrushovski의 지시
틀frame 이론을 원용하여 서정주의 「다시 밝은 날에: 春香의 말 貳」,
「선덕여왕의 말씀」, 「娑蘇 두 번째의 편지 斷片」을 분석하였고, 김옥순
은 리쾨르Ricoer의 언술 은유 이론을 근거로 삼아, 기형도의 「죽은 구름
」, 「오래된 書籍」, 「鳥致院」, 「안개」를 분석하였다. 이런 작업은 시의
독해 영역을 크게 확장시킨다는 점에서 그 중요성을 인정받을 수 있다.

환유와 제유를 이론화하고 시의 분석에 의미 있게 활용한 연구는 아
직까지 찾아보기 어렵다. 환유와 제유의 중요성을 강조한 연구는 대개
언어학 연구의 결과였다. 환유와 제유를 시 텍스트의 연구에 본격적으
로 활용한 연구는 매우 드물다.116) 현대시의 환유적 성격을 검토한 논
의들이 있지만, 은유적, 환유적 축에 대한 야콥슨의 이론적 틀을 습용하
고 있을 뿐이어서, 언어학적 연구와 시적 연구의 괴리가 작지 않다. 이
런 연구에서는 모든 비은유적 언술을 환유적 언술이라 규정하여, 산문
적인 모든 진술을 의의 있는 시적 진술로 간주하는 경향을 보인다. 이
런 주장은 기실 논리적 성격보다는 선언적 성격을 갖는 주장이다.

몇몇 문학용어사전과 시론집에서 환유, 제유의 항목을 찾은 결과를
간추리면 다음과 같은데, 정의가 소략하고 모호하여 시 텍스트의 분석
에 활용하기 어렵다. 게다가 잘못 적용한 예까지 보인다.

김윤식, 『문학비평용어사전』, 일지사, 1976.(환유, 제유 정의 없음)
이상섭, 『문학비평용어사전』, 민음사, 1976.(환유, 제유 정의 없음)
김용직, 『문학비평용어사전』, 탐구당, 1985.(환유 정의 없음)
홍문표, 『현대시학』, 양문각, 1987.(잘못된 예시/ <톨스토이>
　　　　(=저자로 책을 대신한 경우, 환유)를 제유의 예로 들었음)
오규원, 『현대시작법』, 문학과지성사, 1993[재판].(잘못된 예시/ <감투>
　　　　(=벼슬자리, 환유)를 제유의 예로 들었음)
조태일, 『시창작을 위한 시론』, 나남출판, 1994.

115) 김현자, 「서정주 시의 은유와 환유」, 한국기호학회 편, 『은유와 환유』, 문학과
　　　지성사, 1999.
　　　김옥순, 「언술은유와 기형도의 시」, 같은 책.
116) 예컨대 신동엽의 시에서는 수다한 환유와 제유가 발견되는데, 이를 지적한 연
　　　구를 찾아볼 수 없었다.

이 저서들에서 환유와 제유는 <환유/ 어떤 사물과 밀접하게 관련된 다른 사물로 그 사물을 대신하는 것>; <제유/ 부분으로 전체를, 전체로 부분을 대신하는 것> 정도로 간략히 정의되어 있어서, 구체적인 텍스트를 연구할 때에 도움을 받기 어렵다. 더욱이 언술로서의 환유나 제유 이론은 더욱 찾아보기 어렵다.

언술로서의 은유, 환유, 제유 이론을 세우고자 하는 것이 이 논문의 주요 목적 가운데 하나이다. 세 시인의 시를 상세히 검토하여 이들의 시에서 드러나는 은유, 환유, 제유가 시적 구성에 어떻게 반영되는지를 살펴보고, 이를 기초로 각 시인의 시가 가진 시적 구조와 언술의 특징을 검토하고자 한다.

시론과 시적 구성

　시적 구성의 유형을 간추리기에 앞서 개별 시인의 시론을 간략히 살핀다. 시론은 시인의 세계 이해를 직접적으로 보여주는 것이어서, 시작 방법을 해명하는 데 유용한 참고가 될 수 있다. 다만 시적인 견해의 표명과 실제 시의 성과가 일치하는가는 세밀히 검토되어야 한다.

　특히 김춘수의 경우, 시론과 시적인 결과가 정확히 들어맞는다고 보기 어렵다. 김춘수는 오랜 詩作을 통해, 자신의 시적 성과를 시적인 믿음에 일치시키고자 노력했다. 김춘수가 무의미시의 이론을 정립하려고 무던히 애를 쓴 것은 잘 알려진 사실이다. 예컨대 그는 시론에서 리듬이나 말소리만 가지고 시를 쓰려고 했다는 극단적인 주장까지 제기했다. 그의 시론은 순수시의 극점을 보여주는 것으로 평가받는다. 그러나 시론은 시를 통한 세계 탐구와 근본적으로 성격이 다르다. 후대에 제출된 시론은 회고적인 성격을 띠므로 작품이 산출된 토대를 왜곡하고, 시인의 희망을 반영하므로 실질적인 작품 생산의 결과를 왜곡하는 경향이 있다. 김춘수의 시와 시론은 시적인 결과와 시에 대한 견해가 균열을 보이는 대표적인 예로 판단된다. 막상 시를 분석하면 김춘수의 시들이 정교한 의미구조를 가지고 있음이 드러난다. 시론을 받아들이는 일반 평자의 견해에 맞추어, 김춘수는 자신의 시에 대한 입지를 편향적으로 강화한 것으로 보인다.

김수영의 경우는 시론과 시의 괴리가 크지 않았으나, 당대에 그의 시론을 받아들인 이들의 견해는 김수영의 의도와 약간 차이가 있었던 것 같다. 김수영은 참여시 논쟁의 한가운데 있었다. 그는 많은 산문을 써서 일상적 생활을 이야기하였고, 논쟁적인 비평으로 시에 대한 자신의 생각을 개진하였다. 그의 시론은 시인의 사회적 임무와 역할에 대한 진지한 고뇌를 함축하고 있어 검토의 대상이 될 만하다. 김수영의 시론은 그 격렬한 인상으로 인해 이른바 참여시론의 대표적인 견해로 간주되었으나, 김수영은 그런 규정을 달갑게 여기지 않았다. 김수영은 시론을 통해, 현실성과 예술성의 균형을 맞추고자 노력하였다.

신동엽이 남긴 산문은 김춘수나 김수영에 비해 많은 편이 아니며, 상대적으로 시론에서 개진한 견해 역시 소박한 편이다. 그 가운데 시론으로 삼을 만한 글이 있어, 아래에서 검토하고 시와의 상관관계를 논했다. 신동엽은 자신의 시가 참여시의 계보에 드는 것이라 정확히 인식하고 있었다. 그는 언어를 교묘하게 꾸미고 다듬는 것을 반대하였고, 그런 시작 방법을 일관되게 실천하였다. 다만 이 점이 실제 시의 성과에서 약점으로 나타난 것은 부인하기 어렵다.

1. 김춘수의 시와 <無意味>

무의미시론은 1970년대에 윤곽을 갖추었다. 무의미시론의 단초는 1971년에 간행한 『詩論(詩의 理解)』(송원문화사)에서 보인다. 이 책에서 김춘수는 心象을 서술적 심상과 비유적 심상으로 나누었다. "敍述的 心象이란 心象 그 自體를 위한 心象을 두고 하는 말이다."(243면)[1] 서술적 심상이란 제시된 심상이 취의를 갖지 않은 채 심상 자체로 제시되어 있는 것을 말한다. "우리는 이러한 心象들이 모여서 빚어내는 鮮明한 情景을 그려봄으로써 新鮮한 感覺的 經驗을 할 수만 있다면 그만이지, 더 以上 이러한 心象들의 背後에 있는 觀念이나 思想을 탐구할 필요는 없다."(244면) 비유적 심상이란 "觀念을 말하기 위하여 道具로서 쓰여지는

---

[1] 본문에 인용한 면수는 『김춘수 전집2: 시론』(문장사, 1984[중판])의 면수이다. 필요한 경우 다른 산문을 인용하고 각주에 출처를 밝히기로 한다.

心象을 두고 하는 말이다."(247면) 그는 서술적 심상은 "純粹"한 심상 (246면)이며, 비유적 심상은 관념을 활용하였으므로 "不純"한 것이라고 말했다(247면).

이러한 이원론에는 어떤 비약과 일탈이 있다. 김춘수는 <서술적 심상 =관념이나 사상이 없는 것=순수한 것>/ <비유적 심상=관념이나 사상이 있는 것=불순한 것>이란 도식을 만들어냈는데, 실제로 "서술적 descriptive"이란 용어는 "묘사적"이란 용어로 더 적절하게 번역될 수 있는 것이다. 시에서 드러난 심상이 직접적인 취의를 갖지 않는다고 해서, 관념이나 사상이 없다고 할 수는 없다.2) 심상을 직접적으로 제시하면 심상 그 자체가 의미화된다. 김춘수는 서술적 심상이 독자적인 것이어서 관념idea이나 사상을 갖지 않는다고 보았는데, 실제로 관념이나 사상은 심상의 의미화 방식과 연관된다. 그러나 김춘수는 관념, 사상을 의미와 동일시하여, 서술적 심상이 의미, 관념, 사상 등을 갖지 않은 것이며, 그래서 순수한 것이라고 보았다. 반면 비유적metaphorical 심상은 취의를 갖는 것인데, 김춘수는 취의가 갖는 의미를 관념이나 사상과 동일시하고 이를 불순한 것이라 불렀다. 이러한 소박한 이분법이 무의미 시론의 출발점을 이룬다.

1976년에 간행한 『意味와 無意味』(문학과지성사)에서 본격적인 무의미시론이 펼쳐진다. 이 시기에 와서 김춘수는 재래의 서술적 이미지에 대한 논의를 극단화하여, 서술적 이미지의 시를 시적 대상이 있는(寫生的 소박성을 보이는) 서술시와 대상이 없는 서술시로 나누었다. 그에 의하면 1920년대에서 1930년대의 시인들인 이장희·정지용·박목월·박두진·이상 등의 시는 사생적 소박성을 보이는 서술적 이미지 시들이며, 1950년대 전봉건·박남수·김구용·김광림·김영태·이승훈·문덕수·조향 등의 시는 대상이 사라진 서술시들이다. "이 시들에서는 대상이 무엇인가 하는 것을 알 수 없다. 대상이 없는 것 같이 보인다. 있는 것은 言語와 이미지의 배열뿐이다. 대상이 없을 때 시는 意味를 잃게 된다. 독자가 意味를 따로 구성해볼 수는 있지만, 그것은 詩가 가진 본래

---

2) 김춘수가 말한 서술적 심상은 휠라이트의 이른바 병치은유diaphor와 유사하다. 그러나 휠라이트는 병치은유가 은유 자체로 존재하는 것이라고 말한 적이 없다. 김춘수의 서술적 이미지가 가진 극단적 도식에 비판의 여지가 없지 않다고 생각한다. 휠라이트의 병치은유를 19-21면에서 검토했다.

의 의도와는 직접의 관계는 없다. 시의 실체가 言語와 이미지에 있는 이상 言語와 이미지는 더욱 순수한 것이 된다."(372면) 그러나 전자의 시인들이 소박한 서술적 이미지를 갖고 있는지, 또 후자의 시인들이 대상이 없는 서술적 이미지를 갖고 있는지는 의문이다. 설혹 이 시인들의 시편 모두가 서술적 이미지로 되어 있다고 해도, 그것은 특정한 의미화 방식을 위해 取擇된 이미지들이다. 김춘수는 독자가 파악하는 의미가 시의 본래 의도와는 관련이 없다고 했는데, 해당 시의 본래 의도가 대상을 상정하지 않았다는 결론은 誤讀으로 보인다.

어쨌든 김춘수가 말한 "순수"가 서술적 이미지 자체의 성격을 지시한다는 것은 분명한 것 같다. 하지만 이 용어는 1960년대의 순수, 참여논쟁과 분리하여 생각할 수 없다. "불순"한 이미지들이 대상을 갖는 이미지이며, 이때의 대상이란 "관념"과 "사상"을 의미하는 것이기 때문이다. 시가 가진 對社會的 역할에 대한 반대가 "순수"라는 어사에 집약되어 있는 것이다.3)

---

3) 김춘수가 무의미시론을 정립하던 초기에 김수영을 의식하고 있었음은 분명해보인다. "내가 50년 이상, 내가 가장 콤플렉스를 느낀, 의식한 시인이 김수영이야. 같은 세대고 같이 출발했고, 사실은 기질적으로 비슷한 데도 많아요. 그런데 그가 사회문제를 들고 나오는 바람에 더 의식적으로 난 이쪽으로 무의미쪽으로, 더 반대쪽으로 간 것 같아요. 그 사람을 너무 의식한 나머지 실험적인, 지금으로 말하면 그런 시가 무의미쪽으로 자꾸 추구해 들어갔고, 그 과정에는 그런 게 있었단 말이지. 너무나 수영을 의식한 나머지, 그것만은 아니지만……"(최동호·김춘수 대담, 『문학과 의식』, 1999년 봄, 119면) 이 시기의 시론에서도 그와 같은 언급이 보인다. "고인이 된 金洙暎에게서 나는 무진 압박을 느낀 일이 있었지만 지금은 그렇지도 않다."(389면) 김수영의 참여와 대척의 자리에 세운 무의미시의 세계에 대한 자신감이 느껴지는 말이다. 김수영에게서 김춘수의 詩作에 대한 비판적 어사가 자주 발견된다. 1966년에 쓴 한 월평에서 김수영은 김춘수의 「K國民學校」를 들고 다음과 같이 말했다. "이 스케치는 소생하기를 거부하는 스케치다. 다 읽고 나서 이 여러 토막의 스케치가 하나의 의미로서 소생하지 못하고 그대로 인상적인 단편적 스케치로 머물러있다. 이 시인은 시에서 의미를 제거하려는 작업을 의식적으로 추구하고 있는지 모르지만 시에서 의미를 제거하려는 본질적인 목표는 부차적인 의미를 정화시키려는 것이지 시를 진공상태에 놓기 위한 것이 아니다."(『김수영 전집 2 산문』, 민음사, 1981, 391면) 결국 김춘수는 김수영의 비판을 극단화하여 자신의 시론으로 삼았던 셈이다. 김춘수의 시론을 그대로 따른다면, 김수영이 가한 비판은 무의미시가 목표로 했던 최초의 의도가 되므로, 비판적 입지가 성립하지 않는다. 그러나 김춘수의 입지와 김수영의 입지는 확연히 다르다. "그[김춘수]는 자기의 입으로도 시는 넌센스를 추구하는 것이라고 말하고 있는데, 이런 좋은 의미의 넌센스는 진정한 시에는 어떤 시에고 있는 것이다. 그가 말하는 넌센스는 시의 승화작용이고, 설사 시에 그가 말하는 <의미>가 들어있든 안 들어있든 간에 모든 진정한 시는 무의미한 시이다. 오든의 참여시도, 브레히트의 사회

> 대상을 잃는 言語와 이미지는 대상을 잃음으로써 대상을 無化시키는 결과가 되고, 言語와 이미지는 대상으로부터도 자유로운 것이 된다. 이러한 자유를 얻게 된 言語와 이미지는 詩人의 실존 그것이라고 할 수 있다. 言語가 詩를 쓰고 이미지가 詩를 쓴다는 일이 이렇게 하여 가능해진다. 일종의 放心狀態인 것이다(372면).

시인의 실존을 내세운 데서, 시의 사회적 역할이 시 본래의 것이 아니라고 주장하는 순수시론의 그림자를 느끼게 된다. 세계와 절연된 채, 스스로의 내면을 시적 풍경으로 제시하는 이 방식은 시가 시인의 절대적인 고독의 산물이라는 점을 주장한다. 그래서 시는 그 자체로서, 혹은 시인의 고독이 낳은 실존적 세계로서 존재하는 것이다. 시인이 시를 쓰는 것이 아니라, 시적 언어와 이미지가 시를 쓴다는 것은 시 자체의 독자적 문법과 이미지化의 방식을 존중한다는 말과 다르지 않다. 그것은 시인의 실존적 企投가 낳은 "순수"한 내면일 따름이다. 김춘수가 시에서 대상을 소거한 것은, 대상을 중심으로 시를 논하는 일이 시의 內的 讀解와는 무관한 일이라고 생각했기 때문인 듯 하다. 시에서 행한 대사회적 발언을 존중하는 태도를 <순수>라는 이름으로, 무의미시론으로 반대한 셈이다. 하지만 김춘수의 주장을 존중한다고 해도, 대상과 관념, 사상을 동일시한 것은 여전히 비약된 사고이다. 서술적 심상에서도 시적 대상이 없을 수 없는데, 김춘수는 이를 관념, 사상과 동일시하여, 대상의 消去를 관념, 사상의 消去로 간주했다. 이제 대상을 소거한, 진정한 무의미의 시가 제시된다.

> <對象과의 거리>가 유지되고 있는 동안은 詩人은 항상 자기의 印象을 대상에 덮어씌움으로써 대상에 意味附與를 하고 있는 것이 된다. (중략) 대상이 없으니까 그만큼 구속의 굴레를 벗어난 것이 된다. 聯想의 쉬임없는 파동이 있을 뿐 그것을 통제할 힘은 아무 데도 없다. 비로소 우리는 현기증나는 자유와 만나게 된다(376-377면).

서술적 이미지가 갖고 있는 의미화 작용까지 반대하고, 시에서 대상을 소거하는 시를 제작하고자 했다는 것이다. 김춘수가 보기에 대상을

주의시까지도 종국에 가서는 모든 시의 미학은 무의미의--크나큰 침묵의--미학으로 통하는 것이다. 이것은 예술의 본질이요 숙명이다. 그런데 金春洙의 경우는 이런 본질적인 의미의 무의미의 추구를 하는 것이 아니라, 먼저부터 <의미>를 포기하고 들어간다."(앞의 책, 244-245면) 김수영이 말한 무의미는 시가 원했던 이상적 상태에 이르면 시 자체의 입지가 소멸할 것이라는 주장이어서, 시에서 현실을 소거하길 원했던 김춘수의 무의미와 같지 않다.

지우고 나서 남는 것은 소리와 파편화된 의미뿐이다.

> 言語에서 意味를 배제하고 言語와 言語의 배합, 또는 충돌에서 빚어지는 音色이나 意味의 그림자나 그것들이 암시하는 第二의 자연 같은 것으로 말이다. 이런 일들은 대상과 의미를 잃음으로써 가능하다고 한다면, <無意味詩>는 가장 순수한 예술이 되려는 본능에서였다고도 할 수 있을는지 모른다(378면)

그러나 위에서 말한 "음색이나 의미의 그림자나 그것들이 암시하는 제이의 자연" 같은 말을 의미 없음의 주장으로 간주해서는 안 된다. 통상의 사회적 의미는 서술적 이미지들과, 그것들의 分散 가운데서 증발했으나, 언어가 갖는 의미의 조각들은 시 안에 여전히 산재해 있다.4) 앞으로 이 논문에서 다루는 바와 같이, 김춘수는 이런 파편화된 풍경들을 중첩과 연접의 방식에 따라 다시 끌어 모으고 조합하여 새로운 내면풍경을 만들어 내었다. 다음 부분은 김춘수의 를 연구하는 논자들이 흔히 인용하는 구절인데, 이를 흔히 받아들이듯 무의미의 논거로 삼을 수 없다.

> 사생이라고 하지만, 있는(實在) 풍경을 그대로 그리지는 않는다. 집이면 집, 나무면 나무를 대상으로 좌우의 배경을 취사선택한다. 경우에 따라서는 대상의 어느 부분은 버리고, 다른 어느 부분은 과장한다. 대상과 배경과의 위치를 실지와는 전연 다르게 배치하기도 한다. 풍경의, 또는 대상의 재구성이다. 이 과정에서 논리가 끼이게 되고, 자유연상이 끼이게 된다. 논리와 자유연상이 더욱 날카롭게 개입하게 되면 대상의 형태는 부숴지고, 마침내 대상마저 소멸한다. 무의미의 詩가 그리하여 탄생한다(387면).

논자들은 위 인용문에서 "대상"을 시에 드러나는 모든 형태의 사물과 이미지로 간주하였다. 그래서 무의미시가 의미를 잃고, 소리만으로 이루어진 순수시의 극단이라고 단정하기도 하였다. 그러나 위 글의 "대상"은

---

4) 김종길은 다음과 같은 말로, 김춘수의 무의미가 모든 의미의 無化에 이를 수는 없음을 말했다. "기묘한 일은 詩에 있어서는 통상적인 뜻에 있어서의 관념이나 의미를 배제하는 것이 그 자체 시적 의미를 빚어내고, 그 시적 의미는 관념이라는 것과 그리 먼 촌수의 것도 아니라는 아이러니다. 이러한 뜻에서 어떠한 모더니스트의 작품, 어더한 초현실주의자의 작품도, 그것이 詩가 되는 한 <尙書>의 <詩言志>라는 규정을 벗어날 수 없는 것이다. 따라서 춘수 시인이 아무리 시의 무의미를 밀고 나간다고 하더라도 그것은 통상적인 의미에서의 탈피이지, 다른 아마 더 높은 차원에서의 무의미화는 결코 될 수 없다는 점, 그리고 그것에는 늘 시의 무의미화, 즉 시적 실패 내지 좌절의 위험이 따른다는 것은, 시인들이 각별히 유의해야 할 일이다."(김종길, 「시의 곡예사」, 『시에 대하여』, 민음사, 1986, 277면)

관념이나 사상과 연결되는, 통상의 사회적 의미를 가진 사물과 대상이
다.5) 무의미시에서의 대상은 시인의 내면풍경을 반영하는 의미적 所與
를 갖고 있다. 그러므로 "대상이 소멸한다"는 말을 실제의 대상이 시에
서 삭제된다는 말이 아니라, 사회적 의미를 부여하여 읽을만한 대상이
시에 없다는 말로 제한하여 읽어야 하는 것이다. 김춘수가 풍경과 대상
을 재구성하고, 거기에 "논리와 자유연상"을 개입시킨다는 말이 그것을
암시한다. 김춘수는 논리적인 혹은, 자유연상에 따라 대상을 재구성한다
고 분명히 밝히고 있는 것이다. 그의 시는 이러한 논리와 자유연상이라
는 내적 준거에 비추어 정교하게 구성되어 있다.

　김춘수의 시는 시인의 제작의도를 충실히 반영하고 있다. 이 논문의
관점에 의하면 그 것은 이미지들의 배열을 은유적으로 묶어내는 중첩의
방식과 환유적으로 이어 적는 연접의 방식으로 표출된다. 김춘수가 말
한 바, 서술적descriptive 이미지가 전면에 나서는 시들인 셈이다. 실제
로 김춘수는 무의미의 시론을 극단적으로 밀고 나가서 의미의 無化를
찬동하는 논지를 폈지만, 이때의 의미를 관념이나 사상이 개입한, 사회
적 의미로 읽어야 한다.6) 게다가 그는 자신의 논지 중간중간에 의도와
결과의 모순이 있을 것임을 암시하는 구절들을 삽입하였다.

　　意味가 없는데도 詩를 쓸 수 있을까? <無意味詩>에는 항상 이러한 의문이 뒤따르
게 마련이다. 대상이 없어졌다는 것을 짐작하고 있으면서 이 의문에 질려 있고, 그러
고도 詩를 쓰려고 할 때 우리는 자기를 僞裝할 수밖에는 없다. 技巧가 이럴 때에 필
요한 것이 된다. 그러니까 이 때의 技巧는 心理的인 그것이지 修辭的인 뜻의 그것이

---

5) 이창민 역시 김춘수의 무의미가 반역사적, 반현실적 태도를 상정하는 용어라 보았
다. "김춘수는 개념 構想과 構成은 물론 작품 창작과 해설에서도 한결같이 '무의
미'를 역사와 현실의 반의어로 사용했다. '의미'를 역사와 현실의 유의어로 여긴
까닭이다."(이창민, 『김춘수 시 연구』, 앞의 책, 191면) 그러나 그는 이런 반역사주
의적, 반현실주의적 이념이 "의미를 소거한 구조와 문체로 표출"되고 있다고 보았
다(같은 면). 이는 김춘수의 무의미시가 흔히 해석의 불가능성 자체를 의도했다는
지적인 셈이어서, 이 논문의 결론과는 다르다.
6) 다음과 같은 말도 이를 보여주는 유력한 증거이다. "관념·의미·현실·역사·감
상 등의 내가 지금 그들로부터 등을 돌리고 있는 말들이 어느땐가 나에게 복수할
날이 있겠지만, 그때까지 나는 나의 자아를 관철해 가고 싶다. 그것이 성실이 아
닐까?"(389면) 이 인용에서 김춘수가 시의 <의미>를 관념이나 현실, 역사 따위와
동일시하고 있음을 알 수 있다. 그러므로 <무의미시>는 의미 없음을 말하는 넌센
스의 시가 아니라, 현실과 역사 등을 시에 直入하지 않은 소위 순수시의 일종이
다.

아니다(377면).

"기교"가 심리적이라는 말에는, 대상(의미)이 사라졌음에도 불구하고 시를 쓰는 심리적 動因이 남아 있다는 암시가 숨어 있다. 이러한 심리적 동인이 "내면 풍경의 어떤 복합 상태--그것은 대상이라고 부르기도 곤란한--의 二重寫"(398면)를 낳는다. 결국 김춘수의 무의미시에서 볼 수 있는 것은 현실의 재현으로 간주할만한 시적 풍경은 아닐지라도, 내면 풍경을 섞어 놓거나 겹쳐 놓은 어떤 이중적 복사물이다. 이 논문에서는 이 방식을 중첩과 연접으로 설명하고자 하였다. 김춘수 시의 詩作은 대상을 소거하고 의미를 배제한 곳에서, 내면 풍경들이 중첩되고 이동하여 만들어내는 풍경들로 설명된다.

다음 구절은 무의미시론에 따라 시를 읽으라고 요구하는 말처럼 들리지만, 실제로는 제작의도를 존중하여 읽으라는 요구이다.

> 制作者의 意圖가 觀念을 무시하고 있을 때 詩解釋도 觀念을 말하지 말아야 한다. 그러나 制作者의 意圖가 觀念을 무시하고 있다고 하여 그 制作者의 그러한 制作意圖까지를 어떤 觀念에 맞추어 말하지 말라는 것은 아니다. 한 편의 작품 속에 담긴 觀念의 有無를 판별하는 일과 詩人의 制作意圖를 어떤 觀念에 맞추어 해석해 본다는 것은 다른 次元의 과제이기 때문이다(366면).

시를 짓는 자가 관념을 무시했으면, 해석에서도 이 의도를 존중해 주어야 한다. 하지만 관념을 무시하고자 하는 제작자의 의도에는 어떤 관념이 있다. 전자의 관념이 참여시에서의 대사회적 의미이며, 후자의 관념이 시인의 제작의도임은 말할 것도 없다. 시인이 무의미시를 썼다면, 그의 제작의도 곧 시를 쓰려는 최초의 발상과 그것을 써내려가는 서술의 방식을 관념에 따라 조합해야 한다. 실제로 김춘수는 통상의 사회적 의미를 배제한 시를 썼고, 이를 관념idea을 무시한 시라고 말했다. 그 의도를 존중하여 시를 읽어서, 김춘수 시에 내재한 고유의 시작 방법을 찾아내는 일은 시인의 제작의도에 부합하는 일이다.

그러나 많은 논자들은 무의미시가 시적 의미를 거세하고 기호의 조합이나 음운의 놀이를 위주로 한 시라고 간주하였다. 김춘수는 이 견해가 무의미시의 시사적 의미로 자리잡아가자, 이에 굴복한 듯 보인다. 후대에 쓰여진 대부분의 회상은 이러한 오해를 두텁게 만드는 데 일조한 혐의가 있다. 하지만 무의미시를 정립하는 시기의 김춘수는, 무의미시가 시적 의미를 배제한 시라고 말한 적이 없다. 다음 구절은 무의미시를 다루는 評者들의 시선이 통일되지 않았을 때 제출된 김춘수의 항변이다.

　무의미란 말이 意味論的 차원에서 얘기되고 있는 듯도 하지만, 나의 입장에서는 그런 것이 아니고, 存在論的 차원이나 詩學的 차원을 항상 나는 염두에 두고 있다.7)

　의미론적 차원이란 시에 의미가 있다, 없다를 논의의 대상으로 삼는 것을 말한다. 김춘수는 시론에서 무의미의 논지를 폈으나, 그것은 기실 관념, 사상으로 대표되는 통상의 사회적 의미를 반대하기 위한 것이었다. 김춘수는 시가 모든 의미를 전적으로 배제한 것이라고 말한 적이 없다. 그가 강조한 것은 시가 관념이나 사상을 담는 그릇과 같은 것이 아니라, 그 자체의 시적 질서를 가진 것으로 독자적으로 존재해야 한다는 말이었다.
　따라서 그의 시가 가진 난해성은 해석의 어려움을 야기하는 것일 뿐이지, 해석의 불가능함을 주장하는 것이 아니다. 무의미시에는 시의 내적 질서를 이루는 구성적 원리가 내재해 있는 것이다. 이 논문에서는 이것이 은유적 중첩과 환유적 연접의 방식으로 설명될 수 있다고 보았다.

　이른바 무의미시론의 단초가 된 것은 서술적 이미지의 발견이다. 김춘수는 서술적 이미지가 다른 대상 나아가 관념이나 사상을 갖지 않은 것이어서, 그 자체로 존재하는 순수한 것이라 생각했다. 그는 시적 대상의 소거를 관념, 사상의 소거와 동일시하였는데, 실상 이는 순수시론의 주장으로 간주할 수 있는 것이다. 김춘수의 최초의 의도를 존중하면 무의미에 대한 주장은 통상의 사회적인 의미를 소거하려 했다는 주장으로 한정하여 읽을 필요가 있다. 김춘수는 <의미>라는 말에 관념, 현실, 역사 따위의 내포를 섞어서 말했다. 무의미시에도 시인의 제작의도는 그대로 반영되어 있는데, 이 의도까지 무의미한 것으로 치부할 수는 없다.

---

7) 김춘수, 『處容 以後』(책 뒤에), 민음사, 1982, 108면.

2. 김수영의 시와 <參與>

김수영의 시를 참여시로 규정하는 것은 김춘수의 시를 순수시로 규정하는 것과는 성격이 다르다. 김춘수가 시론에서도 순수시의 맥락을 의식하고 있던 것과는 다르게, 김수영은 참여시의 문맥 內에만 자신의 시를 위치 짓지 않았다.[8] 김수영을 참여시의 前衛로 만든 것은 이어령과 벌였고 다른 이들에 의해 확대된 이른바 순수, 참여 논쟁이었는데, 이 논쟁이 김수영의 立地를 제한한 감이 없지 않다.[9] 논쟁은 격렬할수록 상대방의 입장을 극단화하여 규정하려 들게 마련이다. 이들이 서로를

---

[8] 강웅식이 김수영의 시론을 체계적으로 검토했다. 강웅식, 『김수영의 시의식 연구』, 고려대 박사논문, 1997.
　다음과 같은 비판은 참여시의 문맥에서만 김수영의 시를 다루려 한 논의의 폐해를 보여준다. "김수영에게서 우리가 문제삼아야 할 핵심적인 사항은 그가 난해한 시를 썼고 심지어 난해시를 옹호하기까지 했다는 사실 자체보다도, 어째서 그에게는 진정한 난해시를 쓰려는 욕구가 민중과 더불어 있으려는 대척적인 욕구보다 그처럼 명백한 우위를 차지했느냐 하는 것이다. 이것 역시 어디까지나 상대적인 문제지만, 김수영의 한계가 모더니즘의 이념 자체를 넘어서지 못했다기보다 그 극복의 실천에서 우리 역사의 현장에 풍부히 주어진 민족과 민중의 잠재역량을 너무나 등한히 했다는 데 있다는 말이 된다."(백낙청, 「'參與詩'와 民族問題」, 『김수영 전집 별권』, 민음사, 1983, 168면) 난해하다는 기준이 민중의 입장에 있을 수 없다는 논의에서 어떤 시혜적 準據를 읽는다해도 이상하지 않다. 민중의 눈높이에 맞추라는 주문에서 그리 먼 말이 아니기 때문이다. 작품의 난해성이 평가의 대상이 될 수는 없다. 읽히기 쉬운 시가 좋은 시는 아니다. 이런 도착은 역사적 주체로서의 민족과 민중, 작품 수용자로서의 대중을 동일시한 데서 생긴 오류인 듯 하다. 염무웅 역시 김수영이 "모더니즘을 청산하고 民衆詩學을 수립하는 데까지 나아가지는 못하였다"고 비판하면서, 그의 난해성이 모더니즘의 해독을 보여주는 결정적인 약점이라고 지적하였다. "그런 점에서 (중략) 김수영이 너무나도 모더니즘에 깊숙이 발을 들여놓았던 것을 유감스럽게 생각하며, 앞 세대의 한용운이나 김소월 및 모더니즘 바깥에 서 있었던 서정주·이용악 같은 시인들에게, 그리고 나아가 광범한 민중의 시인 민요에 진작 눈을 돌리지 않았음을 서운하게 생각한다."(염무웅, 「김수영론」, 앞의 책, 164-165면) 김수영이 민요에 관심을 두지 않은 것이 시의 약점이 된다는 지적은 指導批評의 폐해를 보여주는 실례일 따름이다. 정남영의 지적 역시 이와 동궤에 있다. "난해성을 완전히 벗겨주지 못하는 데에는 형상들 자체의 문제도 있다. 무엇보다도 그 형상들은 대중들의 삶 속에 다듬어지지 않은 형태로나마 원초적으로 존재하던 것을 시인이 다듬고 정련하는 식으로 이루어졌다기보다는 김수영 자신의 私的인 가공의 결과물인 쪽에 가까운 것이다."(정남영, 「김수영의 시와 시론」, 『창작과비평』, 1993 겨울, 135면) 이런 입론은 모든 시가 시인의 개별적 제작물이라는 원론을 거부하고, 작품 창작에서 대중적인 기준을 강요한다.
[9] 정효구가 김수영과 이어령의 논점을 세밀히 정리했다. 정효구, 「이어령과 김수영의 <불온시> 논쟁」, 『20세기 한국시와 비평정신』, 새미, 1997, 193-221면 참조.

반박하기 위해 규정한 내용이 이들의 논점은 아니었다. 알려진 것처럼, 이 논쟁에서 김수영이 참여의 입장을, 이어령이 순수의 입장을 대변한 것은 아니다.

오늘날의 정치권력이 점차 문화의 독자적 기능과 그 차원을 침해하는 경향이 있다 할지라도 <문화의 침묵>은 문화인 자신들의 소심증에 더 많은 책임이 있는 것이다. 어린애들처럼 존재하지도 않는 막연한 <에비>를 멋대로 상상하고 스스로 창조의 자유를 제한하고 있다. (중략) <정치권력의 에비>, <문화기업가들의 지나친 상업주의 에비>, <소피스트케이트해진 대중의 에비> 이것이 오늘날 문화계의 압력인 모든 반문화적 <에비>의 무드이다.10)

이어령은 현실적인 여러 권력의 힘이 문화적 창조성을 억압하고 있다는 것을 인정한다. 정치 권력, 상업주의, 약아빠진 대중이 모두 그런 억압의 주체이다. 이어령은 문화인들이 이런 억압에 지레 겁을 먹고 있다고 생각하는 것 같다. 억압을 인정하고 받아들여 내면화하는 일은 자기 안에 또 다른 억압의 기제를 작동시키는 일이다. 김수영이 이 주장을 비판한 논거는 그런 억압이 문화인 자신에게 있지 않다는 것이다.

무식한 위정자들은 문화도 수력발전소의 땜처럼 건설하는 것이라고 생각하고 있는 것 같지만, 최고의 문화정책은, 내버려두는 것이다. 제멋대로 내버려두는 것이다. 그러면 된다. 그런데 그러지를 않는다. 간섭을 하고 위협을 하고 탄압을 한다. 그리고 간섭을 하고 위협을 하고 탄압을 하는 것을 문화의 건설이라고 생각하고 있다. (중략) 「<에비>가 지배하는 文化」(李御寧)라는 시론은, 우리 나라의 문화인의 이러한 무지각과 타성을 매우 따끔하게 꼬집어준 재미있는 글이었다. 그런데 이 글은 어느 편인가 하면, 창조의 자유가 억압되는 원인을 지나치게 문화인 자신의 책임으로만 돌리고 있는 것 같은 감을 주는 것이 불쾌하다. 물론 우리 나라의 문화인이 허약하고 비겁한 것은 사실이지만 그들을 그렇게 만든 더 큰 원인으로, 근대화해가는 자본주의의 고도한 위협의 복잡하고 거대하고 민첩하고 조용한 파괴작업을 이 글은 아무래도 지나치게 과소평가하고 있는 것 같다. 내가 생각하기에는 오늘날의 <문화의 침묵>은 문화인의 소심증과 무능에서보다도 有象無象의 정치권력의 탄압에 더 큰 원인이 있다(「知識人의 社會參與」, 155-156면).11)

김수영이 보기에, 문화적 창조성을 극대화하는 길은 모든 外的인 억

---

10) 이어령, 「<에비>가 지배하는 文化」, 홍신선 편, 『우리 문학의 논쟁사』, 어문각, 1985, 238-239면.
11) 본문에 인용한 면수는 『김수영 전집2 산문』(민음사, 1981)의 면수이다.

압을 제거하는 데 있다. 언론의 자유가 보장되지 않은 곳에 진정한 자유가 있을 수 없고, 실제적인 검열과 탄압이 창조적 정신의 발현을 억압한다. 창조의 자유가 제한되는 것은 문화인 자신의 소심함 때문이 아니라, "유상무상의 정치권력의 탄압" 때문이다.12) 그러나 실상 이어령 역시 현실적이고 정치적인 억압을 인정하고 있으며, 김수영 역시 "우리 나라의 문화인이 허약하고 비겁한 것은 사실"이라고 인정하고 있다. 그러므로 이어령과 김수영의 주장이 다른 것은, 현실 파악이 달라서라기 보다는 각자가 강조하는 지점이 달라서이다. 이런 미묘한 차이는 논쟁이 진행되면서, 조금씩 변질되었다.

무서운 것은 문화를 정치사회의 이데올로기와 동일시하는 것이 아니라, 문화를 단 하나의 이데올로기와 동일시하는 것이다. 그리고 우리 나라의 경우의 문화의 위험의 所在도 바로 여기에 있는 것이다. (중략) 따라서 내가 생각하기에는 오늘날의 우리들의 두려워해야 할 <숨어 있는 검열자>는 그가 말하는 <대중의 검열자>라기보다도 획일주의가 강요하는 대제도의 有形無形의 문화기관의 <에이전트>들의 검열인 것이다. 단 하나의 이데올로기를 代行하는 것이 이들이고, 이들의 검열제도가 바로 <대중의 검열자>를 자극하는 거대한 체제가 되고 있는 것이다. (중략) 이들의 대명사가 바로 질서라는 것이다(「실험적인 문학과 정치적 자유」, 159-160면).

李御寧씨는 이 불온성을 정치적인 불온성으로만 고의적으로 좁혀 규정하면서 본인의 지론을 이데올로기에 봉사하는 전체주의의 동조자 정도의 것으로 몰아버리고 있다. (중략) 그는 <문학은 권력이나 정치이념의 시녀가 아니다>의 서두부터 <문학작품을 문학작품으로 읽으려 하지 않는 태도, 그것이 바로 문학을 가장 직접적으로 위협하고 있는 형편이다>라고 비난하고 있는데, 이런 비난은 누구의 어떤 발언이나 作品이나 태도에 근거를 두고 있는 말인지 알 수가 없다(「<不穩性>에 대한 비과학적인 억측」, 161-162면).

문학적 차원을 이렇게 정치적 차원으로 끌어내리는 데서 작품의 본래적 의미를 저버리는 오독 현상이 생겨난다. 그 결과로 정치권력이 때때로 문학의 자유로운 창작활동을 구속하게 될 경우가 많다. 그러나 사람들은 이와 꼭같은 현상이 문학계의 내부

---

12) 김수영의 이러한 생각은 막연한 것이 아니다. 김수영은 자신의 시가 검열에 걸려, 삭제되거나 개작된 경험을 몇 차례 이야기한 바 있다. "최근에는 某신문의 칼럼에 보낸 원고가 수정을 당했다. (중략) 언론의 자유란 이렇게 무서운 것이다."(「反詩論」, 256면); "시 「잠꼬대」를 《自由文學》에서 달란다. 「잠꼬대」라고 제목을 고친 것만 해도 타협인데, 본문의 <××××>를 <×××××>로 하자고 한다. 집에 와서 생각하니 고치기 싫다. 더 이상 타협하기 싫다. 허지만 정 안되면 할 수 없지. < > 부분만 언문으로 바꾸기로 하자. 후일 시집에다 온전히 내놓기로 기약하고. 한국의 언론자유? God damn이다!"(「일기」에서, 340면)

에서도 일어나고 있는 그 위험성엔 별로 조심을 하고 있지 않은 것 같다. 문학을 정치 이데올로기로 저울질하고 있는 오늘의 <誤導된 사회참여론자>들이 그런 것이다. 문학작품을 문학작품 자체로 감상하려 들지 않는다는 점에서 그들은 관의 문화검열자와 조금도 다를 것이 없다.[13]

"정치적"이란 용어가 둘에게서 다른 함의로 쓰이고 있음을 알 수 있다. 김수영에게서 정치적이라는 말은 부당한 거대 권력의 성격을 의미한다. 그는 "문화를 정치사회의 이데올로기와 동일시하는 것이 아니라, 문화를 단 하나의 이데올로기와 동일시하는 것"이 무서운 일이라고 말한다. 하나의 이데올로기를 강요하는 사회가 전체주의 사회이며, 이런 사회에서는 질서라는 명목 하에 무차별적인 억압과 검열이 일어난다. 따라서 김수영에게서는, "정치"의 반대 자리에 <自由>가 놓여 있다. 반면 이어령은 문학 내부에 들어와 있는 정치적인 것들을 비판한다. 문학적 功過를 논의해야 마땅함에도 불구하고, 참여라는 명목 하에 졸렬한 작품들을 평가하는 경향이 그것이다. 그에게서 "정치 이데올로기"는 거시적인 권력의 행사가 아니라, 미시적이고 비문학적인 문학 평가의 기준이다. 따라서 이어령에게서는, "정치"의 반대 자리에 <미학>이 놓여 있다.

이처럼 다른 입지에서 논쟁이 전개되었으므로, 생산적인 합의가 이루어질 수 없었다. "두 사람의 논쟁의 기초는 더 이상 전개되지 못하고 불온을 싸고도는 인신 공격과 같은 저차원에서 막을 내린다. (중략) 김우종·조동일·김붕구·임중빈·정명환·김병걸 등이 참가한 순수 참여 논쟁과 더불어 한국문학이 당면한 과제를 뛰어넘으려는 이 논쟁은 문단의 대화제가 되어 젊은 문인들이 모이는 곳이면 김이 옳다, 이가 옳다고 다툼이 벌어졌다. 그들의 논지가 무엇인지 정확하게 모르는 사람들도 저마다 그 논쟁을 화제로 삼았다."[14] 이 회고는 둘의 논지와 무관하게 그 영향이 참여, 순수 논쟁을 촉발시켰고 크게 반향을 불러 일으켰음을 알게 해준다.

김수영의 주장을 참여론으로 일괄하기 어려운 것은 이 때문이다. 의식적으로 순수론을 시론의 기반으로 삼았던 김춘수와 달리, 김수영은

---

13) 이어령, 「文學은 權力이나 政治理念의 侍女가 아니다---다시 金洙暎氏에게」, 앞의 책, 268면.
14) 최하림, 『김수영 평전: 자유인의 초상』, 문학세계사, 1981, 243면.

참여론을 온전히 옹호하지 않았다. 김수영에게 중요했던 것은, 시를 쓰는 인식의 문제였고, 작품 자체의 미학적 완성도였다. 이런 기준으로 김수영은 <예술파>와 <참여파>의 시를 다같이 비판했다.

> 소위 <예술파>의 신진들의 거의 전부가 적당한 감각적인 현대어를 삽입한 언어의 彫琢이나 세련되어 보이는 이미지의 나열과 구성만으로 현대시가 된다고 하는 무서운 과오를 범하고 있다.
> 그러면 이와는 대극적인 위치에 놓여있다고 보는 <참여파>들의 과오는 무엇인가. 이들의 사회참여의식은 너무나 투박한 민족주의에 근거를 두고 있다. 미국의 세력에 대한 욕이라든가, 권력자에 대한 욕이라든가, 일제 시대에 꿈꾸던 것과 같은 단순한 민족의 자립의 비전만으로는 오늘의 복잡한 상황에 놓여있는 독자의 감성에 영향을 줄 수는 없다. 단순한 외부의 정치세력의 변경만으로 현대인의 영혼이 구제될 수 없다는 것은 세계의 상식으로 되어 있다(「변한 것과 변하지 않은 것」, 246-247면).

현대성을 내세우는 모더니즘 계열의 시인들이 가진 문제점은, 피상적 인식에 있었다. 단지 현대적인 어휘나 이미지만으로 시가 되는 것은 아니다. 그런 작업의 아래에는 현대성에 대한 진정한 문제의식이 있어야 한다. 김수영은 난해시가 문제가 아니라, 난해시를 흉내내는 시가 문제라고 비판했다. "난해시의 논의의 궁극적인 귀결은 난해시가 나쁘다는 것이 아니라 난해시처럼 꾸며 쓰는 시가 나쁘다는 것이다. 말을 바꾸어 하자면, 좀 시니컬하게 들릴지 모르지만 우리 시단에 가장 필요한 것이 진정한 난해시이다. 그러니까 진정한 정리가 오려면 우선 포오즈가 없어져야 한다."(「포오즈의 弊害」, 380면) 난해시는, 그것이 현대성을 드러내려는 진지한 의도의 소산이라면 하등 문제될 것이 없다. 난해성은 현대 사회의 복잡성을 담아내는 바른 방식이 될 수도 있다. 그러나 그런 문제의식 없이, 난해함만을 흉내내서 현대성을 갖는다는 것은 말이 되지 않는다. 포오즈란 용어는 난해시가 진지성을 갖지 못한 채 말장난에 흐르고 말았다는 혐의를 걸고 한 말이다.

현실 참여를 내세우는 시인에게서도 깊이를 확보하지 못한 현실인식은 문제가 된다. 적대적인 세력, 권력에 대한 비난만으로 시적 정당성이 확보되는 것이 아니다. 김수영은 "단순한 외부의 정치세력의 변경만으로 현대인의 영혼이 구제될 수 없다"고 주장했다. 우리 내부에 대한 진지한 반성과 깨달음이 거기에 있어야 한다. 그가 詩作을 할 때, 일상적 차원에서 자신과 敵에 대한 풍자적 비판을 수행한 까닭을 여기서 찾을 수 있을 것 같다. 김수영은 참여시의 예술적 완성도가 부족함도 아울러 비판했다. 다음 구절은, 신동엽을 비롯한 젊은 시인들의 성취를 상찬하기 위한 글의 서두이긴 하지만, 김수영의 문제의식을 보여준다. "시의 현실 참여니 사회참여니 하는 문제가 시를 제작하는 사람의 의식에 오른 지는 오래이고, 그런 경향에서 노력하는 사람들의 수도 적지 않았는데 이런 경향의 작품으로서 갖추어야 할 최소한도의 예술성의 보증이 약했다는 것이 커다란 약점이며 숙제로 되어 있었다."(「제 精神을 갖고 사는 사람은 없는가」, 140면)15) 결국 그에게서는 참여파니 예술파니 하는 구분은 적실한 것이 아니다. 진정한 시에서 이들이 내세우는 特長은 두루 발견될 수밖에 없는 것이었다.

　　그러고 보면 우리에게는 진정한 參與詩가 없는 반면에 진정한 포멀리스트의 絕代詩나 超越詩도 없다고 보는 편이 타당할 것이다. 브레히트와 같은 참여시 속에 범용한 포멀리스트가 따라갈 수 없는 기술화된 형태의 縮圖를 찾아볼 수 있고, 전형적인 포멀리스트의 한 사람인 앙리·미쇼의 작품에서 예리하고 탁월한 문명비평의 훈시를 받을 수 있는 것을 생각해볼 때, 참여시와 포멀리즘과의 관계는 결코 간단하게 구별할 수 있는 문제도 아니고 고정된 정의를 내릴 수 있는 문제도 아니다(「새로운 포멀리스트들」, 401면).

깊이를 확보한 현실 인식과 미적인 구현은 별개의 것이 아니다. 참여시 속에도 기술적 정교함이 있고, 포멀리스트의 시에도 예리한 문명비판이 있다. 결국 이상적인 시의 상태는 둘을 아우르는 것이 된다. "따라서 시를 쓴다는 것——즉 노래——이 시의 형식으로서는 예술성과 동의어가 되고, 시를 논한다는 것이 시의 내용으로서의 현실성과 동의어가 된다는 것도 쉽사리 짐작할 수 있는 것이다."(「詩여, 침을 뱉어라」, 249면) 시를 쓰고 논할 때, 편의상 갈라 말하는 내용과 형식은 궁극적으로 한 가지이다. 형식과 내용의 문제는 예술성과 현실성의 문제에 잇닿아 있다. 그러므로 이 둘 역시 독립적 차원에서 논의할 수 있는 문제라 할

---

15) 김수영은 이 인용문 뒤에 신동엽의 시를 상찬한 후에, 다시 다음과 같은 비판을 덧붙인다: "앞에서 시사한 유망한 젊은 시인들의 작품과도 유관한 말이지만 우리 사회의 문화정도는 아직도 영웅주의의 잔재를 벗어나지 못하고 있다. 김재원의 「立春에 묶여온 개나리」나 신동엽의 「밤」이나 「4월은 갈아엎는 달」의 因數에는 영웅 대망론의 냄새가 아직도 빠지지 않고 있다. 이것은 한편으로는 아직도 우리의 진정한 정치적 안정이 이루어지지 못하고 있다는 말도 된다."(141면)

수 없다.

> 詩에 있어서의 모험이란 세계의 開陳, 하이데거가 말한 <大地의 은폐>의 반대되는
> 말이다. 엘리오트의 문맥 속에서는 그것은 의미 對 음악으로 되어 있다. 그리고 엘리
> 오트도 그의 온건하고 주밀한 논문 「詩의 音樂」의 끝머리에서 <詩는 언제나 끊임없
> 는 모험 앞에 서 있다>라는 말로 <意味>의 토를 달고 있다. 나의 시론이나 시평이
> 전부가 모험이라는 말은 아니지만, 나는 그것들을 통해서 상당한 부분에서 모험의 의
> 미를 연습해보았다. 이러한 탐구의 결과로, 나는 시단의 일부의 사람들로부터 참여시
> 의 옹호자라는 달갑지 않은, 분에 넘치는 호칭을 받고 있다(「시여, 침을 뱉어라」, 250
> 면).

김수영은 시가 고유의 미학을 넘어서는 모험을 통하여 열어 젖히는
새로운 地平을 세계의 개진이라 불렀다. 이것은 시가 가진 노래로서의
성격을 위태롭게 할 위험이 있는 일이어서, 일종의 모험이다. 어쨌든 이
모험 덕택에 시는 세계를 의미화할 수 있다. 사람들이 붙인 "참여시의
옹호자"라는 딱지는, 그들이 현실성을 드러내는 방식으로만 김수영의 주
장을 이해했기 때문이다. 김수영은 이를 달갑지 않아 했으며, 그래서인
지 그런 호칭이 자신의 詩作에서 비롯된 것은 아니라는 제한을 가하고
있다. 그는 산문이 현실성의 영역에 있으며, 시가 노래의 영역에 있다고
보았다.

> 산문이란, 세계의 개진이다. 이 말은 사랑의 留保로서의 <노래>의 매력만큼 매력
> 적인 말이다. 시에 있어서의 산문의 확대작업은 <노래>의 매력만큼 매력적인 말이다.
> 시에 있어서의 산문의 확대작업은 <노래>의 유보성에 대해서는 侵攻이고 의식적이
> 다. 우리들은 시에 있어서의 내용과 형식의 관계를 생각할 때, 내용과 형식의 동일성
> 을 공간적으로 상상해서, 내용이 반 형식이 반이라는 식으로 도식화해서 생각해서는
> 아니 된다. <노래>의 유보성, 즉 예술성이 무의식적이고 隱性的이기는 하지만, 그것
> 은 반이 아니다. 예술성의 편에서는 하나의 시작품은 자기의 전부이고, 산문의 편, 즉
> 현실성의 편에서도 하나의 작품은 자기의 전부이다. 시의 본질은 이러한 개진과 은폐
> 의, 세계와 대지의 양극의 긴장 위에 있는 것이다(251면).

김수영은 시와 산문의 영역을 나누어 설명했다. 산문은 현실성의 영
역에 있다. 내용과 의미의 영역인 것이다. 반면 시는 의미와 대비되는
음악의 성격을 가지고 있어서 예술성의 영역에 있다. 형식과 노래의 영
역인 것이다. 물론 이러한 도식은 검증될 수 없는 것이다. 시=음악, 형
식, 예술성/ 산문=의미, 내용, 현실성이라는 도식은 지나치게 극단적인

도식이다. 어쨌든 김수영은 이를 통해 자신의 시가 가진 산문성을 설명하고자 했다. 그에 의하면 이 둘은 반반의 것이 아니다. 곧 내용과 형식을 공간적으로 양분해서 상상할 수 있는 것은 아니다. 그것은 하나에 다른 하나가 포함된 것이어서, 내용이 곧 형식이고 형식이 곧 내용이다. 김수영은 이를 의식과 무의식의 관계로 풀이하였다. "중요한 것은 시의 예술성이 무의식적이라는 것이다. 시인은 자기가 시인이라는 것을 모른다. 자기가 시의 기교에 정통하고 있다는 것을 모른다. 그리고 그것은 시의 기교라는 것이 그것을 의식할 때는 진정한 기교가 못 되기 때문에 그렇게 되는 것이다."(같은 면) 김수영에 따르면, 진정한 기교는 시인이 그것을 의식하지 않을 때에만 가능한 것이다. 그처럼 손에 익고 마음에 젖어, 저절로 나오는 기교를 의식할 필요는 없다. 중요한 것은 그것으로 무엇을 쓰느냐 하는 것이다. "그가 보는 것은 남들이고, 소재이고, 현실이고, 신문이다. 그것이 그의 의식이다. (중략) 지극히 오해를 받을 우려가 있는 말이지만, 나는 소설을 쓰는 마음으로 시를 쓰고 있다. 그만큼 많은 산문을 도입하고 있고, 내용의 면에서 완전한 자유를 누리고 있다."(같은 면) 세계를 개진하기 위한 모험의 방식이 곧 산문의 방식이므로, 시에서의 산문성은 세계를 열어 젖힐 수 있는 유용한 수단이 된다. "시에 있어서의 산문의 확대작업은 <노래>의 유보성에 대해서는 침공적이고 회의적이다." 산문적 요소의 도입 때문에, 노래로서의 시는 부단하게 현실의 틈입을 받는다. 산문을 도입함으로써 김수영은 세계의 개진과 은폐라는 양극에서 비롯되는 긴장을 시에 부여하고자 했다.

이 논문에서는 김수영이 산문을 시에 도입하기 위해 활용한 구성적 방식이 은유적 병렬에 있다고 본다. "남들이고, 소재이고, 현실이고, 신문"인 것들이 유사성의 방식을 통해 느슨하게 병렬되면서 시 안에서 의미의 영역을 확대하는 것이다. 은유적인 병렬은 김수영의 시에서 서사 narrative로서의 성격을 시에 부여하는 한편으로 그 이야기들을 화자 아래 귀속시키는 이중적인 기능을 수행하고 있다고 생각된다. 현실성으로서의 산문/ 예술성으로서의 시라는 도식을 통해 김수영이 말한 바, 세계의 개진과 은폐는 이러한 구성적 특성에서 현저히 드러나는 셈이다. 김수영의 유명한 명제, "詩作은 <머리>로 하는 것이 아니고, <심장>으로 하는 것도 아니고, <몸>으로 하는 것이다. <온몸>으로 밀고 나가는 것이다. 정확하게 말하자면, 온몸으로 동시에 밀고 나가는 것이다"(250면)라는 단정에는 시와 산문, 예술성과 현실성의 문제가 섞여 있다. 이것들은 동시적인 것이지, 어느 하나가 다른 하나에 앞서는 것이 아니다. <머리>와 <심장>은 통상 知性과 感性, 의식과 무의식, 논리와 느낌 따위로 의미화된다. 그러므로 온몸으로 하는 詩作은 그 모든 것을 아우른 全人的 노력이 시인에게 요구된다는 의미라고 보아야 한다.

그렇다면 시인이 현실성을 파악하는 방식은 어떤 것일까? 다르게 말해서, 시인에게 요구되는 시적 진실의 덕목은 무엇일까? 김수영의 설명은 다분히 추상적이지만, 그것들을 공통으로 묶는 의도는 짐작할 만 하다.

① 시인의 스승은 현실이다. 나는 우리의 현실이 시대에 뒤떨어진 것을 부끄럽고 안타깝게 생각하지만, 그보다도 더 안타깝고 부끄러운 것은, 이 뒤떨어진 현실을 직시하지 못하는 詩人의 태도이다. 오늘날의 우리의 현대시의 양심과 작업은 이 뒤떨어진 현실에 대한 자각이 모체가 되어야 할 것 같다. 우리의 현대시의 밀도는 이 자각의 밀도이고, 이 밀도는 우리의 비애, 우리만의 비애를 가리켜준다(「모더니티의 문제」, 350면).

② 기술이나 우열이나 경향 여하가 문제가 아니라 시인의 양심이 문제다. 시의 기술은 양심을 통한 기술인데 작금의 시론에는 양심은 보이지 않고 기술만이 보인다. 아니 그들은 양심이 없는 기술만을 구사하는 시를 主知的이고 현대적인 시라고 생각하고 있는 모양이다. 사기를 세련된 현대성이라고 오해하고 있는 모양이다(「<難解>의 帳幕」, 210면).

③ 포오즈가 성공을 하고 실패를 하는 분기점이 되는 것은 무엇인가. 대답은 지극히 간단하다. ──진지성이다. 포오즈 이전에 그것이 있어야 한다. 포오즈의 밑바닥에 그것이 깔려있어야 한다(「포오즈의 弊害」, 381면).

④ 그러면 온몸으로 동시에 무엇을 밀고 나가는가. 그러나──나의 모호성을 용서해준다면──<무엇을>의 해답은 <동시에>의 안에 이미 포함되어 있다고 생각된다. 즉 온몸으로 동시에 밀고 나가는 것이 되고, 이 말은 곧 온몸으로 바로 온몸을 밀고 나가는 것이 된다. 그런데 시의 사변에서 볼 때, 이러한 온몸에 의한 온몸의 이행이 사랑이라는 것을 알게 되고, 그것이 바로 시의 형식이라는 것을 알게 된다.(「詩여, 침을 뱉어라」, 250면)

⑤ 모험은, 자유의 서술도 자유의 주장도 아닌 자유의 이행이다. 자유의 이행에는
　전후좌우의 설명이 필요없다. 그것은 **援軍**이다. 원군은 비겁하다. 자유는 고독
　한 것이다. 그처럼 시는 고독하고 장엄한 것이다. (중략) 정치적 자유를 인정하
　지 않는 사회에서는 개인의 자유도 인정하지 않는다. <내용>을 인정하지 않는
　사회에서는 <형식>도 인정하지 않는 것이다.(「詩여, 침을 뱉어라」, 252면)

"현실, 양심, 진지성, 사랑, 자유" 등의 어사를 비평적인 어사라 말하
기는 어렵다. 그러나 이를 통해, 김수영의 시론이 지향하는 바를 짐작하
는 것은 어렵지 않다. ① 시인의 스승은 현실이다. 현실에서 유리된 시
는 밀도를 갖지 못한 시라고 해야 한다. 그러나 이것이 사회 역사적 현
실만을 말하는 것은 아니다. 시인을 둘러싸고 있는 것은 물론 당대의
사회 현실이지만, 시인이 감싸고 있는 것은 시를 둘러싼 문학적 현실이
다. 전봉건과의 논쟁에서, 김수영은 자신이 말한 현실이 시적 관습과도
관련된 것임을 밝혔다. "鳳健군은 필자가 <시인>의 <현실>이라고 한 이
<현실>의 뜻을 外的 현실만으로 해석하고 있다. 그는 (중략) 이 <현실>
의 뜻도 誤讀하고 있다. 그는 뒤떨어진 사회의 실업자수가 많은 것만
알았지 뒤떨어진 사회에 서식하고 있는 시인들의 머릿속의 판타지나 이
미지나 잠재의식이 뒤떨어지고 있는 것은 인정하지 않는 모양이다. (중
략) 그처럼 시인은 자기의 현실(즉 이미지)에 충실하고 그것을 정직하게
작품 위에 살릴 줄 알 때, 시인의 양심을 갖게 된다는 말이다."(「文脈을
모르는 詩人들」, 224면) 결국 당대 현실과 시적 현실(이미지나 잠재의식)
모두가 시인이 인식하고 자각해야 할 현실이다. "우리의 현대시의 밀도
는 이 자각의 밀도"라는 김수영의 단언을 참여시의 주장으로만 읽을 수
없는 소이가 여기에 있다. ②과 ③에서 김수영이 양심과 진지성을 든
것은, 시를 머리로만 쓰려는 주지적 태도를 비판하기 위해서였다. 시적
기술은 기술 자체가 아니라, 그 기술을 통해 말하고자 하는 바에 의해
중요한 것이 된다. 그런데 기술을 중시한 나머지, 무엇을 쓰는가에 대한
자각을 갖지 못한 채 쓰는 경향이 일반화되었다. 이는 본말이 전도된
것이다. 현대성modernity은 흔히 정체성에 대한 자각에서 비롯된다. 새
로운 자신에 대한 자의식이 새로운 언어형식을 낳는다. 그러나 모더니
티를 내세운 시들이 포오즈만을 배웠을 뿐, 이러한 자각을 갖지 못했다

는 것이 김수영 비판의 요지이다. ④ 사랑이라는 어사는 시론의 다른
곳에 등장하지 않는다. 이 발언은 아마도 이 글을 쓰기 한 해 전에 쓴
「사랑의 變奏曲」을 염두에 둔 발언으로 읽힌다.16) 이 시에서 김수영은
모든 일상적 삶이 사랑을 기초로 이루어지는 것이며, 혁명의 힘도 사랑
에서 비롯된 것임을, 나아가 새로운 歷史, 이상적 사회에 대한 믿음을
추동하는 힘도 사랑임을 이야기했다. 이 시에서 사랑은 추상적 감정이
아니라, 사람과 사람을 이어주는 관계의 방식이며, 새로운 삶을 가능하
게 해주는 사람살이의 원리였다.17) ⑤ "현실"과 마찬가지로 "자유"에도
두 가지 성격이 내재해 있다. "언론의 자유"와 같은 사회적 차원의 자
유가 있고, "고독"으로 지칭되듯 인간의 본원적인 결단과 투쟁에 수반되
는 자유가 있다. 두 번째 자유는 아마도 「푸른 하늘을」을 염두에 둔 발
언인 듯 하다.18) 이 시에서 자유로이 비상하는 자는 그 내면적 결단에
따르는 고독을 느낀다. 어떤 것에도 억압되지 않고 제 믿음을 실천하므
로 비상하는 자는 자유롭고 고독하다.

　김수영이 든 이 덕목들에는 현실성이 깊이 내재해 있어서, 많은 논자
들이 이를 혁명, 자유, 참여 등의 사회 역사적 차원에서 시를 해석하는
데 활용하였다. 김수영이 이와 같은 점을 의식했던 것은 확실하다. 이
논문에서는 이 점이 제유적 구체화의 방식으로 드러난다고 본다. 개별

---

16) 「사랑의 變奏曲」을 200-203면에서 전문 분석했다.
17) 대표작 「풀」이 과도한 조명을 받았던 것은 김수영의 遺作이라는 후광과 연관된
　　것이 아닌가 한다. 김준오는 「풀」이 가장 김수영답지 않은 작품이라고 평가했다
　　(김준오, 「순수·참여와 다극화시대」, 28인 공저, 『한국 현대문학사』, 현대문학,
　　1989, 315면). 「사랑의 변주곡」이 김수영적인 특징을 잘 보여주면서, 김수영 문학
　　의 대표적인 성취로 기록되어야 한다고 생각한다. 유종호, 황동규, 김혜순, 최동
　　호가 이 시의 시사적 중요성을 언급하였다. "「사랑의 변주곡」은 아마도 우리말로
　　씌어진 가장 도취적이고 환상적이며 장엄한 행복의 약속을 보여주고 있다."(유종
　　호, 「시의 자유와 관습의 굴레」, 『김수영의 문학』, 민음사, 1983, 255면); "시를 두
　　고 볼 때는 「폭포」, 「자유」, 「풀」 등으로 대표되던 그의 작품이 넓은 의미의 「사
　　랑의 변주곡」으로 수렴되는 과정이라고 할 수가 있을 것이다."(황동규, 「양심과
　　자유, 그리고 사랑」, 앞의 책, 7면); "대자적 사랑의 개화는 「사랑의 변주곡」에서
　　가장 큰 개화를 한다. (중략) 이 시는 김수영의 후기 작품 중에서 가장 명징하게
　　확신에 찬 대답을 스스로에게 퍼부은 작품이 된다."(김혜순, 『김수영--세계의 개
　　진과 자유의 이행』, 건국대 출판부, 1995, 60-62면); "이 시는 김수영의 인간에 대
　　한 친화력을 대표하는 시로서 기록될 뿐 아니라, 삶의 서러움을 넘어서는 사랑의
　　혁명이 무엇인가를 깨닫게 해준다는 점에서 또한 한국 현대시사에서 기념비적이
　　다."(최동호, 「김수영의 문학사적 위치」, 『작가연구』 1998 상반기, 32-33면)
18) 「푸른 하늘을」을 119-120면에서 전문 분석했다.

적인 차원의 이야기가 공동체의 이야기로 수렴될 수 있는 방식이 제유적 구체화인 까닭이다. 하지만 그가 말한 현실이나 자유가 재래의 시적 관습을 파기하고 새로운 시적 의미를 개진하기 위해 쓰인 것이라는 점도 중요하게 강조되어야 한다. 앞의 인용문들은 다른 시의 성취도를 논의하면서 제기된 발언이거나, 스스로의 詩作을 설명하면서 제기된 발언이다. 이 점 역시 이러한 시론이 詩作과 관련되어 있음을 알려준다. 이를테면 ①에서의 "현실"은 작품 외적(사회 역사적) 현실이자, 작품 내적(시작에서 구현되는 이미지) 현실이며, ⑤에서의 "자유"는 제도적 자유(혁명과 민주주의)이자, 실존적 자유(인간의 결단과 분투에 수반되는 고독)이나.

김수영의 용어를 차용하여 말하자면, 은유는 언어현실에 강조점이 있고 제유는 사회현실에 강조점이 있다. 이런 추론은 은유와 제유의 기저 개념 속에 이미 내포되어 있는 추론이다. 은유는 주어진 시적 대상과 다른 대상이 동일성이나 유사성으로 묶이는 것이기 때문에, 대상을 둘러싸고 있는 바깥(김수영이나 신동엽의 경우에는 실제 현실)을 전제하지 않는 데서도 생겨난다. 반면 제유는 대상을 포괄하는 上位의 대상이거나, 대상에 종속되는 下位의 대상과의 관계에서 생겨나므로, 대상을 둘러싸고 있는 바깥이 전제되어야만 성립 가능하다. 이런 추론을 받아들인다면, 김수영의 은유적 병렬은 언어적 형식의 자유로움을 추구하여 산문성을 시에 도입하기 위한 구성적 원리이며, 제유적 구체화는 사회현실을 일상의 차원에서 반성하고 검토하기 위해 도입한 구성적 원리이다.

스스로의 자리를 순수론에 두었던 김춘수나, 참여론에 두었던 신동엽과는 달리, 김수영은 참여, 순수의 어느 자리에도 자신의 시적 입지를 노정하려 들지 않았다. 그는 시론에서 시를 쓰는 인식이 투철하지 못함과 예술성이 부족함을 들어 예술파와 참여파의 시를 다같이 비판했다. 그가 보기에 깊이를 확보한 현실 인식과 미적인 구현은 동시적인 것이었다. 김수영은 예술성과 현실성, 형식과 내용, 음악과 의미, 시와 산문 등의 이분화된 개념이 그 궁극의 자리에서 통일되는 것이라 보았다. 비록 그 이론의 정치함을 논할 바는 아니라 해도, 김수영이 이를 통해 자신의 시가 가진 산문적 성격을 어느 정도 해명하려 하였던 것은 분명하다. 그는 은유적 병렬의 방식으로 서술적인 언술의 특징을 시에 도입하였고, 제유적인 구체화의 방식으로 개인과 사회의 모순을 통일하려 하였다.

김수영이 말한 시적 덕목은 "행동, 현실, 양심, 진지성, 사랑, 자유" 등이다. 이 말들은 김수영이 목표로 했던 시적 가치의 목록이어서 이것만으로 김수영의 시세계를 온전히 해명하기는 어려우나, 그 지향을 짐작하는 데에는 도움이 된다. 김수영은 "현실"이라는 말로, 시적 현실과 언어 현실을 동시에 받아들이면서 극복하고자 했으며, "양심"이나 "진지성"이라는 말로 기교 이전에 갖추어야 할 자기 정체성과 인식을 강조했으며, "사랑"이라는 말로 사람과 삶의 원리를 포괄하고자 했고, "자유"라는 말로 사회적 제도적 차원의 이상과 개인적 실존적 차원의 이상을 두루 설명하고자 했다. 물론 김수영의 시론이 정밀하다고 볼 수는 없겠으나, 불완전하게나마 시적 理想을 표명하고 있음을 여기서 볼 수 있다.

3. 신동엽의 시와 <歸數性 世界>

비교적 체계적인 틀을 갖춘 신동엽의 시론은 1961년에 발표된 「詩人精神論」이다. 이 글에서 신동엽은 인류 역사 전반에 대한 비평적 立論을 시도하였다. 이를 위해 그가 설정한 개념들이 이른바, <原數性, 次數性, 歸數性 世界>이다.

　　잔잔한 해변을 原數性 世界라 부르자 하면, 파도가 일어 공중에 솟구치는 물방울의 세계는 次數性 世界가 된다 하고, 다시 물결이 제자리로 쏟아져 돌아오는 물방울의 운명은 歸數性 世界이고.
　　땅에 누워 있는 씨앗의 마음은 原數性 世界이다. 무성한 가지 끝마다 열린 잎의 세계는 次數性 世界이고 열매 여물어 땅에 쏟아져 돌아오는 씨앗의 마음은 歸數性 世界이다.
　　봄, 여름, 가을이 있고 유년 장년 노년이 있듯이 인종에게도 太虛 다음 봄의 세계가 있었을 것이고, 여름의 무성이 있었을 것이고 가을의 歸依가 있을 것이다. 시도와 기교를 모르던 우리들의 原數 世界가 있었고 좌충우돌, 아래로 위로 날뛰면서 번식번성하여 극성부리던 次數 世界가 있었을 것이고, 바람 잠자는 석양의 老情 歸數 世界가 있을 것이다.

우리 현대인의 교양으로 회고할 수 있는 한, 有史 이후의 문명 역사 전체가 다름 아닌 인종계의 여름철 즉 次數性 世界 속의 연륜에 속한다고 나는 생각한다.(364면)[19]

신동엽은 자연에 내재한 조화와 역동성에 빗대어 세 가지 世界像을 설명하였다. 그가 비유적 어법으로 설명할 수밖에 없었던 것은 원수성 세계나 귀수성 세계가 인간의 경험적 사실 너머에 있는 것이었기 때문이다.

천지 자연이 운행되는 원리가 그 시작과 진행, 귀결의 세 가지 상태로 나누어 이야기된다. 자연은 변화를 겪으면서도 그 최초의 平靜으로 돌아가고자 하는 복원력을 갖고 있다. 우리는 차수 세계의 천변만화하는 격동의 상태를 겪고 있는데, 이런 격변이 일기 이전의 고요한 상태와, 격변이 잦아들어 고요로 되돌아가는 상태가 있을 것이다. 신동엽은 이를 原數性, 歸數性의 세계라 이름지었다. 그러므로 原數性 세계와 歸數性 세계는 次數性 세계를 사이에 두고 떨어져 있으나, 실은 동일한 세계이다.

"잔잔한 해변"이나 발아하기 전의 "씨앗", "봄"은 한 세계가 시작되기 전의 原形質과 같은 상태를 이른다. 原數性 世界는 인간이 자연과 한몸을 이루던, 최초의 세계였다. 그 세계에서는 어떤 作爲나 분쟁도 없었다. 신동엽이 원수성 세계를 "에덴의 동산"이라 비유한 것은 이 세계가 조화와 충일의 세계였기 때문이다. 대지가 싹을 틔우고 나무들이 자라자, 인간은 그곳에 인위적인 건축물을 지어 올렸다. "이들 인간들은 대지에 소속된 생명일 것을 그만 두고 대지와 그들과의 사이에 새로 생긴 떡잎 위에, 즉 인위적 건축 위에 作巢되어진 次數性的 생명이 되었다. 하여 인간은 교활하고 극성스런 어중띤 존재자로서 하늘과 땅 사이에 등록이 되었다."(365면) 차수성 세계는 대지 위에 뿌리박은 것이 아니다. 그것은 허공에 제 보금자리를 지었다. 이런 허구적 성취는 궁극에 가서 파멸하여 대지로, 곧 귀수성 세계로 돌아갈 것이다. 차수 세계는 대지에 기초를 두지 못한 것이기 때문에, "기근을 모면할 수 없을 것이며 영양실조에 빠지게 될 것이며 종국에 가서는" 서로 죽고 죽이는 광기와 살상의 운명을 피할 수 없다. 신동엽은 우리 세계의 파괴와 살육

---

19) 본문에 인용한 면수는 『신동엽 전집』(창작과비평사, 1975)의 면수이다.

이 최근의 문명적 현상이 아니요, 인류 역사를 통틀어 변함없이 지속되는 현상이라 보았다. 그러므로 그것은 인간의 본성에 관련된 것이다. "흔히 국가, 정의, 元首, 眞理 등 절대자적 이름 아래 강요되는 조형적 내지 언어적 건축은 그 스스로가 5천 년 길들여온 완고한 관습적 조직과 생명과 마력을 지니고 있는 것"(367면)이다.

인류 사회가 발전의 주요한 원리로 삼아온 分業의 방식은 차수 세계가 가진 비인간화된 성격을 그대로 보여준다. 인간은 분업화된 사회에서 하나의 주체가 아니라 기능일 뿐이다. 사회가 발전할수록 "세계는 맹목기능자의 천지로 변하고 말았다."(368면) 신동엽은 대지를 이탈한 인간의 문명에 대해 지극히 비판적이다. "문명인은 대지를 이탈하였다. 그들은 고향을 버리고 次數性 世界 속의 文明樹 나뭇가지 위에 기어올라 궁극에 가서는 아무도 아닌 그들 스스로의 肉魂들에게 향하여 어제도 오늘도 끌질을 하고 있는 것이다."(369면) 차수성 세계의 분업은 귀수성 세계의 종합과 날카로운 대립을 이룬다. "그것은 이 다음에 있을 방대한 종합과 발췌를 위해서만 유용할 뿐이다. 분업문화를 이룩한 기구 가운데 <人>은 없었던 것이다. 분업문화에 참여한 선단적 기술자들은 이 다음에 올 <綜合人>을 위해서 눈물겹게 희생되어져 가는 수족적 실험체들에 지나지 않을 것이다."(366-367면) 신동엽은 이 종합인을 <全耕人>이라 불렀다.

> 사실 全耕人的으로 생활을 영위하고 全耕人的으로 체계를 인식하려는 全耕人이란 우리 세기에서 찾아볼 수가 없다. 우리들은 백만인을 주워모아야 한 사람의 全耕人的으로 세계를 표현하며 全耕人的인 실천생활을 대지와 태양 아래서 버젓이 영위하는 全耕人, 밭갈고 길쌈하고 아들 딸 낳고, 육체의 중량에 합당한 量의 발언, 세계의 철인적·시인적·종합적 인식, 온건한 대지에의 향수적 귀의, 이러한 실천생활의 통일을 조화적으로 이루었던 완전한 의미에서의 全耕人이 있었다면 그는 바로 歸數性 世界 속의 인간, 아울러 原數性 世界 속의 체험과 겹쳐지는 인간이었으리라(370면).

原數性, 次數性, 歸數性이란 용어로 人類史를 개관하는 신동엽의 체계는 소박하고 성글지만, 어쨌든 이를 통해서 신동엽이 세운 체계가 농경적 理想型을 기초로 세워졌음을 짐작할 수 있다.[20] 전경인의 이미지 속

---

20) 김종철은 신동엽의 시를 통해 "우리는 산업문명과 합리주의의 압력 밑에서 우리 자신이 흔히 망각하고 있는 사실---근대적 문명이라는 것이 얼마나 허구적·파멸

에는 자급자족하는 농업 공동체를 대표하는 이상적 全人의 이미지가 녹아들어 있다. 신동엽 역시 우리 사회에서 전경인적인 소망이 불가능에 가까운 소망이라는 것을 알았다. 귀수성 세계를 그리는 신동엽의 시가 대개 우의적으로 구조화되는 것은 이와 관련이 있을 것이다. 전경인은 분업에 의해 갈갈이 쪼개진 기능형으로서의 인간을 종합하고 치유하는 理想的 全體로서만 그 모습을 드러낸다.

이 지점이 신동엽의 시에서 제유적 일반화가 드러나는 지점이다. 그는 부분적인 언술의 영역으로 전체의 언술을 드러내는 방식을 즐겨 썼는데, 이를 통해 理想的 全體로서 전경인의 이미지가 드러난다. 신동엽의 시에서 선경인의 모습은 제유로 활용된 신체의 각 부분들이 전체로서의 신체를 나타내는 방식을 통해 드러난다.21) 3장 3절에서 검토하겠지만, 신동엽이 쓴 제유가 늘 긍정적 계열체들을 이루고 있는 것도 이 점에서 해명된다. 제유적으로 드러난 대상이 곧 소망스런 전경인의 모습을 가지고 있는 까닭이다. 그의 시에 흔히 등장하는 "아사달" "아사녀" 역시 전경인이다. 이들은 "백만인을 주워 모아" 만든, 곧 민중적 건강함과 생명력의 대표인 셈이다.22)

적인 것이며, 오늘날 우리가 영위하는 삶이 소박하고 자연스러운 생활방식에 대한 억제할 수 없는 그리움으로써만 견딜 만한 것으로 된다는 사실을 다시 한번 느끼게 된다"고 말했다(김종철, 「신동엽의 道家的 想像力」, 『민족시인 신동엽』, 소명출판, 1999, 55면). 신동엽의 시론에서 근대적 문명은 次數 世界로, 소박하고 자연스러운 생활방식은 原數, 歸數 世界로 그려졌음을 어렵지 않게 짐작할 수 있다. 「香아」(『신동엽 전집』, 10면)는 이를 잘 보여주는 시이다. 이 시에 나오는 "오래지 않은 옛날" "傳說 같은 풍속" "우리들의 故鄕 병들지 않은 젊음" "싱싱한 마음밭" 등이 차수성 세계를 극복하고 원수성 세계로 돌아가려는 (곧 귀수성에의) 희망과 의지를 보여준다고 하겠다. 김종철이 신동엽의 시의 사유를 道家的 사유로 읽은 것은 이와 관련된다.

21) 김창완은 다음과 같이 말했다. "신동엽 시의 대지 이미지는 신체 이미지와 밀접한 관련을 갖는다. (중략) 그의 경우 신체 이미지는 '눈동자, 피, 젖가슴, 입술, 발' 등이 중심이 되며, 그것들은 다양하게 변용되어 대지와 대응하여 나타난다." (김창완, 『신동엽 시 연구』, 시와시학사, 1995, 118면) 김창완이 든 신체 이미지들은 이상적 전체를 제유한다. 신동엽이 말한 원수성, 귀수성 세계의 모습이 제유적 문맥에서만 모습을 드러낸다는 사실이 여기서도 확인된다.

22) 조남익은 다음과 같이 해석하였다. "신동엽은 이 민족의 성스러운 발상지 및 국호를 아사달·아사녀로 완전 인명화한 배달 겨레의 병들지 않은 전경인의 심볼·젊음·순수 등의 뜻으로 시어화하고, 이를 활용한 듯하다."(조남익, 「신동엽론」, 『신동엽--그의 삶과 문학』, 온누리, 1983, 99면) 아사달, 아사녀가 전경인적 이미지를 가진 민족, 민중의 제유적 대표임을 지적한 것은 타당하나, 이들이 민족의 발상지와 국호까지 대표한다는 해석은 확대 해석이다.

신동엽의 시에 "알몸"(363, 399면)의 상상력이 흔히 나오는 것은, 모든 비본질적인 것들 곧 "껍데기"를 벗어버린 육체가 갖는 생생한 체험을 건강함의 징표로 삼았기 때문이다. 신동엽이 보기에, 그것은 예술의 본질과 상통한다. 신동엽은 자주 구체적인 감각에서 지극한 生 체험을 맛보았음을 이야기했다.

① 무엇보다도 나를 충격케 한 것은 왼쪽 팔뚝에 밤알만큼씩 역력히 흩터져 있는 네 개의 우둣자죽이었다. 그녀의 몸에선 그녀의 身分을 알아볼 만한 아무러한 證據物도 나타나 주지 않았기 때문에 그녀의 本名이며 本籍이며를 알 까닭이 없었지만, 그 우둣자죽은 그녀의 故鄕이며 어렸을 적의 時節이며를 나로 하여금 생각하게 해주었다(「錦江雜記」, 349면).

② 이 시끄러움 속에서 해방을 얻는 무슨 길은 없을까. 세상 사람들의 소리와 표현이 좀더 부드러워지고, 좀더 低音으로 낮아지고, 좀더 정감있는 폭신폭신한 살소리로 녹아 스밀 수 있게 된다면 이 세상은 얼마나 다정스러워지고 평화스러워질까(「시끄러움 노이로제」, 351면)

③ 어린것의 요에서 풍기는 비릿한 지린내에서 父性愛의 極致를 체험한다(「냄새」, 355면).

④ 사람과 사람 사이의 표현 중에 가장 진실된 것은 눈감고 이루어지는 육신의 교접이다(「斷想抄」, 357면).

⑤ 揚子江邊에 살고 있는 少女와 나와는 한 살(肉)이다.(「斷想抄」, 359면).

이와 같은 생체험이 제유적 理想型의 모델이 되었을 것이다. 구체적 감각은 늘 부분적일 수밖에 없다. 우리는 구체화된 지각을 종합하여, 전체로서의 모델을 얻는다. 구체적 감각이 야기하는 부분적이되 생생한 느낌이 일반화된 전체의 모습을 상기시킨다. ①은 금강에서 자살한 여승을 보고 느낀 점을 적은 것이다. 신동엽은 여승의 본명이나 본적을 알지 못했다. 그러나 "우둣자죽"은 죽은 여승의 "고향이며 시절"을 단번에 느끼게 해준다. 이 부분적 체험이 여승에 대한 전체적 감각을 환기한다. ②에서 들리는 "소음"은 도시에서 느끼는 온갖 소리들이다. "자동차소리, 호각소리, 클락숀소리, 외치는 소리, 깨어지는 소리"(350면)와 같은 구체적인 소리에서, 뉴스에서 들리는 "못된 이야기", 신문에서 보이는 "너무 모질고 맵고 아픈 기사들" "건물보다도 훨씬 큰 간판 글씨들"

에 이르는 추상적인 소리들이 모두 소음에 해당한다. 소음을 줄이고 싶은 신동엽의 소망은 결국, 살만한 세상에서 서로가 느끼는 인간적인 정과 부드러움과 다르지 않다. 이것이 "좀더 정감 있는 폭신폭신한 살소리"라는 촉각으로 구체화되었다. ③에서의 아기의 지린내에서 느끼는 부성애, ④에서 남녀의 교접에서 비롯된 진실 역시, 구체적 감각이 보장하는 사랑이자 진정성이다. 이와 같은 육체적 감각이 ⑤와 같은 민중적인 연대의식을 낳는다.

신동엽이 은유적인 방식을 돌보지 않은 것도 이 점과 관련될 것이다. 그가 소망한 전경인적 방식은 언어 체계 자체에 사로잡혀 말단만을 만지작거리는 방식이 아니다.

> 오늘 우리 현대를 아무리 살펴보아도 대지에 뿌리박은 大圓的인 정신은 없다. 정치가가 있고 이발사가 있고 작가가 있어도 대지 위에 뿌리박은 全耕人的인 詩人과 哲人은 없다. 현대에 있어서 시란 언어라고 하는 재료를 사용하여 만들어낸 공예품에 지나지 않는다. 시인의 시인정신이며 시인혼이 문제되지 아니하고, 그 시업가의 글자 다루는 공상의 기술만 문제된다(370-371면).

은유는 언어와 언어의 충돌로 새로운 생성적 의미를 산출하는 방식이다. 신동엽은 아마도 이런 방식이 언어를 통해 말하고자 하는 "시인정신이며 시인혼"에 주목하지 못하게 한다고 생각한 듯 하다. 그런 작업은 "시인"이 아닌, "시업가"의 작업에 지나지 않는다. 시를 쓰는 이들에게도 맹목기능자가 있다. "그들은 정치는 정치가에게, 문명비평은 비평가에게, 사상은 철학교수에게, 대중과의 회화는 신문 전문가에게 내어맡기고 자기들은 언어세공만을 맡고 있다."(371면) 서구에서 유입된 문예사조를 내세우는 이들은 언어세공만을 업으로 삼고 있다. 이들을 비판하는 신동엽의 어조는 자못 신랄하다.

> 무슨 파, 무슨 주의자 등 근대적인 명칭으로 불리우는 모든 지식분자들을 한묶음 하면 <밀려난 특종계급>이 된다. (……) 나약한 병자의 노래가 아니면 대학 연구실 속에서의 언어 연금술이거나 그것도 아니라면 독존적 귀족문화만이 우리 시대의 시인 전부를 차지하게 되는 것이다. 문학은 문학 전문가들끼리의 특수문화가 되어 버렸다(371-372면).

언어를 세공하여 공예품처럼 만드는 일에 대해 신동엽은 매우 비판적이다. 신동엽은 이런 일에 시종하는 이들을 詩業家라 불렀다. "이웃 가게 사람들이 손끝으로 인형·도자기들을 만들어내고 있는 것과 같이, 그들은 言語商品을 만들어내고 있다. 이러한 경우 그들은 <詩人>이 아니라 <詩業家>인 것이다."(「詩人·歌人·詩業家」, 392-393면)

향토적 자연을 노래하는 경향 역시 비판의 대상이 된다. 신동엽은 「六十年代의 詩壇 分布圖」에서, 당대의 시단을 다섯으로 나누었다. ① 鄕土詩의 村落, ② 現代感覺派, ③ 言語細工派, ④ 市民詩人, ⑤ 抵抗派가 그것인데, 이 중에서 ②와 ③이 언어만을 교묘하게 되작이는 이른바 "시업가"들이며, ①이 조선시대의 음풍농월하는 경향을 이어받은 이른바 "歌人"들이다. 신동엽은 이들의 성향이나 고운 심성을 긍정했지만, 한편으로는 이들이 당대 현실과 유리되어 있음을 들어 자신과는 비판적 거리를 두었다.

> 歌人들의 세계가 있다. 이들에게는 <人>字를 붙여주는 것이 마땅하리라. 왜냐하면 그들은 근대 상업자본주의가 전성기를 이루기 전의 李朝 田園 속에다 그 정신적 소요의 뿌리를 늘이고 있을 것이기 때문이다.
> 歌人들은 노래한다. 두뇌의 참여를 거부하고 그 부드러운 가슴만으로 노래한다. 손끝재주를 부리거나 기구망신스런 흉내를 내려고 하거나 단어상자를 쏟거나 하지 않는다.
> 그러나 <보는 눈>이 없다. 세계의 본질을 통찰하는 눈. 그리하여 自我를 갈아엎는 부단한 求道者의 자세.
> 노래는 있어도 參與, 즉 자기와 이웃에의 인간적인 애정, 성실성이 결여되어 있다(「詩人·歌人·詩業家」, 392면).

"가인"들은 남의 흉내나 언어 세공만을 전문으로 하는 시업가들과는 다르지만, 세계의 본질을 통찰하는 안목이나, 자기와 이웃에 대한 애정이 결여되어 있다는 점에서 진정한 시인의 자리에 오르지 못한다. 진정한 시인의 이름에 부여한 위와 같은 속성에서, 세계의 변혁을 부르짖는 지도적인 시인의 像을 짐작하기란 어려운 일이 아니다.

인용문의 마지막 부분에서, 신동엽이 자기의 詩作을 참여시의 본령에 위치짓고 있음을 짐작할 수 있다. 그는 김수영을 상찬하면서 다음과 같이 말한 적이 있다. "그는 文學을 <愛情>의 수단이요 그 本質이라고 보았다. 인간성에의 愛情, 자기 이웃에 대한 愛情, 그리고 現象과 그 內面에게로 쏟는 굽힐 줄 모르는 誠實性. 자기와 자기 이웃에 쏟는 이 굽힐

줄 모르는 作家로서의 誠實性이 그 분에 의해 <參與>라는 말로 표현되어졌다."(「鮮于煇씨의 홍두깨」, 394면)[23] 신동엽이 앞의 글에서 말한 바 ⑤ 抵抗派의 자리가 바로 참여시의 자리이다.

저항은 뚜렷한 戰線을 필요로 한다. 싸워야 할 것과 연대해야 할 것의 경계가 분명해야 저항의 입지와 목표가 분명해진다. 이 점이 신동엽의 시에서 환유적인 이접의 구성을 가능하게 한 것으로 생각된다. 연대해야 할 인물들, 곧 민중적인 생명력을 분출하는 이들을 제유적 理想型으로 지칭하고, 저항의 대상이 되는 침탈자와 권력자들을 환유적 異物들로 지칭하는 신동엽의 방식이 이로써 모습을 드러낸다.

> 황량한 大地 위에 우리의 터전을 마련하고 우리의 우리스런 精神을 영위하기 위해선 모든 이미 이뤄진 왕국·성주·문명탑 등의 쏘아붓는 습속적인 화살밭을 벗어나 우리의 어제까지의 의상·선입견·인습을 훌훌히 벗어던진 새빨간 알몸으로 돌아와 있을 수 있어야 하는 것이다(「新抵抗詩運動의 可能性」, 398면).

귀수성 세계로 진입하기 위해서는 기존의 권력과 선입견, 인습 등을 타파하고 진실하고 가식이 없는 몸과 마음을 유지해야 한다. 신동엽이 부정의 대상을 "왕국" "문명탑" "화살밭" "의상" 따위의 환유로 나타낸 것은, 환유적 離接의 방식으로 시를 구성한 이유와 정확히 일치한다. 부정의 대상으로서의 환유/ 긍정의 대상으로서의 제유는 신동엽의 시적 사고에서 원형적인 대립을 이루고 있는 것이다.

신동엽은 인류 역사가 原數性 世界에서 떨어져 나와 次數性 世界로 진행되었다고 생각했다. 原數 세계의 조화와 통일은 次數 세계의 문명에 의해 훼손되고 더럽혀졌다. 인류가 쌓아올린 모든 제도와 체계는 차수 세계의 권력을 위해 봉사한다. 그러나 자연이 그 최초의 평정을 되찾을 날이 올 것이다. 인류 역사가 그처럼 歸數 세계로 이행할 것이라는 신동엽의 소망은 현실 세계를 우의적으로 파악하게 만들었다. 강고한 차수 세계는 어쨌든 무너지고 훼파될 것이다. 그 이후, 귀수 세계의 평화가 나타날 터인데, 그에 대한 꿈은 강렬한 만큼 실현하기 어려운

---

23) 그러나 신동엽이 김수영의 시를 저항파의 자리에 놓은 것은 아니다. 앞의 분류에 따르면, 김수영의 시는 ④ 市民詩人에 해당한다.

것이다. 이와 같은 특성이 신동엽의 시에서 우의적인 소망으로 나타나는 것이라 하겠다.

신동엽은 생생한 감각적 체험을 소중히 여겼다. 그는 이것을 세계의 본질을 직관하는 생체험으로 간주하였다. 부분적이고 구체적인 감각적 사실이 理想的 全體를 드러내는 데 기여하는 방식이 제유적 일반화의 방식이라 할 수 있다. 그러므로 신동엽에게서 제유적 일반화는 귀수 세계의 이상적 모습을 드러내는 구성의 원리였다.

그가 은유적 방식을 활용하지 않은 것은, 언어세공에만 몰두하는 기능적 방식을 찬성하지 않았기 때문이기도 하다. 신동엽은 언어만을 갈고 다듬는 방식이 차수 세계의 맹목기능자의 방식에 불과하다고 비판하였다. 그는 시인에게 있어 무엇보다도 중요한 것이 세계의 본질을 통찰하고, 자신과 이웃에 대한 사랑을 갖는 것이라 생각했다. 이 점이 신동엽 시의 화자를 공적인 자리에 위치 짓게 하였을 것이다.

신동엽은 스스로의 시적 입지를 명확히 하고, 이와 같은 방식으로 시를 쓰는 一群의 시인들을 抵抗派라 불렀다. 신동엽이 보기에, 참여로서의 저항은 부정의 대상과 긍정의 대상 사이에 명백한 경계를 갖는 것이었다. 離接的인 구성의 방식이 비본질적인 것들, 억압하고 침탈하는 자들에 대한 환유적 공격성으로 나타난 것은 이런 사정을 반영하는 것이다. 한편으로 그는 진정한 민중적 생명력을 가진 이상적 모델을 제유적으로 일반화하였다.

시적 구성의 유형

이 장에서는 은유, 환유, 제유의 본유 개념에서 도출한 비유적 구성의 방식을 개별 시의 분석을 통해 유형화하고자 한다. 이 논문에서 김춘수, 김수영, 신동엽의 시를 다룬 것은 각 시인들이 공통특성을 보여서가 아니다. 오히려 각 시인들이 시를 쓰는 데 상이한 구성방식을 활용했기 때문에, 구성의 유형을 보이는 데 적절하다고 판단하였다. 같은 구성이라도 세부적인 방식이 또한 다르다. 은유적 구성을 활용한 김춘수와 김수영의 시가 다르고, 환유적 구성을 활용한 김춘수와 신동엽의 시가 다르며, 제유적 구성을 활용한 김수영과 신동엽의 시가 다르다. 이는 같은 구성의 범주에 포함된다 해도, 세부적인 구성의 방식이 같지 않았기 때문이다. 세 시인의 시를 상세히 분석함으로써 각각의 구성적 특질과 성격을 검토하기로 하겠다.

1. 은유적 구성

1) 중첩과 김춘수의 시

은유는 서로 다른 두 가지 사물을 同化의 방식으로 관통하는 원리이다. "은유는 정의상 다른 것을 지시하기 위해 원래 자기가 지시하던 의미를 떠나 있는 말이다. 은유적으로 표현된 의미는 원래 자신이 머물던 말을 떠나서 다른 말 안에 거주하고 있는 셈이다. 은유를 통하여 그 의미체는 어떤 우회의 거리를 지나서 있고, 그 이동한 거리는 언제나 일탈의 가능성을 띠고 있다."[1] 은유는 두 가지 대상을 하나의 자리에 묶어 놓을 때 발생한다. 그러나 한편으로 은유는 차이의 놀이이다. 은유는 두 대상의 공통성을 통해 결속하지만, 두 대상의 외연을 의미 내부로 포괄해 들이려는 속성을 가진다. 이로써 은유는 늘 의미 바깥으로 확산되려는 경향을 지닌다. 그러므로 은유의 본유개념 속에는 同化와 異化가 동시적으로 내재해 있다.

은유에서 취의tenor와 매개어vehicle는 상호적인 것이어서, 은유적인 의미는 실상 이 두 사물 사이를 왕복한다.[2] 취의와 매개어가 긴밀히 결합되어, 이 둘을 한 대상의 다른 표현으로 간주할 수 있을 때 은유적인 중첩이 일어난다. 앞장에서 밝힌 바와 같이 은유로 묶인 언술의 영역에서는 흔히 그것이 동일성 혹은 유사성으로 결속되어 있음을 알려주는 형식적인 指標가 있다. 즉 의미적 유사성을 담보하는 구문상의 유사성이 있다. 동질적인 구문이 동격의 의미를 산출하므로, 이는 자연스러운 현상이다. 은유적 중첩을 다음과 같이 기호화할 수 있다.

$$A=B(=C=D\cdots\cdots)$$

영문자는 개별 언술의 영역 곧 언술의 場이며, 이들이 동일성의 틀 안에서 결속한다. 괄호 안은 은유적인 중첩이 둘 이상의 연쇄일 수도 있음을 보여준다.

---

1) 김상환, 『해체론 시대의 철학』, 문학과지성사, 1996, 259면.
2) "가장 간단히 定式化하면, 은유를 쓸 때 우리는 한 단어나 句로 함께 활동하며 지탱되는 서로 다른 사물들의 두 가지 생각을 갖게 된다. 그것의 의미는 그것들의 상호작용에서 비롯된 것이다."(I. A. Richards, *The Philosophy of Rhetoric*, Oxford Univ. Press, 1936, p. 93) 블랙은 은유를 설명하는 기존의 관점을 代置論 substitution view과 比較論 comparison view으로 요약하고, 두 관점보다 相互作用論interaction view이 은유를 설명하는 유의미한 관점이라고 말했다. 그는 리챠즈의 위 주장에서 도출한 상호작용론을 일곱 가지 명제로 요약하였다. 블랙M. Black, 「은유」, 이정민 외 편, 『언어과학이란 무엇인가』, 문학과지성사, 1977, 278면. 그러나 대치론이든 비교론이든 상호작용론이든, 은유를 어휘들 차원에서만 논의한다는 점에서는 공통적이다. 블랙의 논의 역시 언술 차원의 은유를 해명하는 데에는 도움이 되지 않는다.

김춘수의 많은 시들은 이런 동일성의 언술로 짜여 있다. 이른바 무의 미시는 대개 인상적인 묘사를 위주로 한 짧은 서경시들인데, 은유적인 중첩과 환유적인 연접을 그 구성원리로 하고 있다. 은유적인 중첩의 경우, 동일한 구문이 가진 同格 효과를 통해 의미상의 동일성을 유추할 수 있다.

```
1     人間들 속에서
2     人間들에 밟히며
3     잠을 깬다.
4     숲 속에서 바다가 잠을 깨듯이
5     젊고 튼튼한 상수리나무가
6     서 있는 것을 본다.
7     남의 속도 모르는 새들이
8     금빛 깃을 치고 있다.
        ―「處容」 전문(189면)3)
```

세 개의 문장이 서로 은유적인 관련을 맺으면서 시의 의미구조를 형 성한다. 1-3행은 바다를 떠나온 처용의 처지를 진술한 것이다. 사람들 사이에서 처용은 方外人의 자리에 있을 수밖에 없었다. "人間"을 문자 그대로 읽어 사람들 사이라 하면, 다음 행에서 "숲 속" 곧 나무들 사이 에 있는 처용의 모습을 상수리나무로 은유한 것이 자연스럽다. 4-6행은 처용의 내면을 은유적으로 말하는 시행이다. "젊고 튼튼한 상수리나무" 는 다른 잡목들과 구별되는 정신적인 높이를 가졌다. "남의 속도 모르 는 새들"은 초기시에서도 보이듯 나뭇잎을 은유한 것인데,4) 처용의 처 지를 모르는 다른 이들의 손가락질을 뜻한다. 세상에서 처용은 인간들 에게 시달리지만, 진정한 그의 모습은 뭇 인간들에 비할 바가 아니다. 4 행의 "바다"는 "숲속"과 대척의 장소이면서 은유적으로 숲속과 겹친다. 숲과 바다가 <푸르다, 넓다, (파도 혹은 나무들로) 가득하다> 등의 공통 특성을 통해 은유적 관련을 맺는 까닭이다. 처용이 왕자로서 제 모습을 유지했던 곳이 바다이니, 세상이 숲속으로 은유되는 것은 이상한 일이

---

3) 『김춘수 전집: 1 시』(문장사, 1982)를 텍스트로 삼는다. 본문의 면수는 이 시집의 면수이다.

4) "(바람은) 碧空에/ 사과알 하나를 익게 하고/ 가장자리에/ 금빛 깃의 새들을 날 린다." ―「바람」 2연 4-6행(139면)

아니다. 이 시에 보이는 언술의 영역을 다음과 같은 대립항으로 도식화
할 수 있겠다.

대립의 주체	처 용	인 간 들
은유된 주체	상수리나무	다른 나무들(=새들)
배 경	바 다	숲 속

무의미시에서는 이처럼 여러 개의 언술 영역이 동일성의 차원에서 결
속되면서 다양한 풍경을 낳는다. 무의미시들을 분석해 보면 여러 개의
독립적인 진술로 보이는 것들이 실상은 중첩된 은유로서 서로 상관적인
진술이라는 것을 알게 된다. 여러 다기한 풍경들이 하나의 풍경을 지시
하고 있으므로, 이것들은 동일한 대상의 변체들이다.

```
1      桂樹나무 한 나무
2      토끼 한 마리
3      돛단배에 실려 印度洋을 가고 있다.
4      석류꽃이 만발하고, 마주 보면 슬픔도
5      金銀의 소리를 낸다.
6      멀리 덧없이 멀리
7      冥王星까지 갔다가 오는
8      金銀의 소리를 낸다.
        ─「보름달」 전문(197면)
```

첫 두 행은 동요이다. 뒤에 이어지는 시행들은 이 노래가 불려지는
상황이거나 이 노래가 야기하는 감동의 형상화이다. 김춘수는 반달이라
는 원제를 보름달로 바꾸었는데, 이는 시의 풍경에 담긴 충만함을 형상
화하기 위한 변형으로 보인다. 쪽배를 "돛단배"로, 은하수 건너 서쪽 나
라로 가는 것을 "인도양"을 가는 것으로 치환했을 뿐, 3행 역시 동요와
동일한 의미를 갖는다. 4-5행은 마주 서서 노래를 부르며 손뼉을 치는
이 노래의 율동을 은유한 것이다. 석류꽃이 터지는 상상적인 소리나
"금은의 소리"가 바로 손뼉치는 소리이다. 손뼉치는 소리가 주는 정서적
아름다움이 이와 같은 은유를 낳았다고 하겠다. 노래에서 달이 "푸른
하늘 은하수"를 지나가고 있으므로, 7행에서 "명왕성"이 나오는 것도 자

연스럽다. 명왕성이 상상 가능한 가장 먼 행성이므로, 이를 동요에서 느끼는 감동을 구체적으로 형상화한 것이라 볼 수도 있다. 그러므로 이 시는 동요 「반달」을 염두에 두어야 해명되는 시이다.

시 「보름달」	동 요「반 달」
계수나무, 토끼	同 一
돛단배, 인도양	쪽배, 서쪽 나라(은하수)
만발한 석류꽃, 금은의 소리	박 수 소 리
명 왕 성	박수 소리가 퍼지는 곳

결국 이 시는 동요 「반달」의 시적 번안인 셈이다. 김춘수는 앞의 두 행을 동요에서 그대로 복사하여, 두 작품의 상관성을 읽는 이로 하여금 분명히 의식하게 했다.

처음엔
팔뚝 하나 분질러 놓고
코피 쏟게 하고
자네를 떠나는 모든 자네 體毛,
자네를 떠나는 모든 자네 頭髮,
그 다음은 모가지를 분질러 놓고
허리를 분질러 놓고
무릎을 분질러 놓고
발가락 열 개를 다 분질러 놓고,
분질러진 모든 자네 뼈들이
하나 하나 실려 나가면, 허겁지겁
하늘 밖으로 나가 떨어지는
자네 亂視의 눈알,
그런 눈알,
──「猩猩이」 전문(247면)

"猩猩이"와 별[星星]을 연관짓는 언어유희가 이 시의 은유적 토대를 이룬다. "성성이"를 한자로 표기한 데에서 이 점을 분명히 암시받을 수 있다. 김춘수는 별이 난만하게 펼쳐진 모습을 "성성이"의 육신을 쪼개어 하늘에 뿌린 것으로 은유하였다. "성성이"라는 단일성을 "별"이라는 군집성으로 바꾸기 위한 상상적 과정이 본문을 이룬다. 성성이는 산산이 해체되어 밖으로 나간다. 마지막 행의 "눈알"이 분명히 별에 대한 은유이므로, 성성이의 쪼개진 모든 육신 또한 별이 되었을 것이라 보는 것은 억측이 아니다. 별이 난만하게 흩어져 있어서, 눈알은 "난시의 눈알"이 될 수밖에 없다. 김춘수는 별이 떠 있는 모습을 성성이의 육신이 사방에 흩어지는 과정과 겹쳐 놓았다. "별"="성성이"라는 어휘 차원의 은유가 은유적 언술을 낳았다고 하겠다. 김춘수는 이처럼 정태적인 풍경을 흔히 동태적인 풍경으로 묘사하곤 했다.

> 세발 자전거를 타고
> 푸른 눈썹과 눈썹 사이
> 길이 있다면
> 눈 내리는 사철나무 어깨 위
> 사철나무 열매 같은 길이 있다면
> 앵도밭을 지나
> 봄날의 머나먼 앵도밭도 지나
> 누군가, 푸른 눈썹과 눈썹 사이
> 길이 있다면, 그 날을 다시 한 번
> 세발 자전거를 타고,
> ──「西녘 하늘」 전문(265면)

문장이 온전히 이어지지 않는 것은 회상의 정조가 두드러져 생각을 단속적으로 끊어 놓은 정황과 대응을 이룬다. 김춘수는 마지막 시행 뒤에 여운을 두어, 유년에 대한 그리움이 시의 여백에 이어지게 만들었다. "세발 자전거를 타고" 싶어하므로 화자가 어린 시절로 돌아가고 싶어하는 것은 분명하다. 이 시 역시 몇 가지 은유적인 동질성에 토대를 두어 지어졌다. "푸른 눈썹과 눈썹 사이"에 나 있는 길이므로, 이 길은 눈살을 말한다. 눈썹 사이의 주름이 노화의 결과이므로, 눈살은 세월이 지나온 길이다.[5] 화자는 그 세월을 거슬러, 어린 시절로 돌아가고 싶어한다. 지금이 눈 내리는 시절이고, 제목이 서녘 하늘인 것 역시 화자의 나이를 짐작하게 해준다. 계절로 치면 겨울이, 하루로 치면 해가 지는 저녁 무렵이 노년에 대응한다. 4행에서, "사철나무"를 든 것도 예사롭지 않다. "사철"이 네 계절과 말놀이를 통해 만나는 까닭이다.[6] 사철나무 가지처

---

5) 진혼가의 어조로 서술된 「眉目」 역시, 제목과 본문을 연관짓는 것은 이와 동일한 발상이다. "그대 가거든 오지 말거라./ 그대 기다리는 하늘과 땅 사이/ 눈이 내리고 바람은 자거라."──「眉目」 1-3행(284면)
6) 김춘수가 식물을 시에서 활용할 때에는 흔히 그 이름이 가진 개념이나 말소리를

럼 사시사철 동일한 길을 갈 수 있다면 얼마나 좋을까, 라고 화자가 묻
는 듯하다.

화자는 이 길을 지나 "봄날의 머나먼 앵도밭"을 지나가고 싶어한다.
겨울을 거슬러 봄날로 돌이키고 싶은 마음이 "앵도밭"이라는 이미지를
낳았다. 앵두는 4월에 꽃을 피우고 6월에 열매를 맺는다. "봄날의 앵도
밭"은 그 화사함이 절정을 이룬다. /앵도/라는 음성적 자질이 갖는 귀
엽고 가벼운 느낌도 고려할 만하다. 그러니 이 시는, 주름을 보고 느끼
는 歎老의 정조를 은유적인 풍경으로 나타낸 시라고 하겠다. 아래에 은
유적인 세목을 정리해둔다.

눈썹 사이의 길	눈살
저녁(서녘 하늘), 겨울	노년
봄날	유년
사철나무	늘 젊은 상황
앵도밭	어린 시절의 화려함

위 시에서는 은유가 구문 안에서 교차하면서, 시간적인 混成(과거/현
재, 유년/노년, 봄/겨울, 아침/저녁)과 공간적인 혼성(사철나무, 앵도밭)
이 일어난다. 이처럼 김춘수는 하나의 언술을 다른 언술과 겹치게 할
때에, 교차를 짐작하게 해주는 구절을 삽입해 놓는다. 다음 시 역시 그
런 예이다.

1 A   반딧불 하나
2   흐르고 있다.
3   개울을 건너
4   하늘 높이 불리우며 흐르고 있다.

의미화한다. <花柳男>의 말놀이로 든 "樺榴나무"(「落日」, 260면), <남쪽 하늘>이란
내포를 숨기고 있는 "南天"(「남천」, 276면), <먼 거리>의 매개로 활용된 "千里香"
(「아주 누워서」, 410면) 등이 그 예이다. 이 시들의 분석은 263-264, 264-265, 290면
을 볼 것. 다음 시 역시 "천리향"이 가진 거리 개념을 활용한 시이다. "나를 부르
시는 하나님의 말씀 가까이/ 가끔 千里香이/ 홀로 눈뜨고 있는 것을 본다."(「西天
을」, 324면) 이 시의 천리향은 信心의 구체화로 기능한다. 하나님은 눈에 보이지
않으니 멀리 있으나, 그 말씀은 천리향의 향기처럼 먼 곳을 가깝게 이어준다.

```
5 B    銀河 가까이
6      달맞이꽃은 초저녁에만 핀다.
7      옛 사람들은 그것을 七月七夕의
8      蛾眉라고 불렀다.
9      蛾眉는 누구의 이름일까,
10     지금은 없는 그대 面相의
11     두 개의 그 蛾眉.
       ──「蛾眉」 전문(279면)
```

"아미"는 통상적으로 미인의 제유이지만, 이 시에서는 그렇게만 보기 어렵다. "그대"라는 대상이 文面에 드러나 있어서이다. 더욱이 1-4행(A), 5-6행(B)의 은유적 의미를 보면, "아미" 역시 "그대"를 대표하면서도, 다른 대상과 호응하는 은유적 내포를 갖는다고 보는 것이 정확할 듯 하다. 1-2행은 반딧불이 흐르는 범상한 풍경이지만, 김춘수는 이 풍경의 내포를 확장하여 서술하였다. 이 결과로 3-4행에 보이는 반딧불의 모습이 5-6행에서 보이는 "은하"의 모습과 겹쳐진다. 반딧불이 하늘 높이 날리는 모습은 별의 이미지에 정확히 대응한다. 별의 흐름이 곧 은하이므로, 반딧불이 "하늘 높이 불리우며 흐르고 있"는 것이 이상하지 않다. 1-4행과 5-6행의 병행성을 염두에 두면, 초저녁에 피는 "달맞이꽃"을 반딧불 혹은 별의 형용으로 볼 수 있다. 달맞이꽃이 "은하 가까이" 핀다는 진술이 이런 추측을 뒷받침한다. 반딧불, 달맞이꽃, 별에 공통된 多數로서의 양태 역시 셋을 동일한 것으로 묶어 보게 만든다.

7-8행에서는 두 가지 해석의 길이 있다. 문맥에 따라 "그것"을 받는 말이 달맞이꽃이거나 반딧불이라면, 아미는 별의 은유가 된다. 반면에 이 문장을 일종의 생략문으로 보아 "그것"의 지칭을 받는 말을 삽입해야 한다면, 아미는 아마 초승달일 것이다. 아미가 초승달의 모습을 하고 있으므로 후자가 적절한 해석이다. 9행은 "그대는 어디에 있을까"라는 문장을 바꾸어 얻어낸 의문이다.

반딧불, 달맞이꽃이라는 지시어만으로는 위와 같은 은유적인 독법이 불가능하다. 각각의 풍경을 독자적인 것으로 본다면, 이것들은 밤에 보는 범상한 풍경일 따름이다. 곧 은유적인 대치만으로는 반딧불, 달맞이꽃 자체가 별을 은유한 것으로 읽을 수 없다. 그러나 구문이 교차하면서, 하나의 풍경은 다른 하나의 풍경과 겹쳐진다. 은유적 중첩이 낳는 의미상의 풍요로움을 잘 활용한 예라 하겠다.

> 耳目口鼻
> 耳 目 口 鼻
> 울고 있는 듯
> 或은 울음을 그친 듯
> 넙치눈이. 넙치눈이.
> 모처럼 바다 하나가
> 三萬年 저쪽으로 가고 있다.
> 가고 있다.
> ──「봄 안개」 전문(283면)

1-2행은 봄 안개가 흩어지는 모습을 象形化하여 나타낸 것이다. 이 시는 「이런 경우」(282면)와 관련이 있는 시인데, 이 시에서 김춘수는 "안개가 풀리면서 바다도 풀린다./ 넙치 한 마리 가고 있다/ (중략) /안개가 풀리면서 바다도 풀리고/ 이제야 알겠구나./ 넙치 두 눈이 뒤통수로 가서는/ 서로를 흘겨본다."고 썼다. "안개가 풀리면서 바다도 풀린다"는 말은 안개가 풀리는 모습과 바다가 얼었다가 풀리는 모습을 은유적으로 겹쳐 놓아 얻어낸 구절이다. 안개가 흩어지는 모습이 바다가 얼었다가 풀리는 모습과 연관되고, 이는 다시 얼어 있던 넙치가 解凍하는 모습을 연상시킨다. 넙치가 얼어 있다는 데에서, 이 생선이 어물전에 있었음을 짐작할 수 있다. 아마도 화자가 관찰한 것은, 얼어 있던 생선의 눈이 녹으면서 흐물흐물해지는 모습이 아니었나 한다. 그렇다면 이 시에서 연상이 전개되는 과정은 연상의 순서를 거슬러, 그 최초의 발상으로 돌아가는 과정이 되는 셈이다. 얼음이 녹으니 바다가 풀리고, 바다가 풀려나니 바다를 가로막았던 안개가 풀려난다. 이 과정은 한편으로는 넙치의 눈이 한쪽으로 몰린 이유가 해명되는 상상적 과정을 포함한다.

이를 고려하면, 「봄 안개」의 1-2행은 봄 안개가 흩어지는 모습이기도 하고 얼었던 넙치의 눈이 녹는 모습이기도 하다. 안개가 흩어지면서, 넙치 눈도 흩어져 한쪽에 가서 붙었다. 얼었던 눈이 풀리면서, 흐르는 눈물로 인해 넙치눈은 "울고 있는 듯"도 하고, "울음을 그친 듯"도 하다. 넙치가 울고 있는 것이 녹는 상태라면, 울음을 그친 것은 다 녹지 않은 상태일 것이다. 이런 상황이 바다가 얼고 녹는 상태를 반복하던 "삼만년 저쪽", 빙하기를 연상시킨다. 김춘수는 "안개가 풀린다"라는 하나의 서경을 은유적으로 중첩하고 교차하면서 흥미로운 풍경을 만들어 내었다.

<blockquote>

꼬부라진 샛길을 빠져나와
또 하나 꼬부라진 샛길을 따라가면
뜻밖에도
타작마당만한 空地가 나오고
넝마더미가 널려 있고
그런 곳에

A   장다리꽃 너댓 송이 피어 있더라.
B   늙은 山이 하나
     낮달을 안고 누워 있고
C   눈썹이 없는 아이가 눈썹이 없는 아이를
     울리고 있더라.
언제까지나 울리고 있더라.
——「봄이 와서」 전문(296면)

</blockquote>

마지막 세 행, "눈썹이 없는 아이가 눈썹이 없는 아이를 울리고 있더라"라는 진술(C)은 "장다리꽃 너댓 송이 피어 있더라"라는 진술(A)과 은유적으로 중첩된다. 무나 배추 등의 꽃줄기에서 피는 꽃이 장다리꽃이니, 장다리꽃이 피어 있는 장소가 "타작마당만한 空地"인 것을 이해할 만하다. 하나의 장다리에서 여러 개의 꽃이 올라오므로, 이 꽃잎들을 아이들로 은유하고 있는 것이다. 이 시행(C)은 "늙은 山이 하나/ 낮달을 안고 누워 있고"라는 시행(B)과도 은유적으로 겹쳐 있다. "눈썹이 없는 아이"가 이지러진 낮달을 형용한다고 볼 수 있다. 다음 시를 참조할 수 있다.

<blockquote>

여황산아 여황산아, 네가 대낮에
낮달을 안고 누었구나.
머리칼 다 빠지고
눈도 귀도 먹었구나.
(중략)
바래지고 사그라지고, 낮달은
네 품에서 오래 살았구나.
——「낮달」 1-4, 9-10행(266면)

</blockquote>

산이나 낮달은 반원의 형상을 하고 있어서 서로 닮았다. 김춘수는 이

유사성에서 母子 혹은 연인 관계를 읽어낸다. 3-4행의 여황산에 대한 묘사와 9행, "바래지고 사그라진" 낮달의 묘사가 이 지점에서 중첩되는 것이다. 「낮달」의 중첩을 염두에 두고 「봄이 와서」를 읽으면, 7행이 8-9행과 10-12행의 두 방향으로 중첩되어 있음을 알게 된다. 세 개의 언술 영역이 시에서 이중적인 과정으로 중첩된 셈이다.

```
1 A    마당에는 덕석이 깔려 있고
2      감나무가 잎을 드리우고 있더라.
3 B    空中을
4      풍뎅이가 한 마리 날고 있더라.
5      해가 지고 언덕이 있고
6      구름이 있고,
7 C    피라미 새끼들이
8      南江上流를 내려오고 있더라.
        ─「眼科에서」 전문(301면)
```

각 문장이 서로 결속되어 있는 공통성을 찾을 수 없으므로, 세 개의 문장이 세 개의 풍경을 담아내고 있다고 말하기 어렵다. 제목을 보면 1-4행을 안과에서 바라본 풍경으로 볼 수도 있으나, 그렇게 보아도 5-8행을 설명할 수 없다. 이 시의 의미구조는 다른 데서 찾아져야 한다. 세 개의 문장이 동일한 문형을 가졌으므로 은유적으로 결합되었다고 가정해볼 수 있다. 제목이 이 은유의 실마리를 제공한다. 화자가 안과를 찾아갔으므로, 아마도 눈에 관련된 질환이 이 풍경을 낳았을 것이다. 飛蚊症은 시야에 점이나 실 모양의 희미하고 불규칙한 형체가 보이는 현상이다. 비문증은 대개 안구 유리체의 혼탁이나 안구 출혈에서 생기는 노안의 전형적인 증상이다. 세 개의 문장은 이 모기날음의 증상을 다른 방식으로 설명하고 있는 문장이다. 1-2행(A)에서 나무 그늘이 마당에 졌다고 했고, 3-4행(B)에서 풍뎅이가 날고 있다고 했으며, 5-8행(C)에서는 피라미 새끼들이 상류에서 내려오고 있다고 했다. 모두가 작고 희미하고 불규칙한 형상들이어서, <눈앞이 어리어리하다>는 진술을 표현하기에 알맞다. 세 개의 문장이 제목에서 유추되는 상황(비문증)을 기저 개념으로 삼아 은유적으로 중첩되었다고 하겠다. 다음 시 역시 제목이 본문과 은유적으로 겹쳐 놓인 시의 예이다.

```
1      비쭈기나무 키 너머 影島 앞바다
2      五六島 저쪽에 뜬 달아,
3      여름 밤 둥근 달아,
4      우리 이모 보았지러,
5      곰보 곰보 살짝곰보
6      우리 이모 마실 갈 때 보았지러.
       ―「千在東氏의 탈」(315면)
```

"비쭈기나무"잎은 타원형으로 어긋나서 돋아난다. "五六島"에서 <대여섯>이라는 숫자, "影島"에서 <반사, 반영한다>는 개념을 참조할 필요가 있다. "오륙"은 비쭈기나무 잎이 여럿 돋아난 것을, "影"은 비쭈기나무 잎이 "탈" 혹은 "달"과 유사하다는 것을 짐작하게 하는 구절인 까닭이다. 비쭈기나무가 "비쭉" 솟듯, 달이 오륙도 너머에서 떠오른다. 말놀이는 이것 뿐만이 아니다. 이 시의 "탈"은 그 모습으로도, 음운적 유사성으로도 "달"을 연상하게 한다.7) 5-6행은 중의적인 문장이다.

```
1) 우리 이모가 마실갈 때 곰보인 달을 보았다
2) 곰보인 달이 우리 이모 마실가는 것을 보았다
3) 마실가는 우리 이모 얼굴도 달처럼 살짝 얽었다.
```

삽입된 5행이 3)과 같은 독법을 가능하게 한 셈이다. 시의 제목은 이 시가 실제 풍경을 寫生한 것이 아니라, 탈에서 받은 인상을 풍경에 투사하여 만들어낸 시라는 것을 일러준다. 그래서 이모와 달, 탈 사이에 은유적 중첩이 있다고 추론할 수 있는 것이다.

```
1      나이지리아 나이지리아,
2      바람이 불면 승냥이가 울고
3      바다가 거멓게 살아서
4      어머님 곁으로 가고 있었다.
5      승냥이가 불면 바람이 불고
6      바람이 불 때마다 빛나던 이빨,
7      이빨은 부러지고 승냥이도 죽고
8      지금 또 듣는 바람 소리
9      나이지리아 나이지리아,
```

7) 말놀이가 만드는 은유적 성격에 관해서는 다음 시, 「나이지리아」와 「순댓국」의 분석을 참조할 것.

—「나이지리아」, 전문(317면)

　김춘수는 "나이지리아"를 두 번 늘여 불러, 이것이 바람소리를 音寫한 것임을 보여주었다. 종성이 없이, /아/ 모음이 갖는 개방적 속성으로 구성된 나라 이름을 골라낸 것은 그런 이유에서이다. 하지만 그 다음 행에서 말소리로 기능하던 "나이지리아"는 그 기호적 의미로 바람과 승냥이를 불러온다. 2행과 5행을 합쳐 읽으면, 승냥이의 울음과 바람 소리가 서로 원인이자 결과이므로, 결국 바람소리와 승냥이 소리는 별개의 소리가 아니다. 바람소리가 곧 승냥이 울음소리인 것이다. 3행에서의 "바다" 역시 실제 바다가 아니다. "바다가 거멓게 살아서"라는 구절은 어두워가는 저녁 하늘을 은유하기 위해 쓰인 것이다.8) 캄캄해지면 승냥이의 모습이 보이지 않으니 7행("이빨은 부러지고 승냥이도 죽고")과 같이 단절되고, 그래도 바람소리는 들리니 8행("지금 또 듣는 바람소리")과 같이 연속된다. 다음 시 역시 말놀이를 중첩시켜 얻어낸 시이다.

　　남쪽
　　눈 내리는 날에
　　숱 짙은 눈썹 한 쌍,
　　숙주나물 시금치
　　해 저무는 까치 소리 들린다.
　　—「순댓국」, 전문(320면)

　순대국에 대한 묘사와 말소리를 결합한 사물들이 나열되고 있다. "숱 짙은 눈썹"은 아마도 국에 들어 있는 순대일 것이다. 하얀 국물 속에 순대가 들어 있으니, "눈 내리는 날에 숱 짙은 눈썹"이란 말이 가능하다. 그 다음 등장하는 사물들은 순대국과 함께 놓인 반찬들일 텐데, 말

---

8) 다음 시가 그 증거이다. "너무 낮게 뜬 놀이/ 자꾸 발바닥에 깔린다./ 놀을 밟고 가는 듯한 京仁街道/ 키 큰 양버들./ 素砂 가까운 中國飯店에서/ 옛 同窓을 만난다./ 캡을 쓴 刑事가 둘이/ 저만치 徒步로 가고 있고,/ 그들을 보내면서/ 그새 짙은 귤빛이 된/ 바다,/ 바라보면 옛 同窓은 한 마리 가을녀새가 되어/ 울고 있고,"—「바다 사냥」 전문(318면) 동경에서의 감옥체험이 배경이 된 작품으로 보인다. 화자는 옛 동창을 만나 예전 얘기를 했는데, 그러자 잊고 있던 형사들의 모습이 나타난다. 이들을 떠나보내는 바다는 1-3행에 나온 놀빛 하늘이다. 형사들을 보내면서 바다는 "그새 짙은 귤빛이 된"다. 희미한 기억 속의 인물들이 어두워가는 저녁 노을을 배경으로 사라지는 모습은 그럴 듯하다. 시인의 囹圄 체험에 관해서는 시집 『꽃의 소묘』에 실린 「부다페스트에서의 少女의 죽음」을 참조할 것.

놀이를 통해 은유적으로 연관된다. 2-3행에서 /눈, -는, 날, 눈-/의 연관, 3행에서 /숱, 짙/과 /썹, 쌍/, 4-5행에서 /-숙, 시/와 /-주, 시, -치, -치/ 의 연관을 우연이라 보기는 어렵다. 음운적인 유사성이 개별적인 사물 을 결속시키는 은유적 기능을 담당하고 있다고 보아야 한다.

```
1       해가 지고 있다.
2 A     하늘 가까이 작은 열매 몇 개가
3       빛나고 있다.
4 B     餘艎山 긴 허리를 빠져나온
5       바다,
6 C     턱이 뾰족한 아이가
7       발을 담그고 있다.
8       집에는 가지 않는 그 아이를 위하여
9       달이 뜨고 어둠이 오고 있다.
      ──「顔料」 전문(323면)
```

구문상의 유사성을 검토해보면 1행과 2-3행(A), 6-7행(C), 8-9행(C) 사 이에 은유적인 관련이 있음이 드러난다. 4-5행(B) 역시 구문을 변형했을 뿐, 은유적인 상동성을 보인다. 1행과 4-5행의 풍경이 이 시의 기저풍경 이다. 여황산 너머 바다에 해가 지고 있다는 진술이 은유적인 동일시의 방식에 따라 몇 가지 풍경으로 변형된 것이다. 2-3행에 나오는 열매는 "하늘 가까이"에서 빛나고 있다고 했으니, 노을빛을 받은 산의 모습이 다. 열매의 풍요로움이 저녁 햇빛을 받아 반짝이는 산의 형상에 투영된 것이다. 6-7행에 나오는 아이가 "턱이 뾰족"하다고 했으니, 여황산이 뾰 족하게 솟은 모습이고, "발을 담그고 있다"고 했으니 산이 바다에서 곧 장 솟아난 모습이다. 8-9행은 시간적 경과를 보여준다. 김춘수는 산이 그 자리에서 저물어가는 상태를 "집에는 가지 않는 그 아이"라 지칭하 고, "달이 뜨고 어둠이 오는" 것이 그 아이를 위한 것이라 부기하였다. 시의 제목이 "안료"인 것은 이 풍경들이 빛나거나 물들거나 젖는 행위 소를 내포하고 있기 때문이다. 가로축에 중첩된 사물을, 세로축에 문장 성분을 배열하여 도표를 작성한다.

작은 열매	허리가 긴 여황산	턱이 뾰족한 아이
빛나고 있다	바다에 노을이 지고 있다	발을 담그고 있다

김춘수 시의 은유는 이처럼 동일시를 기초로 구성되어 있다. 김춘수는 하나의 언술을 그것과 은유적으로 연관된 다른 언술로 계속적으로 변용하여 시를 구성하였다. 김춘수의 은유를 대치이론만으로는 설명하기 어렵다. 시어를 포함한 문장 차원에서 은유가 관찰되는 까닭이다. 때로는 동음이의어를 구사하는 말놀이나 이름이 가진 개념적 속성이 은유적 연상의 중심을 이루기도 하는데, 이 역시 언술의 영역에서 의미화될 수 있는 성격의 것이다. 이와 같은 시적 구성방식은 초기시에부터 일관된 것이나, 특히 중기시를 이루는 이른바 무의미시에서 그 정점을 이룬다.

무의미시가 의미를 획정할 수 없는, 다르게 말해서 현실적인 대상을 消去한 시라는 추정은 잘못이다. 김춘수 시의 난해성이 이와 같은 경향을 조장한 측면이 없지 않으나, 이런 시의 난해성은 대개 김춘수 시의 구조 원리가 단순 은유에서 비롯된 것이 아니어서 빚어진 현상이다. 김춘수는 언술과 언술을 은유적으로 중첩하고 교차하면서 시적 풍경을 짜나갔다. 김춘수의 시에 쓰인 은유적 중첩의 실상을 검토하면, 그의 시가 정교한 체계를 이루고 있음을 알게 된다. 김춘수 시에서 언술 차원의 은유를 究明하는 의의가 여기에 있다.

2) 병렬과 김수영의 시

언술의 영역들이 느슨하게 결합하여 유사성의 성격을 갖게 될 때 은유적인 병렬이 생겨난다. 앞장에서 말한 바와 같이 여러 개의 언술 영역이 同格으로 결합하여 은유적 효과를 산출하는데, 이 언술의 영역들을 동질적인 것이라 간주하기 어려운 경우가 있다. 이 경우 각각의 언술 영역들은 同化보다는 異化로서의 성격을 더 많이 가지는 셈인데, 이처럼 느슨하게 결합된 언술 영역들의 전개 방식을 병렬이라 부르기로 한다. 병렬 역시 은유적인 효과를 산출하기 위해서는 취의 구실을 하는 핵심 언술 영역을 가져야 한다. 각각의 병렬된 언술 영역은 특정한 언술을 통하여 간접적으로 결속하게 된다. 은유적 병렬을 다음과 같이 기호화할 수 있다.

A+B(+C+D······)······α

영문자는 개별 언술의 영역, 곧 언술의 장이며, 이들이 느슨하게 결속한다. 괄호 안은 은유적인 병렬이 둘 이상일 수도 있음을 보여준다. α는 취의 역할을 하는 기저 언술 영역이다. 이 언술과 각각의 언술이 은유적 관련을 맺는 셈이다.

김수영의 많은 시들은 이런 유사성의 언술로 짜여 있다. 동격의 구문이 유사성의 틀 안에서 결합된 양상은 초기시에서부터 지속적으로 드러난다.

1	A	팽이가 돈다
2	Aa	어린아이고 어른이고 살아가는 것이 신기로워
3		물끄러미 보고 있기를 좋아하는 나의 너무 큰 눈앞에서
4		아이가 팽이를 돌린다
5	Ab	살림을 사는 아이들도 아름다웁듯이
6		노는 아이도 아름다워 보인다고 생각하면서
7		손님으로 온 나는 이집 주인과의 이야기도 잊어버리고
8		또한번 팽이를 돌려주었으면 하고 원하는 것이다
9	Ac	都會 안에서 쫓겨다니듯이 사는
10		나의 일이며
11		어느 小說보다도 신기로운 나의 生活이며
12		모두 다 내던지고
13		점잖이 앉은 나의 나이와 나이가 준 나의 무게를 생각하면서
14		정말 속임없는 눈으로
15		지금 팽이가 도는 것을 본다
16	Ba	그러면 팽이가 까맣게 변하여 서서 있는 것이다
17	Bb	누구 집을 가보아도 나 사는 곳보다는 餘裕가 있고
18		바쁘지도 않으니
19		마치 別世界같이 보인다
20	A	팽이가 돈다
21		팽이가 돈다
22	Bc	팽이 밑바닥에 끈을 돌려 매이니 이상하고
23		손가락 사이에 끈을 한끝 잡고 방바닥에 내던지니
24		소리없이 회색빛으로 도는 것이
25		오래 보지 못한 달나라의 장난 같다

```
26 A    팽이가 돈다
27 Ad   팽이가 돌면서 나를 울린다
28 Ae   제트機 壁畵 밑의 나보다 더 뚱뚱한 주인 앞에서
29      나는 결코 울어야 할 사람은 아니며
30      영원히 나 자신을 고쳐가야 할 運命과 使命에 놓여 있는 이 밤에
31      나는 한사코 放心조차 아니될 터인데
32      팽이는 나를 비웃는 듯이 돌고 있다
33 Af   비행기 프로펠러보다는 팽이가 記憶이 멀고
34      강한 것보다는 약한 것이 더 많은 나의 착한 마음이기에
35      팽이는 지금 數千年 前의 聖人과 같이
36      내 앞에서 돈다
37 C    생각하면 서러운 것인데
38      너도 나도 스스로 도는 힘을 위하여
39      공통된 그 무엇을 위하여 울어서는 아니된다는 듯이
40      서서 돌고 있는 것인가
41 A    팽이가 돈다
42 A    팽이가 돈다
        ―「달나라의 장난」 전문(24-25면)9)
```

언술 A는 "팽이가 돈다"를 기저 문장으로 삼아, 다양하게 변형된 문장들로 구성되었다. 동일한 文型에서 출발하고 있으므로 이 문장들을 하나의 언술 영역으로 묶을 수 있다. B는 팽이를 비유적으로 서술하는 부분이며, C는 팽이를 자기화하여 반성적 성찰을 수행하는 부분이다. 각 부분을 요약해본다.

```
A       팽이가 돈다(1, 20-21, 26, 41, 42행)
Aa      내 앞에서 아이가 팽이를 돌린다(2-4행)
Ab      나는 아이가 팽이를 돌리기를 바란다(5-8행)
Ac      일상에서 벗어나 팽이가 도는 것을 본다(9-15행)
Ba      팽이가 까맣게 변하여 서 있다(16행)
Bb      어느 집이나 별세계 같다(17-19행)
Bc      팽이는 달나라의 장난 같다(22-25행)
Ad      팽이는 나를 울린다(27행)
Ae      팽이는 나를 비웃듯 돌고 있다(28-32행)
Af      착한 내 앞에서 팽이는 聖人처럼 돈다(33-36행)
C       너도 나도 서서 도는 것인가?(37-40행)
```

9) 『김수영 전집』(민음사, 1981)을 텍스트로 삼는다. 본문의 면수는 이 시집의 면수이다.

병렬이 이어지면서, 시는 점차 內省的인 진술로 바뀐다. 1-15행(A-Ac)까지는 팽이 도는 것을 관찰하는 구체적 정황이 서술된다. 화자는 어느 집을 방문하여 아이가 팽이 돌리는 모습을 신기한 듯이 구경한다. 그 다음 16-25행(B)에서, 다른 사람들의 삶이 여유가 있으니 별세계 같고 팽이가 도는 것이 달나라의 장난 같다고 이야기한다. 두 진술은 실상 다른 것이지만, 은유적으로 묶인다. 세상과 팽이 도는 일이 모두 별세계에서 일어난 일 같다고 말하고 있어서이다. B부분에서 화자와 세상, 팽이 사이에는 어떤 거리가 내재한다. 화자는 세상과 팽이 도는 것을 다만 관찰할 뿐이다. 그러나 27-36행(Ad-Af)에 오면, 자신의 처지를 쓸쓸하게 말하는 화자와 그것을 비웃고(Ae), 위안하는(Af) 팽이가 보인다. 나를 비웃는 팽이는 "나보다 더 뚱뚱한 주인"과 같은 형상을 하고 있으나, 나를 위안하는 팽이는 "수천년 전의 성인과 같"은 모습을 하고 있다. "한사코 방심조차" 해서는 안 되는 화자의 처지처럼 팽이 역시 그렇다. 결국 37-40행(C)에 오면 화자와 팽이는 동일시된다. 팽이도 나처럼 약하고, 세상을 버팅기며 산다. 세상을 온전히 살아내기가 어려워 나는 서럽고 힘든데, 팽이는 의연하게 돌고 있었다. 하지만 팽이도 사실은 세상에서 그렇게 서 있는 것이 쉽지 않다. 33-34행에서 화자는, "비행기 프로펠러보다는 팽이가 기억이 멀고/ 강한 것보다는 약한 것이 더 많은 나의 착한 마음이기에"라고 말했다. 둘다 도는 것이지만 팽이에 대한 기억은 비행기 프로펠러보다 오래된 것이고, 프로펠러보다는 팽이가 약한 것이기에 나와 닮았다는 진술이다. 팽이가, 약한 것이 더 많은 내 처지와 비슷하다. 이런 동일시로 인해 화자는 팽이를 보면서 설움을 느낀다. 우리도 팽이처럼 "스스로 도는 힘을 위하여/ 공통된 그 무엇을 위하여 울어서는 아니된다는 듯이/ 서서 돌고 있는 것"이다. 나도 세상에서 설움에 빠져 있지만 말고, 팽이처럼 自立("스스로"+"서서")해야 한다.

결국 이 시의 병렬을 지탱하는 힘은 B와 C부분의 은유에 있다. B에서는 세상과 팽이를 결합하여, 모두가 신기하고 딴 세상의 일 같다는 진술을 이끌어 냈고, C에서는 자신과 팽이를 결합하여 세상살이가 그토록 힘들다는 진술을 이끌어 냈다. B와 C가 취의 역할을 하는 기저 언술 영역인 셈이다. B와 C의 힘을 빌어, A부분의 은유적 병렬이 가능한 것이다.

　문장을 병렬하는 것은 多辯의 방식이다. 동일한 구문이 시 전체에 통일성을 부여하고 연상을 자연스럽게 이어주기 때문에, 많은 말들을 할 수 있게 된다. 김수영은 흔히 구문들을 병렬하여 긴 호흡을 가진 시를 자주 지었는데, 그 구성 요소를 분석하면 이 시에서처럼 의외로 간단한 경우가 많다.

1	Aa	조용한 時節은 돌아오지 않았다
2		그대신 사랑이 생기었다
3	Ab	굵다란 사랑
4		누가 있어 나를 본다면은
5		이것은 確實히 우스운 이야깃거리다
6	Ac	다리밑에 물이 흐르고
7		나의 時節은 좁다
8	Ad	사랑은 孤獨이라고 내가 나에게
9		再肯定하는 것이
10		또한 우스운 일일 것이다

1	Ba	조용한 시절 대신
2		나의 白骨이 생기었다
3	Bb	生活의 白骨
4		누가 있어 나를 본다면은
5		이것은 確實히 무서운 이야깃거리다
6	Bc	다리밑에 물이 마르고
7		나의 몸도 없어지고
8		나의 그림자도 달아난다
9	Bd	나는 나에게 對答할 것이 없어져도
10		쓸쓸하지 않았다

1	C	生活無限
2		苦難突起
3		白骨衣服
4		三伏炎天去來
5	Ca	나의 時節은 太陽 속에
6		나의 사랑도 太陽 속에
7		日蝕을 하고
8	Cb	첩첩이 무서운 晝夜
9		愛情은 나뭇잎처럼
10		기어코 떨어졌으면서
11		나의 손 우에서 呻吟한다

12 Cc	가야만 하는 사람의 離別을
13	기다리는 것처럼
14	生活은 熱度를 測量할 수 없고
15	나의 노래는 물방울처럼
16	땅속으로 向하여 들어갈 것
17 Cd	愛情遲鈍

——「愛情遲鈍」 전문(26-27면)

구조적인 병행성을 분명하게 보여주는 시의 예를 들었다. 3연(C) 첫부분의 어색함이 시적 미숙에서 나온 것이라고 말할 수밖에 없겠으나, 그럼에도 불구하고 이 시를 김수영이 詩作의 처음부터 구성적인 틀을 확고히 인식하고 있었다는 증거로 삼을 수는 있을 것이다. 각 연의 부분적 구성 요소는 다른 연의 구성 요소와 일치한다. 1연(A)과 2연(B)에서 보이는 구문상의 일치를 먼저 간추려본다.

Aa+Ba/	조용한 시절 대신 사랑/백골이 생겼다(사랑+백골)
Ab+Bb/	이것은 확실히 우스운/무서운 이야깃거리다(우습다+무섭다)
Ac+Bc/	다리 밑에 물이 흐르고/ 마르고(흐르다+마르다)
	나의 시절은 좁다/ 나의 몸도 그림자도 없다(좁다+없어지다)
Ad+Bd/	사랑은 고독이다/ 나는 쓸쓸하지 않았다(고독+쓸쓸하지 않음)

1연(A)과 2연(B)은 구문으로는 일치하면서 의미로는 相反되어 있는데, 실상 이런 일치와 불일치는 사랑이 가진 兩價的 속성에서 비롯된 것으로 보인다. 화자는 평정의 한 때를 바랐으나, 오히려 소란스러운 사랑의 시절을 맞고 말았다(Aa). 사랑이 가진 번민으로 인해 이 시절이 번다하다는 생각을 했을 것이다. 그 번민이 생활을 피폐하게 했음이 2연 1-3행(Ba)에서 이야기된다. 백골을 몰락한 자아의 이미지로 쓴 것은 윤동주의 영향인 듯하다. "굵다란 사랑"에 쩔쩔매는 모습은 우습고(Ab), 그 모습을 남에게 들키는 일은 무섭다(Bb). "다리 밑에 물이 흐르"듯 내 안에 사랑의 물결은 흐르고(Ac), "다리 밑에 물이 마르"듯 내 몸은 말랐다(Bc). 사랑이 원래 고독한 거라는 다짐이 우습고(Ad), 그렇게 된 자신에게 반문할 필요가 없게 된 사정이 당연하다(Bd). 1-2연의 병렬이 3연의 은유적 상황과 연계된다.

Aa+Ba=Ca/	나의 시절과 사랑은 日蝕을 한다

Ab+Bb=Cb/ 밤낮이 무섭고, 애정은 떨어졌으면서도 내 손위에서 신음한다
Ac+Bc=Cc/ 사랑하는 이를 보내야 하지만,
             여전히 생활은 들끓는다
             노래는 땅속으로 스며들(어야 할) 것이다
Ad+Bd=Cd/ 애정은 굼뜨고 미련하다

이제 사랑도, 사랑하던 한 시절도 생활의 열기 속에 파묻혀간다(Ca). 3연 1-4행에서 생활과 "삼복" 더위를 동일시하고 있음을 알 수 있다. 사랑을 잃어야 하므로 화자의 내면은 늘 어둡고 무섭다. 애정은 끝났으면서도 그 아픔은 여전히 내게 있다(Cb). 화자는 사랑을 보내야 한다. 생활은 여전히 화자를 붙잡고 있어서 사랑의 노래는 "다리밑에 물이 마르"듯, 사라지거나 사라져야 한다(Cc). 그렇게 애정은 굼뜨고 미련한 것이다(Cd).

각 연의 병렬을 은유적이라 부를 수 있는 것은 이처럼 일반적 진술이 은유적 내포를 포함하고 있어서이다. 3연의 상황이 1, 2연의 진술과 은유적인 관련을 맺고 있는 것이다. 각각의 구성 요소에서도 부분적인 은유의 장치가 마련되어 있다. 다음 시는 교차된 병렬적 요소들을 보여준다.

Aa   눈은 살아 있다
Ab   떨어진 눈은 살아 있다
Ac   마당 위에 떨어진 눈은 살아 있다

Ba   기침을 하자
Bb   젊은 시인이여 기침을 하자
Bc   눈 위에 대고 기침을 하자
Bd   눈더러 보라고 마음놓고 마음놓고
      기침을 하자

Aa   눈은 살아 있다
Ad   죽음을 잊어버린 靈魂과 肉體를 위하여
      눈은 새벽이 지나도록 살아 있다

Ba   기침을 하자
Bb   젊은 시인이여 기침을 하자
Be   눈을 바라보며
      밤새도록 고인 가슴의 가래라도

마음껏 뱉자
——「눈」 전문(97면)

　1, 3연(A)과 2, 4연(B)의 두 언술 영역으로 이루어져 있는 시이다. 각 언술 영역은 시행의 전개에 맞추어 개별 요소들을 첨가하면서 반복을 계속하는데, 이러한 구성방식은 시의 기저문장(Aa, Ba)을 극단적으로 두드러져 보이게 만드는 한편, 시 전체에 구조적인 안정감을 가져다준다.[10] A, B 각각의 경우, 행이 전개됨에 따라 정서적 강렬함이 확산되면서도 핵심 전언은 보존된다.

　시는 특정한 경험을 기초로 쓰여졌다. 밤새 시를 쓴 시인이 새벽이 되어 마당에 나가서는 쌓인 눈을 보았다. "눈은 살아 있다"는 구절은 하얗게 마당을 덮고 있는 눈이 느끼게 해주는 신선함에서 나온 구절일 것이다. 시인이 새벽까지 깨어 있었음을 "죽음을 잊어버린 영혼과 육체"라는 구절이 보여준다. <잔다>가 <죽다>의 완곡어법으로 쓰이는 사정을 반영한 구절이다. 시인은 육체만이 아니라 영혼도 깨어 있다. <깨다>는 말이 <각성하다, 깨닫고 있다>는 의미를 함축하고 있음을 짐작하게 하는 구절이다. 깨어 있으므로 "기침을" 할 수 있는 것이다. 시인은 살아 있는 눈 앞에서, 간밤에 쌓인 餘毒을 "마음껏 뱉"고자 한다. "밤새도록 고인 가슴의 가래"를 "눈"과 相反된 존재로 의미화할 수 없다. 가래를 뱉는 곳이 눈 위이기 때문이다. "-라도"와 같은 조사의 선택 역시, 이런 해석을 지지해준다. 4연 4-5행(Be)은 소리를 지르건, 가래를 뱉건 눈의 싱싱함을 마음껏 느껴보자는 뜻일 뿐이다. 이 시의 중심축은 "눈"/ "가래"에 있지 않고 "살아 있다"/ "죽음"에 있다. 죽음만이 유일한 부정의 대상이다.

　시의 은유적 핵심에는 "눈은 살아 있다"(Aa)는 문장이 있다. 活喩는 생물과 무생물 사이의 동일시를 전제로 하는 주체의 은유이다. 이를 통해 "눈"은 "나"와 대등한 자리에 선다. "떨어진 눈"이라 표현하는 것이 이 사실을 보여준다. 통상 <내린>이나 <쌓인>과 같은 표현을 쓰게 마련인데, 김수영은 그대신 "떨어진"이라 표현하여, 살아 있는 주체로서의 눈을 강조하였다.[11] 눈을 주체로 삼은 A부분은, 3연 2행(Ad)에서 나를

10) 첨가를 병렬의 일종으로 간주할 수 있음을 44면에서 밝혔다.
11) 강연호는 "<떨어진>이란 시어는 '내린', '쌓인' 등과 같은 일상적인 표현보다 강

주체로 삼은 B부분과 만난다. "죽음을 잊어버린 영혼과 육체"를 "젊은
시인"과 동일시할 수 있다. "젊은 시인"에 대한 청유는 특정 상황의 체
험을 <깨어 있는 젊은 존재>로 일반화하고자 하는 시인의 의식을 보여
준다. 새벽 눈의 신선함이 "살아 있다"로 은유되고, 이로써 <잠>으로 상
징되는 영혼과 육체의 "죽음"이 부정된다. 두 개의 언술 영역(A, B)이
병렬되면서 다음과 같은 구도가 생겨났다. = 표시가 은유 표현이며, 괄
호 안은 시 안에서 생략된 부분이다.

언술 영역	핵 심 문 장	양 태
A	눈은 살아 있다(=신선하다)	긍 정
B	나는 기침을 한다(=살아 있다)	긍 정
	나는 잠을 잊었다(=죽지 않았다)	부 정

다음 시는 병렬된 부분 내에 은유가 포함된 예이다.

Aa   삶은 계란의
          껍질이 벗겨지듯
Ab   묵은 사랑이
          벗겨질 때
α1   붉은 파밭의 푸른 새싹을 보아라
α2   얻는다는 것은 곧 잃는 것이다

Ba   먼지앉은 석경 너머로
          너의 그림자가
Bb   움직이듯
          묵은 사랑이 움직일 때
α1   붉은 파밭의 푸른 새싹을 보아라
α2   얻는다는 것은 곧 잃는 것이다

Ca   새벽에 준 조로의 물이
          대낮이 지나도록 마르지 않고
          젖어 있듯이

하고 둔탁한 어감을 준다. 그러므로 1연에서의 <마당 위에 떨어진 눈은 살아 있
다>는 구절은, 그 진술의 의미와 어감을 고려하여 표현하자면, '<(눈은 내리거나
쌓여 있는 동안만 살아있는 것이 아니라) 마당 위에 떨어져서도 살아 있다'로 정
리된다'라고 해석하였다. 강연호, 『김수영 시 연구』, 고대 박사논문, 1995, 99-100
면.

Cb	묵은 사랑이 마음의 한복판에
	젖어 있을 때
$\alpha 1$	붉은 파밭의 푸른 새싹을 보아라
$\alpha 2$	얻는다는 것은 곧 잃는 것이다
	——「파밭 가에서」전문(131면)

각 연은 세 부분으로 구성되어 있으며, 마지막 부분이 연마다 반복된다. 각 연의 비유는 적실하다. 1연(A)에서 "삶은 계란의 껍질"이 묵은 사랑에 비유되었으므로, 새로운 사랑은 계란의 부드러운 속살에 비유된 셈이다. 새로운 사랑이 생겨나자 묵은 사랑은 화자에게서 계란 껍질처럼 떨어져 나갔다. 2연(B)에서 묵은 사랑은 "먼지앉은 석경"에 비치는 "너의 그림자"이다. "너"에 대한 화자의 사랑은 돌보지 않는 석경처럼 이미 먼지가 앉았다. 맑게 닦인 거울이 새로운 사랑에 대한 은유가 될 것이다. 그러나 그런 심경의 변화는 뉘우침을 불러온다. 3연(C)에서 "새벽에 준 조로의 물이/ 대낮이 지나도록 마르지" 않듯, 화자의 묵은 사랑은 "뉘우치는 마음의 한복판에/ 젖어 있"다. "조로"의 물이 대낮이 지나도록 마르지 않는 정황은 화자의 사랑이 쉽게 변개되지 않는 정황과 대응한다. 하지만 "얻는다는 것은 곧 잃는 것이다." 반복된 각 연의 α부분을 기저 언술로 삼을 수 있다. 묵은 파밭에서 새싹이 올라오듯, 새로운 사랑이 화자 안에서 싹튼다. "붉은 파밭"은 묵은 사랑의 취의인데, 비유의 틀 안에서 보면 마르고 시든 파들을 의미할 것이다. 새로운 사랑을 얻는다는 것은 곧 묵은 사랑을 잃는다는 것을 의미한다. 파밭의 청신함이 늘 새로운 것이나, 그것이 또한 묵은 파의 枯死를 전제로 하듯 말이다.

이 시에서는 각 연이 하나씩의 은유를 갖고 있으며, 다시 그 은유들이 α부분과 접속된다. 이런 이중적인 은유가 병렬되면서 전체 시를 구성한다. 따라서 이 시의 구조적 안정성은 α부분에 있다. α부분이 후렴구처럼 각 연의 형식과 의미를 통합하고 있다고 할 수 있다. α부분 역시 $\alpha 1$의 정황을 $\alpha 2$에서 서술하고 있다. 따라서 이 시를 다음과 같은 형식으로 정리할 수 있겠다.

$$[(Aa=Ab)\cdots \alpha] + [(Ba=Bb)\cdots \alpha] + [(Ca=Cb)\cdots \alpha] \ (\alpha 1 = \alpha 2)$$

김수영은 전체 언술을 병렬로 구성한 시를 자주 썼다. 이 경우 병렬을 이루는 은유는 흔히, 개별 시행이 아니라, 개념틀 속에 놓인다.

Aa1	우리들의 敵은 늠름하지 않다
Aa2	우리들의 적은 카크 다글라스나 리챠드 위드마크 모양으로 사나웁지도 않다
Aa3	그들은 조금도 사나운 惡漢이 아니다
Aa4	그들은 善良하기조차 하다
Ab1	그들은 民主主義者를 假裝하고
Ab2	자기들이 良民이라고도 하고
Ab3	자기들이 選良이라고도 하고
Ab4	자기들이 會社員이라고도 하고
Ac1	電車를 타고 自動車를 타고 요리집엘 들어가고
Ac2	술을 마시고 웃고 雜談하고
Ac3	同情하고 眞摯한 얼굴을 하고
Ac4	바쁘다고 서두르면서 일도 하고
Ac5,6	原稿도 쓰고 치부도 하고
Ad1,2	시골에도 있고 海邊가에도 있고
Ad3...	서울에도 있고 散步도 하고
A...	映畵館에도 가고
A...	愛嬌도 있다
α	그들은 말하자면 우리들의 곁에 있다
	──「하…… 그림자가 없다」 1연

적의 실상을 나열하는 긴 목록을 읽으면, 결국 적은 "우리들"임을 알게 된다. 우리의 모습이 적의 모습이었으며, 우리가 있는 곳이 적이 있는 곳이었고, 우리의 일상잡사가 적이 하는 일이었다. 형식을 맞추어가던 문장들이 연의 마지막 부분에 가서 헝클어지는 것은 이 목록이 무한히 이어질 수 있음을 암시한다. 어떤 記述이든 적들, 나아가 우리들 자신에 대한 기술이 되는 것이다. 이런 병렬적 기술을 통해 김수영은 우리 자신의 소시민적 삶 자체를 반성해야 한다고 말하려는 듯 하다. 1연의 마지막 부분(α)이, 1연 전체에 대한 요약적 서술이다. "그들은 우리곁에 있다"는 말은 교묘하다. 적은 내 곁에 있으면서, 실은 우리 안에 숨어 있다. 내가 아니라 해도 나를 모은 우리 안에는 적이 있다. 적은 나라는 단수와 우리라는 복수 사이 어느 곳, 우리가 우리 각자를 의심해야 하는 불특정다수 속에 숨어 있다. 그러므로 우리 모두는 서로가

서로에 대해 적이다. 2연도 동일한 형식을 갖는다. "우리들의 戰線은 눈
에 보이지 않는다"로 시작하는 진술들은 연의 끝에 이르러 "보이지는
않는다"로 완결된다. 싸울 곳이 보이지 않으니, 우리는 어디서든 싸워야
한다. 3연은 싸움의 시기에 관해서 말하고 있는데, "우리들의 싸움은 쉬
지 않는다"로 끝난다. 2-3연의 진술을 합하면 우리는 언제, 어디서든 싸
운다는 말이 된다. 우리가 하는 모든 행동이 싸움이며, 우리가 있는 모
든 장소가 戰場이다. 제목을 이루는 4연 마지막 문장, "하…… 그림자가
없다"는 말은 그래서 생겨났다. 적이 우리의 반영(그림자)이 아니라 우
리 자신(실체)이므로 그림자가 없고, 적이 우리 내부에 숨어 있으니 그
림자가 없다. 그러므로 "그림자가 없다"는 진술은 적의 정체를 보여주는
은유적 진술인 셈이다.

　　어떤 은유는 시의 전체 맥락을 결정짓는다. "문맥 가운데서 근본비교
fundamental comparison에 의하여 형성되는 문맥이 있다. 근본비교란
한 작품에서 다른 모든 비교들을 성립시키는 토대가 되는 비유다. 다시
말하면 어떤 두 사물을 근본적으로 비교함으로써 여기서 이와 관련된
다른 비교들이 파생되는 것이다"12) 의인법은 흔히 근본비교를 가능하게
해주는 은유로 기능한다. 다음 시에서 노고지리의 자리가 그러한데, 특
이하게도 김수영은 이 의인화를 취의로 다시 감싸안고 있다.

1 A	푸른 하늘을 制壓하는
2	노고지리가 自由로웠다고
3	부러워하던
4	어느 詩人의 말은 修正되어야 한다
1 B	自由를 위해서
2	飛翔하여본 일이 있는
3	사람이면 알지
4 Ba	노고지리가
5	무엇을 보고
6	노래하는가를
7 Bb	어째서 自由에는
8	피의 냄새가 섞여 있는가를
9 Bc1	革命은
10	왜 고독한 것인가를

---

12) 김준오, 『시론』(4판), 삼지원, 1997, 192면.

1 Bd　　革命은
2　　왜 고독해야 하는 것인가를
—「푸른 하늘을」 전문(147면)

노고지리의 비상을 先覺한 자의 깨달음에 빗대고 있다. 새가 자유의 상징이 된 것은 어제오늘의 일이 아니다. "어느 시인"은 그런 통념을 받아들이는 불특정한 다수의 시인을 대표한다. 김수영은 통상의 서정시인을 비판하는 자리에서 자신의 성찰을 전개하기 시작하였다. 노고지리가 "푸른 하늘을 제압"한다는 말은 사실이 아니다. 노고지리는 날아오름에 수반되는 고독과 상처를 노래하고 있을 따름이다. 2연 1-3행은 의인화된 노고지리의 자리를 원래의 자리로 되돌려 놓은 시행이다. "자유를 위해서/ 비상하여본 일이 있는 사람"이 곧 노고지리인 셈이다. 결국 "비상"은 그 결과로서의 자유보다는, 과정으로서의 피와 고독을 가치있는 것으로 만든다. 이 시를 허무나 고독의 소산으로 읽는 것은 잘못이다. 이 시는 차라리 혁명을 실천하는 자의 내면적 결단에 수반되는 비감하고 장려한 고독을 예찬한 시라고 해야 한다. 자유에는 피의 냄새가 섞여 있고, 혁명은 고독한 것이지만 노고지리는 그것을 보고 "노래"한다. 이 노래는 어쨌든 예찬의 노래이지, 진혼이나 허무의 노래가 아니다. 3연이 2연 9-10행을 강조하여 재진술한 것도 이런 이유에서이다. 혁명은 다만 고독한 것이 아니라, "고독해야 하는 것"이다. 혁명을 실천하는 자는 그 내면적 결단과 분투 속에서 위안을 얻는다.

이 시의 병렬은 특이한 성격을 지닌다. 2연 4행 이하의 진술(Ba, Bb, Bc, Bd)은 모두 2연 1-3행의 목적어인데, 구문상으로는 동격이지만 의미상으로는 동격이 아니다. 2연 7행 이하(Bb, Bc, Bd)가 다시 2연 4-6행(Ba), "노고지리가/ 무엇을 보고 노래하는가"의 목적어 구실을 하는 것이다. Bb, Bc, Bd는 노고지리가 보고 노래하는 이유나 까닭이 된다. 그러므로 노고지리는 "자유를 위해서 비상하여본" 사람이면서, 그 사람을 노래(예찬)하는 이중적인 존재이다. 이것은 노고지리를 혁명을 실천하는 주체의 은유로만 쓰지 않고, 그 사람을 노래하는 대상의 은유로도 썼기에 가능해진 일이다.

A　　피곤한 하루의 나머지 시간이 눈을 깜짝거린다

B   세계는 그러한 無數한 間斷

C   오오 사랑이 追放을 당하는 時間이 바로 이때이다
D   내가 나의 밖으로 나가는 것처럼

E   눈을 가늘게 뜨고 山이 있거든 불러보라
F   나의 머리는 管樂器처럼
      宇宙의 안개를 빨아올리다 만다
      ──「피곤한 하루의 나머지 시간」 전문(159면)

1연 첫행(A)에서 의인화된 은유가 보인다. "눈을 깜짝거린다"는 말이
나, "세계는 그러한 무수한 간단"(B)이란 말은 시간을 시계로 대상화했
기에 가능해진 표현이다. 시계추의 움직임과 움직임 사이에서 세계는
무수히 멈춘다. 하루가 끝나가는 시간, 화자는 피로로 인해 아무것도 생
각할 수 없는 것 같다. 그래서 그는 이 시간을 "사랑이 추방을 당하는
시간"(C)이라 명명한다. 사랑은 대상을 깊이 생각하는 일인데, 피로가
그런 생각을 가로막는다. "내가 나의 밖으로 나가는 것"은 생각마저 할
수 없는 이런 사정을 반영한다. 이 행(D)은 앞행(C)과 다시 은유적 관련
을 맺는다. 사랑은 추방을 당했고 나는 내 밖으로 나갔으니, 결국 화자
는 사랑과 자신을 동일시했다고 하겠다. 3연 1행에서 피로한 화자의 모
습이 보인다. 이미 사랑의 대상이 없어졌기에, 화자는 "산"을 앞에 놓으
려 한다. 메아리로나마 자신의 목소리를 듣고 싶어해서인 듯 하다. 마지
막 두 행(F)은 이중적인 은유이다. "관악기처럼"과 같은 단순직유가 있
고 "우주의 안개"와 같은 은유가 있는데, 이를 모아 읽으면 결국 담배
를 피우는 형상이 된다. "관악기"가 담배를 피울 때에 들이쉬고 내쉬는
동작을 의미하며, "안개를 빨아올리다 만다"는 말이 연기를 삼켰다가 뱉
는 행위와 대응한다. "눈을 가늘게 뜨"는 것을, 담배 피우는 이들에게
특유한 동작이라 보아도 좋다. 하루가 끝나가는 시간, 피곤한 모습으로
담배를 피우는 사람이 이 시의 화자이다.
  각각의 행들이 불완전 문장을 이루는 것은 읽기를 배려했기 때문으로
보인다. 단속적인 세계와의 접면, 화자의 피로감 따위가 이 호흡에 묻어
나는 것을 느낄 수 있다. 이처럼 단속적인 시행들은 개별화된 채로 나
열되어 있다. 이를 은유적 병렬로 부를 수 있는 것은 각각의 시행들이
제 안에 은유를 숨긴 채, 문장끼리 다시 은유적인 관련을 맺고 있어서

이다. 의인화된 A와 B 사이의 은유, 의인화된 C와 D 사이의 직유, F와 숨은 사실(담배 피우는 일) 사이의 은유적 관련이 그것이다. 다음과 같이 도식화할 수 있겠다.

(A=B) + (C=D) + (E=F)

다음 시는 사랑의 모습과 속성을 병행성에 기초해서 풀어보인다.

어둠 속에서도 불빛 속에서도 변치 않는
사랑을 배웠다 너로 해서

그러나 너의 얼굴은
어둠에서 불빛으로 넘어가는
그 利那에 꺼졌다 살아났다
너의 얼굴은 그만큼 불안하다

번개처럼
번개처럼
금이 간 너의 얼굴은
——「사랑」 전문(164면)

1연 1행 "어둠 속에서도 불빛 속에서도"의 병행, 1연 1행 "변치 않는"과 2연 4행 "불안하다"의 병행, 2연 2행 "어둠에서 불빛으로"의 병행, 2연 3행 "꺼졌다 살아났다"의 병행, 3연 1, 2행의 "번개처럼"의 반복 등이 병행성을 분명히 보여준다. 병행성은 일종의 對句여서 짝을 이룬 병렬이라 부를 수 있다. 병행구를 통해 김수영은 사랑이 양가적인 성격을 가지고 있음을 말한다.

1연은 사랑의 불변성을 강한 어조로 말하고 있다. 너로 인해 "변치 않는 사랑"을 배웠다는 데에서, 화자의 사랑이 그만큼 견고하고 너의 실체가 그만큼 분명하다는 것을 알게 된다. 그러나 2연에서, 견고함과 분명함은 설 곳을 잃는다. "어둠 속에서도 불빛 속에서도" 보이는 "너"는, 곧 "어둠에서 불빛으로 넘어가는" 그 어간에 서 있는 존재이다. 너에 대한 사랑이 크고 네 존재가 분명해도, 너의 모습은 견고하지도 분명하지도 않다. "그 찰나에 꺼졌다 살아났다"하는 양태로서만 너를 알아볼 수 있기에, 화자는 불안해진다. 그런 모습을 은유하고 있는 것이 "번개"이다. 번개는 분명히 관찰되지만 찰나적으로만 존재한다. 3연의 마지막 행은 번개가 가진 은유의 내포를 확장해서 얻어낸 진술이다. 번개가 치는 모습에서 "금이 간 너의 얼굴"이란 진술이 가능해졌다. 결국 "번개처럼"이란 은유가 이 시의 모습을 포괄하는 기저 언술이 되는 셈이다. 이 시의 중심선이 사랑의 비극성 혹은 사랑하는 이가 느끼는 안타까움에 놓여 있다고 해도 좋을 것이다. 사랑하는 이가 대상에 대한 확신을 가졌다 해도, 대상은 이처럼 언제나 나타남과 사라짐의 양극을 왕복한다.

A   먼 곳에서부터
       먼 곳으로
α 다시 몸이 아프다

B   조용한 봄에서부터
       조용한 봄으로
α 다시 내 몸이 아프다

C   여자에게서부터
       여자에게로

D   능금꽃으로부터
       능금꽃으로…

α 나도 모르는 사이에
       내 몸이 아프다
         ——「먼 곳에서부터」 전문(190면)

각 연이 느슨하게 병렬되어 "내 몸이 아프다"라는 기저문장을 수식한다. 4연(D) 이하의 말줄임표는 이 항목이 무수히 이어질 수 있음을 암시하고 있다. 화자는 하나의 대상에서 다른 대상으로, 한 시절에서 다른 시절로 옮기며 "나는 몸이 아프다"고 말한다. 그래서 각 연에 공통된 문장을 기저 언술(α)이라 부를 만 하다.

하지만 각 연의 의미내용이 자의적으로 취택된 것이라 말할 수는 없다. 1연(A)에서 화자는 "먼 곳"에서 "먼 곳"으로 건너 왔다. 멀다는 개념은 가깝다는 개념과 상관적이다. 화자는 먼 곳에서 와서 가까운 어떤 곳을 지나쳤으나, 지금은 다시 먼 곳으로 왔다. 멀다, 가깝다의 준거가 되는 어떤 장소에서 화자는 멀리 있다는 진술이다. 2연(B)에서도 화자는

"조용한 봄"에서 다른 "조용한 봄"으로 옮겨 왔다. 아마도 화자에게는
<시끄러운 봄>에 대한 생각이 숨어 있을 것이다. 다음 시가 이 봄의 의
미를 말해준다.

> 아픈 몸이
> 아프지 않을 때까지 가자
> 나의 발은 絶望의 소리
> 저 말(馬)도 絶望의 소리
> 病院 냄새에 休息을 얻는
> 소년의 흰 볼처럼
> 敎會여   •
> 이제는 나의 이 늙지도 젊지도 않은 몸에
> 해묵은
> 1961개의
> 곰팡내를 풍겨달라
> 오 썩어가는 塔
> 나의 年齡
> 혹은
> 4294알의
> 구슬이라도 된다
> ─「아픈 몸이」, 4연(191-192면)

이 시에서도 화자는 몸이 아프다. 아픔은 "절망"에서 나온 것이다. 내
발이 내는 소리가 "절망의 소리"인 것이다. 나는 "늙지도 젊지도 않은
몸"을 가졌으나, 희망을 잃었기 때문에 몸이 아프다. 그래서 화자는
"1961개의 곰팡내"나 "4294알의 구슬"을 달라고 요청한다. 서기 1961년,
혹은 단기 4294년인 지금, 4·19의 희망이 사라진 현실을 반영한 구절이
다.

「먼 곳에서부터」의 화자가 아픈 이유가 정확히 이와 같다. 그 해 봄
의 시끄러움은 혁명과 희망의 소리였던 것이다. 이제 그 봄은 지나가고
다만 "조용한 봄"만이 다시 찾아왔을 뿐이다. 4·19 이전에도 조용한 봄
이었으니, 지금 상황이 그 이전의 상황과 다름이 없다는 화자의 비판적
의식을 짐작하게 하는 대목이다. 한 여자와 헤어져 다른 여자를 만나도
첫사랑을 회복할 수 없듯이(C), 능금꽃이 다시 피어나도 옛 시절이 돌아
오지 않듯이(D), 나는 몸이 아프다, 다시 말해서 내게는 절망이 있을 뿐
이다. 다음 시는 주제와 방식에서 이 시와 매우 유사하다.

Aa   風景이 風景을 반성하지 않는 것처럼
Ab   곰팡이 곰팡을 반성하지 않는 것처럼
Ac   여름이 여름을 반성하지 않는 것처럼
Ad   速度가 速度를 반성하지 않는 것처럼
Ae   拙劣과 수치가 그들 자신을 반성하지 않는 것처럼
Ba   바람은 딴 데에서 오고
Bb   救援은 예기치 않은 순간에 오고
C   絶望은 끝까지 그 자신을 반성하지 않는다
      ──「絶望」 전문(247면)

1-5행에서 선택된 항목 역시 느슨하게 결속되어 있다. 풍경은 다만 펼쳐져 있을 뿐이며(Aa), 곰팡이는 원치 않는 데서도 번성한다(Ab). 오지 않기를 기다린다고 여름이 찾아오지 않는 것도 아니다(Ac). 앞 시를 참조하면, 이 시행은 희망을 말할 수 있는 봄이 지나갔다는 의미를 숨기고 있는 듯 하다. 속도는 관성 때문에 멈추려 하지 않으며(Ad), 졸렬함과 수치스러움은 반성의 대상이 아니다(Ae). 그것은 다만 숨겨야 할 것들이지, 내놓고 성찰할 수 있는 성질의 것이 아니다. A부분을 이루는 각각의 사물이나 양태, 감정 어휘들은 모두 부정의 어사로 쓰였다. 그것들이 연계되는 것은 사실 6-7행(B)이 아니라, 8행(C)이다. 모두가 제 자신을 반성하지 않는 것처럼 절망도 제 자신에 관해 되묻지 않는다. 절망은 소망이 끊어져 있는 상황이어서, 우리에게 주어져 있는 것이지 우리가 선택한 것이 아닌 까닭이다. 혹은 절망을 야기한 어떤 주체에 자기반성이 결여되어 있다는 비판일 수도 있겠다. 현실적인 부정의 주체에게, 반성적 성찰을 기대할 수는 없는 노릇이다. 어쨌든 C와 연계되면서, A를 이루는 시행들도 부정성에 침윤된다. 풍경을 현실 상황을 대표하는 것으로 보아도 좋을 것이다. 이 상황은 저절로 개선되지 않는다. 곰팡이는 그런 현실에 번져 가는 毒素와 같은 것이다. 여름은 (희망으로 의미화되는) 봄을 몰아낸 계절이다. 속도가 이런 상황의 전개를, 졸렬과 수치가 상황에 대응하는 우리 자신의 태도를 이야기한다고 보면, 이 시에서 병렬된 시어들이 무작위로 추출된 것이 아님을 알게 된다.

6, 7행(B)은 A, C부분과는 이질적이다. 이 부분은 다른 부분과 구문상으로도 호응을 이루지 않는다. 아마도 이 구절을 삽입한 것은 그 의미화 방식과 관련이 있을 것이다. 말하자면 이런 삽입은 "바람이 딴 데에

서" 오는 것과, "구원이 예기치 않은 순간에" 오는 것을 의미화하기 위
한 지표이다. 절망을 야기한 주체, 절망에 사로잡힌 객체, 절망의 상황
자체에서는 아무것도 나오지 않는다. "딴 데", "예기치 않은 순간"은 지
금, 이곳이 아니라는 의미일 것이다. 다른 곳, 다른 때를 기대해야 절망
적인 이 상황을 벗어날 수 있다. 아마도 김수영이 오래 천착한 주제인
혁명의 때가 그러할 것이다. 반성은 革新의 전제가 되는 의식작용이다.
그런 반성이 혁명과 무관한, 부정의 주체에게 있을 수는 없는 노릇이다.
  다음은 시각으로 은유적 효과를 내는 시의 예이다.

  눈이 온 뒤에도 또 내린다

  생각하고 난 뒤에도 또 내린다

  응아 하고 운 뒤에도 또 내릴까

  한꺼번에 생각하고 또 내린다

  한줄 건너 두줄 건너 또 내릴까

  廢墟에 廢墟에 눈이 내릴까
  ──「눈」 전문(257면)

  "내린다"와 "내릴까"가 교차되어 출현하지만, 기본 문장이 같으므로
다른 말이라 부를 수는 없다. 각 연(행)을 병렬한 것은 눈이 내리는 상
황을 시각화하기 위한 것이다. 세로로 시를 읽으면 이 점이 두드러진다.
각 행 사이의 여백은 "생각하고 난 뒤에도", "한꺼번에 생각하고", "한
줄 건너 두줄 건너" 등의 싯구와 대응을 이루어 생각과 생각 사이의 여
백, 문장과 문장 사이의 여백을 지시해준다. 또한 각 연(행)이 눈 내리는
모습을 형용한 것으로, 연(행) 사이의 여백이 눈 온 풍경을 형용한 것으
로 간주할 수도 있다. 그렇다면 이 시는 눈 오는 풍경을 象形化한 소품
이라고 생각할 수도 있겠으나, 마지막 행의 의미가 간단하지 않다. "폐
허에 폐허에 눈이 내릴까" 뒤에 여백이 이어질 테니, 이 폐허가 눈이
와서 하얗게 변한 풍경이라고 생각하면 그만이지만, 하필 폐허일까 하
는 의문이 남는다. 아마도 "폐허"라는 말 속에는 시인의 현실 인식이
숨어 있을 것이다. 눈은 온 뒤에도 내리고, 응아 하고 운 뒤에도 내리고,

생각하고 난 뒤에도 내린다. 이런 계속성 덕택에 세상은 여백과도 같이 하얗게 변해버리는데, 그 세상의 원풍경이 폐허였다. 이 점에서 눈 온 풍경과 폐허가 相反된 것으로 의미화되는 것이다. 어떤 정결함과 깨끗함이 폐허와도 같은 이 세상에도 있을 수 있을까, 세상의 더러움을 정화시킬 수 있는 때가 있을까라는 생각이 마지막 구절에 함축되어 있는 것이다.

김수영의 시는 이처럼 병렬을 기초로 은유적인 구성을 보인다. 병렬은 김수영 시에서 가장 흔히 쓰이는 방법이어서, 시행들 사이에 수사적 은유를 찾을 수 없는 곳에서도 수다하게 관찰된다. 하지만 병렬의 기초는 문법적 유사성을 통한 의미적 유사성이다. 김수영은 하나의 언술을 그것과 유사한 다른 언술로 바꾸어나가는 방식으로 시를 구성하였다. 그래서 이런 병렬의 토대가 은유적 사고에 있다고 말할 수 있으며, 실제로 많은 곳에서 은유가 발견된다. 병렬의 핵심을 이루는 원형적 사고가 기저 언술 영역에 나타나므로, 이것들이 은유의 모태가 되는 것이다. 김수영은 각각의 병렬이 내포한 은유, 기저 언술이 내포한 은유들을 병렬하고 교차하면서 시적 풍경을 짜 나갔다.

김수영의 이와 같은 시적 구성방식은 초기시에서부터 유작시 「풀」에 이르기까지 일관된 것이다. 흔히 김수영의 시세계가 4·19를 계기로 급격히 변전하였다고 평가하곤 하는데, 시적 구성방식의 일관성은 이런 사실을 지지하지 않는다. 시적 구성에 변화가 없다는 것은 김수영 시의 구조원리가 일관된 것이며, 그 구조를 낳는 사유의 변모가 그리 크지 않다는 뜻이다.

김수영의 시는 김춘수 시와 마찬가지로 흔히 난해성을 지적받곤 한다. 김춘수 시의 난해성이 돌발적인 이미지와 진술의 출현에 있는데 반해서, 김수영 시의 난해성은 대체로 요설과 다변의 과잉에 있다. 언술 차원의 은유를 검토하면, 이런 요설과 다변을 움직여가는 은유체계를 만나게 된다.

김춘수와 김수영의 은유적 구성에 관해 살펴보았다. 은유적 구성은 언술과 언술을 대등하게 접속하는 방식이어서, 언어구조 자체를 강조하는 경향이 있다. 모더니즘 계열의 시들이 은유적 구성을 보이는 것은 이런 경향을 반영한 것이다. 서로 이질적인 김춘수와 김수영의 시를 모더니즘과의 연관에서 검토할 수 있는 것은 이런 연유에서이다. 실상 두 시인의 시는 은유적 속성을 공유하고 있다는 점에서 상통하는 바가 있다.

그러나 김춘수의 시가 동일성으로 묶이는 것과는 달리, 김수영의 시는 유사성으로 묶인다. 김춘수는 시적 대상이 갖는 사회적 문맥을 제거하고 시인의 내면풍경을 담고자 한 것으로 보인다. 김춘수 시의 언술이 동일한 풍경을 다르게 그려낸 것은 이와 관련된다. 이로써 김춘수의 시는 동일성의 場으로 수렴되는 풍경들의 집중으로 설명된다. 김수영의 시는 병렬을 통해 유사한 진술들의 연쇄를 담아냈다. 김수영의 시에서는 구문이 통일되고 병렬되면서, 이야기가 전개된다. 이러한 통일성 덕택에 김수영의 시는 산문적 이야기를 담아내면서도 통일적인 印象을 성취할 수 있었다. 이로써 김수영의 시는 느슨한 유사성으로 연쇄되는 이야기들의 확산으로 설명된다.

김춘수의 시는 늘 내면 풍경의 複寫에 해당하므로, 시적 문맥의 외부에 대해 닫혀 있다. 김춘수의 시가 가진 폐쇄성은 언술 영역의 중첩에서 비롯된 것이라 결론지을 수 있다. 김수영의 시는 늘 외적 현실을 은유적으로 나열하고 있으므로, 시적 문맥의 외부에 대해 열려 있다. 김수영의 시가 가진 개방성은 언술 영역의 병렬에서 비롯된 것으로 간주할 수 있다.

2. 환유적 구성

1) 연접과 김춘수의 시

환유는 한 사물과 인접한 다른 사물로 그 사물을 지시하는 방식이다. 환유가 생성되는 조건은 대체물과 피대체물의 명료성에 있다. 말하자면, 하나의 대상이 그와 관련된 다른 대상을 지시할 때, 그 연상의 통로가 분명히 밝혀져 있어야 환유가 성립한다. 환유를 열등한 비유로 간주해 온 그간의 경향은 이 명료성이 일종의 自動化된 연상인 데서 비롯된 것이다. 따라서 공간의 예측가능한 이동이나, 연상의 자연스러운 흐름을 환유적인 것이라 이름붙일 수 있다.

환유가 하나의 사물로 다른 하나를 대신하는 것이므로 전통적인 환유는 대치이론으로 설명된다. 그러나 언술 영역과 언술 영역 사이에서도 이와 같은 공간적, 시간적 인접성에 의한 전개가 흔히 관찰된다. 이 논문에서는 언술 차원에서의 이와 같은 구성 방식을 환유적 구성이라 불렀다. 앞장에서 밝힌 바와 같이 환유로 묶인 언술들의 경우에는 그것이 환유임을 일러주는 형식적 지표를 발견하기 어렵다. 등위적인 언술 영역이 교차하는 지점을 갖지 않은 채 자리를 바꾸는 것이기 때문이다. 구문적 有標를 갖지 않는 언술 영역이 等價의 차원에서 교환되므로, 환유는 각 언술의 場이 갖는 異質的이면서도 等位的인 성격을 통해서 식별된다. 이질적이라는 것은 각 언술 영역이 의미상의 공통집합을 갖지 않는다는 의미이며, 등위적이라는 것은 그럼에도 불구하고 사회적이고 관용적인 場 안에서 성립한다는 의미이다.

이 논문에서는 언술 영역의 자연스러운 전이를 환유적 連接이라 명명하기로 한다. 환유적인 연접을 다음과 같이 기호화할 수 있다.

A→B(→C→D……)

영문자는 개별 언술의 영역이며, 이들이 예측가능한 경로를 따라 다음 언술 영역과 연접된다. 괄호 안은 환유적인 연접이 둘 이상의 연쇄일 수도 있음을 보여준다.

김춘수는 은유적 중첩과 함께 환유적인 연접을 주요한 시적 구성의 원리로 삼았다.

1 A   샤갈의 마을에는 三月에 눈이 온다.
2 B   봄을 바라고 섰는 사나이의 관자놀이에
3   새로 돋은 靜脈이
4   바르르 떤다.
5 C   바르르 떠는 사나이의 관자놀이에
6   새로 돋은 靜脈을 어루만지며
7   눈은 數千數萬의 날개를 달고
8   하늘에서 내려와 샤갈의 마을의
9   지붕과 굴뚝을 넘는다.

```
10 A    三月에 눈이 오면
11 D    샤갈의 마을의 쥐똥만한 겨울 열매들은
12      다시 올리브빛으로 물이 들고
13 E    밤에 아낙들은
14      그 해의 제일 아름다운 불을
15      아궁이에 지핀다.
        ──「샤갈의 마을에 내리는 눈」 전문(180면)
```

2-4행(B)에서 사나이 관자놀이의 "정맥"과 7행(C)의 "눈"은 은유적으로 중첩된다. 정맥이 바르르 떠는 모양으로 눈이 내리고 있으므로, 둘을 동일한 이미지로 묶을 수 있는 것이다. 실상은 정맥만이 아니라 사나이가 떨고 있으므로, 눈은 이 사나이를 대신한 환유로 기능한다. 2-4행(B)과 5-9행(C)은 환유적 연상으로 접속되었다. 사나이의 모습에서, 사나이가 있는 마을 풍경으로 연상이 확장되었다. 사나이의 떠는 모양이 "수천수만의 날개를 달고/ 하늘에서 내려"오는 눈의 모양과 겹치고, 사나이의 모습[近景]이 눈오는 풍경[遠景]과 연속되므로 두 부분은 은유적인 중첩이면서, 한 풍경에서 다른 풍경으로의 환유적인 연접이다. 11-12행(D)과 13-15행(E) 역시 비슷한 연상을 보인다. "겨울 열매"들이 올리브빛으로 물드는 모습과 아궁이에서 타오르는 "그 해의 제일 아름다운 불"은 은유적으로 겹치는 한편, 환유적으로 연접되었다. "올리브빛"이 황록색이어서 아름다운 불빛을 연상시키므로 둘을 은유로 묶을 수 있으며, 열매들이라는 숲의 풍경이 아궁이라는 집안의 풍경과 연속되므로 둘을 환유로 간주할 수 있다. 따라서 이 시는 은유와 환유의 동시적 구성을 보인다. 언술 영역의 전개에 따른 변화를 아래에 표로 제시하였다.

B=C	정맥=눈	은유적 중첩
B→C	사나이→눈(작은 대상으로 넓은 대상으로)	환유적 연접
D=E	열매=불	은유적 중첩
D→E	숲→아궁이(숲에서 집으로)	환유적 연접

은유적인 중첩만으로는 이와 같은 풍경을 구성하기 어렵다. 중첩이 동일시의 방식이므로 겹쳐 쓰는 일은 재진술하는 일에 해당한다. 같은 풍경이나 느낌을 다르게 진술하여 내포를 넓힌다해도, 그 외연은 넓어

지지 않는다. 환유적인 연접은 한 사물에서 인접한 다른 사물로 옮겨가
는 방식이어서, 외연을 넓히는 데 도움을 준다.

> 바다에 몸을 굽힌 사나이들,
> 하루의 勞動을 끝낸
> 저 사나이들의 억센 팔에 안긴
> 깨지지 않고 부서지지 않은
> 온전한 바다,
> 물개들과 상어떼가 놓친
> 그 바다,
> ─「埠頭에서」 전문(188면)

　이 행은 바다가 신성한 노동의 장소임을 암시해준다. "바다에 몸을
굽힌" 것은 바다에 굴복해서가 아니다. 3행에서 바다가 "사나이들의 억
센 팔에" 안겨 있다고 한 것은 사나이들이 잡은 생선의 신선함을 설명
하기 위한 것이다. 그러므로 바다는 생선을 환유한다. 그 바다 곧 생선
은 "온전한 바다"여서, 사나이의 팔에 아기처럼 평온히 안겨 있다. "물
개들"과 "상어떼"는 노동하는 주체가 아니다. "물개들과 상어떼가 놓친
바다"라는 말은 물개들과 상어떼가 놓친 고기일 테지만, 나아가 바다가
물개들의 장난(분탕질)과 상어떼의 횡포(폭력성)에 얼룩지지 않았다는
의미를 포함하는 것이기도 하다. 이 시에서 관찰의 대상은 "사나이들"→
"억센 팔"→"바다"(혹은 생선)로 옮겨간다. 다음 시에서도 환유적 연접
이 보인다.

> 그대는 발을 좀 삐었지만
> 하이힐의 뒷굽이 비칠하는 순간
> 그대 純潔은
> 型이 좀 틀어지긴 하였지만
> 그러나 그래도
> 그대는 나의 노래 나의 춤이다.
> ─「處容三章」 1(195면)

　김춘수는 처용을 화자로 삼아 여러 편의 시를 지었다. 특히 『처용단
장』은 4부로 된 장편 연작시인데, 全篇에서 처용의 자리와 시인 자신의
자리가 자주 동일시된다. 인용한 부분에서 화자는 아내의 不貞을 대수

롭지 않은 듯이 다룬다. 아내가 몸을 망친 것은 발을 삔 것과 같은 정도의 아픔일 따름이다. 그대를 "나의 노래 나의 춤"이라 부른 것은 일차적으로는 아내가 여전히 내게 기쁨을 주는 존재라는 뜻이다. 하지만이 노래와 춤이 간통의 현장에서 처용이 부른 노래라는 점을 생각하면, 화자의 말이 스스로의 고통을 다스리기 위한 자기 위안의 말임을 쉽게 눈치챌 수 있다. 하이힐의 뒷굽이 비칠하면서, "그대 純潔은 型이 좀 틀어"졌다. 말하자면 아내는 더 이상 순결하지 않다. 순결은 문맥에서 아내의 하이힐을 의미하는 것이어서, 아내와 환유적 관계에 놓여 있다. 아내의 처지가 신발로 환유된 것은, 그녀의 부정을 사소한 것으로 간주하고 싶어하는 화자의 욕망의 결과이다.

```
 1 α    페넬로프,
 2 Aa   春夏秋冬 자라는 그대 陰毛
 3 Ab   의 아마존江 流域에서
 4      나는 길을 잃고,
 5 Ba   그대 스물 네 개의 肋骨에서
 6      아담보다도 하나 많은
 7      스물 네 개의 그대 어둠이 밀려오는
 8 Bb   乙支路 어디서
 9      나는 또 길을 잃고,
10 Ca   목이 타서
11      십 오원짜리 레몬 쥬스로 목을 축이며
12 Cb   나움 가보의 寫眞版이 걸린
13      三層 茶房에서
14      悠然히 한때
15      南山을 마주보는 姿勢로 있다가
16      십 오원짜리 레몬 쥬스로 목을 축이며
17      문득
18 β    스물 일곱 살의 李箱을 생각하다가
19      생각하다가, 무엇일까
20      起重機가 쇠줄을 타는 듯한
21      끼이끼이 끼꺽 하는
22      소리를 들으며, 생각 속에서
23      나는 또다시 길을 잃고 헤매느니라
24      페넬로프,
        ─「타령조(11)」 전문(242면)
```

타령조 연작은 사랑과 욕망, 정신과 육체, 과거와 현재 등의 이항대립을 내재하는 시편들이다.13) 이 시 역시 앞의 연작들의 연장선상에 있다.
논의의 편의를 위해 몇 부분에만 기호를 붙였다. 시의 주제는 두 인물
을 중심으로 회전한다. 페넬로페는 오디세우스 왕의 妃로 남편이 트로
이 원정으로 출정한 20년 동안, 구혼자들의 청혼을 뿌리쳐 정절의 귀감
으로 평가받는 여성이다. 시의 전반부에서 "페넬로프"를 "너"로 호칭하
고 있는 것으로 보아, 화자는 스스로를 페넬로페의 상대역으로 설정하
고 있는 듯 하다. 오디세우스처럼 화자 역시 "길을 잃고 헤매"고 있다.
반면 시의 후반부에서는 李箱을 생각하는 화자가 등장한다. 화자 역시
이상과 같이 다방에서 "유연히" 앉아 있을 뿐이다. 이상을 주체로 설정
하면 페넬로페는 금홍이의 자리에 선다. 두 명의 주체(β)와 두 명의 상
대역(α)이 등장하는 셈이다.

나 β / (오디세우스), 이상
너 α / 페넬로프, (금홍)

이상에게 금홍이는 애인이면서 창녀였다. 이상은 금홍이에 대한 사랑
과 질투로 인해 스스로를 자학의 길로 몰아갔다. 화자가 자기 자신을
이상에게 빗댄 것은, 그 역시 욕망의 문제에 사로잡혀 있어서이다. "레
몬 쥬스"는 "스물 일곱 살"에 죽은 이상의 쓸쓸한 임종을 떠오르게 한
다. 그렇다면 "십 오원 짜리 레몬 쥬스로 목을 축이"는 행위는 어떤 절
실함에서 비롯되었을 것이다. 정절을 대표하는 페넬로페에게도 "춘하추
동 자라는" "陰毛"가 있었다. 이 시행에는 페넬로페 역시 구혼자들의 청
혼에 오랜 세월 유혹을 받았으리라는 추측이 내재해 있다. 화자는 그
"陰毛"의 "아마존 강 유역"을 헤맨다. 사랑하는 이의 욕망이 자신을 향
해 있는 것만이 아니라는 것을 깨닫는 것은 고통스럽다. 이상이나 오디
세우스나 사랑하는 이의 욕망이 방황의 내용을 이루었을 것이다. 김춘
수가 오랜 세월 공들여 형상화했던 처용의 모습을 화자와 겹쳐 읽어도
사정은 다르지 않다.
  기호를 붙인 부분의 언술 영역은 화자의 방황이 육체적인 욕망에서

---

13) 「타령조(1)」-「타령조(9)」는 시집 『打令調・其他』(1969)에 수록되어 있다. 이 시들
  에 대한 전문 분석은 268-275면 참조. 김춘수는 그 후 『꽃의 素描』(1977)에서 네
  편을 더 지어 보탰다. 이창민이 타령조 전편을 대상으로 분석을 시도했다. 이창
  민, 『김춘수 시연구』, 고대 박사논문, 1999, 66-80면 참조.

비롯된 것임을 분명히 보여준다. 각 부분에서 하위 언술 영역 a는 대상
의 육체를 기호화하고, b는 그에 대한 화자의 반응을 기호화한다. A와
B 두 부분은 은유로도 환유로도 기능한다. 페넬로페의 "음모"(Aa)가 자
란 모양에서 "아마존 강 유역"(Ab)의 무성한 숲을 떠올렸다면 이는 은
유가 된다. "음모"라는 신체의 일부를 "아마존 강 유역"이라는 넓은 장
소로 확장했다면 이는 환유가 된다. 또 "스물 네 개의 늑골"(Ba)에서
"乙支路"(Bb)를 떠올렸다면 이는 은유가 된다. 꼬불꼬불한 길처럼 생긴
"乙"의 형상, 갈래를 뜻하는 "支"의 의미가 선택된 것도 우연이 아니다.
"늑골"이라는 좁은 부분을 "을지로"라는 넓은 지역으로 확장했다면 이
는 환유가 된다. 김춘수는 두 부분에서 사람의 몸을 그와 연관된 장소
로 접속하여 표현했다.

```
1 A    봄과 후박나무가 있는
2      사잇길을 문득 들어서면
3      지워버리고 지워버린
4      어둠,
5      그대 뒤통수가 보인다.
6 B    어젯밤 꿈에 본
7      智異山 후박나무의
8      어둠, 그대 뒤통수는 소리가 없다.
9 C    옛날의 靑銅 귀고리 하나
10     사랑하라 사랑하라고 그대를 대신하여
11     오늘도 낮은 소리 내이며
12     바람에 가고 있을 뿐.
                  ―「假面」 전문(263면)
```

A와 B부분은 환유적 연상으로 이어진다. "봄과 후박나무가 있는/ 사
잇길"이 헤어진 사람에 대한 생각을 불러들인다. 아마도 화자에게는 "그
대"와 그 길을 함께 걷던 추억이 있었던 모양이다. "지워버리고 지워버
린/ 어둠,/ 그대 뒤통수"라는 시행은 역설이다. 이미 어둠이 옛 길과 옛
사랑을 지웠는데, 그 속에서도 문득 옛 사람의 모습이 보인다. "어둠"과
"그대 모습"은 결합할 수 없지만 그대 모습이 지금은 없는 모습이므로,
없는 그대를 본다고 말한 것이다. 그대의 앞모습이 아니라 "뒤통수"가
보이는 것도 그런 까닭이다. 이 시행은 그대에 대한 생각이 만남의 환
희보다는 이별의 쓸쓸함과 결합되어 있음을 암시해준다. "어젯밤 꿈"이

등장한 것은 A부분과 "지리산 후박나무"를 접속하기 위해서이다. 봄날 후박나무 사이로 난 길이 지리산 후박나무가 있는 공간과 연접했다고 말할 수도 있다. "그대 뒤통수는 소리가 없다"는 표현은 그대가 아무 말도 하지 않는다는 말이다. 과거의 사람이니, 현재의 내게 말을 건넬 수 없는 것이 당연하다.

"청동 귀고리"가 흔들리며 내는 소리에서, 화자는 옛사람을 떠올린다. 사랑하는 이와 헤어졌으므로, "사랑하라"는 명령어법은 실현될 수 없는 소망을 담고 있다. "사랑하라 사랑하라"에 담긴 /아/ 모음들은 바람의 개방적 속성을 音寫하는 것이다. "그대"는 사라지고, 그대가 내는 귀고리 소리만 바람에 불려갈 뿐이다. "청동 귀고리"는 이중의 환유이다. 시에 화자 외에 아무도 등장하지 않는 것으로 보아, 귀고리는 바람소리를 듣고 상상해낸 것인 듯 하다. 바람소리를 귀고리 소리에 은유하고 이 소리를 그 진원지인 귀고리에 연결지었으므로, "청동 귀고리"는 바람의 환유이다. 또 "청동 귀고리가 그대를 대신"하여 "바람에 가고 있"으므로, 귀고리는 그대의 환유이기도 하다.

A 눈이 내린다.
　　고지새가 한 마리 울고 간다.
　　죽은 사람들이 나를 본다.
B 四十五年前 느티나무,
　　눈이 내리고
　　고지새가 한 마리 울고 갔다.
　　썰매를 타고 있었다.
　　허리가 뒤로 꺾인 고지새,
　　죽은 사람은 아무도 없었다.
　　雜木林 너머 그 쪽에서
　　별이 하나 둘 돋아나고 있었다.
　　──「썰매를 타고」 전문(268면)

현재와 유년을 연결짓는 매개가 "고지새"인데, 아마도 <告知>라는 음운적 유사성 때문에 선택된 새일 것이다. 화자는 고지새가 우는 소리를 듣고 "사십 오년 전"의 기억을 떠올린다. "죽은 사람들"은 어린 시절 함께 했던 이들을 말한다. 어린 시절로 돌아가 화자는 그들과 함께 "썰매를 타고 있었다". "허리가 뒤로 꺾"였다는 것은, 아마도 썰매를 타는 자세를 말하는 듯하다. 그렇다면 이 고지새는 유년의 썰매 타는 화자의 은유이자, 유년 시절을 대표하는 환유일 것이다. 당연히 그때에 "죽은 사람은 아무도 없었"을 것이고, 화자는 행복에 겨워 썰매 타는 놀이를 했을 것이다. 이제 오랜 세월이 흘러 많은 이들이 사라졌지만, 그때의 기억은 새삼 생생하다. 잡목림 너머에서 돋아나는 별에는 新生의 의미가 내포되어 있다. 유년의 기억이 주는 신선함이 이 별의 느낌에 묻어난다. 초저녁별이 뜰 때까지 이 놀이가 계속 되었음을 이야기하는 것일 수도 있겠다.

이 시에서는 현재와 유년이 새의 울음[告知]을 통해 접면한다. 시간적, 공간적인 거리가 이 새를 매개로 하여 단번에 이어진다. 이런 접속은 연상의 자연스러운 흐름을 따라가므로, 환유적인 연접의 예가 된다.

환유가 구현된 곳에서 환유적 연상이 발견되는 것은 자연스러운 일이다. 환유의 본유개념이 언술의 차원에서도 발견되는 것이므로, 환유를 확장하여 언술의 전개방식으로 삼았다고 말할 수 있겠다. 김춘수의 많은 시들에서 공간적 전개에 따라 시적 풍경을 구성한 시편들을 발견하게 되는데, 이런 연상의 방식을 환유적이라 부를 수 있는 것이다. 다음 시 역시 그러한 예이다.

```
1 A   落葉은 지고
2     그늘이 落葉을 덮는다
3     저무는 하늘,
4 B   머리를 들면 멀리
5     바다가 모래톱을 적시고 있을까,
6 C   세상은 하얗게 얼룩이 지고
7     무릎이 시다.
8 D   발 아래 올해의 분꽃은 지고
9     소리도 없다.
      ―「얼룩」 전문(274면)
```

몇 개의 풍경이 은유적, 환유적 연상에 따라 연결된다. 1-2행(A)은 눈 아래 굽어본 늦가을 정경이다. 낙엽이 지고 그늘까지 덮였으니 추위가 찾아왔음을 알겠다. 4-5행(B)에서 화자의 시선은 위를 향한다. 몇몇 시의 분석에서 밝힌 바와 같이 "바다"는 하늘의 은유이다. 그늘이 낙엽을 덮듯, 바다는 모래톱을 적시고 있을 것이다. 이 두 풍경을 자기화한 진술

이 6-7행(C)에 보인다. 앞의 모든 풍경을 아울러 세상에 얼룩이 졌다고
했고, 그 얼룩으로 인해 화자의 무릎이 시다고 했다. 그늘이 지고 물에
젖었으니 무릎이 시다고 느낀 것이 이상하지 않다. 무릎 다음에 화자의
시선은 환유적 연상의 경로를 따라, "발 아래로" 간다. 분꽃은 여름에서
가을까지 꽃을 피우므로 "분꽃은 지고"라는 표현을 단순히 풍경으로 간
주해도 무리가 없겠다. 세상에 "하얗게 얼룩이" 졌다는 말은 아마도 눈
이 왔다는 의미일 텐데, 그늘지고 눈이 오고 젖었으니 온몸이 추울 것
이다. 화자는 몸을 무릎으로 제유한 셈인데, 세상을 온몸으로 은유했으
므로 무릎은 다시 세상에 대한 환유가 된다. 따라서 이 시에서 중요한
것은 제유가 아니라 환유이다. 정리하면 다음과 같다.

1-1) 세상 ⊃ 그늘, 낙엽 = 얼룩[14]
1-2) 세상 ⊃ (바닷물), 모래톱 = 얼룩
2) 세상 = (몸)
3) 몸 ⊃ 무릎
4) 세상 → 무릎

1) 낙엽에 그늘이 지고, 모래톱이 바다에 젖는 것을 세상에 얼룩이 졌
다고 했으므로, <얼룩지다>와 두 풍경은 은유적 관계를 맺는다. 이 풍경
은 결국 세상 풍경의 일부이므로, 두 풍경으로 세상을 제유했다고 말할
수 있다. 2) 세상을 자기화하여, 제 몸에 세상을 빗대었으므로 세상과
몸은 은유적 관련을 맺고 있으며, 3) 몸이 시린 것을 무릎이 시다고 했
으므로 무릎은 몸의 제유이다. 4) 세상에 얼룩이 진 것을 무릎이 시다고
표현한 것은 이와 같은 연상의 결과이다. 궁극적으로 세상을 무릎으로
나타냈으므로 무릎이 세상의 환유가 되는 것이다.[15]

김춘수 시의 환유적 구성은 이처럼 풍경과 풍경을 공간적으로 접면하
는 곳에서 관찰된다. 김춘수는 하나의 언술을, 그와 인접한 다른 언술로
옮길 때에 환유가 갖는 수평적인 연접의 방식을 선호하였다. 이런 언술
영역의 연접은 김춘수 시에서 흔한 방법이어서, 이를 김춘수 시에 나타

---

14) 기호 ⊃는 제유적 관련을 말한다. 1장 1절 3항 각주 88) 및 3장 3절 참조.
15) 환유가 은유와 제유의 이중적 과정에 의해 성립한다는 것을 1장 1절 3항에서 밝
    혔다. 김춘수 시의 제유적 구성에 관해서는 4장 1절 참조.

난 언술 차원의 환유라고 부를 수 있다. 연접의 기초는 하나의 대상이 인접한 대상으로 옮아가는 환유적 사고에 있다. 연접의 핵심을 이루는 원리가 환유이므로, 김춘수가 환유의 기본원리를 구성의 차원에 투영하여 시를 구성하였다고 말할 수 있겠다.

환유적 연접의 원리는 묘사의 원리이다. 화자의 노출을 삼간 채, 시선의 접속에 따른 공간적 전개를 기술하는 방식이 연접의 방식이다. 김춘수는 시를 쓸 때에, 개인의 체험을 가능한 한 삭제하고 中立的인 記述者로서의 자리를 자처한 듯 하다. 간혹 개인 체험이 시화된 작품들이 있으나, (후기시들을 제외하면) 이런 시들은 김춘수의 전체 시편들로서는 분량도 석으며 극히 이질적인 성격을 갖는다. 이른바 무의미시들은 감각의 인상적 소묘를 위주로 한 짧은 서경시들이다. 서경을 위주로 한 시들에서 환유적 연접의 방식이 선호되는 자연스러운 일이라 하겠다.

2) 이접과 신동엽의 시

환유가 연상의 自動性에서 출현한다는 것은 앞에서 말한 바와 같다. 은유의 생성적인 인식이나 제유의 다층적인 인식과 달리, 환유는 관성적인 인식을 필요로 한다. 환유의 생성 조건 자체에 이미 사회적인 의미 共有의 場이 전제되어 있다. 환유적인 사물과 사물은 서로 접속하지 않는다. 환유적인 사물들은 둘을 포괄하는 의미 공유의 장 아래에서 별개의 항으로 독립해 있을 뿐이다. 이 둘을 포괄하는 상위범주 역시 一律的으로 규정하기 어렵다. 환유를 정의하려는 시도가 어려움을 겪는 지점도 이 지점이다.

이 논문에서는 언술 영역과 언술 영역 사이의 공간적, 시간적 인접성에 의한 구성을 환유적인 구성이라 불렀다. 앞 절의, 김춘수 시에서는 풍경의 공간적 접면이 두드러진 것을 확인하고 이를 환유적인 연접이라 명명하였다. 신동엽의 시에서는 환유가 의미론적으로 이항대립을 이루고 있는 지점에서 발생한다. 이 경우 하나의 대상(계열)은 相反된 다른 대상(계열)을 불러온다. 신동엽은 상반된 두 계열체를 지시하는 방법으로 제유와 환유를 즐겨 썼는데, 활용빈도로 보면 대체적으로 제유를 긍정적인 계열체에, 환유를 부정적인 계열체에 적용하였다. 시의 화자가 긍정적인 계열체에 傾斜되므로 이를 드러내는 경우에 내적인 비유체계인 제유를 쓰는 것이 자연스럽다. 제유가 부분과 전체의 관계에서 생겨나는 까닭이다. 반면 화자가 부정적인 계열체에 저항하므로 이를 드러내는 경우에는 외적인 비유체계인 환유를 쓰는 것이 자연스럽다. 화자가 속한 立地와는 반대편의 자리에서 환유가 발생하는 까닭이다.

환유가 이항대립적 계열체를 드러내는 구성적 원리로 작용하는 경우를 환유적인 離接이라 부르기로 한다. 환유 자체에는 贊反의 자리가 없으나 환유를 반대되는 연상을 내세울 때 사용하였으므로 붙인 이름이다. 두 계열은 연접해 있지 않으나, 하나의 계열이 다른 하나의 계열을 불러온다. 그러므로 이항대립적 연상체계는 어느 정도는 관습적인 체계이다. 하나가 대척의 자리에 놓인 다른 하나와 반드시 연관되어야 하는 까닭이다. 환유가 自動化된 연상의 소산이므로, 상반된 계열체를 드러내고자 하는 自動化된 구성방식을 환유적이라 말할 수 있는 것이다. 환유적인 이접을 다음과 같이 기호화할 수 있다.

A↔B(↔A'↔B'…)

영문자는 개별 언술의 영역이며, 이들이 예측가능한 경로를 따라 상반된 언술 영역을 불러온다. 괄호 안은 이 연쇄가 계속될 수 있음을 보여주지만, 반대되는 언술은 둘 이상일 수 없다. 반대의 반대가 찬성이 되기 때문이다. 결국 하나의 언술 영역(A 혹은 B)은 그와 동일한 계열을 이루는 언술 영역(A', A"… 혹은 B', B"…)으로만 옮아갈 수 있다.

신동엽은 제유적 구성과 함께 환유적 이접을 주요한 시적 구성의 원리로 삼았다.16) 양극적인 두 대상이 시에서 배열되는데, 주로 부정적 어사들에서 환유가 보인다.

Aa   내 고향은 바닷가에 있었다.
         人跡 없는 廢家 열 구비 돌아들면
         배추꽃 핀 돌담, 쥐 쑤신 母女
         내 고향은 언덕 아래 있었다.

---

16) 3절 2항에서 신동엽의 제유적 구성을 밝혔다.

Ab   봄이 가고 여름이 오면 부황 든 보리죽
        뒷마루 아래 빈 토끼집엔, 어린 동생
        머리 쥐어 뜯으며
        쓰러져 있었다.

Ac   善民들은 밀밭가에 쫓겨 있는 土墳
        祖國 위를 쉬임없이 궂은비는 나리고

B   自動車 탄 紳士 날씨좋은 八月
        이 마을 黃土길을 넘어오면
        싸릿문 앞엔 無表情한 稅金告知書.
        ——「주린 땅의 指導原理」 1-4연(45-46면)[17]

1, 2, 3연에서 고향의 참혹한 정경이 제시된다. 1연(Aa)은 고향집의
모습이다. 인적 끊긴 폐가, 열 구비나 돌아 들어가야 하는 궁벽한 집에
는 "쥐 쑤신 모녀"가 산다. 2연(Ab)은 이 집의 곤궁한 생활상을 보여준
다. 보릿고개와 빈 토끼우리, 굶주림에 "머리 쥐어 뜯으며" 쓰러진 어린
동생이 거기에 있다. 1-2연에서, 집의 세부 풍경과 가족 구성원을 섞어
이야기한 점을 주목할 만하다. 가족들은 그 집의 풍경을 이룰만큼 靜的
이다. 가난과 배고픔이 사람들에게서 활력을 빼앗아갔던 것이다. 세부
풍경이 이 집의 가난을 지시해주는 환유적 小品이라 보아도 된다. 이런
가난은 3연(Ac)에 가서 나라와 백성 전체로 확산된다. 권력자들은 으리
으리한 "토분"을 만드느라 밀밭을 뭉개고 "선민들"을 쫓아냈다. 쉬임 없
이 내리는 궂은비가 조국의 氣象을 말해준다.

그 다음 풍경은 경쾌해 보이지만, 화자의 분노를 쉽게 눈치챌 수 있
게 제시되었다. 보리고개와 장마를 겨우 지나온 이들에게, 자전거를 탄
신사는 무심하게 세금고지서를 던져놓고 간다. "무표정한 세금고지서"는
이런 극단의 무관심과 착취를 보여주는 환유이다. 세금고지서의 뒷면에
숨은 권력자들, 백성의 곤궁을 돌보지 않는 자들이 무표정한 것이다. 권
력자들에 대한 화자의 분노가 이런 상반된 진술을 낳았다고 하겠다.

    여보세요 阿斯女. 당신이나 나나 사랑할 수 있는 길은 가차운데 가리워져 있었어

---

17) 『신동엽 시전집』(창작과비평사, 1975)을 텍스트로 삼는다. 본문에서 인용한 면수
   는 이 책의 면수이다.

요.

    말해 볼까요. 걷어치우는 거야요. 우리들의 포동 흰 알살을 덮은 두드러기며 딱지 며 면사포며 낙지발들을 面刀질해 버리는 거야요. 땅을 갈라놓고 색칠하고 있은 건 전혀 그 吸盤族들뿐의 탓이에요. 面刀질해 버리는 거야요. 하고 濟州에서 豆滿까질 땅과 백성의 웃음으로 채워버리면 되요.

    누가 말리겠어요. 젊은 阿斯達들의 아름다운 피꽃으로 채워버리는데요.

    ——「주린 땅의 指導原理」 8연(45-46면)

    "아사달"과 "아사녀"는 신동엽 시에서 건강한 민중을 대표하는 제유적 인물들이다. 아사녀를 청자로 내세운 이 부분에서, 화자인 아사달은 사랑의 방식이 비본질적인 것들을 제거하는 데 있다고 말한다. 그는 "포동 흰 알살"을 드러내기 위해 "두드러기" "딱지" "면사포" "낙지발" 들을 면도질해 버리자고 말한다. 알살(알몸의 살)은 민중의 본질적인 생명력을 제유한다. 알몸은 신동엽의 여러 시에서 건강함, 살아 있음의 징표로 제시되는 핵심적인 어사이다. 제유가 이처럼 백성의 건강한 삶을 드러내는 것과는 달리, 환유는 비본질적인 것들을 지시하는 데 동원되었다. "두드러기"는 민중의 삶을 좀먹는 자들을, "딱지"는 민중에게 상처를 낸 자들을, "면사포"는 민중의 실체를 가리는 자들을, "낙지발"은 여러 갈래로 민중의 고혈을 빨아먹는 자들을 환유한다. 이것들을 제거한 자리에 "백성의 웃음"을 채워넣자는 청유가 자리한다. 이 시의 이중적인 구조는 뒷부분에서도 계속된다.

    그래서 과녁을 맞추자 얘기해 왔던 거야요. 四月에 맞은 건 帽子, 帽子뿐 날라갔어 요. 心臟이, 허지만 둥치가 성성하군요. 보세요 다시 떠들기 시작하는 저 소리들. 五 百年 붙어살던 宮殿은 무슨 청인가로 살아있어요. 잇달 벼슬아치들의 中央塔에의 行列이 곤두서 볼만쿤요. 겨냥을 낮추자는 얘기에요. 帽子가 아니라 겨드랑이 아니라 아랫도리를 뻘어야 되겠다는 거야요.

    ——「주린 땅의 指導原理」 9연(47면)

    4·19의 성취를 환유적으로 말하는 부분이다. 4·19를 미완의 혁명으로 인식하는 시인의 목소리가 화자에게서 묻어나온다. 4월에 우리는 저들을 겨냥했으나, 겨우 "모자"만 맞추었을 뿐이다. 모자는 몸체와 인접한 것이니, 핵심에서는 벗어났으되 어쨌든 적과 관련되어 있는 환유적 사물이다. 적의 "심장"과 "둥치"는 아직 성성하다. "궁전"과 "중앙탑" 역시 적의 건재를 확인시켜주는 환유적 대상들이다. 이제 모자나 겨드

랑이가 아니라 "아랫도리"를 겨냥해야 한다.

이항대립의 양극에 놓인 대상들은 이처럼 긍정성과 부정성을 확연하게 나누어 갖는다. 아래와 같은 계열이 환유의 교환가능한 성격을 보여준다. 반면 제유적 대상으로 제시된 것들은 다른 말로 대치되지 않는다.

계 열	민 중	저 들(권력자)
제유적 대상	밀밭, 황토길, 알살, 피꽃(+은유)	심장, 둥치, 아랫도리
환유적 대상		토분, 납세고지서, 두드러기, 딱지, 면사포, 낙지발, 모자, 궁전, 중앙탑

신동엽 시의 환유는 이처럼 양립된 사고와 결합되어 있다. 평화로운 국토를 망가뜨리는 권력자들은 흔히 그 침탈의 도구로 환유된다. 이 논문에서는 환유가 가진 관성적 성격이 이항대립적 구성에 직접 반영되므로 이를 환유적 이접이라 명명하였다. 신동엽은 상반되는 지시체들의 群集을 이처럼 둘로 유형화하고 스스로의 立地를 그 중의 한 편에 확실하게 세워두었다. 진리와 비진리, 참과 거짓, 선과 악, 정의와 불의, 사랑과 증오 등의 이분화된 항목들이 이런 방식으로 군집을 이룬다.

> 또 어느날이었던가. 光化門 네거리를 거닐다 친구를 만나 손목을 잡으니 자네 손이 왜 이리 찬가 묻기, 빌딩만 높아가고 물가만 높아가고 하니 아마 그런가베 했더니 지나가던 낯선 女人이 여우 목도리 속에서 웃더라.

> 나에게도 故鄕은 있었던가. 은실 금실 휘황한 明洞이 아니어도, 冬至만 지나면 해도 노루꼬리만큼씩은 길어진다는데 錦江 연안 양지쪽 흙마루에서 새 순 돋은 무우를 다듬고 계실 눈 어둔 어머님을 위해 이 歲暮엔 무엇을 마련해 보아야 한단 말일까.
> ──「眞伊의 體溫」 3·4연(51면)

두 개의 장소, 두 개의 삶, 두 개의 시간은 결합되지 않는다. 화자의 몸과 마음은 이 대척의 자리 사이, 화해할 수 없는 경계에 놓여 있다. 서울이라는 곳은 차가운 손, 높아만 가는 빌딩, 높은 물가, 낯선 여인의 비웃음, 금실 은실과 같은 휘황함으로 의미화된다. 각박하고 어려운 삶이 차가운 손에 내포되어 있다. 서울 생활이 그런 비정함을 강요했으리라는 짐작이 어렵지 않다. 빌딩이 높아가는 것 역시 화자에게는 위압감

으로 다가온다. 방외자에게 높은 건물은 無情의 상징일 뿐이다. 지나가
는 낯선 여인마저 내게는 적대적이다. 그 여인의 웃음이, 가진 자들의
비웃음이라는 것을 여우 목도리가 보여준다. "명동"은 화자에게 낯설고
적대적인 세상을 환유하는 지명이다. 반면 화자의 回感 속에서 되살아
나는 고향은 아름답다. 노루꼬리만큼씩 길어지는 해, 그 햇빛 아래 반짝
이는 금강 연안, 무를 다듬는 어머님 등이 고향 풍경을 이룬다. 그곳에
서 멀리 떠나온 화자의 어머님 걱정은 쓸쓸하지만 다감하다.

　삼월과 사월은 이 두 영역을 각각 대표하는 시간이다.

> 오늘은 바람이 부는데,
> 하늘을 넘어가는 바람
> 더러움 역겨움 건들이고
> 내게로 불어만 오는데,
>
> 음악실 문 앞,
> 호주머니 뒤지며
> 멍 멍 서 있으면
>
> 양주 쓰레기통 속
> 구두통 멘 채
> 콜탈칠이 걸어온다.
> ──「三月」 1-3연(54면)

　화자에게 삼월은 지난 겨울의 온갖 모순과 억압이 극대화된 시간이
다. 바람은 "더러움 역겨움"을 불러온다. 화자는 음악을 듣고 싶으나 가
난하고, 마침 그와 어울리게도 쓰레기통 속에서 구두닦이가 걸어나온다.
사람을 인접 사물로 나타내면 사람이 사물의 기능으로 환원된다. 이런
환유는 대개 사람이 가진 인간적 속성을 박탈함으로써 이루어진다. "콜
탈칠"이란 환유 역시 화자와 구두닦이 사이에 人情이라 부를 만한 것이
없음을, 서로가 따스함을 나눌 수 없음을 보여준다.

> 바람은 부는데,
> 꽃피던 歷史의 살은
> 흘러갔는데,
> 廢村을 남기고 기름을
> 빨아가는 高層은 높아만 가는데.

말없는 내 兄弟들은
光化門 창밑, 고개 숙이고
지나만 가는데.
——「三月」6-7연(55면)

　여전히 부는 바람은 화자의 절망적인 심정 따위를 아랑곳하지 않는
다. 바람에 실려온 더럽고 역겨운 냄새가 거리에 가득하다. 사정이 이렇
게 된 것은 "꽃피던 역사의 살"이 흘러가고, "기름을 빨아가는 고층"이
높아갔기 때문이다. "꽃피던 역사의 살은/ 흘러갔"다는 다소 이상한 진
술은 "꽃피는 역사"라는 은유, "역사의 살(핵심)"이라는 제유, "역사(강
물)가 흐르다"라는 은유가 결합되어 만들어졌다. 결국 은유와 제유가 결
합되면서, "살이 흐르다"라는 환유적 구절이 생성되었다고 볼 수 있다.
한편 "고층"은 폐촌들을 짓밟고 솟아오른다. 고층에 힘있는 자들의 모습
이, 폐촌에 수탈당하는 일반인들의 모습이 겹쳐진다. 이런 겹침은 은유
이지만, 다음 연에서 형제들이 그곳을 "고개 숙이고 지나만" 간다고 한
것을 보면, 권력자들의 소유물(고층)로 권력자들을 나타낸 환유라고 볼
수도 있다.
　삼월은 이처럼 온갖 모순으로 범벅이 된 계절이다. 삼월은 가난과 절
망, 치욕의 세월이다. "바다를 넘어/ 오만은 점점 거칠어만 오는데/ 그
밑구멍에서 쏟아지는/ 찌꺼기로 코리아는 더러워만 가는데"(9연)에서는
외세에 의해 능욕당하는 조국의 모습마저 보인다. 4월은 이런 모순을
뒤집어엎는 혁명의 계절이다.

내 고향은
강 언덕에 있었다.
해마다 봄이 오면
피어나는 가난.

지금도
흰 물 내려다보이는 언덕
무너진 토방가선
시퍼런 풀줄기 우그려넣고 있을
아, 죄없이 눈만 큰 어린것들.

미치고 싶었다.

四月이 오면
山川은 껍질을 찢고
속잎은 돋아나는데
四月이 오면
내 가슴에도 속잎은 돋아나고 있는데,
우리네 祖國에도
어느 머언 心底, 분명
새로운 속잎은 돋아오고 있는데,

미치고 싶었다.
四月이 오면
곰나루서 피 터진 東學의 함성,
光化門서 목 터진 四月의 승리여.

江山을 덮어, 화창한
진달래는 피어나는데,
출렁이는 네 가슴만 남겨놓고, 갈아엎었으면
이 균스러운 부패와 享樂의 不夜城 갈아엎었으면
갈아엎은 漢江沿岸에다
보리를 뿌리면
비단처럼 물결칠, 아 푸른 보리밭.

강산을 덮어 화창한 진달래 피어나는데
그날이 오기까지는, 四月은 갈아엎는 달.
그날이 오기까지는, 四月은 일어서는 달.
──「4月은 갈아엎는 달」전문(62-63면)

신동엽의 농경문화적 상상력이 잘 구현된 시이다. "갈아엎다"라는 어
사는 땅을 파서 뒤집는다는 말과 씨앗을 뿌린다는 말을 동시에 의미하
는데, 신동엽은 여기에 혁명의 의미를 추가하였다. 양식이 없어 굶는 이
들에게 播種을 하기 위한 행위는 더없이 소중하고 신성한 행위일 것이
다. "미치고 싶었다"라는 말이 그 갈망의 크기를 보여준다. 4월이 오면
"산천은 껍질을 찢고/ 속잎은 돋아"난다. 껍질과 속잎은 신동엽의 다른
시에서도 활용되는 핵심 어휘이다. 겨울에 아직 싹이 돋아나지 않은 땅
은 불모의 땅이어서 껍질이라 부를 만하다. 봄이 되면 껍질을 뚫고 속
잎이 돋아난다. 신동엽에게서 혁명은 이와 같은 것이다. 불모의 세상을
갈아엎는 일이 혁명의 일이며, 비본질적인 것들의 지배를 혁파하고 새
로운 생명의 기운이 분출하는 시기가 혁명의 시기이며, 4월에 잎이 돋

듯이 때가 되면 반드시 이루어지는 약속이 혁명의 약속이다. 그것은 세상의 改變을 불러오지만, 먼 곳에서, 말하자면 외부에서 오는 것이 아니다. "우리네 조국에도/ 어느 머언 心底 분명/ 새로운 속잎은 돋아오고 있"다. 마음의 저 아래에는 혁명을 가능하게 하는 어떤 역동성이 숨어있다. 그러므로 혁명은 內發的이고 근원적인 것이다. 속잎이 껍질을 뚫고 나오듯 안에서 시작된 것이므로, 혁명은 자발적인 것이기도 하다. "출렁이는 가슴"은 혁명의 순수성을 보증하는 제유적 징표이다. 서울을 "균스러운 부패와 향락의 불야성"이라 지칭하고, 그것을 갈아엎어 푸른 보리밭으로 만들었으면 하는 화자의 바램은 농경적인 소박한 인식이긴 하지만, 그 때문에 더욱 간절한 것이기도 하다. 새로운 改新의 날이 오기까지, 사월은 늘 그렇게 "갈아엎는 달"이며, "일어서는 달"이다.

이 시에서도 고향과 서울은 대척의 자리에 있다. 고향은 늘 헐벗고 고통스러운 곳인데, 서울은 "부패와 향락"으로 밤깊은 줄을 모른다. "푸른 보리밭"은 이런 서울을 갈아엎은 자리에 세우고 싶은, 농경적 상상력이 만들어낸 낙원의 제유이다. 이 낙원은 사람을 보듬어 키운다. 화자는 우리가 그렇게 갈아엎은 일이 있었다고 말한다. "동학의 함성"과 "사월의 승리"가 그것인데, 그것은 새로운 생명의 시작을 알리는 환유적 함성이었다. "목 터진" "피 터진"과 같은 수식어들이 그것을 보여준다.

신동엽의 대표작으로 알려진 시들은 대체로 이와 같은 상상력을 공유하고 있다. 봄은 내면에서 분출하는 생명력의 표상이다.

Aa   봄은
        남해에서도 북녘에서도
        오지 않는다.

Ba   너그럽고
        빛나는
        봄의 그 눈짓은,
        제주에서 두만까지
        우리가 디딘
        아름다운 논밭에서 움튼다.

Ab   겨울은,
        바다와 대륙 밖에서

Bb
　　그 매운 눈보라 몰고 왔지만
　　이제 올
　　너그러운 봄은, 삼천리 마을마다
　　우리들 가슴 속에서
　　움트리라.

Ac
　　움터서,
　　강산을 덮은 그 미움의 쇠붙이들,
Bc
　　눈녹이듯 흐물흐물
　　녹여버리겠지.
　　──「봄은」 전문(71-72면)

　　신동엽은 상반된 두 언술 영역의 교체로 이 시를 구성하였다. A에서
는 부정의 언술들이, B에서는 긍정의 언술들이 배열되어 있다. 신동엽은
이 시에서 A를 긍정하고 B를 부정하는 어법으로 시종하는데, 이런 구성
은 離接의 전형적인 예이다. 봄은 "남해"와 "북녘"에서 오지 않는다
(Aa). 남해와 북녘은 우리의 땅덩이 바깥이니, 외세에 대한 환유임을 쉽
게 짐작할 수 있다. 봄은 "우리가 디딘 아름다운 논밭", 그러니까 우리
삶의 현장에서 싹이 돋듯, 움트는 것이다(Ba). "눈짓"이 제유이고 "움트
다"가 은유이니, 둘을 결합하여 만든 "눈짓이 움트다"라는 시행은 환유
가 된다. 아름다운 계절은 밖에서 주어지는 것이 아니다. 씨를 뿌려 곡
식을 짓듯이, 우리는 그 계절을 우리 안에서 적극적으로 만들어가야 한
다. 3연 2행의 "바다"와 "대륙 밖"은 1연의 "남해"와 "북녘"을 바꾸어말
한 것이다(Ab). 사실 "남해"에서 "매운 눈보라"가 오는 것은 아니므로,
"겨울"이 단순한 계절이 아니라는 것을 다시 한 번 알겠다. 다시, 봄이
우리 안에서 시작된다는 진술(Bb)이 이어진다. 앞에서 "아름다운 논밭"
이 실은 "우리들 가슴 속"이었던 것이다. 그 봄은 "강산을 덮은 미움의
쇠붙이들"(Ac)을 "흐물흐물 녹여버"린다(Bc). 외세의 침탈 도구들을 환
유하는 쇠붙이는, 봄의 기운에 금속으로서의 제 속성을 잃고 아지랑이
가 오르듯 김을 내며 녹아버린다.18) 신동엽은 이 시에서 너그러움과 빛

---

18) "쇠붙이"가 금속 일반을 가리키는 것이라면 "무기"의 제유이고, 쇳조각을 가리키는 것이
　　라면 "무기"의 환유이다. 신동엽이 쇠붙이로 무기를 말할 때에는 <쇠로 만든 냉정하고 비
　　정한 것>이란 내포로 말하는 게 아니라, <쇳조각과 같이 보잘 것 없는 것>이란 내포로
　　말한다. 그러므로 신동엽 시에서 자주 보이는 쇠붙이를 환유로 보아야 한다.

남이 잔인함과 비정함을 이길 것이리라는 희망을 이야기하였다.

계 열	봄에 속한 것	겨울에 속한 것
제유적 대상	눈짓, 논밭, 가슴 속	
환유적 대상		남해(바다), 북녘(대륙), 눈보라, 쇠붙이들

누가 하늘을 보았다 하는가
누가 구름 송이 없이 맑은
하늘을 보았다 하는가.

네가 본 건, 먹구름
그걸 하늘로 알고
一生을 살아갔다.

네가 본 건, 지붕 덮은
쇠항아리,
그걸 하늘로 알고
일생을 살아갔다.

닦아라, 사람들아
네 마음속 구름
찢어라, 사람들아
네 머리 덮은 쇠항아리.

아침 저녁
네 마음속 구름을 닦고
티 없이 맑은 永遠의 하늘
볼 수 있는 사람은

畏敬을
알리라

아침 저녁
네 머리 위 쇠항아릴 찢고
티 없이 맑은 久遠의 하늘
마실 수 있는 사람은

憐憫을
알리라
차마 삼가서

발걸음도 조심
마음 아모리며.

서럽게
아 엄숙한 세상을
서럽게
눈물 흘려

살아 가리라
누가 하늘을 보았다 하는가,
누가 구름 한 자락 없이 맑은
하늘을 보았다 하는가.
——「누가 하늘을 보았다 하는가」 전문(84-85면)

　시는 도발적인 어법으로 시작된다. 화자가 사람들을 "너"로 지칭하고, 사람들이 한 번도 하늘을 보지 못했다고 단정하는 것은 충격적인 효과를 의도해서이다. "구름 한 송이 없이 맑은 하늘"을 누구도 보지 못했다. 구름이 꽃으로 비유되었으니 하늘이 맑은 水面으로 제시되었음을 짐작할 수 있다. 사람들은 그토록 고요하고 맑은 하늘을 보지 못한 채, 먹구름만을 하늘로 알고 살아갔을 뿐이다. 먹구름은 3연에서 "지붕 덮은 / 쇠항아리"로 은유된다. 이 은유는 신동엽이 자주 쓰는 "쇠붙이"라는 환유에서 연유한 것이다. "쇠항아리"가 가진 이질적인 성격은 실상 이 환유가 가진 이질적 속성에서 비롯되었다고 말할 수 있다. 둥근 모양은 어쨌든 유지되고 있지만 그것은 사람들을 갇아 옥죄는 것일 뿐, 하늘이 아니었다. 그래서 화자의 강한 청원이 생겨난다. 구름을 닦고 항아리를 찢어버려라. 그러면 "티없이 맑은 永遠의 하늘", "티없이 맑은 久遠의 하늘"을 볼 수 있을 것이다. 이 하늘은 知天命의 하늘이어서, 사람들로 하여금 "외경"과 "연민"을 알게 해준다. 외경은 하늘을 존중하고 사람살이의 바른 질서를 내면화시켜주는 마음의 원리이며, 연민은 더불어 사는 이들을 사랑하게 해주는 마음의 원리이다. 땅의 일에 사로잡혀 一身의 안녕만을 구하지 말아야 한다. 영원한 하늘을 본 이들은 제 자신을 공동체의 이상에 맞추어 살아갈 줄 안다. "차마 삼가서/ 발걸음도 조심 / 마음 아모리며", 그렇게 정직하고 조신한 자세를 갖추어가는 것이다. "이 엄숙한 세상을" "서럽게" 살아가는 일은 하늘을 본 자들만이 가질 수 있는 삶의 자세이다. "서럽게/ 눈물 흘"리는 일은, 그런 외경과 연민

이 벅찬 감격을 수반하는 것임을 보여준다. 그래서 "살아가리라"는 다짐
과, "누가 하늘을 보았다 하는가"라는 설의는 동시적인 것이다. 이 시는
장시 『금강』의 9장에 포함되었다(149-150면). 신동엽은 『금강』에서 이 하
늘이 열린 적이 있음을 말했다.

우리들은 하늘을 봤다.
1960년 4월
歷史를 짓눌던, 검은 구름장을 찢고
永遠의 얼굴을 보았다.

잠깐 빛났던,
당신의 얼굴은
우리들의 깊은
가슴이었다.

하늘 물 한아름 떠다,
돌에도 나무등걸에도
우리 얼굴 닦아놓았다.

1894년쯤엔,
돌에도 나무등걸에도
당신의 얼굴은 전체가 하늘이었다.

하늘,
잠깐 빛났던 당신은 금세 가리워졌지만
꽃들은 해마다
江山을 채웠다.
太陽과 秋收와 戀愛와 勞動.

東海,
原色의 모래밭
사기 굽던 天쯘 뒷길
방학이면 등산모 쓰고
절름거리며 찾아나섰다.

없었다.
바깥세상엔. 접시도 살점도
바깥세상엔
없었다.

잠깐 빛났던
당신의 얼굴은
永遠의 하늘,
끝나지 않는
우리들의 깊은
가슴이었다.
──『금강』 부분(123-124면)

4·19 혁명, 삼일운동, 동학 혁명이 그 개벽의 때였다. 이 시에서도
각각의 시어는 앞시와 동일한 내포를 갖는다. 하늘은 그때 잠시 열려
제 몸을 보여주었으나 이내 닫혔다. 우리는 아직 "검은 구름장" 아래
살아간다. 하늘은 "금세 가리워졌지만/ 꽃들은 해마다 강산을 채웠다".
말하자면 강산에 피어나는 꽃들은 하늘의 모습을 짐작하게 하는 상징이
다. 「누가 하늘을 보았다 하는가」에서, "구름"을 "한 송이" 꽃으로 나타
내었음을 참조하면, 이 꽃들이 맑고 푸른 하늘에서만 개화할 수 있음을
알겠다. 우리는 그 개벽의 때에, "하늘 물 한아름 떠다" 우리 얼굴을 닦
았다. 우리 얼굴이 맑고 빛나던 때가 그때였다. "태양"이 빛나고, "추수"
할 곡식이 있고, 사랑하는 이와의 "연애"가 있고, 건강한 "노동"이 있는
때가 그때였다. 화자는 이 때를 찾아 온 곳을 헤맸지만, "바깥세상엔"
그 하늘이 없었다. "접시"는 하늘을 담는 그릇이며, "살점"은 하늘의 일
부이다. 이 환유와 제유는 밖에서는 하늘의 모습을 조금도 발견할 수
없었다는 말을 강조한다. 그 하늘은 "끝나지 않는/ 우리들의 깊은/ 가
슴"이었던 까닭이다. 신동엽은 이 구절로, 새로운 혁명은 우리 안에서
시작하는 것임을 이야기했다.

신동엽 시의 환유적 구성은 이처럼 相反되는 언술 영역을 접속하는
곳에서 드러난다. 신동엽은 두 개의 이항대립적 지점을 설정하고, 대상
들이 이 지점에 수렴되게끔 시를 구성하였다. 신동엽 시에서 수사적인
비유를 검토하면, 대체로 은유는 극히 제한적으로 쓰였고, 제유는 긍정
적 지점에서, 환유는 부정적 지점에서 관찰된다. 이 논문에서는 이접의
핵심을 이루는 원리가 환유에 있으므로 이런 구성을 환유적인 이접이라
불렀다. 언술 영역을 이접시킨 시작 방법은 신동엽의 거의 모든 시에
내재한 구성원리이다.

환유는 관습적 사고를 받아들인다. 전언을 축약하되, 축약의 방식이 관습적인 연상을 허용할 때 환유가 생성된다. 신동엽 시의 구성이 이항 대립적 시선에서 자유로울 수 없는 것은 이런 환유적 사고를 구성에 투영한 데 원인이 있다.[19] 신동엽의 시는 비슷한 전언들로 짜여져 있어서 다양한 독법을 허락하지 않는다. 동일한 환유와 제유가 수다한 시에서 관찰되는 것이다. 이 점이 신동엽 시의 약점이라 지적할 수도 있겠으나, 그 대신 전언의 강렬함이 보장되는 것은 장점이라 할 수도 있겠다. 실제로 신동엽의 시에서는 전언들의 자율성보다는 전언 자체의 기능성이 강조된다. 언술의 특징과 구조를 검토하면서 이를 자세히 논의하도록 하겠다.

김춘수와 신동엽의 환유적 구성에 대해 살펴보았다. 환유적 구성은 언술을 인접한 다른 언술과 접속하는 방법인데, 환유적 인접을 가능하게 하는 것이 연상의 自動性임을 말했다. 그래서 환유적 구성은 흔히 定型的인 구성을 보인다. 김춘수의 시가 갖는 과도한 자기 표절[20], 신동엽의 시들이 갖는 비슷한 형식과 발상법은 환유가 갖는 구성적 특질과도 관련이 있다.

김춘수가 하나의 언술과 다른 언술을 접속하면서 내면 풍경을 드러내는 시를 구성한 것과 달리, 신동엽은 하나의 언술 다음에 그와 相反되는 다른 언술을 내세우는 방식으로 시를 구성하였다. 김춘수의 시는 인접한 언술들이 접속되어 만들어졌다. 반면 신동엽은 찬반의 자리가 분명한 두 계열의 언술들이 대립하는 방식으로 시를 제작하였다. 그래서 김춘수의 시에서는 연속된 대상들이 배열되며, 신동엽의 시에서는 이항 대립적인 대상들이 배열된다.

---

19) 홍정선이 이런 선악의 도식성을 비판했다. 홍정선, 「신동엽의 '껍데기는 가라'」, 정한모 · 김재홍 편, 『한국 대표시 평설』, 문학세계사, 1983, 507-513면. 조해옥 역시 "어떠한 확고한 신념을 유지하기 위해서는 실제의 현실 속에서 부딪치게 마련인 갈등 과정이 없을 수 없다. 그러한 과정을 거치지 않은 신념의 확보는 구체적인 근거를 가지지 못하는 추상적 낙관론에 머무른다"고 말하여, 신동엽 시에 갈등이 없음을 비판했다. 조해옥, 「신동엽 연구」, 고려대 대학원 석사논문, 1992, 52면.

20) 김춘수에게서는 詩作의 전 시기에 걸쳐, 여러 시에서 동일한 구절이 지속적으로 발견된다. 특히 김춘수의 후기시에서 보이는 多産性에 자기 표절의 혐의가 있음을 이창민이 주장하였다. 이창민, 『김춘수 시 연구』, 4장 2절 참조.

3. 제유적 구성

1) 구체화와 김수영의 시

은유적 구성이나 환유적 구성은 등위적인 언술을 전제로 한다. 하나의 언술 영역이 그와 동일하거나 유사한 다른 언술 영역으로 옮아가는 것이 은유적 구성이며, 그와 사회적인 맥락에서 관련된 다른 언술 영역으로 옮아가는 것이 환유적 구성임은 이미 말했다. 은유적 구성은 유개념을 전제로 하지 않으나, 어쨌든 대등한 언술들을 맞놓아 생기는 것이므로 등위적이며, 환유적 구성은 드러나지 않은 유개념을 전제로 하여 교차되지 않는 두 언술을 맞놓아 생기는 것이므로 등위적이다. 반면 제유적 구성은 상위개념인 언술 영역과 하위개념인 언술 영역 사이에서 맺어지는 것이므로 포괄적이거나 종속적인 언술을 전제로 한다.

종과 유, 부분과 전체의 관계가 제유적 구성에서 중시되는 셈인데, 이는 제유의 본유개념과도 부합하는 것이다. 일반적인 제유로 흔히 알려진 것들은 대개 종으로 유를, 부분으로 전체를 나타내는 제유들이다. <칼>로 <무력>을, <손>으로 <사람>를 나타내는 경우가 그것인데, 이를 구체적인 것으로 일반적인 것을 나타내는 제유(구체화된 제유, 혹은 일반화하는 제유)라 부를 수 있다. 반면 유로 종을, 전체로 부분을 나타내는 제유도 있다. (자신의 실수를 변명하면서 <나도 인간이다>라고 말할 때) <인간>으로 <실수하는 사람>을 나타내거나 <사건affair>이라는 말로 <성교sexual relation>를 표현하는 경우이다. 이를 일반적인 것으로 구체적인 것을 나타내는 제유(일반화된 제유, 혹은 구체화하는 제유)라 부를 수 있다.

제유적인 구성의 경우에도 동일한 사고의 방식이 보이므로, 이들을 제유적 일반화, 제유적 구체화로 명명하고자 한다. 제유적 구성은 흔히 개체와 전체 사이의 관계를 반영한다. 개체가 전체에 포섭되어 개체의 이야기가 전체의 이야기로 수렴되는 것이 제유적 일반화이며, 그 반대로 전체의 이야기가 개체의 이야기로 환원되는 것이 제유적 구체화이다.

구체적 대상에 기대어 어떤 진술을 할 때, 대상은 은유적 所與를 갖는다. 대상을 A라 하고, 그로써 말하고자 하는 진술 내용을 B라 하면, B

의 세부사항(Ba, Bb, Bc…)을 A의 세부사항(Aa, Ab, Ac…)으로 환치하여 말할 수 있다. 이때, 이야기된 각각의 세목들(Aa, Ab, Ac…)이 이야기된 전체(A)와 제유적 관련을 맺으므로, 통상의 구체화 방식을 제유로 설명할 수 있는 것이다.

제유적인 구체화는 다음과 같이 기호화된다.

A⊃B

영문자는 개별 언술의 영역이며, 하위 언술 영역(B)의 체계가 상위 언술 영역(A)의 체계를 반영한다. 제유적인 구성의 경우에 언술 영역의 관계는 의미론의 영역에서만 체계화될 수 있다. 시의 核心이 어디에 놓여져 있는가는 의미화 방식을 검토해야만 얻어질 수 있다.

김수영의 많은 시들에서 전체의 이야기는 개체의 이야기에 포괄된다. 김수영은 일반 상황을 개체에 빗대어 이야기하였다.

> 사람이란 사람이 모두 苦悶하고 있는
> 어두운 大地를 박차고 離陸하는 것이
> 이다지도 힘이 들지 않는다는 것을 처음 깨달은 것은
> 愚昧한 나라의 어린 詩人들이었다
> 헬리콥터가 風船보다도 가벼웁게 上昇하는 것을 보고
> 놀랄 수 있는 사람은 설움을 아는 사람이지만
> 또한 이것을 보고 놀라지 않는 것도 설움을 아는 사람일 것이다
> 그들은 너무나 오랫동안 自己의 말을 잊고
> 남의 말을 하여 왔으며
> 그것도 간신히 떠듬는 목소리로밖에는 못해왔기 때문이다
> 설움이 설움을 먹었던 時節이 있었다
> 이러한 젊은 時節보다도 더 젊은 것이
> 헬리콥터의 永遠한 生理이다
>
> 一九五〇年 七月 以後에 헬리콥터는
> 이 나라의 비좁은 山脈 위에 姿態를 보이었고
> 이것이 처음 誕生한 것은 勿論 그 以前이지만
> 그래도 제트機나 카아고보다는 늦게 나왔다
> 그렇지만 린드버어그가 헬리콥터를 타고서
> 大西洋을 橫斷하지 않았기 때문에
> 우리는 지금 東洋의 諷刺를 그의 機體 안에 느끼고야 만다
> 悲哀의 垂直線을 그리면서 날아가는 그의 설운 모양을

우리는 좁은 뜰안에서뿐만 아니라
심지어는 항아리 속에서부터라도 내어다볼 수 있고
이러한 우리의 純粹한 痴情을
헬리콥터에서도 내려다볼 수 있을 것을 짐작하기 때문에
「헬리콥터여 너는 설운 動物이다」

——自由
——悲哀

더 넓은 展望이 必要없는 이 無制限의 時間 우에서
山도 없고 바다도 없고 진흙도 없고 진창도 없고 未熟도 없이
앙상한 肉體의 透明한 骨格과 細胞와 神經과 眼球까지
모조리 露出落下시켜가면서
안개처럼 가벼웁게 날아가는 果敢한 너의 意思 속에는
남을 보기 전에 네 자신을 먼저 보이는
矜持와 善意가 있다
너의 祖上들이 우리의 祖上과 함께
손을 잡고 超動物世界 속에서 營爲하던
自由의 精神의 아름다운 原型을
너는 또한 우리가 發見하고 規程하기 전에 가지고 있었으며
오늘에 네가 傳하는 自由의 마지막 破片에
스스로 謙遜의 沈默을 지켜가며 울고 있는 것이다
——「헬리콥터」 전문(62-63면)

　"헬리콥터"가 날아가는 소리에서 동물의 날갯짓을 떠올리는 것은 자연스러운 상상이다. 헬리콥터를 설운 동물이라 지칭하는 것은, 헬리콥터가 날아가는 소리가 동물의 우는 소리와 닮았기 때문이며, 헬리콥터를 아는 일과 모르는 일이 모두 서러운 일이기 때문이다. 현실이 비천할수록 비상하고 싶은 열망이 강렬할 것이다. "어두운 대지"와 "우매한 나라"가 비천한 현실을, "이륙"이 비상에의 열망을 보여준다. 선진국에서 헬리콥터는 일상적인 것이어서 비상의 상징이 되지 못할 테지만, 우리나라에서는 사정이 다르다. 그것은 "1950년 7월 이후"에야 모습을 드러냈고, 더욱이 그때는 전쟁 상황이었다. 비상에의 열망을 전쟁 무기에서 바라본다는 것은 "설운" 일이다. "우리는 지금 동양의 풍자를 그의 기체 안에 느끼고야 만다". 제 자신의 기막힌 상황을 풍자해야 하는 안타까움이 "느끼고야 만다"는 구절에 녹아들어 있다. 화자는 1연에서 헬리콥터의 가벼운 "상승"을 보고 놀라는 사람도 설움을 아는 사람이요, 놀라

지 않는 사람도 설움을 아는 사람이라고 말했다. 현실이 비천하여 우리
는 지상에 얽매여 있는데 그토록 가볍게 날아오를 수 있는 동물이 있으
니 놀랍고, 우리 자신의 처지가 새삼 서럽다. 우리는 오랫동안 남의 말
이나 더듬거렸는데 그런 알아듣지 못할 말로 더듬거리는 소리를 내는
짐승을 보니, 우리 자신의 목소리와 너무도 닮았다. 그러니 놀랍지 않고,
우리 자신의 처지만이 새삼 서럽다. 3연에서 헬리콥터는 "너희 조상들이
우리의 조상과 함께/ 손을 잡고 초동물세계 속에서 영위하던/ 자유의
정신의 아름다운 원형을" 가지고 있었다. 인간과 동물이 共生하던 시절
이 있었다. 헬리콥터는 날아오름으로써 그 시절 누렸던 "자유의 정신의
원형"을 가졌다. 그것도 우리가 그런 정신을 발견하고 규정하기 전부터
말이다. 그러니 헬리콥터를 보고 놀라는 이는 이전의 자유를 아는 사람
이므로 설움을 아는 사람이다. 지금이 자유를 잃어버린 죽임과 죽음의
시대여서, 오늘날 헬리콥터가 전하는 것은 "자유의 마지막 파편"에 불과
할 뿐이다. 그러니 헬리콥터를 보고 놀라지 않는 이는, 지금이 자유가
사라진 시대임을 아는 사람이므로 설움을 아는 사람이다. 그래서 헬리
콥터가 내보이는 "자유"는 한편으로는 "비애"의 다른 이름이기도 하다.
2연에서 헬리콥터가 보여주는 수직의 날아오름을 "비애의 수직선"이라
지칭하는 것은 그런 이유에서다.

이 시를 은유적 병렬의 방식으로 읽을 수도 있고, 제유적 구체화의
방식으로 읽을 수도 있다. 시에서 제시된 부분적인 병렬을 아우르는 핵
심에 "헬리콥터" = "설운 동물"이라는 은유적 진술이 놓여 있으므로,
은유적 병렬의 원리를 찾아낼 수 있다. 한편 이 시의 헬리콥터는 지상
에 있는 이들에게 "자유"와 "비애"를 가르쳐 준다는 의미에서 모든 비
상하는 것들의 제유이며, 戰時에 나타나 天地間의 격절과 地上의 비탄
위를 날아간다는 점에서 전쟁무기들의 제유이며, 우리 모두와 설움을
함께 하면서 "스스로 겸손의 침묵을 지켜가며 울고 있"다는 점에서 서
러운 자들의 제유이다. "헬리콥터"를 통해, 전후의 설움과 자유에 대한
본원적인 열망을 노래하고 있으므로, 이 시의 방식을 제유적 구체화의
방식이라 부를 수 있는 것이다.21)

21) 김혜순은 이 시를 분석한 후에 다음과 같이 말했다. "이 기간의 김수영 시의 가
   장 큰 특징은 관념적·추상적 세계인식이 구체적인 모습으로 전이되고 있다는
   사실이다. 당연히 초기의 난해한 어투는 많이 사라지고 구체적 일상이 시의 중요

……活字는 반짝거리면서 하늘 아래에서
간간이
자유를 말하는데
나의 靈魂은 죽어있는 것이 아니냐

벗이여
그대의 말을 고개숙이고 듣는 것이
그대는 마음에 들지 않겠지
마음에 들지 않어라

모두다 마음에 들지 않어라
이 黃昏도 저 돌벽 아래 雜草도
담장의 푸른 페인트 빛도
저 고요함도 이 고요함도

그대의 正義도 우리들의 纖細도
行動이 죽음에서 나오는
이 욕된 郊外에서는
어제도 오늘도 내일도 마음에 들지 않어라

그대는 반짝거리면서 하늘 아래에서
간간이
자유를 말하는데
우스워라 나의 靈은 죽어있는 것이 아니냐
——「死靈」 전문(123면)

활자가 "간간이 자유를 말"하므로, 이 책이 자유를 주제로 삼고 있는
책이라 짐작하기가 어렵지 않다. 자유를 실천하지 못하는 자신에 대한
자책이 시의 주조를 이룬다. 자유를 역설하는 어떤 책이 필자에게 고통
을 불러일으킨 모양이다. 자유가 일종의 지상명령과도 같은 것이어서,
"하늘 아래에서"란 어사가 삽입되었다. "活" 字의 생명력과 "死" 字의
죽음이 대비되는 것도 예사롭지 않다. 화자는 책 속의 저자를 "벗"이라
지칭하고, 그의 말을 "고개 숙이고 듣는"다. 아마도 책을 읽는 자세일

한 소재로 등장한다. 이 시기에 김수영 시에는 생활이 중요한 소재로 등장한다.
(중략) 그는 일상인으로서의 자신의 위치를 시 안에서 명백히 밝히고, 그가 선
위치에서 올바른 현실 인식을 하고자 하는 자세를 드러낸다."(김혜순, 『김수영--
세계의 개진과 자유의 이행』, 건국대 출판부, 1995, 37면) 이런 시인의 태도가 제
유적 구체화의 방식으로 나타났다고 하겠다.

테지만, 이 자세를 자신의 수동성을 보여주는 자세라 말할 수도 있다. "마음에 들지 않아라"는 자신과 벗에게 두루 적용되는 감탄어법이면서, 벗의 질책으로 스스로를 반성하기 위한 명령어법이기도 하다. <벗이 그렇듯 나 또한 이 상황이 마음에 들지 않는다, 혹은 그대는 내 모든 상황을 꾸짖어 달라>는 어감이 2-4연에 스며들어 있다. 2연의 "황혼", "돌벽 아래 잡초" "담장의 푸른 페인트 빛"은 "고요함"의 내용을 이루는 제유적 풍경들이다. 이 풍경은 기실 자유를 실천하지 못하는 화자의 내면 풍경이다. "그대의 정의" "우리들의 섬세"가 이 고요함 속에서는 모두 빛을 잃는다. "행동이 죽음에서 나"온 것이기 때문이다. 자유를 실천하려는 의지가 결여된 이곳이 바로 "욕된 교외"이다. 스스로를 추동해내지 못하는 자, 행동의 중심에 있지 못한 자가 있는 곳이 곧 교외이다.

이 시의 "활자"는 책을, 책은 자유에 대한 傳言을 제유로 나타낸 것이다. 실천적 의지가 거세된 화자의 고요함이 3연의 제유적 풍경을 이룬다는 점은 앞에서 말했다. 결국 책과 화자가 처한 풍경이 시의 주제를 제유적으로 구체화하고 있다고 하겠다.

Aa　多病한 나에게는
　　　파리도 이미 어제의 파리는 아니다

B　　이미 오래전에 日課를 全廢해야 할
　　　文明이
　　　오늘도 또 나를 이렇게 괴롭힌다
C　　싸늘한 가을바람소리에
　　　傳統은
　　　새처럼 겨우 나무그늘 같은 곳에
　　　定處를 찾았나보다

Da　病을 생각하는 것은
　　　病에 매어달리는 것은
　　　필경 내가 아직 健康한 사람이기 때문이리라
　　　巨大한 悲哀를 갖고 있는 사람이기 때문이리라
　　　巨大한 餘裕를 갖고 있는 사람이기 때문이리라

Ab　저 광막한 양지쪽에 반짝거리는
　　　파리의 소리없는 소리처럼
Db　나는 죽어가는 법을 알고 있는 사람이기 때문이리라
　　　——「파리와 더불어」 전문(135면)

   파리가 어제의 파리가 아닌 것은 "多病한 나"에게 다른 의미를 생각
나게 해서이다. 건강할 때에는 쉽게 내쫓았을 파리가, "오늘도 또 나를
이렇게 괴롭힌다". 화자는 파리를 "이미 오래전에 전폐해야 할/ 문명"
과 "전통"에 빗대었다. "싸늘한 가을바람" 속에서 날고 있는 파리는, 이
미 그 끝간 데에서도 남아있는 문명을 닮았고, "겨우 나무그늘 같은"
데서야 명맥을 유지하는 전통을 닮았다. 파리와 나의 대립은 결국 "문
명", "전통"과 나의 대립을 반영하는 것이다. 내가 "병을 생각하"고 "병
에 매어달리는 것"은 아직 사라지지 않은 문명이나 전통과 같이, 내가
"아직 건강한 사람이기 때문"이다. 비록 多病하여 병에 얽매였으나, 건
강을 소망하여 병에 온몸을 내어주지는 않았다. 화자가 아직 건강하다
고 말하는 것은 이처럼 여유를 부리는 일이지만, 실제로는 비애를 느낄
만한 일이다. 건강하다는 말이 "죽어가는 법을" 안다는 말과 매일반임이
마지막 행에서 이야기된다. 살아가는 일이 죽어가는 일이므로, 병에 걸
린 것이 건강하다는 증거라 해서 이상할 것은 없다. 날아다니는 저 파
리처럼 문명과 전통은 그 몰락을 앞에 두고 있다. 그러니 화자의 여유
와 비애는 다병한 자신에 대한 미시적인 느낌이면서 문명과 전통에 대
한 거시적인 느낌이기도 하다.
   이 시에서도 은유적 중첩과 제유적 구체화의 방법이 동시에 보인다.
전통과 문명에 대한 화자의 상념을 "파리"에 빗대어 말했으므로 파리를
은유적 대상으로 볼 수 있다. 한편 그 상념이 "파리"라는 대상으로 구
체화된 것이므로, 파리는 모든 죽어가는 것들, 몰락을 눈앞에 둔 것들의
제유이다. 시의 마지막 부분에 가서는 나 또한 파리와 동일시된다. 세로
를 제유적 축으로, 가로를 은유적 축으로 놓으면 다음과 같은 간단한
도식이 만들어진다.

제유∪

죽어가는 것들, 몰락하기 직전의 것들		
파리(A)	문명(B), 전통(C)	나(D)

은유=

   제유적 구체화는 이처럼, 화자의 상념을 제유적 대상에 투사하여 시

를 구성하는 방식이다. 전체 상황을 개체에 빗대어 이야기하는 경우, 개체는 흔히 전체의 모습을 제 안에 반영한다. 우리는 구체화된 대상을 읽으면서, 개체의 상황이 전체 상황의 제유적 예시임을 알게 된다.

나는 하필이면
왜 이 詩를
잠이 와
잠이 와
잠이 와 죽겠는데
왜 지금 쓰려나
이 순간에 쓰려나
罪囚들의 말이
배고픈 것보다도
잠 못 자는 것이
더 어렵다고 해서
그래 그러나
배고픈 사람이
하도 많아 그러나
詩같은 것
詩같은 것
안 쓰려고 더구나
<四 · 一九> 詩같은 것
안 쓰려고 그러나

껌벅껌벅
두 눈을
감아가면서
아주
금방 곯아떨어질 것
같은데
밥보다도
더 소중한
잠이 안 오네
달콤한
달콤한
잠이 안 오네
보스토크가
돌아와 그러나
世界政府理想이
따분해 그러나
이 나라

백성들이
너무 지쳐 그러나
별안간
빚 갚을 것
생각나 그러나
여편네가
짜증낼까
무서워 그러나
동생들과
어머니가
걱정이 돼 그러나
참았던 오줌 마려
그래 그러나

詩같은 것
詩같은 것
써보려고 그러나
<四·一九> 詩같은 것
써보려고 그러나
──「<四·一九> 詩」 전문(168-170면)

시행이 토막토막 끊어진 것은 졸음을 형상화하기 위한 것이다. 잠이 와 죽겠다고 하고는 막상 자려고 하니 잠이 안 온다고 하고, 시를 쓰지 않고 싶다면서 시를 쓰고 있으니, 반어적인 상황임을 알 수 있다.[22] 화자는 잠이 오는데도 시를 쓰려는 이유가 무엇인지를 묻는 것으로 시종하는데, 이 이유를 나열하는 것만으로 한 편의 시를 썼으니 결국 이유도 해명했다고 하겠다. 문장의 말미를 이루는 "그러나"는 서술어이지만, 종결 부분에 와서는 그동안의 진술을 뒤집어 새로운 진술을 펴기 위한 접속어로도 기능한다. "四·一九 시"를 써보려고 했으나 완성하지 못한 것은, 4·19가 미완의 혁명이었던 것과 대응한다. 시가 끝난 곳에서, 이야기된 모든 상황을 역전시킬만한 진술이 "그러나" 이후에, 미완으로 남아있는 것이다.

화자는 1연에서 잠이 오는데도 시를 쓰려는 게, 배고픈 것보다 잠 못 자는 게 더 어려워서인지 묻는다. 시를 쓰려는 이유가 해명된 것이 아니므로, 이 질문은 사실 이상한 질문이다. 이 말은 결국 그렇게 졸린데

---

22) 4장 2절에서 김수영 시의 반어적 성격을 논했다.

도 시를 써야 할 어떤 당위가 내게 있다는 의미를 숨기고 있다. "배고
픈 사람이 하도 많아"라는 구절 역시, 말장난을 제거하고 보면, 이 땅의
현실이 4·19의 이상을 실현하지 못했음을 보여준다. 결국 "잠"은, 그것
을 포기하고서라도 시를 써야만 하는 어떤 절박함을 드러내기 위해 고
안된 상황이다. "보스토크"는 소련의 유인 우주선이니 당시의 정세를 말
한 것이요, "세계정부이상"은 실현되기 어려운 일이니 當代의 어려움을
말한 것이다. 그와 무관하게, "이 나라/ 백성들이/ 너무 지쳐" 있다. 아
마도 이 진술이 앞뒤의 진술을 포괄하는 진술일 것이다. 이 진술 다음
에 화자는 지극히 개인적인 고민으로 돌아온다. "빚" 갚을 생각, "여편
네"의 짜증, "동생들과/ 어머니"에 대한 걱정이 나열되고는, "오줌"이
마렵다는 제 몸의 근심이 추가된다. 이런 개인적 정황은 당대의 고통과
어려움을 제유적으로 보여준다. 이 모든 상황이 4·19 시를 쓰는 데 어
려움을 주는 상황이므로, 개인적인 이야기가 사회적 事案의 제유로 기
능하는 것이다. 시대도 개인도 4·19의 실패로 인한 좌절감에서 자유롭
지 못하다.

더운 날
敵이란 海綿 같다
나의 良心과 毒氣를 빨아먹는
문어발 같다

吸盤같은 나의 大門의 명패보다도
正體없는 놈
더운 날
눈이 꺼지듯 敵이 꺼진다

金海東——그놈은 약삭빠른 놈이지만 언제나
部下를 사랑했다
鄭炳——그놈은 內心과 正反對되는 행동만을
해왔고, 그것은 가족들을 먹여살리기 위해서였다
더운 날
敵을 運算하고 있으면
아무데에도 敵은 없고

시금치밭에 앉은 흑나비와 주홍나비 모양으로
나의 過去와 未來가 숨바꼭질만 한다
「敵이 어디에 있느냐?」

「敵은 꼭 있어야 하느냐?」

순사와 땅주인에서부터 過速을 범하는 運轉手에까지
나의 敵은 아직도 늘비하지만
어제의 敵은 없고
더운날처럼 어제의 敵은 없고
더워진 날처럼 어제의 敵은 없고
——「敵」 전문(198면)

앞에서 분석한 바 있는 「하…… 그림자가 없다」와 유관한 시이다. 그
시에서 적은 언제, 어디에서나 있었다. 적은 곧 우리 자신이었다. 반면에
이 시에서는 적이 어디에도 없는데, 이 때문에 적은 곧 우리 자신이다.
"더운 날/ 적이란 해면 같다"는 진술부터 예상치 못한 충격을 준다.
"나의 양심과 독기를 빨아먹는 문어발 같다"는 진술 역시 그렇다. 이
두 문장은 적이, 아니 적으로 설정된 대상이 더위먹은 날의 느낌처럼
기분 나쁘고 고통스러운 대상임을 일러준다. 적은 어디에서나 "흡반"처
럼 나를 빨아들이지만, "나의 대문의 명패"가 헛것인 것처럼 "정체"가
없는 놈이다. 3연은 적의 실체를 보여주는 제유적 구체화의 예이다. 우
리 주변에서, 내가 "약삭빠른 놈" "內心과 정반대되는 행동만" 하는 놈
이라 욕하던 이들에게도 나름의 이유가 있었다. 이해하려고만 들면 이
해 못할 것이 없다. 기실 그들에 대한 내 비난도 그리 대단한 것은 아
니었을지도 모른다. 비난의 대상에 동정이 스며들어가는 순간, 적은 이
웃으로 변한다. 이제 적은 "아무데에도" 없다. 밭에서 나비들이 숨바꼭
질하듯, 나와 적은 모습을 드러냈다가 숨곤 한다. 화자가 그것을 "과거
와 미래"라고 부른 것은, 어제의 적이 오늘의 벗이 되며, 오늘의 벗이
내일의 적이 되는 까닭이다. "순사와 땅주인", "과속을 범하는 운전수"
들도 적과 이웃을 오가는 인물들이다. 이 역시 제유적 실례라 할 수 있
는데, 이로써 적이 있는가, 딱히 있어야 하는가와 같은 반문이 필요하게
된다. 적은 늘 우리들 자신의 속물적이고 탐욕스런 본성일 뿐이어서, 우
리는 서로, 혹은 자기 자신에 대해 연민과 욕설을 번갈아 쏟아낼 수밖
에 없다.
이 시에서도 "김해동" "정병일" "순사" "땅주인" "운전수" 등은 제유
적으로 구체화된 인물들이다. 이들은 적이면서 곧 우리 자신인 이중적

인 인물들이다. 우리는 서로에 대해 적이면서 이웃이다. 우리는 우리 자신이면서 그 개별성으로 쪼개질 때, 우리 자신을 적대하는 인물이 된다.

Aa	왜 나는 조그마한 일에만 분개하는가
Ca	저 王宮 대신에 王宮의 음탕 대신에
Ba	五十원짜리 갈비가 기름덩어리만 나왔다고 분개하고
	옹졸하게 분개하고 설렁탕집 돼지같은 주인년한테 욕을 하고
	옹졸하게 욕을 하고

Cb	한번 정정당당하게
	붙잡혀간 소설가를 위해서
Cc	언론의 자유를 요구하고 越南파병에 반대하는
	자유를 이행하지 못하고
Bb	二十원을 받으러 세 번씩 네 번씩
	찾아오는 야경꾼들만 증오하고 있는가

Ab	옹졸한 나의 전통은 유구하고 이제 내 앞에 情緖로
	가로놓여있다
	이를테면 이런 일이 있었다
Bc	부산에 포로수용소의 第十四野戰病院에 있을 때
	정보원이 너어스들과 스폰지를 만들고 거즈를
Cd	개키고 있는 나를 보고 포로경찰이 되지 않는다고
	남자가 뭐 이런 일을 하냐고 놀란 일이 있었다
	너어스들 앞에서

	지금도 내가 반항하고 있는 것은 이 스폰지 만들기와
	거즈 접고 있는 일과 조금도 다름없다
Bd	개의 울음소리를 듣고 그 비명에 지고
Be	머리에 피도 안 마른 애놈의 투정에 진다
	떨어지는 은행나무잎도 내가 밟고 가는 가시밭

Ac	아무래도 나는 비켜서있다 絶頂 위에는 서있지
	않고 암만해도 조금쯤 옆으로 비켜서있다
	그리고 조금쯤 옆에 서있는 것이 조금쯤
	비겁한 것이라고 알고 있다!

Ad	그러니까 이렇게 옹졸하게 반항한다
Bf	이발쟁이에게
Ce	땅주인에게는 못하고 이발쟁이에게
Cf, g	구청직원에게는 못하고 동회직원에게도 못하고
Bg	야경꾼에게 二十원 때문에 十원 때문에 一원 때문에

우습지 않느냐 …원 때문에

D   모래야 나는 얼마큼 적으냐
바람아 먼지야 풀아 나는 얼마큼 적으냐
정말 얼마큼 적으냐……
——「어느 날 古宮을 나오면서」 전문(249-250면)

어느 날 고궁을 나오며, 화자는 고궁의 역사적 의미를 생각하기보다
는 점심에 먹은 갈비에 기름만 나왔다고 불평하는 자신을 발견한다.
"돼지같은 주인년"은 화자의 사소한 분노를 드러내기 위해 직접화법을
활용한 구절이다. 화자는 왕궁에 관해 비판하지 않았다. 아니, 하다못해
왕궁에서의 癡情이나 음탕함 따위에 대한 통속적인 관심조차 보이지 않
았다. 반복된 몇몇 시어들이 이 비판이 얼마나 혹독한 것인지를 보여준
다. 1연의 "분개하고" "옹졸하게" "욕을 하고" 등은 행을 바꾸면서도 반
복되어, 스스로에 대한 비판을 꾹꾹 짚어나가는 화자의 단호함을 느끼
게 해준다. 반성은 2연에서도 이어진다. 화자는 권력에 의해 부당하게
잡혀간 소설가를 위해 "언론의 자유"를 부르짖지도, "월남 파병"을 반대
하는 자유를 이행하지도 못했다. 고작 돈 받으러 온 야경꾼들만 증오했
을 뿐이다. "한번 정정당당하게/ 붙잡혀간 소설가"와 "세 번씩 네 번씩
/ 찾아오는 야경꾼들만 증오하"는 화자는 대척의 자리에 있다. 정당한
행위는 그처럼 단번에 이루어지는 일이나, 사소하고 근거 없는 증오와
분개는 세 번, 네 번씩 계속되면서 일상을 침식해 들어오는 것이다.

화자의 옹졸함은 오래 전부터 계속되어, 이제는 "정서"로 굳어졌을
정도이다. 포로수용소에서도 당당하지 못했다고 비웃음을 산 일이 있었
다. 지금은 지극히 사소한 것들, 이를테면 "개의 울음소리" "애놈의 투
정" 따위에도 화자는 굴복한다. 그러나 개가 울거나 아이가 투정을 부
릴 때, 굴복하는 일이 화자를 반성하게 만들지는 않을 것이다. 사실은
그처럼 몰두해야 하는 일상의 목록이 무한하고, 그런 일상에 사로잡혀
더 본질적이고 중요한 핵심을 놓치고 마는 일이 안타까운 것이다. "절
정"이 목표인 삶이 아니라 절정에서 비켜나 있는 삶, 그래서 비겁한 삶
이 문제가 된다. "땅주인"처럼 재산을 가진 자에게 항의하지 못하고, 겨
우 "이발쟁이"에게만 항의하는 일, "구청직원"이나 "동회직원"처럼 힘있
는 자에게 못하고 겨우 "야경꾼"에게만 분노하는 일은 비겁한 일이다.

마지막 연의 "모래" "바람" "먼지" "풀"은 동일시의 대상이다. 모두 작고 사소한 것들인 까닭이다. 화자는 이들을 호명하며 "나는 얼마큼 적으냐"고 탄식한다. 결국 자신이 모래나 바람, 먼지, 풀과 같은 존재가 아닌가 하고 탄식하는 것이다.

언술 영역들의 제유적 관계를 밝히기 위해 기호를 병기하였다. A로 표기한 부분이 상위 언술 영역이며, B로 표기한 부분이 하위 언술 영역이다. 사소한 일에만 분개하는 자신을 안타까워하고 질책하는 부분(A)과 그 사소한 일의 내용을 서술하는 부분(B)이 제유적 관련을 맺는다. C는 중요한 일들로 화자가 제시한 부분이며, D는 이런 생각 끝에 화자가 스스로를 자책하는 부분이다. 그러므로 B는 A를 제유적으로 구체화하고 있으며, C는 B와 相反되는 진술이라 할 수 있다.

A(a+b+c+d) ⊃ B(a+b+c+d+e+f+g) ↔ C(a+b+c+d+e+f+g)

김수영 시의 제유적 구성은 이처럼 일반 상황을 구체화하는 가운데 보인다. 김수영은 시적 주제를 전달할 때, 주변 雜事들을 나열하여 이야기하는 방식을 선호하였다. 이것들이 하나의 중심선을 향해 모여 있어서, 이 중심선을 類槪念으로 요약할 수 있다. 전체 상황과 개체들 간의 이와 같은 포함관계는 제유의 本有槪念 안에 내포된 것이어서, 이 논문에서는 이를 제유적 구성이라 불렀다.

제유적 사고라 할 만한 사고의 基本形은 김수영의 시에서, 시어 차원의 제유에서부터 언술 차원의 제유에 이르기까지 폭넓게 관찰된다. 화자의 전언이 제유적 대상에 투영되어 나타나는 것이므로, 구체화는 흔히 시적 형상화의 기초를 이룬다. 일반 상황을 제유적 대상에 빗대어 말할 때에, 화자는 개체를 통해 전체를 말할 수 있게 된다. 구체화된 대상이 전체의 모습을 제 안에 포함하는 셈이다.

2) 일반화와 신동엽의 시

앞에서 제유적 구성이 의미론의 영역에서 검토될 수 있음을 말했다. 種/ 類槪念의 관계나 부분/ 전체의 관계는 하나가 다른 하나를 포함하는가, 다른 하나에 종속되는가를 검토해야만 얻어질 수 있다. 어휘 차원의 제유가 부분과 전체의 관계에 따라 구체화하는 제유와 일반화하는 제유로 나뉘듯, 언술로서의 제유 역시 구체화와 일반화로 나뉜다. 제유적 구체화가 전체 상황을 개체에 투영함으로써 얻어졌다면, 제유적 일반화는 개체로 전체를 드러낼 때 얻어진다. 전자의 경우 의미화된 핵심은 구체화된 사물에 있고, 후자의 경우 의미화된 핵심은 일반화된 상황에 있다. 구성상의 강조점이 어디에 있느냐에 따라, 구체화와 일반화를 갈라 말할 수 있다고 하겠다. 그러므로 제유적 일반화의 도식은 구체화의 도식과 다르지 않다.

$A \subset B$

영문자는 개별 언술의 영역이며, 하위 언술 영역(A)의 체계로 상위 언술 영역(B)의 체계를 드러낸다. 김수영 시의 경우, 類의 영역에 속하는 일반 진술은 구체화된 개별 진술들을 통해서 모습을 드러낸다. 그래서 김수영의 시에서는 개별 언술의 영역이 강조된다. 반면 신동엽의 시에서 개별 진술들은 일반 상황을 드러내기 위해 고안된 수사적 장치이다. 그래서 신동엽의 시에서는 일반화된 언술의 영역이 강조된다.

신동엽은 환유적 離接과 함께 이러한 제유적 일반화를 시적 구성의 원리로 삼았다.[23]

하루해
너의 손목 싸쥐면
고드름은 운하 못 미쳐
녹아 버리고.

풀밭
부러진 허리 껴건지다 보면
밑둥 긴 瀑布처럼
歷史는 철철 흘러가 버린다.

---

23) 신동엽의 시에서 환유적 구성과 제유적 구성은 긴밀히 결합되어 있다. 2절 2항에서 환유적 구성과 함께 분석한 제유의 예들을 참조할 것.

피다순 쪽지 잡고
너의 눈동자 嶺 넘으면
停戰地區는
바심하기 좋은 이슬젖은 안마당.

고동치는 젖가슴 뿌리세우고
치솟은 森林 거니노라면
硝煙 걷힌 밭두덕 가
새벽 열려라.
──「새로 열리는 땅」 전문(9면)

　　신동엽은 흔히 조국이나 국토를 "너"의 몸으로 은유하여, 그에 대한
사랑을 토로하곤 했는데, 이 경우 나라 곳곳이 몸의 이곳저곳이 된다.
은유를 이루는 매개어의 세목들이 매개어와 제유적 관계를 맺는다는 것
은 앞에서 말한 바 있다. 이 시에서도 "손목" "허리" "쪽지" "눈동자"
"젖가슴" 등은 "너"에 대한 제유가 된다. "너의 눈동자 영 넘으면"이란
시행이 이를 입증한다. "눈동자"라는 제유가 행위의 주체가 된 모습을
관찰할 수 있다. 각 부분의 독자성이 강조되는 것이 아니라, 그것들을
모아 "너"로 환원해야 비유 체계가 완성되므로 이를 제유적 일반화라
부를 수 있다.
　　"하루해"가 마치 어린아이를 이끌듯 "너의 손목"을 잡고 간다. "고드
름"은 온화한 해의 품성과 반대되는 비정하고 냉혹한 것들을 환유한 것
이다. 나라를 "해"로 대표되는 光明한 존재가 이끌어가면, "고드름"과
같은 차가운 結晶들은 녹아버릴 것이다. "부러진 허리"는 나라가 분단된
사정을 반영하는 말이다. 이를 껴안아 구제하려 하면, 역사는 "폭포"가
흐르듯 "철 철 흘러가 버린다". 잘린 나라가 다시 통합되기 위해 오랜
세월의 희생을 지불해야 할 수밖에 없으니, 이 말을 이해할 만 하다. 아
직 조국의 "쪽지"에는 따스한 피가 흐르고, 조국의 "눈동자"는 "嶺" 너
머 먼 곳을 볼 수 있는데, 국토는 허리께에서 도막이 나 있다. 이제 통
일된 새날이 오면 그렇게 도막났던 허리 부분인 "정전지구"는 타작하기
좋은 "안마당"으로 활용될 것이다. "고동치는 젖가슴"은 "치솟은 삼림"
의 모습을 형용한 것이기도 하고, 나의 설렘과 흥분을 감각화한 것이기
도 하다. 이제 이 나라에 화약연기가 걷히고, 진정한 새벽이 열릴 것이
다.

너의 눈은
밤 깊은 얼굴 앞에
빛나고 있었다.

그 빛나는 눈을
나는 아직
잊을 수가 없다.

검은 바람은
앞서 간 사람들의
쓸쓸한 魂을
갈갈이 찢어
꽃 풀무 치어 오고

波濤는,
너의 얼굴 위에
너의 어깨 위에 그리고 너의 가슴 위에
마냥 쏟아지고 있었다.

너는 말이 없고,
귀가 없고, 봄(視)도 없이
다만 억천만 쏟아지는 폭동을 헤치며

孤孤히
눈을 뜨고
걸어가고 있었다.

(중략)
그 아름다운,
빛나는 눈을
나는 아직도 잊을 수가 없다.

조용한,
아무것도 말하지 않는,
다만 사랑하는
생각하는, 그 눈은
그 밤의 주검 거리를
걸어가고 있었다.
──「빛나는 눈동자」부분(32-33면)

1연의 "밤 깊은 얼굴"은 어두운 얼굴을 말한 것이다. 밤이 흔히 암담한 시대를 드러내는 표상이라는 것은 주지의 사실이다. 따라서 이 구절은 "어두운" 현실과, 그 속에서도 타오르는 화자의 의욕과 희망을 대립시켜 놓은 구절이다. 눈은 "너"를 대신하는 제유이다. 밤 깊은 곳에서 빛나는 눈이므로, 눈은 별이라는 은유를 내장하고 있기도 하다. 한편 "밤 깊은 얼굴"은 부당한 권력의 실체를 보여주는 것인데, 시가 전개되면서 "검은 바람" "파도" "폭동" "폭우" "주검 거리" "수천 수백만의 아우성" 등으로 계속 변주되어 간다. 3연의 "검은 바람"은 "앞서 간 사람들" 곧 先人들을 죽였고, 4연의 "파도"는 너의 얼굴과 어깨, 가슴에 쏟아져 내리고 있으므로, 둘 다 부당한 권력의 행사를 뜻한다고 하겠다. 얼굴과 어깨, 가슴이 파도와 어둠에 휩쓸렸으므로 5연에서 너의 눈, 코, 입이 지워진 셈이다. 네가 "말이 없고/ 귀가 없고/ 봄(視)도 없"다고 말한 것은 이런 사정이 있어서이다. "억천만 쏟아지는 폭동"은 파도가 거세게 몰아치는 형국을 형용한 것이지만, 너를 억압하는 힘 자체를 말한다고 할 수도 있겠다. 그런 소란 가운데에서도 너의 눈은 진정한 사랑으로 빛나고 있다.

인용한 마지막 부분을 보면, "빛나는 눈"이 "너"의 전체를 제유하고 있음이 분명하다. 이 시에서는 너를 "눈"으로 나타냈음에도 불구하고, 너의 모습이 여전히 모호하게 형상화되어 있다. 아마도 "너"가 단일한 존재가 아니라, 시인의 희망을 두루 모은 理想的 全體이기 때문일 것이다. 이런 점이 제유적 일반화의 약점이다. 부분적 언술 영역이 전체 언술을 형상화할 때, 각각의 언술들이 그 구체성을 잃고 일반적 전언에 포함되는 것이다.24)

---

24) 김종철은 다음과 같이 비판하였다. "시인으로서 신동엽이 받을 수 있는 좀더 심각한 비판은 그가 늘 구체적인 현실묘사를 추상적인 본질로 대치하려는 경향에 기울고 있다는 사실이다. 그는 눈앞의 현실을, 자상하게 분석·연구하고 그 구체성 속에서 풍부하게 묘사해야 할 것으로서보다도 단 몇 마디로 그 본질을 개념화하는 대상으로 접근하는 경우가 많다. 그리하여 그의 시에서 많은 경우 현실은 빈곤한 것으로 되고, 때에 따라서는 (중략) 너무나 안이한 상투어로 떨어지거나, (중략) 시 이전의 격앙된 감정의 분출이 나타나는 것이다."(김종철, 「신동엽의 시와 道家的 想像力」, 『민족시인 신동엽』, 소명출판, 1999, 74면) 신동엽의 시가 가진 추상성이 바로 제유적 일반화에서 비롯된 것이며, 상투어들의 잦은 출몰은 환유적 이접의 구성 탓이라 생각된다.

1   百貨店 층계를
     비 뿌리는 오후, 내려오던 다리.

2   스카아트 속을
     한가한 微風은 왕래하고 있었지만
     감정 힐 위 重力을 주면서
     가벼운 오뇌 속삭이고 있었다.
3   언제부터 시작되어
     너희들의, 걸음은
     어데까지 가고 있는 걸까.

4   희끗희끗 눈발 날릴 때
     중학교 원서 접수시키러 구멍가게 골목
     종종치던 종아리.

5   松花江 끝에서도 왔다
     구름 같은 흙먼지,
     아세아 대륙 누우런 벌판을
     軍靴 묶고 행진하던 발과 다리,
     지금은 어데 갔을까.

6   꽃 피는 南國
     부드러운 모래밭 海岸에 배가 닿으면
     부지런히 新武器를 싣고 뛰어내리던
     理由없는 발톱.

7   보리밭을 밟고 있었다,
     물방아 위에도 있었다.
     海水浴場에선
     그 싱싱한 허벅다리 사이로
     太陽이 지고.

8   깎아놓은 유리창 위 비는 내리고
     넘치는 가슴덩이
     찰떡같이 몸부림은 흐느낄 때,
     노래하고 싶었다.
     뱀같이, 涅槃같이, 경련하다 급기야
     나른하게 죽어 뻗던 그 흰 다리.

9   다리,
     너를 보면
     빛나는 여름

우뢰소리 들으며 山脈을 넘던
낭만,

10   나리꽃 동산에 전쟁은 가고
채소밭 가운데 섰던
國籍 모를, 두 개의 무릎뼈에도
눈은 없었다.

11   어머니를 불렀지.
執行場 문앞
엉버티었지, 안 가겠다고
있는 힘 다하여 안간힘하며
마지막 땀 흘리던
연약한 다리여.

12   密會도 실어 날렀지,
착취로 기름진 아랫배,
음모로 반짝이던 골통들도 실어날랐지,
그리고 눈은 없어도
링 위에선 멋있게 그놈의 턱을 걷어찼다.

13   다들 남의 등 어깨위로 올라갔지만
아직 너만은 땅을 버리지 못했구나
넌 우리네 조국
넌 下層構造
내 恨을 실어오고 또 실어간다.

14   백악관 귀빈실 주단위에도 있었어,
대영제국 궁전 金椅子 아래에도 있었어,
종로 三街 娼女 아랫목에도 있었지,
발바닥
코 없는 너를 보면
눈물이 날 밖에.

15   강산은 좋은데
이쁜 다리들은 털난 딸라들이
다 자셔놔서 없다.

16   일어서야지,
양말 신은 발톱 흙물 떨고 와
논밭 위 세워 논, 억지 있으면
비벼 꺼야지,

열번 부러져도 그 사랑
발은 다시 일으켜세우기 위하여 있는 것,
발은 人類에의 길
멎고 멎음을 증명하기 위하여 있는 것,
다리는, 절름거리며 보리수 언덕 그 微笑를 찾아가려 나왔다.

17   다시 戰火는 가고
쓰러진 폐허
함박눈도 쏟아지는데
어데서 나왔을까, 너는 또
뚜벅뚜벅 걸어오고 있었다.
      —「발」 전문(58-61면)

신동엽은 17연 80행으로 이루어진 이 시를, "발"로 인간을 제유하는 시행들로 가득 채웠다. 각 연들에서 제시된 "발"의 주인은 각양각색의 사람들이다. 1-2연에서 백화점 층계를 내려오는 다리는 젊은 여성의 다리여서, 보는 이로 하여금 "가벼운 오뇌"를 불러일으킨다. 젊은이들은 제 걸음의 끝을 모른다. "너희들의, 걸음은/ 어데까지 가고 있는 걸까"라는 3연의 의문은 그들에게 마련된 길이 그리 우호적이지 않을 것임을 암시한다. 4연에서는 "중학교 시절", 원서를 접수하기 위해 서성대던 아이를 불러 세운다. 5연의 "발과 다리"는 일제 시대, 중국대륙을 진군하던 독립군들의 발과 다리이다. 지금 젊은이들에게서는 그런 기개를 찾아보기 어렵다는 생각이, 그들이 "지금은 어데 갔을까"라는 궁금증을 낳았을 것이다. 6연에서, 지금껏 이야기하던 발을 "발톱"으로 바꾼 것은, "부지런히 신무기를 싣고 뛰어내리던" 이들이 침략군이어서 발톱이라는 공격성으로 제유하는 것이 적절했기 때문이다. 그러므로 사람 ⊃ 발 ⊃ "발톱"으로의 극단적인 압축은 외세에 대한 정서적 반응이 야기한 결과이다. 7연은 다시 "南國" 곧 남한의 일반풍경이다. "보리밭"과 "물방아"가 노동이나 密會의 장소이고, "해수욕장"이 유희의 장소이니, 이 구절이 젊음의 아름다움이 발산되는 장소라 보아도 무리가 없다. 8연에서, "넘치는 가슴덩이/ 찰떡같이 몸부림은 흐느낄 때", "뱀같이, 열반같이, 경련하다 급기야/ 나른하게 죽어 뻗던 그 흰 다리"를 말한 것은 성교 행위를 묘사한 것이 분명하다. 그렇다면 8연의 상상은 7연에서 자연스럽게 유추된 것일 수도 있으나, 6연과 15연을 보면, 침략자들에게 능욕 당하는 이 땅의 현실을 寓意的으로 드러낸 것이라 볼 수도 있다.[25] 9연의 다리는 "우뢰소리 들으며 산맥을 넘던" 다리이니, 어떤 건강함의 징표일 것이다. 10연의 다리는 "국적"을 알 수 없다고 한 것으로 보아, 전쟁 중에 彼我의 식별도 없이 죽어서 버려진 사람의 다리이다. "발"을 "무릎뼈"로 바꾸어 제유한 것은, <무릎을 꿇다>와 같은 관용적 표현을 염두에 둔 까닭이라고 생각된다. 망자는 죽음에 굴복하여, "채소밭 가운데" 버려졌다. 이 죽음이 11연에서 사형 집행장에서의 죽음을 불러온다. "안간힘하며/ 마지막 땀 흘리던/ 연약한 다리여"라는 부름에는 연민이 어려 있다.

12-13연에 와서야, 화자가 "다리"나 "발"로 사람을 제유한 까닭이 밝혀진다. "착취로 기름진 아랫배"나 "음모로 반짝이던 골통"도 몸의 일부분이다. 다리는 아무 불평 없이 그것들을 실어 날랐다. 모두가 육신을 이루는 것들이지만, "아랫배"나 "골통"으로 제유된 인간들은 부유한 자들이거나 세도가들일 것이고, 묵묵히 이들을 위하는 "다리"는 일반 백성일 것이다. 백성들은 "땅을 버리지 못"한 채 살아가는데, 이때의 땅은 낮고 천함을 나타내는 아랫자리이기도 하고, 敬天愛人하는 원리이기도 하며, 먹고살기 위한 삶의 터전이기도 하다. 그래서 화자는 발을 일러 "넌 우리네 조국/ 넌 下層構造"라 부른다. 우리네 "한"은 이렇게 오고 간다. 14연에서 "백악관 귀빈실"이나 "대영제국 궁전"은 외세, 권세를 보여주는 환유적 공간이다. 반면 "종로 삼가 창녀"는 가장 비천한 백성을 대표하기에, "발"이 아니라 "발바닥"으로 제유되었다. "코 없는 너"는 아마도 신발이나 버선코가 닳아버린 모습을 형용하는 듯 하다. 15연에 와서, 화자의 비판은 좀더 직접성을 띤다. "이쁜 다리"가 미인을 제유하고, "털난 딸라"가 흉칙한 외국인들을 환유한다. 신동엽이 긍정적인 대상에 내적인 비유체계인 제유를, 부정적인 대상에 외적인 비유체계인 환유를 즐겨 쓴다는 것은 앞에서도 지적한 바 있다. 16연에서 화자의 목소리는 의지적이다. "양말 신은 발톱"들이 거드름을 피우며, "논밭 위에" 제 소유물임을 알리기 위해 세웠던 푯말 따위는 없애 버릴 것이다. 발이 "다시 일으켜 세우기 위하여 있는 것"이듯, 이제는 어떤 좌절도 용인하지 않을 것이다. 백성들만이 참된 연대를 이룰 수 있으므로, "발은 인류에의 길"이다. 이제 "보리수 언덕"에서 깨달음의 "미소"를 지었

---

25) 신동엽 시의 우의적 구조를 4장 3절에서 논했다.

던 석가모니처럼, 다리는 참된 웃음을 찾을 것이다. 17연은 황폐한 현실
에서 새로운 길을 떠나는 이의 모습을 제시하였다.

발이나 다리, 부분적으로는 발톱이나 아랫배, 머리 등으로 제유된 많
은 이들에 시인의 강조점이 놓여 있으므로, 이 시가 제유적 일반화의
방식으로 쓰여졌다고 말할 수 있다. 시를 읽어가면서 일반화의 대상을
짐작하는 것은 독자의 몫인데, 이로 인해 신동엽의 시는 드러난 구조로
숨겨진 구조를 이야기하는 이중 구조를 갖는다.

> 말 없어도 우리는 알고 있다.
> 내 옆에는 네가 네 옆에는
> 또 다른 가슴들이
> 가슴 태우며
> 한가지 念願으로
> 行進
> 말 없어도 우리는 알고 있다.
> 내 앞에는 사랑이 사랑 앞에는 죽음이
> 아우성 죽이며 億진 나날
> 넘어갔음을.
>
> 우리는 이길 것이다.
> 구두 밟힌 목덜미
> 生풀 뜯는 어머니
> 어둔 날 눈 빼앗겼어도
>
> 우리는 알고 있다.
> 五百年 漢陽
> 어리석은 者 떼 아즉
> 몰려 있음을.
>
> 우리들 입은 다문다.
> 이 밤 함께 겪는
> 가난하고 서러운
> 안 죽을 젊은이.
>
> 눈은 舖道 위
> 妙香山 기슭에도
> 俗離山 東學골
> 나려 쌓일지라도
> 열 사람 萬 사람의 주먹팔은

默默히
한가지 念願으로
行進

고을마다 사랑방 찌개그릇 앞
우리들 두쪽 난 祖國의 運命을 입술 깨물며

오늘은 그들의 巢窟
밤은 길지라도
우리 來H은 이길 것이다.
──「밤은 길지라도 우리 來H은 이길 것이다」 전문(106-107면)

　시에서 "염원"의 내용은 밝혀져 있지 않으나, 대립과 차이의 체계로
이루어진 신동엽 시의 구성에서 그 내용은 어렵지 않게 유추된다. 화자
는 1연에서, 우리가 어떤 진정성으로 유대를 이루고 있음을 말한다. "내
옆에는 네가" 있고, "네 옆에는/ 또 다른 가슴들"이 있다. "가슴"이라는
제유는 우리가 열망과 염원으로 불타고 있음을 보여준다. 우리 앞에서
는 사랑의 힘으로 隊伍를 이루어 나아갔던 이들이, 죽음을 무릅쓰고
"행진"해갔던 이들이 있었다. 3연에서 궁극적인 승리에 대한 확신이 토
로된다. 비정한 자들이 우리를 짓밟았으나, 우리 어머니는 "생풀"을 뜯
으며 눈을 잃으며 견뎌야 했으나, 그 시절을 넘어서 우리는 승리할 것이
다. 신동엽은 적들의 폭력을 "구두"로 환유하고 우리의 상처를 "목덜
미"로 제유함으로써, 저들의 공격성과 이들의 순수성을 극단적으로 내보
였다. 아직도 "한양"에는 어리석은 자들이 떼로 몰려 있다. 우리는 가난
하고 서럽지만, 아직 입을 다물고 있지만, 묵묵히 행진한다. "묘향산"과
"속리산"을 든 데서, 이 행진의 성격을 짐작할 수 있다. 권력자들의 억
압과 수탈에 맞서 분연히 일어난 민중들의 움직임이 곧 이 행진이다.
"묘향산"과 "속리산"은 장소로 奮起한 민중을 드러내고자 하는 환유인
셈이다. 현재도 그런 고통이 사라진 것이 아니다. 우리는 "두쪽 난 조국
의 운명"에 입술을 깨물고 있다. "오늘은 그들의 소굴"이지만, 그리고
밤은 끝나지 않을 듯 길지만, "내일"이 밝아올 것이고 그 때에 우리는
승리할 것이다. 이 시에서는 이러한 강렬한 전언들이 환유적 離接과 제
유적 일반화의 방식으로 배열되어 있다.

신동엽 시의 제유적 구성은 이처럼 부분적인 언술로 전체의 언술을 드러내는 곳에서 관찰된다. 신동엽은 특히 몸의 일부로 인물 전체를 드러내는 제유를 즐겨 썼는데, 이렇게 드러난 인물은 理想的 全體라 할만한 속성들을 갖는다. 신동엽의 제유가 긍정적 계열체들로 나타나는 것은 이런 이유에서이다. 이 논문에서는 일반화를 이루는 원리가 제유에 있으므로, 수사적 의미의 제유에서 언술 차원의 제유까지를 일괄하여 제유적 일반화라 불렀다. 제유적 일반화와 환유적 이접은 신동엽의 거의 모든 시들에 내재한 구성원리이다.

김수영과 신동엽의 제유적 구성에 관해 살펴보았다. 제유는 전체와 부분, 유개념과 종개념 사이에 이루어지기 때문에, 제유적 구성은 개인으로 사회를, 사회로 개인을 이야기하는 데 매우 유용하다. 개인과 사회를 통합하여, 개인으로 사회를 이야기하고 사회로 개인을 이야기하는 방식을 제유적 방식이라고 말할 수 있는 것은 이런 까닭에서이다. 두 시인은 사회 역사적 현실에 관심을 기울였으며, 그것을 제유적 문맥으로 드러내었다. 두 시인을 참여시의 대표로 간주하는 일반적 현상은 이를 반영한 것이라 하겠다. 제유적 구성이 갖는 사회 역사에의 관심이 두 시인에게 공히 보인다. 1970년대 이후, 이른바 민족문학 계열의 시들이 두 시인의 영향력 아래 있는 것은 우연이 아니다.

그러나 제유적 구체화를 활용한 김수영의 시가 주로 개인의 상황을 드러냄으로써 사회 현실을 풍자했다면, 제유적 일반화를 활용한 신동엽의 시는 개인의 몸을 사회적 理想型으로 활용함으로써 사회 변혁을 부르짖었다. 같은 제유적 구성임에도, 세부적인 구성의 방식에서는 두 시인이 서로 달랐기 때문에 시적인 차이가 생겨났다. 김수영의 시에서 보이는 소시민의식에 대한 비판이나 자기 풍자, 신동엽의 시가 보여주는 관념에의 偏向은 이런 구성방식의 차이가 야기한 결과라 할 수 있을 것이다.

시작의 방법론으로 검토한 구성 방식에 대한 논의는 단순한 형식론이 아니다. 시인의 세계관이 형상화의 방식을 取擇하고, 형상화된 대상을 배열하고, 거기에 질서를 부여하는 것이기 때문이다. 다음 장에서는 각각의 구성적 원리가 어떤 언술상의 특징을 드러내는가, 어떻게 시적 구조를 만들고 있는가, 또 구성을 이끌어 가는 화자의 성격은 어떠한가 등을 밝히고자 한다. 이는 해당 시인의 세계관을 구성적 특질을 통해 귀납적으로 해명하는 일이 될 것이다.

언술의 특징과 시적 구조

3장에서 다룬 구성의 유형을 취합하여, 세 시인의 시가 가진 언술 상의 특징과 시적 구조, 화자의 성격을 해명하기로 한다. 각각의 구성적 원리에서 개별 시가 가진 언술의 성격과 시적 구조가 만들어진다. 궁극적으로 이것은 해당 시인의 시세계를 규명하는 작업이 될 것이다.

1. 김춘수의 시

1) 敍景的인 언술(중첩과 연접의 원리)

2장에서 보았듯, 『打令調·其他』에서 『비에 젖은 달』에 이르는 시편들에서 은유적인 중첩과 환유적인 연접의 방식이 두드러진다. 김춘수는 언술과 언술을 은유적으로 중첩하고 교차시켰으며, 하나의 언술을 다른 언술과 환유적으로 연접하는 방식으로 시를 구성하였다. 중첩과 연접을 통해서 김춘수는 敍景的 특성을 시에 도입하였다. 김춘수에게 있어, 중첩은 하나의 풍경을 다른 풍경과 겹쳐 놓는 방법이었으며, 연접은 하나의 풍경을 그와 인접한 다른 풍경으로 잇는 방법이었다.

이른바 무의미시들은 두 종류로 나뉜다. 풍경에 대한 객관적 진술을 前面에 배치한 짧은 敍景詩들이 첫 번째 유형이다. 이 유형의 시들은 상호 무관한 듯 보이는 많은 풍경들로 구성되어 있다. 특정 화자나 인물을 전면에 내세워 제작한 시들이 무의미시의 두 번째 유형을 이룬다. 1) 이 시들에서도 서경적인 언술이 전면에 두드러진다.

하지만 이렇게 드러난 풍경들을 분석해보면, 실상 하나의 풍경을 다른 풍경으로 바꾸어 제시한 데 지나지 않는다. 하나의 풍경을 그와 동일하게 의미화되는 다른 풍경으로 바꾸어낸 것이므로, 김춘수 시에서의 중첩은 일종의 묘사로 활용된다. 풍경과 풍경이 동일성의 방식으로 구성되어 있는 셈이어서, 이 논문에서는 이를 은유적 중첩의 예로 보았다. 이런 중첩은 개별 시행에서도 무수하게 관찰된다.

A   하늘 가득히
        자작나무 꽃 피고 있다.
B   바다는 南太平洋에서 오고 있다.
        ─「리듬 I」, 1-3행(255면)2)

하늘에서 자작나무가 꽃을 피운다고 했으므로, 이 구절을 사실적 풍경으로 간주할 수 없다. 3행을 여름이 오고 있다고 읽을 수 있고, 2행과 3행의 구문이 동일하므로 이 사이에 은유적 연관이 있다고 가정하면, 2행의 진술이 의미하는 바를 짐작할 수 있다. 곧 자작나무 꽃이 피는 모습은 여름이 오면서 무성하게 구름이 이는 모양을 은유한 것이다. 따라서 1-2행(A)과 3행(B)은 은유적으로 중첩된다.

이와 같은 중첩에 더하여, 개별 풍경들이 공간적으로 접면하여 시적 풍경을 낳는 경우가 있다. 공간의 자연스러운 접속에 따라 시가 전개되는 셈인데, 이를 환유가 가진 인접성의 개념으로 설명할 수 있으므로, 이 논문에서는 이를 환유적 연접의 예로 보았다. 앞에서도 말했듯, 환유적 연접의 원리 역시 묘사의 원리이다. 김춘수는 풍경을 寫生하면서, 하

---

1) 「타령조」 연작; 「處容斷章」 1부, 2부 연작 및 「처용」, 「처용 삼장」, 「잠자는 처용」, 「처용단장」 1부와 겹치는 「幼年時」 연작; 「이중섭」 연작 및 「내가 만난 이중섭」; <예수>를 주인공으로 한 여러 시편들; 「骨董說」 연작 등이 그 예이다.
2) 논문에서 인용하지 않은 이 시의 후반부 세 행은 시 「눈물」의 마지막 세 행과 유사하다. 194-196면 참조.

나의 풍경과 공간적으로 인접한 풍경을 접속하는 방식으로 시를 썼다.
연접의 방식 역시 개별 시행에서 다수 발견된다.

    A   한 아이가 나비를 쫓는다.
         나비는 잡히지 않고
    B   나비를 쫓는 그 아이의 손이
         하늘의 저 透明한 깊이를 헤집고 있다.
    C   아침햇살이 라일락 꽃잎을
         홍건히 적시고 있다.
         ——「라일락 꽃잎」, 전문(199면)

  A에서 나비를 쫓는 아이를 따라가던 화자의 시선이 B에서는 소년의
손에 집중된다. 나비를 잡으려는 소년의 손동작에서 봄날의 서정이 묻
어난다. "하늘의 저 투명한 깊이"가 그러한데, 이것을 지탱하는 것은 하
늘=바다라는 은유이다.3) 이 은유에서 "아침 햇살이 라일락 꽃잎을/ 홍
건히 적시고 있다"는 시행이 생겨났다. 아침 햇살이 하늘에서 내려온
것이기 때문이다. "홍건히"는 햇살의 충만함을 나타내기 위한 수식이다.
"라일락 꽃잎"과 "아이의 손"을 은유적으로 겹쳐 읽을 수도 있을 것이
다. B와 C의 병행성은 이런 독법이 가능하다는 증거이다.
  A, B, C 각각의 언술 영역을 연관짓는 방식은 환유적이다. 나비를 쫓
던 아이→아이의 손→하늘→라일락 꽃잎으로 시선이 옮겨가고 있기 때
문이다. 아이의 손이 라일락 꽃잎과 은유적 관련을 맺고 있으므로, 꽃잎
은 아이 자신에 대한 환유가 된다.
  이처럼 김춘수는 언술을 은유적으로 중첩하고, 환유적으로 연접하여
시를 구성하였다. 이 두 가지 구성방식은 시에 드러난 언술들을 겹쳐놓
거나 옮겨놓는 일이어서, 언어 구조 자체를 강조하는 방식이다. 언어가
지시체와의 관련에서 자유로울 수는 없는 일이나, 김춘수는 그렇게 생
성된 지시체가 實在하는 世界와의 관련을 끊고 언어 자체의 내적 구조
에만 편입되기를 희망한 것 같다. 김춘수의 시론이라 할 만한 다음 시
가 그것을 보여준다.

  모란이 피어 있고

---

3) 106면에서 하늘을 바다로 은유하고 있는 시의 예를 밝혔다.

병아리가 두 마리
모이를 줍고 있다.

별은 아스름하고
내 손바닥은
몹시도 가까이에 있다.

별은 어둠으로 빛나고
正午에 내 손바닥은
무수한 금으로 갈라질 뿐이다.
肉眼으로도 보인다.

主語를 있게 할 한 개의 動詞는
내 밖에 있다.
語幹은 아스름하고
語尾만이 몹시도 가까이 있다.
——「詩法」 4연(208면)

각 연에서 두 개의 문장이 等位 關係로 접속된다. 1연의 풍경은 인접한 두 대상을 묘사한 것일 뿐이나, 2-3연은 그렇게 말하기 어렵다. 별이 멀고 손바닥이 가깝다는 말은 어간이 멀고 어미만이 가깝다는 말을 은유하는 것이다. 별은 "아스름"히 멀리 있으나 오히려 어둠으로 인해 빛을 낸다. 반면 손바닥은 "몹시도 가까이에 있"으나 "무수한 금으로 갈라질 뿐이다". 멀리, 아스름히 있는 것은 빛을 내는데 가까이, "육안으로도 보"이는 것은 무수히 갈라져 있을 따름이다. 4연이 2-3연의 의미를 밝혀준다. 김춘수는 "주어"를 있게 만드는 것이 "동사"라고 했다. 주체가 사라지고 움직임만이 있는 세계에서는 그 움직임이 주체를 보장하는 징표가 된다. 더욱이 세계에서 "어간은 아스름하고/ 어미만이 몹시도 가까이에 있다". 어간은 주체에게서 멀리 떨어져 아스름히 빛을 낸다. 어간이 의미를 담지하는 부분이므로, 이를 실재 세계의 모습이라 말할 수 있겠다. 김춘수의 시에서 의미로 대표되는 세계는 이처럼 멀리 있으면서 빛을 낼 뿐이다. 그와 달리 의미 없이 부유하는 "어미"는 "무수한 금"으로 갈라지듯, 언어의 세계를 떠돈다. 이를 "손바닥"으로 비유한 것은, 어미가 손바닥을 뒤집듯 쉽게 바꿀 수 있는 것이며, 손바닥의 금처럼 여러 갈래로 나뉘는 것이기 때문이다. 이처럼 김춘수는 주체와 언어와 사물의 세계 가운데, 언어의 세계만으로 이루어진 시를 꿈꾸었다.

이 시기 시의 언술이 敍景에 경사된 데에는 두 가지 이유가 있는 것으로 생각된다. 첫째, 풍경이 주체와 독립된 객체의 세계여서, 이와 같은 방식으로 시를 쓰면 언어만이 강조되고 언어를 쓰는 主體는 생략된다. 김춘수는 歷史를 부정했는데, 역사가 인간이 세계를 의미화하는 방식이라고 생각했기 때문인 듯하다. 화자 문제를 검토하면 이 점이 분명히 드러난다. 시의 주체는 일차적으로 화자에서 찾아지는데, 이 시기 김춘수 시에서는 화자(나)가 흔히 생략된다. 풍경을 선택하고 배치하는 주체로서의 화자는 거의 보이지 않고, 다만 풍경을 관찰하는 시선을 가진 숨은 화자만을 짐작할 수 있을 뿐이다.

둘째, 그렇게 구성된 풍경이 중첩되고 연접하면서, 世界의·모습은 극단적으로 왜곡되고 변형된다. 은유적 중첩의 경우, 풍경들은 실상 동일한 것이지만 표면적으로는 전혀 다른 지시체들로 간주된다. 동일한 시적 풍경들이 여러 개의 개별 풍경으로 분할되어 드러나므로 세계의 왜곡이 일어난다. 환유적 연접의 경우, 각각의 개별 풍경들은 공간적으로 인접한 풍경이지만, 환유의 성격에 따라 서로가 이질적인 성격을 갖게 된다. 전혀 다른 풍경들을 뚜렷한 인과적 설명 없이 접속한 것으로 보일 수밖에 없으므로 세계의 변형이 일어난다. 그래서 이와 같은 방식으로 시를 쓰면 언어 세계만이 강조되고 그로써 의미화되는 실재 세계는 증발한다.

이 시기 김춘수의 시들은 대개 은유적 중첩과 환유적 연접이라는 두 가지 구성의 범주를 벗어나지 않는다. 시론에서 김춘수가 모든 의미화 방식을 반대하고, 이미지의 편린이나 음운의 조작만으로 시를 쓰려고 했다는 말이 이러한 구성의 방식에서 확인된다. 김춘수의 초기시가 언어와 사물의 의미를 천착하고 있음을 상기할 때4), 이와 같은 구성은 초기시의 문제의식을 심화, 확대시킨 것이라 할 수 있다.

김춘수 시의 구성적인 특성은 제유적 구성이 거의 드러나지 않는다는 점이다. 제유적 구성은 하나의 언술이 그보다 상위이거나 하위의 언술

---

4) 이른바 "꽃" 시편들을 분석한 논자들이 이른 결론은 이 지점에서 크게 벗어나 있지 않다. 2부 2장에서 "꽃" 시편들의 의의를 논했다. 다음과 같은 논의를 참조할 것.
　　이승훈, 「존재의 기호학」, 『문학사상』, 1984. 8.
　　이혜원, 「시적 해탈의 도정」, 『1950년대의 시인들』, 나남, 1994.
　　이창민, 『김춘수 시 연구』, 고대 대학원 박사논문, 1999.

을 드러내는 방식이다. 김수영이나 신동엽이 제유적 구성을 활용한 것은, 개인의 이야기로 공동체의 문제를 이야기하거나(구체화), 개인을 全體化하여 공동체의 모델로 이야기하기(일반화) 위한 것이다. 김춘수의 시에서 제유적 구성이 아주 드물게만 보인다는 것은, 김춘수의 시에 공동체적 理想型이 결핍되어 있었다는 것을 뜻한다. 후기시를 제외하면, 제유적 구성이 드러난 시는 불과 몇 편에 지나지 않는데, 이 시들의 성격을 검토하면 김춘수가 제유를 활용하지 않은 것이 단지 방법론상의 차이점 때문만이 아니었음을 짐작하게 된다. 시적 구성의 방식이 시인의 세계 인식의 방식임을 다시 한 번 확인할 수 있다.

```
1    개가 갓낳은 제 새끼를 먹는다.
2    올해 여섯 살인 죠의 눈에서
3    여름의 나팔꽃 菜松花가 지는
4    저녁나절,
5    어머니가 주고 간 위스키 한 병을
6    보시기로 마시며
7    韓國의 할아버지는 수염을 부르르
8    부르르 떤다.
9    언젠가
10   白人 아저씨가 주고 간
11   얼룩얼룩한 양말 한 짝이
12   빨랫줄에서 시나브로 흔들리고 있다.
13   아메리카는 멀고도 가까운 나라,
14   올해 여섯 살인 깜둥이 죠는
15   韓國의 외할아버지 몰래
16   기침을 옆구리로 한다.
17   肋骨 하나를 뽑아 아주 옛날에
18   사랑하는 누구에게 주어버렸기 때문이다.
     ─「가을」 전문(185면)
```

"개가 갓 낳은 제 새끼를 먹는다"는 첫 행의 진술부터 예기치 않은 충격을 준다. 그 후의 이야기는 놀랍게도, 사람 사는 세상에서도 이와 같은 일이 있다는 것을 보여준다. 그러니 1행은 윤리나 도덕이 어그러진 세계의 이야기를 보여주는 제유적 상황인 셈이다. 2행 이하의 풍경에서 불행했던 한국의 근대사를 떠올리는 것이 어렵지 않다. 죠는 천진하게도 나팔꽃, 채송화를 보고 놀고 있을 뿐이다. 양공주인 어머니는

"깜둥이 죠"와 "외할아버지"를 버려두고, 외국으로 떠났다. "白人 아저씨"가 "양말 한 짝"을 주고 갔듯, 어머니는 "위스키 한 병"을 주고 떠났다. 그래서 "아메리카는 멀고도 가까운 나라"이다. 미국은 지리적으로 멀리 있으나 어머니가 있어 가까운 나라이다. 위스키를 마시며 "외할아버지"가 "수염을 부르르" 떠는 것은 이런 패륜에 대한 분노 때문이다. 행을 바꾸어 거듭되는 "부르르"란 말은, 외할아버지의 분노와 그럼에도 불구하고 아무것도 할 수 없는 무력감을 이중적으로 보여준다. 죠는 갈비뼈를 여자에게 준 과거 때문에 "기침을 옆구리로 한다". 오래 전에 하나님은 아담의 갈비뼈로 여자를 만들었다. 아담은 제 여자를 보고 내 뼈 중에 뼈요, 살 중에 살이라고 노래했다. "늑골"은 제 사랑을 떠나보내고 남아 있는 자의 허전함을, 제가 가진 가장 소중한 것을 "주어버렸던" 과거의 어리석음을 암시하는 제유이다. 이 시를 제유적 구체화라 규정할 수 있는 소이가 여기에 있다. 이 시는 당시의 사회 상황을 염두에 두지 않으면 해명되지 않는다. 양공주와 미군, 버려진 혼혈 아이는 당대 우리 나라와 미국의 관계를 압축적으로 보여준다.

> 美 八軍 後門
> 鐵條網은 大文字로 OFF LIMIT
> 아이들이 五六人 둘러앉아
> 모닥불을 피우고 있다.
> 아이들의 枸杞子 빛 男根이
> 오들오들 떨고 있다.
> 冬菊 한 송이가 삼백 오십 원에
> 一流 禮式場으로 팔려나간다.
> ──「冬菊」 전문(186면)

"미 팔군"과 "아이들"은 미국과 한국의 관계를 구체화하여 보여준다. 미 팔군 부대 주변에는 철조망이 쳐 있고 접근 금지 팻말이 문에 걸려 있다. 금지하고 억압하는 주체로서의 어떤 권위가 그 안에 자리를 잡고 있다. 제 나라에 진주한 외국의 군대, 그 바깥에서 추위에 떨고 있는 헐벗은 아이들의 대비는 강대국과 약소국이 처한 현실의 대비이기도 하다. 3-4행은 김춘수가 연작으로도 썼던 이중섭의 그림에서 받은 인상인 듯하다.5) 동글동글한 얼굴과 몸을 한, 아이들의 무리가 이중섭의 그림에 흔히 나온다. 이중섭의 아이들이 행복한 표정을 짓고 있는 것과는 달리,

이 풍경 속의 아이들은 "오들오들 떨고 있다". 이중섭의 그림에 의하면 아이들 사타구니의 "구기자빛 남근"은 아이들의 얼굴이나 몸피와 닮았다. <아이들이 떨고 있다>는 문장을 <아이들의 남근이 떨고 있다>고 바꾸었으므로, "남근"은 아이들의 모습 전체를 제유한다. 마지막 두 행의 "동국"은 이 아이들을 은유하는 것이다. 동글동글한 국화의 모양, 겨울 국화[冬菊]와 떨고 있는 아이의 대비가 이를 보여준다. 아이들은 자라서 마치 노예처럼 어디론가 팔려갈 것이다. 국화가 "일류 예식장으로 팔려" 가듯 말이다.

「가을」이 기지촌 여성이 버리고 간 아이를 주인공으로 삼은 것과 같이, 「동국」도 사회의 변두리에 버려진 아이들을 주인공으로 삼았다. 황폐한 나라 사정이 두 시의 풍경에 묻어난다. 詩作의 방법 가운데 제유적 구성은 사회 역사적 맥락을 드러내는 데 유용한 방식이다. 개인적(개체) 차원의 이야기가 사회적(전체) 차원의 이야기와 결합되는 방식이기 때문이다. 제유가 드러난 시편들이 사회적 비판의식을 흔히 드러내는 것은 이런 연유에서다.

하지만 김춘수 시에서 사회에 대한 발언은 극도로 위축된 풍경으로서만 드러난다. 김춘수는 현실의 풍경을 寫生하듯 보여주었을 뿐, 이 풍경이 가진 사회적 의미나 역사적 맥락을 이야기하지 않았다. 풍경을 축조하는 방식만으로는 현실의 복잡한 제유적 맥락을 드러내는 게 쉽지 않았을 것이다. 한 사회 내에서 여러 갈래로 길항하는 힘을 파악하고 역사에 대한 비판적 의식을 토로하기 위해서는 주체와 실재 세계에 대한 확고한 立地를 필요로 한다. 풍경을 전면에 배치하는 일로 이런 맥락을 온전히 이야기하기는 어렵다. 이 두 편의 시를 쓰기 이전이나 이후에도 김춘수는 이런 시들을 거의 제작하지 않았다.

---

5) 다음 시를 참조할 것. "東城路를 가면 꽃가게도 門을 닫고/ 아이들 사타구니 사이/ 두 개의 男根./ 저희끼리 오들오들 떨고 있다."(「李仲燮 7」 부분, 292면) 이중섭을 대상으로 한 연작시에서는, 이중섭의 그림이 흔히 시적 풍경으로 채택된다. 「冬菊」에 나오는 유사한 구절과 이중섭의 그림을 연관지을 수 있는 근거가 여기에 있다.

2) 逆說的인 구조

앞 절에서 김춘수가 서경적 언술을 선택한 이유가 주체의 역할을 제한하고 시적 세계와 實在 世界의 관련을 끊기 위해서라고 추론하였다. 서경적인 언술로 시를 쓰면 화자의 기능이 약화된다. 화자가 작품 내에서 행동의 주체로 드러나지 않고, 풍경을 관찰하는 역할로 스스로를 제한하기 때문에 일어나는 현상이다. 김춘수의 시에서, 화자(나)는 흔히 文面에 드러나지 않고 생략된다. 시적 풍경이 독자적인 것으로 제시되었으므로, 화자가 생략된다 해도 시의 이해에 아무런 제한을 받지 않게 되는 것이다.

하지만 어떤 경우에도 의미화하는 주체로서의 화자가 없을 수 없으며, 의미화된 세계로서의 대상이 없을 수 없다. 화자를 완전히 소거한다는 것은 불가능한 일이다. 행동의 주체로서 자신을 내세우지 않는다 해도, 풍경을 선택하고 배치하는 역할을 버릴 수는 없기 때문이다. 서경적 언술로 제작된 시들에서도, 풍경들의 기저를 이루는 核心 풍경을 제작하고(은유적 풍경의 경우), 하나의 풍경에서 다른 풍경으로 시선을 옮겨가는(환유적 구성의 경우) 일은 어쨌든 화자의 몫이다. 이 화자를 숨은 화자라 말할 수 있다.6) 視點의 주인으로서, 숨은 화자의 자리가 불가피

---

6) 이은정은 김춘수의 시가 '몰개성 화자'나 '특정 퍼소나'를 취한다고 보았다. 몰개성 화자는 현상적 모습으로는 이 논문의 '숨은 화자' 개념과 유사하다. 무의미시들에서 화자가 표면적으로 드러나지 않는다는 사실을 지시하는 데 쓰일 수 있기 때문이다. 이은정은 "화자가 갖는 주관과 감정의 개성이 배제되면서 화자가 축소된다는 것을 의미"(이은정, 이화여대 박사논문, 1993, 31면)하기 위해 이와 같은 이름을 붙였다. "개인적 정서와 관념을 거의 드러내지 않으려는 배제의 의도로 인해, 시적 화자는 은폐되거나 실제 시인과 엄격히 구별되고 있다"(앞의 글, 30면)는 지적을 고려하면, <몰개성>이란 말은 작자와 화자의 분리를 드러내기 위해 채택된 개념인 셈이다. 그러나 그렇게 해서 드러난 세계는 일관된 시적 원리에 의해 구성된 세계이다. 무의미시의 풍경들은 특정 시점을 가진 화자에 의해 취택되고 배열된 풍경이어서, 이런 시들에서 숨은 화자의 역할이 극단적으로 축소되어 있다고 보기는 어렵다. 가면의 화자 곧, '특정 퍼소나'를 내세운 시들 역시 숨은 화자의 역할을 보여준다. 이은정은, "시의 제목이나 극히 일부를 통해서 이런 퍼소나를 선택하고 있는 것에 대한 정보를 얻을 수 있을 뿐 막상 시에서는 그 퍼소나들의 정체를 파악할 수 없다"(앞의 글, 33면)고 말했는데, 시들을 분석해보면 특정 화자를 내세운 시들이 그 화자들의 상황을 통해서만 의미화되는, 매우 완강한 구조를 지니고 있음을 알게 된다. 특정 퍼소나들은 각각 처해 있는 상황은 독립적이나, 내면적으로는 유사한 심리를 가지고 있다. 그러므로 이들의 내면에 공통된 숨은 화자의 역할을 통해서 시적인 의미구조를 분명히 파악할 수 있다. 이 논문에서는 화자가 드러나지 않는 짧은 단형의 서경시들이나, 특정 화자를 내세운 연작시들 모두 숨은 화자의 개념으로 설명할 수 있다고 보았다.

하게 주어져 있는 셈이다.7) 환유적 연접의 방식으로 서경을 활용한 경우가 모두 이 범주에 든다. 앞에서 분석한 「라일락 꽃잎」을 생각해보자. 이 시에서 숨은 화자는 "나비를 쫓던 아이"를 보다가, 아이의 "손"으로, 다시 "하늘"로, 마지막에 가서 "라일락 꽃잎"으로 시선을 옮겼다. 결국 시선의 선택 자체에 화자가 숨어 있다고 할 수 있는 것이다.

무의미시의 두 번째 범주인 특정 화자를 내세운 연작시들도, 숨은 화자의 개념으로 설명할 수 있다. 처용이나 이중섭, 예수 등의 화자를 내세우는 것은 일종의 가면을 활용하는 것이다. 이 인물들을 분석해보면, 이들이 개성을 가진 별개의 인물들이 아니라 하나의 인물이 여러 배역을 맡아 한 것임이 드러난다. "어느 특정한 인물의 입을 통해 표현하는 시"를 "배역시"라고 부른다.8) 김춘수의 배역시가 가진 특성은, 각각의 배역이 하나의 동일인이 여러 역할을 나누어 하고 있는 것으로 생각된다는 점이다. 이 인물을 숨은 화자라 볼 수 있겠는데, 여기서 작자의 모습이 언뜻 비친다. 작품 전면에 나서지 않던 시인이 특정 화자의 목소리를 통해서만 시에 개입하는 셈이다. 처용, 예수, 이중섭을 화자로 삼은 시를 한 편씩 살펴보겠다.9)

>잊어다오
>어제는 노을이 죽고
>오늘은 애기메꽃이 핀다.
>잊어다오. 늪에 빠진
>그대의 蛾眉,
>휘파람새의 짧은 휘파람,
>　　＊
>물 아래 물 아래 가던 새,

---

7) 오규원은 김영태의 「노래·1」을 들고, 이 시에서 "관찰자가 작품 뒤에" 있다고 말한 후에, 다음과 같은 말을 추가하였다. "[이 시는-인용자] 묘사형의 시가 흔히 보여주는 형태이다. 이런 유형은 감상이나 관념에 빠질 위험이 적은 대신 무의미한 정황을 펼쳐놓을 가능성이 많다. 또한 대상의 지배적인 인상 또는 심상을 감지하지 못할 때 작품이 무미건조하게 될 위험성도 상존한다."(오규원, 『현대시작법』, 문학과지성사, 1993 [재판], 211-213면) 이 말을 환유적 연접을 원리로 삼은 김춘수의 시에 적용해도 말과 실상이 별로 어긋나지 않는다.

8) 카이저, 『언어예술작품론』, 김윤섭 역, 1994[재판], 296면.

9) 이 논문에서 다루지 않은 「타령조」 연작에 나오는 화자 "나"는 "프로이드 博士"와 "처용", 예수의 처지와 동일시되는 화자이며, 「幼年時」 연작의 화자는 「처용단장」 1부의 화자와 겹치는 화자이고, 「骨董說」의 화자는 첫 번째 유형을 이루는 짧은 敍景詩들에서 보이는 숨은 화자이다.

본다.
호밀밭에 떨군
나귀의 눈물,
딱나무가 젖고
뭇 별들이 젖는다.

지렁이가 울고
네가래풀이 운다.
개밥 순채,
물달개비가 운다.
하늘가재가 하늘에서 운다.
개인 날에도 울고 흐린 날에
도 운다.
──「처용단장」 2부 XII 전문(231-232면)

「처용단장」 1부가 시인의 유년 시절과 관련이 있음은 이미 밝혀진 바
이다.10) 김춘수가 자신의 고향인 충무에서의 유년 시절로 1부를 구성한
것은 별로 이상한 일이 아니다. 처용이 동해 용왕의 아들이었으므로, 처
용의 유년 역시 바다에서 이루어졌을 것이다. 2부에는 <들리는 소리>란
제목이 붙어 있다. 처용가가 처용 설화의 중심을 이루고 있고 시 전체
의 내용이 처용의 청원으로 이루어졌음을 생각하면, 이 소리가 <처용가
> 노랫소리임을 어렵지 않게 짐작할 수 있다.11) 「처용단장」 2부는 「처

10) 김현, 「처용의 시적 변용」, 『김현문학전집 3』, 문학과지성사, 1991, 193-207면 참조. 앞
   장에서 「처용」, 「처용 삼장」 1을 다루었다. 「처용단장」 2부 전문분석은 275-282면을
   참조할 것.
11) 이런 해석은 김춘수의 설명과는 다르다. 한 대담에서 김춘수는 「처용단장」 전체
   의 구성에 관해 다음과 같이 말했다. "플롯을 세워 기승전결을 가지고 1부에서
   는 설화를 바탕으로, 2부는 유년시절 지각이 생기기 이전의 세계이고, 3부는 현
   실세계, 인간 세상, 그리고 역사 문제를 다뤘습니다."(최동호·김춘수(대담), 『문
   학과 의식』, 1999년 봄, 132면) 하지만 1부에서는 처용설화를 짐작할만한 구절이
   전혀 없다. 오히려 2부에서 아내를 빼앗긴 처용의 말로 간주할 만한 구절이 수
   다하게 발견된다. 같은 대담에서 김춘수는 1부가 "한 이미지가 다른 이미지를
   지워버리는" 방식으로, 2부가 "이미지까지 지워버리려"는 시도로, 3, 4부가 "낱
   말까지 없애"버리려는 시도로 쓰여졌다고 말했다(128-129면). 물론 방법론을 표
   명한 말이지만, 앞의 인용문과 모순된다는 점을 쉽게 발견할 수 있다. 또 김춘수
   는 따로이 발표한 「처용단장」에 관한 회고에서, "나의 장편 연작시 「처용단장」
   의 제1부와 제2부는 처용의 유소년기, 즉 바다 밑의 생활을 그리고 있다."고 말
   했다(「장편 연작시 「처용단장」 시말서」, 『김춘수 시 전집』, 민음사, 524면). 이
   역시 앞의 인용과 모순된다. 모순은 이뿐이 아니다. 김춘수는 「처용단장」을 쓰던
   무렵, 한 글에서, "폭력을 심리적으로 극복할 수 있는 길이 있을까? 그것은 忍苦
   主義的 諧謔이 아닐까? (중략) 고통을 歌舞로 달래는 해학은 그러나 윤리의 쓰디

용가」의 내용을 확장하고 덧붙여 부르는 노래의 형식을 취하고 있다고
하겠다. 인용한 부분은 2부의 結辭에 해당한다. 2부 본문에서는 아내를
역신에게 빼앗긴 처용의 심정이 청원의 어조에 담겨 오래 이야기된다.
이 부분에 와서 처용의 고통과 슬픔이 일반화되어 나타난다. "잊어다오"
라는 말에서 아내의 不貞한 과거를 기억하지 않으려는 처용의 심정이
어렵지 않게 읽힌다. "어제의 노을이 죽고/ 오늘은 애기메꽃이 핀다".
어제의 거짓 노을과 같던 시절은 지나가고 새로운 시절이 시작되었다.
"애기메꽃"을 선택한 이유는 "애기"에 新生의 의미가 부가되었기 때문
이다. 그처럼 고통스러운 지난날은 사라지고 새로운 날이 시작되었다.
"늪"이 참담하고 고통스러운 상황을, "아미"가 아내의 아름다움을, "휘
파람새의 짧은 휘파람"이 역신의 유혹을 나타낸다고 보면, 이 시의 풍
경이 처용의 내면을 바꾸어 보여준 것임을 알게 된다. "물 아래 가던
새 본다"는 「청산별곡」의 구절을 인용한 것은, 세상의 모든 것이 슬픔
의 정조에 물들어 있다는 것을 나타내기 위한 것이다. 새가 물 아래를
날아가므로, 땅 위의 것이건 하늘의 것이건 모두 물에 젖어 있다. 세상
의 모든 것들이 처용의 아픔에 동화되어 울고 있는 것이다.[12) 마지막
구절은 김수영의 「풀」을 패러디한 것이다. 「풀」은 풀들의 눕고 일어섬
곧 울음과 웃음의 양극으로 의미화되어 있으나, 김춘수는 이 가운데 울
음만을 선택하여 시적 主音으로 삼았다.

  행복하던 시절의 처용은 1부에만 그려져 있을 뿐이다. 2부에서는 다
른 몇몇의 「처용」 시들에서처럼 소외된 주인공과 헐뜯고 괴롭히는 세상

쓴 패배주의가 되기도 하는 어떤 실감을 나는 되씹곤되씹곤 하였다. 處容的 心
理나 論理는 일종의 구제되지 못할 자기 기만 및 현실 도피가 아니었던가?"(「處
容, 그 끝없는 變容」, 『김춘수 전집: 2 시론』, 574면)라고 말했다. 이는 처용설화
의 내용이 「처용단장」의 내용에 스며들어 있음을 자인하는 것이다. 후대에 이루
어진 김춘수의 회고는 무의미시를 받아들이는 일반 평자의 견해에 맞추어, 나중
에 꾸며낸 것이라 생각된다. 그러므로 이 논문에서는 김춘수의 회고에 따라 시
를 해석하지 않았다. 김춘수의 회고는 무의미시론과 그 이후의 시적 평가를 염
두에 두어야 이해되는 말이다. 무의미시론의 功過에 관해서는 2장 1절 참조.
12) "개밥" "순채" "물달개비" 같은 사물이 운다는 구절은 초기시 「늪」에도 나온다.
"소금쟁이 같은 것, 물장군 같은 것,/ 거머리 같은 것,/ 개밥 순채 물달개비 같
은 것에도/ 저마다 하나씩/ 슬픈 이야기가 있다."(「늪」 2연, 69면) 김춘수는 자주
자신이 지은 先行詩를 가져와 뒤의 시를 지었다. 그래서 김춘수의 시에서는 동일
한 구절이 여러 곳에 散在한다. 어쨌든 위 인용부분을 늪에서 슬픔을 읽어내는
김춘수의 방식이 초기작에서부터 일관된 것이라는 증거로 삼을 수 있을 것이다.

의 대립이 보인다.13) 이 대립에서 처용은 늘 패배하고 체념하며 고통스러워한다. 김춘수는 양보하고 물러나는 처용에게 大人의 품격을 부여하였으나, 그럼에도 불구하고 처용 개인의 아픔은 그 자신의 것이다. 무의미시의 방법론을 풀고 산문적 호흡을 받아들여 써내려 간 것으로 평가되는 3부, 4부에서는 시인 자신의 목소리가 두드러지는데, 그 목소리는 2부에서의 처용처럼 세상의 헐뜯음과 괴롭힘을 힘들게 견디는, 혹은 체념하는 목소리이다. 가면 화자인 처용의 뒤에 다시 숨어 있는 화자가 있음을 짐작할 수 있는 것은 이런 연유에서이다.

이 시에 잠시 나오는 나귀는 예수를 주인공으로 삼은 연작들의 주요한 소재이다. 예수는 나귀를 타고 예루살렘으로 입성하였다. 나귀를 탄 것은 성경의 예언을 실행하기 위한 것이었다.14) 사람들은 길 위에 종려나무 가지를 깔고, <호산나>(<간절히 구하오니, 우리를 구원하여 주십시오>라는 뜻으로, 하나님을 찬양하는 말)를 부르며, 왕의 이름으로 오시는 하나님을 찬양하였다. 그러나 예수는 그 길이 사람들의 죄를 대신하여 십자가에 달려 죽으러 가는 길임을 알고 있었다. 과연 예수를 열렬히 환영했던 군중들은, 어리석게도 그를 배반하고 그의 죽음을 요구하였다. 그는 십자가 위에서 피를 흘리고 고통스럽게 죽어감으로써, 사람들의 죄를 代贖하였다.

> 예수는 눈으로 조용히 물리쳤다.
> ──하나님 나의 하나님,
> 유월절 贖罪羊의 죽음을 나에게 주소서.
> 낙타 발에 밟힌
> 땅벌레의 죽음을 나에게 주소서
> 살을 찢고
> 뼈를 부수게 하소서.
> 애꾸눈이와 절름발이의 눈물을
> 눈과 코가 문드러진 여자의 눈물을
> 나에게 주소서.

---

13) 이러한 대립이 전면적이라면 환유적 이접의 구성이 두드러질 것이다. 그러나 김춘수는 이 대립을 숨기고 처용의 心思만을 내세워 시를 구성하였다. 신동엽 시의 이접이 뚜렷한 이항대립적 구성을 보이는 것과는 사뭇 다르다.

14) "시온의 딸아 크게 기뻐할지어다. 예루살렘의 딸아 즐거이 부를지어다. 보라 네 왕이 네게 임하나니 그는 공의로우며 구원을 베풀며 겸손하여서 나귀를 타나니 나귀의 작은 것 곧 나귀새끼니라."(스가랴 9장 9절)

하나님 나의 하나님,
내 피를 눈감기지 마시고, 잠재우지 마소서.
내 피를 그들 곁에 있게 하소서.
언제까지나 그렇게 하소서.
——「痲藥」 전문(303면)

예수는 고통을 덜어주기 위해 로마 군인이 준 술을 "눈으로 조용히 물리쳤다".[15] 그의 기도는 다른 이의 고통을 대신하여 죽어가는 이의 기도여서 절실하고 고귀하다. 그의 역할 자체가 "유월절 속죄양"이었다. 이집트 포로 시절, 유대인들을 고향으로 보내주지 않는 파라오를 징벌하기 위해 모든 인간과 동물의 첫 소생에게 죽음의 저주가 내렸다. 유대인들은 하나님의 계시를 받아, 양을 잡아 그 피를 문간에 발라, 죽음의 징벌을 피하였다. 유월절은 그것을 기념하기 위해 정한 유대인들의 절기이며, 속죄양은 사람의 죄를 대신하여 희생을 당하는 양이다. 그리스도를 세상 죄를 대신한 주의 어린 양이라 부르는 것은 이 때문이다.[16] 4-5행은 2-3행의 죽음을 다른 말로 대신한 은유이다. 이 중첩은 다수 혹은 권력에 비참하게 희생당하는 그리스도의 죽음을 보여준다. 여기에 역신에게 아내를 빼앗기고, 사람들의 비웃음을 사는 처용의 처지를 겹쳐 읽는 것이 이상하지 않다. "애꾸눈이"와 "절룸발이", 문둥이("눈과 코가 문드러진 여자")들은 가장 천하고 돌볼 이 없는 이들인데, 예수는 이들을 구원하기 위하여 세상에 왔다. 이들의 눈물은 보잘 것 없이 죽어가는 예수를 애도하는 눈물이며, 예수의 죽음을 통해 세상에서 구원을 받는 자들의 눈물이다.

사람들에게 인정받지 못하고 비웃음을 사지만, 그들을 위하여 자신을 희생하는 선한 이의 모습이 처용과 예수에게서 공통적으로 보인다. 이중섭 역시 아내를 사랑하고 예술혼에 불타올랐으나, 끝내 불행하게 된 사람이다.[17]

---

15) "쓸개 탄 포도주를 예수께 주어 마시게 하려 하였더니, 예수께서 맛보시고 마시고자 아니하시더라."(마태복음 27장 34절)
16) "요한이 예수께서 자기에게 나아오심을 보고 이르되 '보라! 세상 죄를 지고 가는 하나님의 어린 양이로다!'"(요한복음 1장 29절)
17) 이창민이 「이중섭」 연작 가운데 1, 5, 7, 8을, 황동규가 2를 상세히 분석하였다. 이창민, 『김춘수 시 연구』, 고대 박사논문, 1999 및 황동규, 「감상의 제어와 방임」, 『창작과 비평』 45, 1977년 겨울 참조.

　저무는 하늘
　동짓달 서리 묻은 하늘을
　아내의 신발 신고
　저승으로 가는 까마귀,
　까마귀는
　南浦洞 어디선가 그만
　까욱 하고 한 번만 울어 버린다.
　五六島를 바라고 아이들은
　돌팔매질을 한다.
　저무는 바다,
　돌 하나 멀리멀리
　아내의 머리 위 떨어지거라.
　──「李仲燮 4」 전문(289면)

　「이중섭」 연작은 이중섭의 생애와 그림을 염두에 두지 않고서는 해명되기 어렵다. 이중섭은 일제시대, 해방, 6·25 등을 거치며, 좌우대립으로 인한 질시와 가난, 육체적 질병, 정신병 등으로 고통을 받았고, 그 와중에서도 아내에 대한 사랑과 예술에 대한 열정으로 짧은 생애를 치열하게 살았다. 김춘수가 보기에 그는 "순수"한 예술혼과 사랑하는 아내를 보지 못하는 "슬픔"을 가졌는데, 이러한 덕목은 예술의 본질적인 덕목이다.18) 이 시는 아마도 중섭의 그림, 「달과 까마귀」를 염두에 둔 작품으로 보인다. 「달과 까마귀」는 이중섭이 통영을 떠나기 직전(1952)의 작품으로 이 때에 아내는 아이들과 일본에 가 있었다. 김춘수는 이 그림에서 피폐한 이중섭의 처지와 아내에 대한 그리움을 읽어낸 듯 하다. "동짓달 서리 묻은 하늘을/ 아내의 신발 신고/ 저승으로 가는 까마귀"에서 지금 없는 아내를 그리워하는 중섭의 모습이 비친다. "아내의 신

---

18) "그의 순수와 그의 슬픔은 역사적으로는 효용가치가 없는 것이지만, 지질학적인 어떤 패턴을 간직하고 있다. 따라서 누구의 그것보다도 훨씬 더 견고하고 본질적이다. 지층에 선명하게 드러난 어떤 化石을 보는 듯 하다. 그런 덧없음과 덧없음의 슬픔이 순수하게 다가온다. 원천적으로 나는 그를 예술가라고 믿고 있다."(『김춘수 전집: 2 시론』, 문장사, 1984[중판], 475면) 그가 말한 순수 혹은 슬픔이 "덧없음"에서 비롯되었다는 사실에 주목할 필요가 있다. 덧없음은 결국 "역사"의 의의를 부정한 곳에서 생겨나는 일종의 眞空 상태를 말하는 것인데, 김춘수가 역사의 의의를 부정하고 虛無에 경사되는 것을 분명하게 보여주는 어사이다. 김춘수는 인과의 원리를 부정하고, 지질학적 패턴, 다시 말해 서로 소통하지 않는 개별자로서 각각의 자리를 점유한 예술가의 모델을 꿈꾸었다.

발"이라는 환유만 있을 뿐, 정작 아내는 부재한 상태이다. 까마귀가 이중섭이 살던 "남포동"에 와서 "까욱 하고 한 번만 울어버린다"고 말한 것도, 그런 피폐함과 불길함이 이중섭의 처지에 부합하는 것임을 시사해준다. 그래서 화자는 아이들의 돌팔매질이 아내에게 가 닿았으면 하고 소망하는 것이다. 이중섭은 이런 부재와 결핍을 예술에 대한 열정으로 바꾸어냈다. 김춘수가 이중섭에게서 읽어낸 것도, 자신에게 적대적인 세상에서의 단절과 소외를 그리움과 화해로 바꾸어낸 처용, 혹은 예수의 모습이다.

김춘수 시에서 숨은 화자는 이처럼 풍경을 선택하고 배치하는 화자이거나, 특정 인물의 의장을 하고 그 인물의 상황을 겪되 동일 인물의 내면 풍경을 진술하는 화자이다. 김춘수가 (시인 자신과 동일시되는) 화자 "나"를 좀처럼 드러내지 않는다는 것과 서경적인 언술을 선택한 것 사이에는 상당한 친연성이 있다고 하겠다. 그럼에도 불구하고, 풍경을 의미화하는 주체로서의 숨은 화자가 없을 수 없다는 것을 이미 말했다.

김춘수 시가 역설적 구조를 가지게 된 까닭을 두 가지로 설명할 수 있다. 산출된 시의 결과와 시인의 의도가 부합하지 않거나 풍경들이 서로 충돌해서 생기는 역설이 하나요, 세상에서 느끼는 갈등과 모순이 드러나서 생기는 역설이 다른 하나이다. 첫째, 김춘수가 실재 세계의 모습을 시적 풍경에서 가능한 한 소거하고 언어만으로 구성된 세계를 꿈꾸었다는 사실에 모순이 있다. 언어는 불가피하게 지시체의 문제를 끌고 들어온다. 김춘수는 하나의 이미지를 다른 이미지로 대체하고, 소리나 리듬만으로 일종의 주술을 시험했다고 말했는데, 막상 시들을 분석해보면 의외로 완강한 의미구조를 내포하고 있음이 드러난다. 의도와 결과의 모순, 혹은 그렇게 해서 이루어진 풍경들의 상호 충돌이 김춘수 시를 자주 역설로 이끈다. 이런 역설은 앞에서 분석한 짧은 서경시들에서 주로 보인다.

A   男子와 女子의 아랫도리가
        젖어 있다.
B   밤에 보는 오갈피나무,
        오갈피나무의 아랫도리가 젖어 있다.
C   맨발로 바다를 밟고 간 사람은

새가 되었다고 한다.
발바닥만 젖어 있었다고 한다.
―「눈물」전문(213면)

이 시에 관하여 김춘수는 다음과 같이 설명하였다.

　이 시는 어떤 상태의 묘사일 뿐이다. 관념이 배제되고 있다. 그 점으로는 일단 성
공한 시다. 그런데 하나의 통일된 이미지를 찾아내기란 꽤 힘이 들지도 모른다. 즉
이 시의 의도를 찾아내는 데에는 많은 곤란을 겪어야 하리라. 우선 제 2행까지와 제
4행까지로 이미지는 두 갈래로 갈라져 있다는 것을 알아야 되는데 그게 납득이 안
될 것이다. <남자와 여자>와 <오갈피나무>가 무슨 상관일까? 이것은 하나의 트릭이
다. (중략) 결국 이 짤막한 한 편의 시는 세 개의 다른 이미지에다 두 개의 국면을 보
여주고 있다고 할 것이다. 말하자면 이 시는 몇 개의 단편의 편집이다. 나의 작시의
도에서 보면 그럴 수밖에는 없다. 뚜렷한 하나의 관념을 말하려는 것이 아니다. 관념
은 없다. 내면 풍경의 어떤 복합상태--그것은 대상이라고 부르기도 한다--의 二重寫
에 지나지 않는다. 그저 그런 상태가 있다는 것뿐이다. 관념으로부터 떠나면 떠날수
록 내 눈앞에서는 대상이 무너져 버리곤 한다. (중략) 시의 후반 3행은 예수를 염두에
두고 있었다. 제목으로 「눈물」을 달게 된 것은 <바다>와 <맨발>과 또는 <발바닥>과
<아랫도리>와의 관련에서 그렇게 한 것이다. 모두가 물이고 보이지 않는 부분(발바닥
과 아랫도리)이지만, <눈물>이 들어서(개입하여) 하나의 무드(정서)를 빚게 해줄 수가
있었다. 모두가 트릭이다. 그러나 좋은 독자는 이런 트릭 저편에 있는 하나의 진실을
볼 수 있어야 하리라.19)

　이 시가 "묘사"를 중심으로 하고 있다는 것, 이 시에서 "하나의 통일
된 이미지"를 찾아내기가 곤란하다는 점은 사실이다. 김춘수는 이 시가
"내면 풍경의 어떤 복합상태"를 이중적으로 복사한 것이라고 말했다. 관
념을 버리고, 관념이 만들어내는 대상을 자주 바꾸면서 김춘수는, 흐릿
한 내면풍경 안에서 흩어진 대상들의 群集을 제시하였다. 많은 논자들
이 김춘수의 이 말을, 무의미시가 가진 대상 消去의 實例로 들곤 했다.
그러나 김춘수는 이 시가 전혀 무관한 풍경들을 결속한 것이라고 말한
적이 없다. 그는 "<바다>와 <맨발> 또는 <발바닥>과 <아랫도리>와의
관련"을 생각하여 이 시를 썼다고 말한 후에, 독자가 "그런 트릭 저편
에 있는 하나의 진실을 볼 수 있어야" 한다고 주장한다. 이는 이 시에
구성적 원리가 분명히 내재해 있으며, 시인 자신이 이를 분명히 의식하
고 있다는 점을 보여준다. 말하자면 이 트릭 너머에는 하나의 공통된

---

19) 『김춘수 전집: 2 시론』, 문장사, 1984, 397-399면.

作詩法이 있다.

이 시를 구성하는 원리는 중첩과 연접이다. 세 개의 언술 영역이 은유적인 중첩(A와 B)과 환유적인 연접(A, B에서 C로)을 통해 결합하고 있는 것이다. 김춘수가 "세 개의 다른 이미지에다 두 개의 국면"을 보여주고 있다는 말은 이를 지칭한 것으로 생각된다. 이질적인 듯 보이는 언술들을 동일성과 인접성의 방식으로 묶었기 때문에 얼핏 보아서는 이해되지 않는 풍경이 생겨났다. 그래서 이를 역설적 구조라 부를 수 있다.

시의 첫 번째 풍경은 성교를 연상시킨다. 두 번째 풍경은 이런 人事의 혼란스러움이 자연물에 확장된 모습이다. "밤에 보는"이라는 표현 역시, 이 시행이 은밀히 진행되는 상태 가운데 있음을 암시한다. 오갈피가 성기와 관련된 질병을 치료하는 약재로 쓰인다는 점을 이러한 증거로 추가할 수 있을 것이다. 세 번째 풍경에 등장하는 사람은 예수이다. 예수 그리스도는 초자연적인 이적을 행할 수 있어서 세속과 그에 영향받은 자연의 때묻음을 극복할 수 있는 위치에 있다. "새"의 심상은 예수의 현세 초월적인 지향에서 산출된 것이다. 예수는 초월적인 힘이 있어서 물에 빠지지 않고도, 바다 위를 걸어올 수 있었다. 다만 바다 위를 걸어왔으므로 "발바닥"만큼은 젖을 수밖에 없었을 것이다. 현세의 기율에 침윤된 "남자와 여자"가 "아랫도리"를 적시고 있음을 염두에 두면, 둘의 대조가 보다 분명해 보인다.

시론이나 수필에서 김춘수가 대상 消去의 예로 든 시편들은 대개 이와 같은 구성의 원리로 설명된다. 김춘수는 풍경과 풍경을 인접하거나 중첩시켜 변형된 풍경을 만들어냈는데, 이러한 변형이 표면적인 층위에서 모순을 만들어내므로 이를 역설적 구조라 일컬을 만하다.

둘째, 폭력적인 세상과 순수한 주체가 충돌할 때에 역설이 발생한다. 주체에게 그리 우호적이지 않은 세상이 주체를 침식해 들어올 때 모순이 생겨난다. 자신의 순수함을 지켜내려는 화자와 그것을 비웃고 망가뜨리는 세상의 대립이 그것이다. 이런 역설은 특정 화자를 내세운 연작시들에서 주로 보인다.[20] 처용, 예수, 이중섭 등을 내세운 시편들이 이

---

20) 「타령조」 연작과 「처용단장」 2부 전문에서, 이항대립과 역설이 내재적 원리를 이루고 있음을 2부에서 상세히 논했다.

범주에 든다.

> 내가 웃을 때 여러분은 조심해야 해요.
> 내가 비칠할 때 여러분은 날 붙잡아야 해요.
> 비칠하는 건 언제나 여러분이니까요.
> 내가 하늘을 난다면 날 놓아줘야 해요.
> 비칠 비칠하는 건 언제나 여러분이니까요.
> 난 구름이고 새니까요.
> 곪아 가는 건 언제나 여러분의 齒根이고 다른 또 하나의 齒根이니까요.
> 齒根이니까요.
> 나는 지금 우스워요. 우스워요. 우스워요.
> 너무 우스워서 한 가지도 우습지가 않아요.
> ──「어릿광대──루오氏에게」 전문(347면)

앞에서 특정 화자를 주인물로 내세운 시들의 내부에, 그 인물들의 목소리를 가진 숨은 화자가 있음을 말했다. 이 시의 어릿광대 역시 처용과 동일시할 수 있는 인물이다. 아내를 빼앗기고 춤추며 물러나온 처용에게서도 어릿광대와 같은 행동을 발견할 수 있는 까닭이다. 김춘수는 제가 가진 소중한 것을 잃고도 춤추며 물러나는 처용에게서 어릿광대의 모습을 연상했을 것이다. 어릿광대는 바보스러운 짓으로 관객의 웃음을 유발하는 인물이지만, 그의 내면까지 우스운 것은 아니다. 어릿광대의 우스운 동작에는 사람살이의 애환과 슬픔이 묻어난다. 그가 "비칠"한 것은 사람들이 세상을 살면서 그처럼 비칠하기 때문이며, 그가 우스운 것은 사람들에게도 그런 어리석은 면이 있기 때문이다. 어릿광대는 하늘을 나는데, 사람들이 "곪아 가는" "치근"을 가졌을 따름이다. 사람들은 제 잇뿌리가 곪아 가는데도 아픔을 모른 채 광대짓만을 비웃는다. "나는 지금 우스워요"라는 말은 이중적이다. 광대 자신의 하는 짓거리가 우습다는 말이기도 하고, 광대가 곪아 가는 관객을 보고 우습다고 표현하는 말이기도 하다. 광대의 비칠거림을 관객들은 비웃지만 정작 비칠거리는 이는 관객들인 것이다. 광대가 비칠거리는 것은 우스꽝스러운 행동일 뿐이지만, 사람들이 비칠거리는 것은 제 삶의 균형을 잡지 못해서이다. 그래서 결국 역설의 상황이 마련된다. "너무 우스워서 한 가지도 우습지가 않아요". 실상은 아픔으로 속까지 썩어가는데, 드러난 것은 웃음뿐이니 역설적인 상황이라 하겠다.

김춘수는 언술들을 중첩하고 연접시켜 시를 지었다. 은유적 중첩과 환유적 연접은 묘사에 적합한 구성방식이다. 이렇게 드러난 시들에서 풍경이 前面에 드러나므로, 김춘수 시의 언술적 특성을 <敍景>이라 말할 수 있다. 무의미시는 풍경의 인상적 소묘를 위주로 한 짧은 敍景詩들과 특정 화자를 내세워 제작한 연작시들로 대별되는데, 어느 쪽 유형에서나 풍경이 부각되는 것은 마찬가지이다. 김춘수가 서경적 언술을 주로 사용한 것은 주체나 세계와 단절된 채, 언어구조만으로 이루어진 세계를 꿈꾸었기 때문이다. 김춘수는 관념이나 역사, 이데올로기 등을 반대하고, 예술이 가진 자족적인 세계를 순수라는 이름으로 옹호하였다.

서경적인 언술이 중심을 이룬 곳에서는 화자의 기능이 약화된다. 풍경을 관찰하는 화자만이 있으므로, 文面에 드러난 화자 "나"를 생략해도 시를 짓는 데 지장이 없는 까닭이다. 하지만 풍경을 겹치게 하고 접속하는 화자의 역할이 없을 수 없으므로, 이 논문에서는 이를 숨은 화자의 역할로 보았다. 숨은 화자는 특정 인물의 배역을 맡아 하기도 하는데, 그런 시들을 분석해 보면 이 인물들이 사실은 동일한 성격을 가진 화자임이 드러난다. "처용" "예수" "이중섭" 등의 뒤에 숨은 화자는 세상의 몰이해와 비웃음을 묵묵히 감내하면서, 순수한 예술혼이나 사랑을 실천하는 인물이다. 세계와 자아의 격심한 대립이 숨어 있는 셈인데, 이 때문에 역설이 시의 구조적 특성으로 자리잡는다. 이런 인물의 내면 풍경만을 전면에 부각시켜 시를 지었다는 점이 김춘수 시에서 특기할 만한 점이다. 짧은 서경시들의 경우에도, 시인의 의도와 결과 혹은 드러난 풍경들은 흔히 모순되어 있다. 이 때문에 김춘수의 시가 역설적 구조로 이루어져 있다고 말할 수 있다.

2. 김수영의 시

1) 敍述的인 언술(병렬과 구체화의 원리)

3장에서 보았듯, 김수영은 언술의 영역을 병렬하거나 구체화하여 시를 지었다. 그는 구문적으로 유사한 언술들을 나열하거나, 상위의 언술을 하위 언술로 구체화하는 방식을 선호하였다. 김춘수의 시에서 중첩과 병렬이 결합되어 있듯, 김수영의 시에서도 병렬과 구체화의 방식은 서로 결합되어 있다. 김춘수는 풍경을 드러내기 위해, 동일한 풍경으로 간주될 수 있는 언술들을 포개놓고, 한 풍경을 나타내는 언술이 인접한 풍경을 나타내는 언술과 접속하는 방식으로 시를 구성하였다. 반면 김수영은 유사한 언술들을 나열하고, 그렇게 구체화된 언술들이 하나의 상위 언술을 드러내게끔 시를 구성하였다.

김수영의 시는 형식적 특질로 보아 두 종류로 나뉜다. 「거미」, 「눈」, 「폭포」, 「채소밭 가에서」, 「序詩」, 「밤」, 「파밭 가에서」, 「푸른 하늘을」, 「피곤한 하루의 나머지 시간」, 「사랑」, 「먼 곳에서부터」, 「참음은」, 「거위 소리」, 「絶望」(247면), 「눈」, 「식모」, 「풀」과 같은 절제된 단형시들이 첫 번째 유형이다. 이 유형의 시들은 김수영의 시에서 대략 3할 정도 되는데, 기존의 서정시들이 갖는 特長을 공유하고 있다. 다변과 요설이 두드러진 긴 시들이 두 번째 유형을 이룬다. 두 유형 모두에서 병렬이나 구체화의 방식이 관찰된다.

병렬은 김수영의 거의 모든 시에 내재한 구성 원리이다. 병렬이 多辯을 가능하게 하는 원리임은 앞에서 말했다. 김수영은 통상의 서정시가 가진 분량을 훨씬 넘어서는 長形의 시를 제작하곤 했는데, 이는 병렬이 가진 구문상의 통일성을 시 전체의 구조에 투영함으로써 가능했던 일이다. 유사한 구문을 가진 언술들이 결합하여 연상이 흐트러지지 않게 만들어 주는 것이다. 김수영의 長詩가 가진 단일한 인상은 여기에서 온다. 복잡한 구문들로 이루어진 장시에서도 형식적 특질에 따라 언술 영역을 나누면 병렬의 원리를 발견하게 된다.

Aa	욕망이여 입을 열어라 그 속에서
Ba	사랑을 발견하겠다 都市의 끝에
	사그러져가는 라디오의 재갈거리는 소리가
Bb	사랑처럼 들리고 그 소리가 지워지는
Bc	강이 흐르고 그 강건너에 사랑하는
Bd	암흑이 있고 三月을 바라보는 마른나무들이
Be(Da)	사랑의 봉오리를 준비하고 그 봉오리의
	속삭임이 안개처럼 이는 저쪽에 쪽빛 산이

(Db)   사랑의 기차가 지나갈 때마다 우리들의
Bf   슬픔처럼 자라나고 도야지우리의 밥찌끼
         같은 서울의 등불을 무시한다
Ca   이제 가시밭, 덩쿨장미의 기나긴 가시가지
         까지도 사랑이다

Dc   왜 이렇게 벅차게 사랑의 숲은 밀려닥치느냐
Dd   사랑의 음식이 사랑이라는 것을 알 때까지

De   난로 위에 끓어오르는 주전자의 물이 이슬
         이슬하게 넘지 않는 것처럼 사랑의 節度는
         열렬하다
Cb   間斷도 사랑
Ea   이 방에서 저 방으로 할머니가 계신 방에서
         심부름하는 놈이 있는 방까지 죽음같은
         암흑 속을 고양이의 반짝거리는 푸른 눈망울처럼
         사랑이 이어져가는 밤을 안다
Eb   그리고 이 사랑을 만드는 기술을 안다
         눈을 떴다 감는 기술——불란서 혁명의 기술
         최근 우리들이 四·一九에서 배운 기술
Fa   그러나 이제 우리들은 소리내어 외치지 않는다

Ab   복사씨와 살구씨와 곳감씨의 아름다운 단단함이여
         고요함과 사랑이 이루어놓은 暴風의 간악한
Ac   信念이여
Df   봄베이도 뉴욕도 서울도 마찬가지다
         信念보다도 더 큰
         내가 묻혀사는 사랑의 위대한 도시에 비하면
         너는 개미이냐

Fb   아들아 너에게 狂信을 가르치기 위한 것이 아니다
Ga   사랑을 알 때까지 자라라
         人類의 종언의 날에
Gb   너의 술을 다 마시고 난 날에
Gc   美大陸에서 石油가 고갈되는 날에
Ha   그렇게 먼 날까지 가기 전에 너의 가슴에
         새겨둘 말을 너는 都市의 疲勞에서
         배울 거다
Hb   이 단단한 고요함을 배울 거다
Hc   복사씨가 사랑으로 만들어진 것이 아닌가 하고
         의심할 거다!
Hd   복사씨와 살구씨가

한번은 이렇게
사랑에 미쳐 날뛸 날이 올 거다!
He 그리고 그것은 아버지같은 잘못된 시간의
그릇된 瞑想은 아닐 거다
——「사랑의 變奏曲」 전문(271-273면)

6연 51행으로 이루어진 이 장시를 구문적 특성에 따라 여덟 개의 언술 영역으로 나눌 수 있다.

A/ 욕망이여…(a); …단단함이여(c); 신념이여…(b)
B/ …들리고(a); …흐르고(b); …이 있고(c); …준비하고(d); …자라나고(e); …무시한다(f)
C/ …사랑이다(a); …도 사랑(b)
D/ 사랑의 봉오리…(a); 사랑의 기차…(b); 사랑의 숲…(c); 사랑의 음식…(d); 사랑의 節度(e); 사랑의 도시…(f)
E/ …밤을 안다(a); …기술을 안다(b)
F/ …외치지 않는다(a); …것이 아니다(b)
G/ …종언의 날에(a); …마시고 난 날에(b); …고갈되는 날에(c);
H/ …배울 거다(a); …의심할 거다(b); …날이 올 거다(c); …명상이 아닐 거다(d)

사랑의 의미와 속성, 특질 등을 다양하게 變奏하려는 의도 때문에 다른 시에 비해 文型이 여러 갈래로 나뉘었다. 언술 영역 A에서 화자는 욕망에서 사랑을 발견하겠다고 선언한다(Aa). 대상에 대한 주체의 바램이라는 점에서 욕망은 사랑과 다른 것이 아니다. 욕망이 주체에게 귀속된 것이라면, 사랑은 대상을 중심으로 회전한다. 욕망이 가진 利己的 속성은 시가 진행되면서, 사랑이 가진 利他的 속성으로 바뀐다. "복사씨와 살구씨와 곳감씨의 아름다운 단단함"(Ab)을 두 가지로 해석할 수 있다. 먼저 씨앗들의 단단함은 사랑하는 대상의 變改되지 않는 속성을 은유한 것이다. 사랑의 대상은 여전히 제 속성을 유지한 채 사랑하는 자의 앞에 놓여 있다. 그 앞에서 사랑하는 자는 "고요함"과 "폭풍"이라는 兩價的 감정을 느낀다. 결국 사랑은 훼손되지 않는 복사씨, 살구씨, 곳감씨처럼 단단한 것이며, 그 단단함은 일종의 "신념"(Ac)과도 같은 것이다. 사랑의 대상이 사랑하는 자에 의해 망가지지 않으니 신념이요, 그럼에도 불구하고 사랑하는 자는 언젠가 그것들이 사랑으로 開花할 것이라는 믿음을 가졌으니 신념이다. 전체로 보아, 언술 영역 A는 "복사씨, 살구씨,

곶감씨"라는 사랑의 은유를 통해 병렬되어 있다. 두번째로 "복사씨와 살구씨와 곶감씨의 아름다운 단단함"은 發芽하지 못한 사랑의 세상을 말하는 것이기도 하다. 씨앗들이 싹트고 자라 무성한 열매를 맺을 날은 요원하지만, 그래서 지금은 "폭풍의 간악한 신념"만이 맹위를 떨치는 세상이지만, 언젠가 씨앗들이 "사랑에 미쳐 날뛸 날이 올" 것이다. 씨앗들이 가진 단단함은 그때까지 제 사랑을 잃지 않기 위해 스스로를 방어하려는 어떤 전략의 소산이다. 이렇게 본다면, 사랑과 신념은 대척의 자리에 놓인 두 세상의 속성을 이르는 말이다.

언술 영역 B에서 김수영은 일반적 풍경들을 병렬하면서, 중간중간에 사랑이라는 어사를 삽입하였다. 도시의 변두리에 사는 자의 귀에 라디오 방송에서 사랑 얘기가 들리고(Ba), 그 소리를 지우는 강물 소리가 흐르고(Bb), 그 건너에 "사랑하는/ 암흑"이 있다(Bc). 이 강물은 아마도 라디오 주파수에서 흘러나오는 잡음을 은유한 것인 듯 하다. 강물 소리는 사랑 얘기를 잡아먹는 소음이어서, 사랑의 방해물이다. 그 건너에는 아직 명백히 드러나지 않아서 "암흑"이라 말할 수밖에 없는 사랑이 있다. 우리가 "불란서 혁명"과 "四 · 一九"에서 배운 기술을 "소리내어 외치지 않는다"고 했고, "복사씨와 살구씨가/ 한번은 이렇게/ 사랑에 미쳐 날뛸 날", 곧 화려하게 사랑이 피어나는 날이 있으리라고 했으니, 이 암흑이 사랑이 현실화되지 않은 세상을 의미한다는 것을 알겠다. "마른나무들"이 틔울 준비를 하는 "봉오리"는 갓 피어날 사랑이며(Bd), 우리들의 "슬픔"처럼 크고 넓은 "쪽빛 산"은(Be)은 "도야지우리의 밥찌끼같은 서울의 등불"(Bf)과 대척의 자리에 있다. 이로써 세상이 사랑과 그것을 방해하는 것들이 어우러진 곳임이 이야기된다.

그러나 김수영은 모든 부정의 대상까지 사랑으로 껴안아야 한다고 이야기한다. "가시밭", "가시가지"들마저 사랑이므로(Ca) 사랑은 모든 고난과 시련을 극복하는 과정에 있는 것이며, "間斷"도 사랑이므로(Cb) 사랑은 모든 단절과 소외까지 끌어안는 것이다. 언술 영역 D는 조사 "의"를 이용한 은유인데, 이를 통해 모든 세상살이를 지탱하는 힘이 사랑에 있음이 이야기된다. 나뭇가지의 "봉오리"(Da)는 화려한 사랑의 세상을 준비하는 것이며, "기차"(Db)는 우리의 사랑과 슬픔을 싣고 지나간다. "가시밭, 가시 가지"까지 사랑이므로 모든 "숲"(Dc)은 사랑의 숲이다.

이는 사랑의 무성함을 이야기하는 말이다. 우리가 먹는 음식마저 "사랑의 음식"(Dd)이다. 사랑이 우리의 일용할 양식이라는 말이다. "주전자의 물"이 비등점에서 멈추거나, 이 방에서 저 방까지 밤이 이어진 것처럼 어떤 "節度"(De)나 인내도 사랑이다. 봄베이도, 뉴욕도, "도야지우리의 밥찌끼같은" 서울도 우리가 사는 "사랑의 위대한 도시"(Df)에는 미치지 못한다. 그러니 우리의 희망과 생활 수단, 우리를 둘러싼 자연과 우리가 먹는 음식, 우리가 사는 방법과 장소가 모두 사랑이다.

언술 영역 E와 F에서는 사랑에 사회적 의미가 추가된다. 이 방에서 저 방까지 고양이가 어슬렁거리듯, 화자는 "사랑이 이어져가는 밤"을 안다. 그 밤은 "죽음 같은/ 암흑"으로 상징되는 밤인데, 그런 어둠 속에서도 "고양이의 푸른 눈망울"처럼 사랑은 반짝인다(Ea). 사랑은 황폐한 현실 속에서도 저버릴 수 없는 우리의 희망이다. 화자는 또한 사랑을 만들어내는 "기술"을 안다고 말한다(Eb). "불란서 혁명"과 "四・一九"에서 배운 기술이 그것이다. 사랑을 억압하는 권력 구조를 혁파하고 진정한 사랑의 체제를 세우는 기술이 바로 혁명에 있었다. 그러나 우리는 지금 "소리내어 외치지 않는다"(Fa). 진정한 사랑의 정신을 소리높이 외치던 때는 지나갔거나, 아직 오지 않았다. 그러나 언젠가는 사랑의 기술을 쓸 날이, 그래서 사랑이 활짝 피어난 세상이 올 것이다. 이런 믿음은 "狂信"이 아니다(Fb).

세상이 끝나기 전에 사랑의 날은 반드시 온다. "인류의 종언의 날"(Ga)이 오기 전에, 개인이 누릴 향락(Gb)이 다 끝나기 전에, 강대국이 망하기 이전에라도(Gc), 그것은 온다. 지금 "너는 도시의 피로"를 느낄 뿐이지만, 그 피로에서 사랑을 배우게 될 것이다(Ha). 사랑이 먼 데 있는 것이 아니며, 우리 자신의 勞動하는 자리에서 싹트는 것이기 때문이다. 복사씨와 살구씨는 지금 "단단한 고요함"으로 냉혹한 세상에서 제 사랑을 유지하고 있을 뿐이지만, 언젠가는 그것들이 "사랑에 미쳐 날뛸 날이 올" 것이다(Hd). 그때에 너는 그 단단함이 사랑이었음을 알게 될 것(Hc)이고, 그래서 지금 나의 상념이 "그릇된" 것이 아님이 증명될 것이다(He).

병렬이 多辯을 가능하게 하는 방법적 원리임을 보여주는 시의 예를 들었다. 김수영은 일상적인 목록들을 나열하는 방법으로 시를 썼는데, 이 목록을 모아 읽으면 하나의 주제가 형성되는 것을 보게 된다. 위의 시에서, 그것은 "혁명"으로 의미화되는 사랑의 기술과 관련이 있다. 제 유적 구체화의 방식은 이처럼 개인적이고 일상적인 차원의 말을 통해, 사회 역사적 차원의 이야기를 하는 방식이다.[21]

이런 구체화 역시 김수영의 시에서 흔하게 발견된다.

> 설파제를 먹어도 설사가 막히지 않는다
> 하룻동안 겨우 막히다가 다시 뒤가 들먹들먹한다
> 꾸루룩거리는 배에는 푸른 색도 흰 색도 敵이다
> 배가 모조리 설사를 하는 것은 머리가 설사를
> 시작하기 위해서다 性도 倫理도 약이
> 되지 않는 머리가 불을 토한다
>
> 여름이 끝난 壁 저쪽에 서 있는 낯선 얼굴
> 가을이 설사를 하려고 약을 먹는다
> 性과 倫理의 약을 먹는다 꽃을 거두어 들인다
> 文明의 하늘은 무엇인가로 채워지기를 원한다
> 나는 지금 規制로 詩를 쓰고 있다 他意의 規制
> 아슬아슬한 설사다
>
> 言語가 벽을 뚫고 나가기 위한
> 숙제는 오래된다 이 숙제를 노상 방해하는 것이
> 性의 倫理와 倫理의 倫理다 중요한 것은
>
> 괴로움과 괴로움의 履行이다 우리의 行動
> 이것을 우리의 詩로 옮겨놓으려는 생각은
> 단념하라 괴로운 설사
>
> 괴로운 설사가 끝나거든 입을 다물어라 누가
> 보았는가 무엇을 보았는가 일절 말하지 말아라
> 그것이 우리의 증명이다

---

21) 김인환은 김수영이 일상적 차원의 자잘한 일들로 사회현실을 드러내는 방법을 썼음을 다음과 같이 말했다. "양계를 하고, 빚놀이를 하고, 연애를 하고, 아들을 가르치고, 친구와 술을 마시고, 값싼 번역일을 하는 따위의 일상생활이 하나도 빠짐없이 시와 수필에 나오는 사실도 주의할 만하다. 이러한 사건들이 독자에게 하찮은 것으로 받아들여지지 않는 이유는 그것들이 역사적 현실에 뿌리박고 있다는 데 있다."(김인환, 「한 정직한 인간의 성숙과정」, 황동규 편, 『김수영의 문학: 김수영 전집 별권』, 218면) 이러한 방식이 제유적 구체화의 방식인 셈이다.

──「설사의 알리바이」 전문(264면)

성과 윤리, 문명, 언어 따위의 규제를 설사할 때의 괴로움으로 구체화하여 나타낸 시이다. 화자는 지독한 설사를 경험한 후에 사회 전반의 억압과 규제에 대해, 자연의 妙理와 詩作에 대해 생각을 키운다. "배가 모조리 설사를 하는 것은 머리가/ 설사를 시작하기 위해서다"라는 말에는 해학이 있다. 아무 약도 듣지 않는 복통이 계속되자, 화자는 머리가 터질 듯한 괴로움을 느낀다. 꾹 참았던 理性의 규제가 설사처럼 터져나오는 것이다. 아마도 화자는 고통을 못이겨 상스러운 욕을 했던 것 같다. 그 욕에 "性과 倫理"가 묻어나왔다. 성적인 어사가 섞인 욕이고, 윤리 따위를 돌보지 않는 욕일 테니 이런 연상이 어색하지 않다. 그러고 보니 가을이 잎을 떨구고 꽃을 거두어들이는 것도 설사하는 일과 진배없다. 자연과 달리 "文明"은 규제하고 억압하는 것이다. 문명은 "무엇인가로 채워지기를 원한다". 마치 설사하지 않은 뱃속처럼 문명은 규제로 가득하다.

시를 쓰는 일도 언어로 자신의 내면을 드러내는 일이어서, 규제를 받으면서도 그것을 터뜨리는 일이다. 언어란 것이 사회적인 규제를 받아들여야 쓸 수 있는 것이며, 그러한 규제로 자기 얘기를 한다는 것이 늘 어떤 수위를 넘지 않으면서도 넘어야 하는 일인 까닭이다. 그러니 시를 쓰는 일도 "아슬아슬한 설사다". 말하지 않는 것이 언어의 죽음이니, 시를 쓰는 일은 "언어가 죽음의 벽을 뚫고 나가기 위한 숙제"인 셈이다. 이 숙제는 다시 사회적인 금기와 위반의 경계를 생각하게 만든다. 시인은 규제를 받아들이며 규제를 넘어서야 하듯, "성의 윤리와 윤리의 윤리"를 받아들이며 동시에 넘어서야 한다. 성의 윤리는 개인을 강력하게 규제하는 것이며, 윤리의 윤리는 사회를 강력하게 규제하는 것이다. 이런 안팎의 괴로움을 "이행"하는 일이 살아가는 일이며, 시 쓰는 일이다.

이제 화자의 생각은 "우리의 행동"에까지 미쳤다. 화자인 시인은 지금 괴로움을 이행하는 일, 곧 실천의 문제 앞에 직면해 있다. "이것을 우리의 시로 옮겨놓으려는 생각은/ 단념하라"라는 말은 반어이다. 이미 시는 완성 단계에 있기 때문이다. 이 말은 시인이 금기와 위반을 동시적으로 수행해야 한다는 말에 지나지 않는다. 그러므로 마지막 명령어는 "설사"라는 구체적 고민으로 돌아와 아파하고 조바심하는 화자의 모습일 제시하기 위한 것이지, 앞의 모든 상념을 취소하고 번복하기 위한 것이 아니다. 화자는 "괴로운 설사가 끝나거든 입을 다물어라"라고 말했는데, 이 역시 아직은 입을 다물 때가 아니라는 말을 강조하는 반어적 어법일 따름이다. 첫 행을 참조하면, "설파제를 먹어도 설사가 막히지 않"고 있기 때문이다.

이 시는 설사에서 시작하여 모든 규제와 일탈에 대한 일반의 상념을 제시한 후에 다시 설사로 끝난다. 설사는 모든 규제를 벗어나려는 시도를 은유하기도 하고, 모든 차원의 일탈을 구체화하는 제유로 기능하기도 한다. 화자가 직접 설사를 경험하고 있기 때문에, 제유를 육체를 포함한 모든 벗어남의 하위개념으로 간주할 수 있는 것이다. 가로축을 은유적 관계에, 세로축을 제유적 관계에 할당하여 표를 만들면 여러 차원의 일반 진술이 제유적으로 구체화되고 있음을 확인할 수 있다.

은유→

문명		언어	자연	개인
성(개인적 차원)	윤리(사회적 차원)	시	가을	(꾸루룩거리는)배
설사를 하다(제유적 구체화)				

제유↓

제유적 구체화는 이처럼 일반적 상황을 개별적 상황으로 바꾸어 드러내는 기능을 갖는다. 김수영이 구체화의 방식을 선호한 것은 개인적 事案을 통해, 일반적 상황을 이야기하기 위한 것이다.

김수영은 병렬과 구체화를 활용하여 敍述的 특성을 시에 도입하였다. 그러나 김수영의 서술적 언술은 이른바 <敍述詩 narrative poem>와 정확히 일치하지는 않는다. 서술시에 포함된 서사 narrative의 기능이 현저히 약화되어 있기 때문이다. 김수영의 시에 많은 이야기가 포함되어 있어서 이를 서술이란 일반 용어로 지칭할 수는 있으나, 이 이야기들은 화자의 개입에 의해 현저하게 왜곡된다. 서술적인 언술들을 병렬하면, 그 언술로 의미화되는 이야기들은 전개되면서도 최초의 언술로 환원된다. 화자가 유사성의 방식(병렬)을 통해 개입하여, 그 이야기들이 서사적으로 뻗어나가는 것을 막기 때문이다. 언술들이 병렬되면, 화자의 어조나 태도는 각 언술들을 통해 일관적인 것이 된다. 그러므로 병렬은 다변을 가능하게 하는 형식적 원리이면서, 그렇게 언표된 이야기를 일관

적인 것으로 만드는(화자의 일관된 태도에 귀속시키는) 의미적 원리이
다.22)

> A   남에게 犧牲을 당할만한
> 충분한 각오를 가진 사람만이
> 殺人을 한다
>
> Ba   그러나 우산대로
> 여편네를 때려눕혔을 때
> 우리들의 옆에서는
> 어린놈이 울었고
> Bb   비오는 거리에는
> 四十명 가량의 醉客들이
> 모여들었고
> Ca   집에 돌아와서
> 제일 마음에 꺼리는 것이
> 아는 사람이
> 이 캄캄한 犯行의 現場을
> 보았는가 하는 일이었다
> Cb   ——아니 그보다도 먼저
> 아까운 것이
> 지우산을 現場에 버리고 온 일이었다.
> ——「罪와 罰」 전문(222면)

첫 번째 연을 이루는 잠언적인 진술은 두 번째 연의 자기 풍자에 의
해 해학적 성격을 띠게 된다. "남에게 희생을 당할만한/ 충분한 각오를
가진 사람"은, 어쨌든 제 안에 살인이라는 극단적인 행동을 정당화할만
한 이유를 가진 사람이다. 이 말은 "우산대로/ 여편네를 때려눕"힌 일

---

22) 김준오는 서술시를 전통 서사구조를 준수한 서술시와 전통 서사구조를 해체한
서술시의 두 유형으로 나누었다. 그에 따르면 "경험의 파편화와 우연성 그리고
일상적 삶의 하찮은 정보들이 필요 이상 제공되는 축적의 원리"가 이 유형의 서
술시가 가진 두드러진 특징이다. 이렇게 본다면 김수영의 시는 두 번째 유형에
近似한 것이지만, 김수영의 시가 "서사구조의 약화현상"이나 "난해한 파편화"를
보여주는 것은 아니다. 김준오는 이러한 현상이 30년대 모더니즘의 展開이자 變
異라고 보았는데, 그의 논리에 따르면 이에 해당하는 시는 90년대 해체시들이다
(김준오, 『시론』, 삼지원, 1997[4판], 360-365면 참조). 김수영의 시는 일상적 진술
을 통해 공동체에 관한 진술을 수행한다(제유적 구체화의 원리)는 점에서 이른바
90년대 시들과는 궤를 달리 한다. 김수영의 시가 가진 전통 서사의 해체는 은유
적 병렬의 원리에서 파생된 것이며, 이런 병렬은 화자의 기능과 관련이 있다. 김
수영 시의 시사적 의의에 관해서는 2장 2절을 참조할 것.

이 그럴만한 이유가 있어서 한 일이라는 것과, 그래서 다른 이의 손가락질을 받아도 거리낄 것이 없다는 화자의 변명을 담은 말이다. 그러나 막상 일을 저지른 후에 화자의 마음은 불안과 두려움으로 가득 찬다. 화자가 여편네를 때려눕혔을 때, 죄없는 "어린놈"이 울었고, "취객들"이 모여들었다. 그는 집에 돌아와서 "이 캄캄한 범행의 현장을" 누가 보았을까봐, 말하자면 취객들 가운데 누군가 자신을 알아 보았을까봐 전전긍긍한다. 조바심 속에서도 아까 저지른 그 일은 도리없는 일이라고 생각했을 것이다. 그는 다시 마음을 고쳐먹는다. 어차피 그렇게 두들겨 팰 일이었다면, 아까운 "지우산"이나 가져올 걸, 하는 말투다. 이 극단적인 자기 풍자 안에는 소심함, 잔인함, 죄책감, 두려움, 인색함 같은 항목이 적혀 있다. 제목을 이루는 죄와 벌은, 표면적으로는 아내를 때려눕힌 일과 그 결과로 지우산을 잃은 일을 말할 테지만, 이면적으로는 그런 행동을 벌인 자신의 잔인함과 無道함에 대한 스스로의 자책과 형벌을 의미할 것이다.

이야기는 전개되어 가지만, 그 각각의 부분은 화자의 태도와 어조에 지배된다. 사건이 벌어졌고 그 뒷얘기가 적혔으니 이 시에 어떤 이야기 narrative가 있는 것은 분명하지만, 이야기를 이루는 부분들은 단일한 화자의 감정과 생각을 드러내기 위해 배열되었다. 이를 가능하게 해주는 것이 병렬의 방식이다. 언술 영역 B와 언술 영역 C에는 화자의 말투가 일관되게 녹아들어 있다. B는 "이 캄캄한 범행의 현장"에 참여한 타인들에 대한 관찰이며, C는 집에 돌아와 거듭 느끼는 화자의 내면 상태이다.

김수영의 서술적 언술은 이처럼 일인칭 화자의 자기 진술에 의존한다. 병렬의 방식은 이러한 진술을 화자의 영향력 아래 두기 위해 언술들의 형식을 통일하는 가운데서 생겨난다. 구체화의 방식은 지배적인 화자의 진술로 주제를 구현하는 데서 생겨난다. 김수영은 병렬과 구체화의 방식을 통해 화자가 겪은 일상 雜事들이나, 사회에 대한 이러저러한 상념, 자신에 대한 반성 등을 동시에 수행해내는 것이다.

김수영 시의 구성적인 특성은 환유적 구성이 흔치 않다는 것이다. 「X에서 Y로」(231면), 「移舍」(232면)와 같은 시가 환유적 구성을 보여주는 예인데, 이 시들의 경우 시인의 전언은 일상사에 대한 描出 차원에 한

정된다.

　이제 나의 방은 막다른 방
　이제 나의 방의 옆방은 自然이다
　푸석한 암석이 쌓인 산기슭이
　그치는 곳이라고 해도 좋다
　거기에는 반드시 구름이 있고
　갯벌에 고인 게으른 물이
　벌레가 뜰 때마다 눈을 껌벅거리고
　그것이 보기 싫어지기 전에
　그것을 차단할
　가까운 距離의 부엌문이 있고
　아내는 집들이를 한다고
　저녁 대신 뻘건 팥죽을 쑬 것이다
　—「移舍」 전문(232면)

　공간적인 인접성에 따라 풍경이 배열되어 있는 小品이다. 화자는 이
사한 후에 새로 살게 될 집 주변을 둘러보고 있는 듯 하다. 시선의 이
동에 따라 방과 바깥의 自然, 그것을 차단할 부엌 풍경이 배열된다. 그
러나 이 시가 이런 풍경 안에 사회적 현실이나 역사적 차원의 진술을
내장하고 있는 것은 아니다. 이 시는 새로 이사온 집 주변의 풍경을 관
찰하는 것으로 시종하고 있을 뿐이어서, 김수영의 시가 가진 풍요로운
독법을 허락하지 않는다. 김수영은 이전이나 이후에도 이런 시를 거의
제작하지 않았다.
　앞에서 말했듯, 환유적 구성은 사고의 관습성을 받아들인 구성이다.
김수영에게서 환유적 구성이 드물다는 것은 시적 상투형에서 그의 시가
비교적 자유롭다는 것을 뜻한다. 실제로 김수영은 시를 쓰기 시작할 당
시에 일반화되어 있던 詩作의 방식을 거의 받아들이지 않았다. 김수영
의 시가 가진 多辯的이고 思辨的인 요소는 환유적 방식으로는 잘 드러
나지 않는다.

2) 反語的인 구조

　김수영의 시에서 은유적 병렬의 방식이 이야기를 화자에 귀속시키는
기능을 하고 있음을 앞에서 말했다. 제유적 구체화의 방식은 이야기를

私的인 차원에서 전개하는 데 유용하다. 사적인 이야기가 사회 역사적 상상력을 구체화하는 제유로서 기능하고 있기 때문이다. 제유적 구체화로 드러나는 화자는 이런 연유로 지극히 일상적인 성격을 갖게 된다. 개인적인 일상 雜事에서 一般事를 읽을 수 있는 셈인데, 이 때문에 김수영의 시에서는 사소한 이야기들이 전체의 이야기를 담고 있는 경우가 흔하다.

김수영의 시가 풍자적 성격을 갖는 것은 이 이야기들이 자주 반어적 전언을 담고 있기 때문이다. 앞에서 예로 든 「죄와 벌」을 생각해보자. 화자는 "여편네"를 우산대로 때려눕히고는 집에 와서, 목격자 중에 자신을 아는 자가 있을까봐, 혹은 우산대를 두고 온 것이 못내 억울하여 조바심을 낸다. 실상 이는 자신의 잔인한 행동("罪")에 대해 스스로 느끼는 "罰"을 뒤집어 표현한 것에 지나지 않는다. 이 시가 주는 충격은 그 반어적 의미를 끝내 표면화시키지 않은 데서 온다. 그래서 이 시는 독자로 하여금 비판적 거리를 갖고 시를 읽게 만든다. 시의 화자가 사소한 생각과 목소리로 스스로를 드러냈기 때문에, 독자가 이에 적극적으로 동의할 수 없는 것이다.23) 사소한 화자가 스스로를 풍자할 때, 시는

---

23) 많은 논자들이 김수영 시의 화자를 실제 시인과 동일시하였다. "생활과 시라는 고전적 명제는 김수영에게 있어서도 예리한 대립으로 인식된다. 그러나 그에게서 그것은 관념적인 추상의 형태로 인식되지 않고, 그 자체가 시인의 생활 자체의 반영이 된다. 여기서도 시적 자아와 시적 화자는 구별되지 않고 한 몸이 된다. 그는 시적 화자의 필요성을 애당초 생각하지 않는다."(김주연, 「교양주의의 붕괴와 언어의 범속화」, 『김수영의 문학: 김수영 전집 별권』, 민음사, 1983, 270면) "김수영의 시의 경우, 대부분의 시에서 실제 시인이나 함축적 화자와 동일한 현상적 화자 '나'가 시의 표면에 드러나 있다. 이것은 그의 시가 시인 자신의 의지나 주관적인 정조를 시의 표면에 강하게 제시하는 구조를 갖게 하는 데 결정적이다."(이종대, 『김수영 시의 모더니즘 연구』, 동국대 박사논문, 1993, 71면) "김수영처럼 자서전적인 내용을 공개적인 고백의 형태로 전환하고 있는 경우는 없었다."(한명희, 「김수영 시에서의 고백시의 영향」, 『전농어문연구』 9집, 1997, 106면) 그러나 사적인 화자가 등장한다고 해서, 이를 실제 시인과 동일시할 필요는 없다. 화자가 사적인 역할에 스스로를 한정짓는 것은, 구체적 사안으로 일반 사안을 드러내기 위한 것이지, 어차피 사소한 신변잡사를 이야기하기 위한 것은 아니기 때문이다. 김혜순은 사적인 화자가 갖는 사회적 성격을 다음과 같이 지적하였다. "김수영의 시는 분열된 자아, 혹은 인식과정 속에 있는 자아의 목소리에 의해 내적 대화구조를 실행한다. 그의 시에서 호격으로 불리우는 청자(현상적 청자)들은 대개 '나'의 속성을 가진 확대된 자아로서 존재하며, 나와 함께 풍자되어 비평적 자아라는 숨은 화자의 비판을 받는다. 물론 이 두 목소리는 개인적이 아니라 사회적이다."(김혜순, 『김수영 시 연구--담론의 특성 연구』, 건국대 박사논문, 170면) 김혜순의 논문에서 비평적 자아 혹은 숨은 화자는 사적인 화자 "나"를 비판적 거리를 두고 읽게 만드는, 드러나지 않은 시의 제작자

반어적으로 구조화된다.24)

　　　겨자씨같이 조그맣게 살면 돼
　　　복숭아가지나 아가위가지에 앉은
　　　배부른 흰 새 모양으로
　　　잠깐 앉았다가 떨어지면 돼
　　　연기나는 속으로 떨어지면 돼
　　　구겨진 휴지처럼 노래하면 돼

　　　가정을 알려면 돈을 떼여보면 돼
　　　숲을 알려면 땅벌에 물려보면 돼
　　　잔소리날 때는 슬쩍 피하면 돼
　　　——債鬼가 올 때도——
　　　뻐스를 피해서 길을 건너서는 어린놈처럼
　　　선뜻 큰길을 건너서면 돼
　　　長詩만 長詩만 안 쓰려면 돼

　　　　　　◆

　　　(중략)
　　　「돼」가 肯定에서 疑問으로 돌아갔다
　　　疑問에서 肯定으로 또 돌아오면 돼
　　　이것이 몇바퀴만 넌지시 돌면 돼
　　　해바라기같이 머리같이 돌면 돼

　　　깨꽃이나 샐비어나 마찬가지 아니냐
　　　내일의 債鬼를 걱정하는
　　　長詩만 長詩만 안 쓰려면 돼
　　　샐비어 씨는 빨갛지 않으니까
　　　長詩만 長詩만 안 쓰려면 돼
　　　永遠만 永遠만 고민하지 않으면 돼
　　　오징어에 말라붙은 새처럼 五月이 와도
　　　九月이 와도 꼬리만 치지 않으면 돼
　　　——「長詩(1)」 부분(206-207면)

세 가지 방식으로 시를 읽을 수 있다. "「돼」가 긍정에서 의문으로 돌

여서, 이 논문에서는 별개의 항목으로 설정하지 않았다. 비평적 자아는 반어적 구조
의 내부 화자인 셈이다.

24) 김수영의 시가 반어를 기조로 하고 있음은 많은 논자들에 의해 지적된 바 있다. 다
　음 논문들이 김수영 시의 반어적 성격을 중요하게 다루었다. 유재천, 『김수영의 시
　연구』, 연세대 대학원 박사논문, 1986; 김종윤, 『김수영 시 연구』, 연세대 대학원 박
　사논문, 1987; 이은정, 앞의 논문; 이 중, 『김수영 시 연구』, 경원대 대학원 박사논
　문, 1994.

아갔다/ 의문에서 긍정으로 또 돌아오면 돼"라는 구절을 참조하면, 각
각의 시행을 평서문과 의문문, 두 종류로 읽을 수 있다. 또 "장시만 안
쓰려면 돼"라는 다짐으로 장시를 썼으므로, 각각의 시행을 반어로 보아
진술된 것을 뒤집어 읽는 방법이 있다. 예를 들어, 첫 행을 ① 겨자씨처
럼 조그맣게 웅크리고 살면 된다; ② 겨자씨처럼 조그맣게 웅크리고 살
아도 될까?; ③ 겨자씨처럼 조그맣게 웅크리고 살아선 안 된다의 세 가
지로 읽을 수 있는 것이다. 세 겹의 의미로 시가 풍요로워진다고 말할
수 있겠다.

　병렬된 각각의 시행들은 은유적 연상으로 접속된다. 첫 행의 겨자씨
는 소심하게 움츠려 들었으나, 한편으로는 독하게 살겠다는 화자의 결
심을 보여주는 은유이다. 화자는 2-4행에서도 "배부른 흰새"가 가지에
앉았다가 날아가듯, 심각하지 않게 살겠다고 다짐한다. 새가 봄날의 "연
기나는 속", 곧 아지랑이 속으로 날아가듯 멀어져가면 된다는 것이다.
흰 새의 심상이 "구겨진 휴지"를 불러왔다. 결국 가벼운 삶에의 다짐은
구겨진 휴지처럼 살아가는 일이 되고 만다. "구겨진 휴지처럼 노래"하는
일이, 화자의 진정한 소망은 아닐 것이다. 그러므로 화자의 다짐은 반어
인 셈이다. 가정을 알려면 "돈을 떼"이고, 숲을 알려면 "땅벌에 물"리면
된다는 말은, 어려움을 겪어야 사물의 속내를 깨닫는다는 말일 것이다.
잔소리를 들을 때 슬쩍 피하듯, "債鬼"가 올 때에는 큰길을 나서면 된
다.

　이런 사소한 진술들이 일상의 고민과 雜事를 풍자적으로 보여준다.
각각의 진술들은 이를 보여주는 제유적 세목들이다. 사람은 늘 주변의
사소한 소란과 번민에 얽매여 살아간다. 화자는 그런 소란의 와중에서,
제 자신을 소심하게나마 지키겠다고 결심한다. 그 결심은 실은 그렇게
살아도 될까라는 의문과 그렇게 살아서는 안 된다는 반어를 수반하는
결심이다. 인용한 부분의 마지막에서 "영원만 고민하지 않으면 돼"라는
결심 역시 이와 같다. 영원을 고민해선 안 된다는 결심이 아니다. 이 진
술은 日常雜事에 파묻혀 영원성 따위의 가치를 추구하지 못하는 삶이
바른 삶일까라는 의문이며, 일상에 얽매였다고 해도 진정한 가치를 잊
어선 안 된다는 반어적 다짐이다.

그것하고 하고 와서 첫 번째로 여편네와
하던 날은 바로 그 이튿날 밤은
아니 바로 그 첫날 밤은 반시간도 넘어 했는데도
여편네가 만족하지 않는다
그년하고 하듯이 혓바닥이 떨어져나가게
물어제끼지는 않았지만 그래도
어지간히 다부지게 해줬는데도
여편네가 만족하지 않는다

이게 아무래도 내가 저의 섹스를 槪觀하고
있는 것을 아는 모양이다
똑똑히는 몰라도 어렴풋이 느껴지는
모양이다

나는 섬쩍해서 그전의 둔감한 내 자신으로
다시 돌아간다
憐憫의 순간이다 恍惚의 순간이 아니라
속아 사는 憐憫의 순간이다

나는 이것이 쏟고난 뒤에도 보통때보다
완연히 한참 더 오래 끌다가 쏟았다
한번 더 고비를 넘을 수도 있었는데 그만큼
지독하게 속이면 내가 곧 속고 만다
──「性」 전문(291면)

　부분적인 병렬이 무수하게 등장하여, 전체의 서술을 화자에게 귀속시
킨다. "그것" 혹은 "그년"이나, "여편네"가 화자에게 존중의 대상이 되
지 않는 것은 분명하다. 김수영은 "性"이 가진 환상적 면을 벗겨내고,
그것을 지극히 저열한 일상을 통해 드러내었다. "여편네와/ 하던 날은"
"바로 그 이튿날 밤은" "아니 바로 그 첫날 밤은"과 같은 거듭되는 校
訂은 화자의 조바심을 효과적으로 드러낸다. "그년하고 하듯이 혓바닥이
떨어져나가게/ 물어제끼지는 않았지만"이라는 말은 창녀로 짐작되는 다
른 여자에 대한 혐오를, "어지간히 다부지게 해줬는데도"라는 말은 아내
에 대한 혐오를 느끼게 만든다. 정서적인 동의와 동감이 사라진 성교는
화자로 하여금 상대방의 "섹스를 개관"하게 만들고, 아내는 어렴풋이 그
사실을 느낀다. 그는 이런 사정을 "연민의 순간"이라고 불렀다. 성교에
서 "황홀의 순간"이 제거되고, 나와 그녀 사이에는 서로 속고 속이는,

그래서 서로를 가련하게 여기는 순간만이 있을 뿐이다. 전체 시행들은 이런 연민을 구체화하기 위한 제유적 상황이라 할 수 있다. 아내는 내가 자신의 섹스를 개관하고 있음을 어렴풋이 느끼고, 나는 속이는 일이 들킬까봐 "그전의 둔감한 내 자신으로" 돌아간다. 결국 화자는 제 자신에게도 거짓을 느낀다. 화자는 "그년"이나 "여편네" 모두를 他者로 만들고, 그 거리 이편에서 스스로 他者가 되는 것이다. 마지막 구절은 그 겹의 소외가 가진 쓸쓸함을 보여준다. 그는 이미 상대와 자신을 속였는데, 시간을 끌다간 자기 자신이 속고 만다고 말한다. 적어도 지금은 아내와 자신을 속이고 있다는 것을 알고 있는데, 더 지체하다간 자신이 정말 아내를 위하고 있나고 착각하고 만다는 얘기다. 그런 착각은 거짓을 진실이라 믿고, 연민을 황홀이라 믿게 만든다.

　이 시는 표면적인 전언에 강조점이 있지 않다. 私的인 화자는 다만 제 이야기를 할 뿐인데, 이를 비판적으로 읽는 것은 그 너머에서 一般化된 전언을 유추하는 독자들이다. 이 시를 반어적인 구조로 읽어야 하는 것은 이 때문이다. 스스로를 풍자의 대상으로 삼는 김수영의 많은 시편들에서 이와 같은 반어적 구조가 현저하게 드러난다.

　김수영의 시에서 私的인 화자가 드러나지 않는 시들25)은 대개 잠언적인 경구를 삽입하여 쓴 시들인데, 이 경우에도 부분적인 반어는 흔하게 관찰된다.

　　　瀑布는 곧은 絶壁을 무서운 기색도 없이 떨어진다

---

25) 전집에 실린 김수영의 시 173편에서, 일인칭 화자 "나"의 자기 진술로 진행되지 않는 시가 31편인데, 이 중에서 "나" 대신 "우리"나 "너"를 내세운 시들이 20편을 약간 웃돈다. 이 시들은 대개 "나"를 변용한 성격을 갖고 있다. 더욱이 화자가 드러나지 않는 시들에서도 일상적 상황을 구어체로 쓴 경우에는 私的인 화자를 짐작할 수 있으므로, "나"가 중심이 되지 않는 시는 10편을 넘지 않는다고 말할 수 있다. 다음 구절은 시에서 사적인 화자를 내세운 것을 김수영 스스로도 의식하고 있었음을 보여준다. "아무튼 요즘에 집에 들어앉아있는 시간이 많고, 자연히 신변잡사에 취재한 것이 많이 나오게 된다. 그래서 그 반동으로 <우리>라는 말을 써보려고 했는데, 하나도 성공한 것이 없는 것 같다. (중략)「미역국」이후에 두어 편 가량 시도해보았는데, 이것은 <나>지 진정한 <우리>가 아닌 것 같다. 엘리어트가 <나>도 여러 가지 <나>가 있다는 말을 어디에서 한 것을 읽은 일이 있는데, 지금의 나의 경우에는 그런 말은 糊塗之策도 되지 못한다."(「시작노우트」,『김수영 전집 2 산문』, 민음사, 1981, 294면)

規定할 수 없는 물결이
무엇을 向하여 떨어진다는 意味도 없이
季節과 晝夜를 가리지 않고
高邁한 精神처럼 쉴사이없이 떨어진다

金盞花도 人家도 보이지 않는 밤이 되면
瀑布는 곧은 소리를 내며 떨어진다

곧은 소리는 곧은 소리이다
곧은 소리는 곧은
소리를 부른다

번개와같이 떨어지는 물방울은
醉할 순간조차 마음에 주지 않고
懶惰와 安定을 뒤집어놓은 듯이
높이도 幅도 없이
떨어진다
　　　　—「폭포」전문(102면)

　폭포에서 곧은 정신의 형상을 읽어내는 김수영의 시각이 돋보인다.
절벽에 몸을 내어주는 폭포에게는 아무런 "무서운 기색"이 없다. "떨어
진다"는 말로 언술을 통일한 것은 폭포가 상징하는 내면적 결단의 크기
를 보여주기 위한 것이다. 떨어지는 것으로 제 존재를 삼는 폭포는 결
단과 실천 앞에서 머뭇거리는 나약한 인간의 심성을 비웃는 듯 하다.
폭포의 물결을 "규정할 수 없"고, 거기에 "아무런 의미도 없"다고 말하
는 것이 바로 반어이다. 제 흐름에 몸을 맡겼으므로 그 물결은 규정되
어 있으며, 그것을 "고매한 정신"과 같다고 말했으므로 거기에 의미가
없는 것이 아니다. 다만 능동성을 상실한 채 수동적으로 제 몸을 보존
하고 싶어하는 이들만이 落下 앞에서 규정과 의미를 찾으려 들 것이다.
"계절과 주야를 가리지 않"는 폭포는 언제든 제 무너짐이 自立에서 비
롯된 것임을 보여주는 존재이다.
　이 시는 "고매한 정신"을 구체화하기 위해 쓰여졌다. 3연에 나오는
"곧은 소리"가 그 정신의 성격을 일러준다. 밤이 되면 "폭포는 곧은 소
리를 내며 떨어진다". 이 소리는 "곧은 절벽"에서 유추된 것인데, 다음
행에서 그 내포가 확장된다. "곧은 소리는 곧은/ 소리를 부른다". 처음

의 "곧은"은 구부러지거나 비뚤어지지 않은 폭포의 형상인데, 뒤의 "곧은"은 올바르고 정직한 것을 의미한다. 떨어지는 물이 떨어질 물을 불러오듯, 곧게 떨어지는 물소리가 또다른 곧은 물소리를 불러온다. 하나의 정신은 또다른 정신을 곧추세우는 것이다. 그 정신은 "번개와" 같고, "懶惰와 安定을 뒤집어놓은 듯" 하다. 곧은 정신의 광휘와 급박함, 부지런함과 역동성이 이 시행에서 드러난다. "취할 순간조차 마음에 주지 않"는다는 말은, 이 폭포가 도취할 시간을 허락하지 않는다는 뜻이다. 감탄은 대상에 대한 거리가 전제되어야 비로소 이루어진다. 그러나 폭포는 무너짐의 절대성으로 존재하는 것이어서, 떨어져서 관찰할 대상이 아니다. 곧은 소리 역시 보는 이의 내면에 곧장 육박해 들어오는 것이어서, "높이도 幅도 없"다. 이런 추상화는 폭포가 정신의 본질을 직접 지시한다는 것을 보여준다.

김수영은 언술들을 병렬하고 구체화하는 방식으로 시를 썼다. 은유적 병렬은 유사한 언술들을 나열하고 이야기를 전개하는 방식이며, 제유적 구체화는 개체의 이야기로 전체의 이야기를 하는 방식이다. 김수영의 시는 비교적 절제된 短形詩들과 다변과 요설이 두드러진 長形詩들로 나뉘는데, 어느 유형에서나 병렬과 구체화의 방식이 보인다. 은유적 병렬은 특히 多辯을 가능하게 하는 원리이자 그로써 드러난 이야기들을 일관적인 것으로 만들어주는 원리이다. 김수영은 언술들을 늘어놓아 이야기를 전개하면서, 각 언술 영역을 유사하게 만들고 통일하여 전체 이야기를 꾸몄다(은유적 병렬). 구체화는 개인적이고 일상적인 차원의 말로 사회 역사적 차원의 이야기를 하는 것을 가능하게 하는 원리이다. 그는 일상 雜事들을 나열하는 방식의 시를 자주 제작하였는데, 이것들이 모여 하나의 一般事를 이야기하는 것을 보게 된다(제유적 구체화).

그는 이 두 방식을 준용하여 서술적 특성을 지닌 시를 제작하였다. 김수영의 서술적 언술이 지닌 특성은, 시적 화자가 서술을 통일하는 의미상의 주체라는 점이다. 화자는 서술적인 언술들을 나란히 놓아 이야기를 전개하는 한편으로, 그것들을 주체의 어조나 태도에 종속된 것으로 끌어 모은다. 그래서 김수영의 서술적 언술에서는 대개 화자의 기능이 강화된다. 이 화자는 늘 私的인 영역에서만 드러나는 화자이다. 김수영은 사소하고 일상적인 진술들로 그보다 고차적인 시적 전언을 표출하는 방식을 선호하였다. 이 때문에 반어가 시의 구조적 특성으로 자리잡는다.

3. 신동엽의 시

1) 宣言的인 언술(離接과 일반화의 원리)

신동엽은 詩作의 전 시기에 걸쳐 환유적인 이접과 제유적인 일반화의 방식으로 시를 썼다. 김춘수와 김수영의 경우와 마찬가지로, 신동엽의 시에서도 이접과 일반화의 방식은 결합되어 있다. 그는 하나의 언술을 제시한 후에, 그와 相反되는 계열의 언술을 이야기하거나(이접), 부분적인 언술들이 일반적 상황에 종속되게끔 시를 구성하였다(일반화). 신동엽에게서 환유는 주로 否定의 대상에서 발견되는데, 이는 환유가 갖는 異質的 속성을 구성에 투영한 결과라 하겠다. 반면 제유는 주로 肯定의 대상에서 관찰된다. 이 역시 일반화된 제유가 갖는 포괄적 속성을 구성에 투영한 결과라 볼 수 있다.

시적 대상들에 이항대립의 자리를 부여하면, 전언이 매우 강렬해진다. 참과 거짓, 긍정과 부정, 정의와 불의가 이 지점에서 갈려져 나간다. 신동엽의 시에서 환유적인 이접은 이항대립의 지점에서 후자의 자리를 드러내는 데 매우 효과적으로 쓰였다. 그래서 이접의 방식은 선동적인 문체와 잘 어울린다. 반면 제유적인 일반화는 전자의 자리를 드러내는 데 효과적이다. 일반화의 방식에 의해 이상적인 全體像을 그려내기가 수월한 까닭이다. 일반화의 방식 역시 선동적인 문체에 잘 어울린다.

환유적 이접과 제유적 일반화를 통해서, 신동엽은 언술에 宣言的 성격을 부여하였다. 신동엽 시의 화자는 흔히 격렬한 공격성과 열정적인 사랑을 토로하곤 했다. 이 경우, 공격성을 드러내는 방식이 환유적 이접이며, 사랑을 토로하는 방식이 제유적 일반화임을 짐작하기는 그리 어렵지 않다.

아스란 말일세. 平和한 남의 무덤을 파면 어떡해, 田園으로 가게, 田園 모자라면 저 숱한 山脈 파 내리게나.

　고요로운 바다 나비도 날으잖는 봄날 노오란 共同墓地에 소스랑 곤두세우고 占領旗 디밀어 오면 고요로운 바다 나비도 날으잖는 꽃살 이부자리가 禮儀가 되겠는가 말일세.

　아스란 말일세. 잠자는 남의 등허릴 파면 어떡해. 논밭으로 가게 논밭 모자라면 저 숱한 山脈, 太白 티벧 파밀高原으로 기어 오르게나. 하늘 千萬개의 삽으로 퍽퍽 파헤쳐 보란 말일세.

　아스란 말일세. 흰 젖가슴의 물결치는 소리, 소시랑 씨근대고 다니면, 불쌍한 機械야 景致가 되겠는가 말일세.
　간밤 평화한 나의 조국에 기어들어와 사보뎅 심거놓고 간 자 나의 어깨 위에서 사보뎅 뽑아가란 말일세.

　정배기에 소나무 꽂고 行進하는 자 그대는 生地인가?
　새파란 나이야 풀씨 물고 숫제 草原으로 달아나 버리게.

　그러기 아스란 말이시네. 경치가 아니시네. 엉덩이에 記念塔 심거지면 기껏, 그거난 말일세.
　무너져 버리게. 어제까지의 땅 삽으로 질러 바다 속 무너 느버리고 숫제 바다로 쏟아져 버리게.

　고요로운 바다 나비도 날으잖는 봄날 共同墓地에 소시랑 곤두세우고 占領旗 디밀어오면
　다시는 그런 버르장머리, 다시는 분즐어놓고 말겠단 말일세.
　——「機械야」 전문(49-50면)

　화자의 말투는 간청과 명령 사이를 오간다. 공손히 청하고 있는 것 같으나 마지막 발언을 보면, 실은 명령어법임을 알게 된다. 첫 연에 제시된 풍경부터가 심상하지 않다. 기계가 건설 현장에 있지 않고 평화로운 무덤이나 파헤치고 있으니, 긴장된 상황이라 할 만하다. 실상 이 기계는 권력자들을 대표하는 것으로 보인다. 신동엽은 다른 시들에서 "쇠붙이"라는 시어로 무기를 환유하곤 했는데, 이 시에서는 "기계"를 침탈의 도구에 빗대었다. 전원이나 산맥들을 파헤치라는 말은 반어로 쓰인 것이다. 전원을 훼파하는 일이나 산맥을 끊어놓는 일도 좋은 일은 못되는데, 하물며 망자의 땅을 파헤치고 있으니 될 법이나 한 일이냐는 뜻이다. 황폐한 나라 사정이 "공동묘지"와 같은데, 거기에 쇠스랑을 곤

두세우고 점령기를 디민다는 것은 예의가 아니다. "쇠스랑" "점령기" 역시 가진 자들의 공격성과 지배욕을 환유하는 사물들이다.

3연에서도 화자의 요구는 계속된다. 왜 잠자는 남의 등허릴 파헤치는가? 차라리 논밭을, 아니 고원 지대 전부를 당신의 삽으로 파헤쳐라. "등허리"가 국토를 제유한 것이고, "삽"이 침탈의 도구를 환유한 것임은 물론이다. "흰 젖가슴의 물결치는 거리"와 같은 구절은 이 땅의 아름다움을 말하는 구절이다. 이 구절은 흰 젖가슴이 출렁이는 모습에서 물이 흘러가는 성질을 유추한 것이기도 하고, 가슴에서 나온 젖이 거리를 물들이는 모습을 상상한 것이기도 하다. 어쨌든 이로써 "흰 젖가슴"이 아름다운 민중들을 제유한다는 사실이 분명해진다. 이런 아름다운 거리에 볼썽사나운 기계는 어울리는 풍경이 아니다. 평화로운 조국에 "사보뎅" (선인장)을 심어놓은 일은 용서할 수 없는 일이다. 따갑고 메마른 이국 식물로 권력자들을 환유했다고 하겠다. 화자는 "나의 조국"과 "나의 어깨"를 동의어로 쓰고 있다. 조국을 제 몸의 일부로 여기는 셈인데, 이런 제유는 신동엽의 시에서 자주 구사된다. 5연에서 "정배기에 소나무 꽂으고 행진하는 자"는 부유한 자들이 세운 집터를 말한다. 집 주변에 관상수로 소나무를 심어놓은 자들은, 자연과 함께 사는 자들이 아니라 자연에 분탕질하는 못난 자들이다. "풀씨 물고 숫제 초원으로 달아나" 버리라는 명령은 그래서 나왔다.

반어로 전개되던 어조는 6연에 와서 직접성으로 바뀐다. 화자는 조국의 "엉덩이"에 "기념탑"을 세우는 자들에게, 땅을 무너뜨려 바다 속에 넣어버리고 아예 바다로 쏟아져 버리라고 말한다. 7연에서, "다시는 그런 버르장머리, 다시는 분질러놓겠다"는 결의에 찬 맺음말이 보인다. 통사적 규칙을 얼크러뜨리며 개입한 두 번째 "다시는"이란 어사는, 화자의 결의가 얼마만한 것인가를 보여준다. 이런 어조가 신동엽의 언술이 가진 宣言的 성격을 분명히 보여준다.

이 시에서 많은 제유와 환유의 목록을 작성할 수 있다. 각각의 항목들은 조국의 살과 뼈, 침탈자들의 도구들로 계열화된다.

계 열	국 토	권 력 자 들
제유적 대상	무덤(공동묘지), 꽃살 이부자리(+은유), 등허리, 젖가슴, 엉덩이	
환유적 대상		소시랑, 점령기, 삽, 기계, 사보뎅, 기념탑

껍데기는 가라.
四月도 알맹이만 남고
껍데기는 가라.

껍데기는 가라.
東學年 곰나루의, 그 아우성만 살고
껍데기는 가라.

그리하여, 다시
껍데기는 가라.
이곳에선, 두 가슴과 그곳까지 내논
아사달 아사녀가
中立의 초례청 앞에 서서
부끄럼 빛내며
맞절할지니

껍데기는 가라.
漢拏에서 白頭까지
향그러운 흙가슴만 남고
그, 모오든 쇠붙이는 가라.
──「껍데기는 가라」 전문(67면)

"껍데기"는 모든 비본질적인 것, 비순수한 것을 아울러 이르는 말이다. 「三月」에서 말한 "껍질", 「주린 땅의 指導原理」에서 말한 "두드러기" "딱지" "면사포" "낙지발"과 같은 환유적 목록들이 바로 껍데기이다. 신동엽이 이 시어를 앞으로 내세운 것은 "껍데기"란 말이 주는 강한 어감이 선동적인 문체와 잘 어울리기 때문이라고 생각된다. 1-3연에는 껍데기와 相反되는 어사들이 등장한다. 사월의 "알맹이"는 4·19 혁명의 정신이며, 동학년 곰나루의 "아우성"은 동학 혁명의 정신이다. 혁명 주체의 "아우성"으로 혁명의 본질을 지시하는 이 환유는 모든 억압과 수탈의 주체에 대한 항거의 정신을 보여준다. 3연의 "그리하여" 앞뒤에 놓인 동일한 시행이 이 명령의 절대성을 암시한다. "껍데기는 가라"는 명령어법은 제 자신을 명령의 근거이자 결론으로 삼는다. "아사달" "아사녀"가 참된 민중을 대표하는 제유적 인물들임은 「주린 땅의 지도원리」에서도 말한 바 있다. 이들은 분단된 조국의 양측을 대표하는 인물들이 되기도 한다. 이들이 "두 가슴과 그곳까지" 내놓은 것은, 본원적인 결합에 대한 열망 때문이다. "中立의 초례청"은 양극적인 외세를 배격하고 균형과 절제를 찾으려는 장소로 이해된다.26) 그러므로 "부끄러움"은 본원적인 만남에 수반되는 어떤 설렘과 기쁨에서 비롯된 것이라 보아야 한다. 4연에서, "껍데기"는 "그 모오든 쇠붙이"로 환유되고, "알맹이"와 "아우성"은 "향그러운 흙가슴"으로 제유된다. 결국 껍데기는 증오와 공격성을, 흙가슴은 사랑과 진정성을 제 속성으로 하고 있었던 셈이다.

이 시의 首尾相關的 성격은 구성적 안정성을 보장하는 장치이자, 내용의 적실성을 담보하는 방식이다. 이런 구성이 宣言的 언술의 특징을 잘 보여준다.27) 신동엽은 수미상관적 구성을 즐겨 썼는데, 대체로 이런 구성을 통해 시를 지으면, 시는 그 주장만으로도 완결성을 갖게 된다. 머리에서 제시된 주장은 몇 번의 변주를 거쳐 도도하게 이어지다가 결말에서 다시금 수렴, 반복된다. "그 모오든"이란 표현은 어조를 존중하면, 격렬하고 장중하게 읽어야 한다. 신동엽은 남겨야 할 것과 제거해야 할 것을 구분하고 전자와 후자를 집약적으로 표현한 어사들을 마지막에

---

26) 백낙청은 중립이 "'중도' '중용' 등 어떤 궁극적인 덕성과 진리의 길을 뜻하고 있다"고 말했으며(백낙청, 「살아있는 신동엽」, 『민족시인 신동엽』, 소명출판, 1999, 20면), 조태일은 "핵심, 정상, 근원, 집중, 순수 등의 여러 의미가 뭉뚱그려진 이 '중립'은 바로 영원한 생명의 힘을 나타내주고 있으며 영원한 민중적인 힘을 뜻한다고도 말할 수 있다"고 했다(조태일, 「신동엽론」, 앞의 책, 110면). 박지영은 1960년대 한반도 중립화 논의와 연결지어, 중립화가 현실적으로는 실현 불가능한 것이었으나, 내재화된 신념과 유토피아라는 보편적 의미로 남았다고 보았다(박지영, 「유기체적 세계관과 유토피아 의식--신동엽론」, 민족문학사연구소, 『1960년대 문학연구』, 깊은샘, 1998, 421면). 김윤태 역시 '중립'을 현실적 의미로 해석하여, 자주통일과 민중 주체성, 생명사상과 근대성 비판이라는 중심어로 설명하였다(김윤태, 「신동엽 문학과 '중립'의 사상」, 『민족시인 신동엽』, 205-215면 참조).

27) 147-151면에서 분석한 바 있는 「누가 하늘을 보았다 하는가」에서도 수미상관적 구성이 보인다. 이 시 역시 신동엽 시의 宣言的 특성을 잘 보여주는 예라 하겠다.

배치하여, 시적 효과를 극대화하고자 하였다.

신동엽의 시에서는 은유적 구성이 거의 보이지 않는다. 김춘수가 풍경화된 언술들을 은유적으로 중첩하여 시를 썼고, 김수영이 서술적인 언술들을 병렬하고 거기에 은유적인 성격을 부여하여 시를 쓴 것과 달리, 신동엽은 은유적 구성을 시에서 활용하지 않았다. 신동엽 시의 은유는 초보적이거나 기계적인 것이어서, 구성의 일반적 원리로 승격되기 어렵다.

> 너는 모르리라
> 진달래 피면 내 영혼 속에
> 미치는 두 마리
> 짐승의 울음
> ──「너는 모르리라」, 2연(29면)

> 아니오
> 괴뤄한 적 없어요,
> 稜線 위
> 바람 같은 음악 흘러가는데
> 뉘라, 색동 눈물 밖으로 쏟았으리야.
> ──「아니오」, 2연(31면)

> 주먹 같은 빗발이 학살처럼
> 등허리를 까뭉갠다. 이제 통쾌하게
> 뉘우침은 사람을 죽였다.(중략)
> 가느다란 모가지를 심줄만 남은 두 손으로
> 꽉 졸라맸더니 개구리처럼 삐걱! 소리를 내며
> 혀를 물어 내놓더라.
> ──「江」, 전문(96면)

「너는 모르리라」에서 "짐승"은 봄이 되어 격렬하게 일어나는 너에 대한 情을, 「아니오」에서 "바람"은 "음악" 소리의 자연스러움을, "색동"은 "눈물"의 가치를, 「강」에서 "주먹"은 빗방울의 굵기를, "개구리"는 혀를 내밀고 죽는 모습을 보여주기 위한 은유이다. 이런 은유에 담긴 내포는 매우 빈약하여, 시어를 수식하는 일차적 기능밖에 하고 있지 못하다. 宣言的 언술은 대개 독자보다는 청자를 필요로 하는 언술이어서, 일반화된 전언으로 구성된다. 선언적인 발언을 하는 화자는 표현을 돌보기보

다는 전언의 강렬함에 집중하고, 교묘히 꾸미기보다는 직설적으로 토로
하고자 한다. 시 자체의 구조에서 파생되는 은유적 언술이 宣言에서 배
제되는 것은 이런 이유에서이다. 신동엽은 환유가 가진 自動化된 연상,
제유가 가진 일반화된 연상을 받아들였으나, 은유가 가진 연상의 풍요
로움은 거의 활용하지 않았다. 다음 시는 신동엽의 시에서 은유적으로
읽힐 수 있으면서도 비교적 성공적인 시인데, 이 시를 검토하면 신동엽
시의 구성적 특질이 은유에 있지 않음이 분명히 드러난다.

> 그리운 그의 얼굴 다시 찾을 수 없어도
> 화사한 그의 꽃
> 山에 언덕에 피어날지어이.
>
> 그리운 그의 노래 다시 들을 수 없어도
> 맑은 그 숨결
> 들에 숲 속에 살아갈지어이.
>
> 쓸쓸한 마음으로 들길 더듬는 行人아.
>
> 눈길 비었거든 바람 담을지네.
> 바람 비었거든 人情 담을지네.
>
> 그리운 그의 모습 다시 찾을 수 없어도
> 울고 간 그의 영혼
> 들에 언덕에 피어날지어이.
> ──「山에 언덕에」 전문(42면)

"그"가 어떤 인물인지 분명치 않으나, 오히려 그런 모호성이 시의 내
포를 풍요롭게 한다. "그"는 그리움의 대상이어서, 사회 역사를 드러내
려는 제유적 문맥에 따라 그에게 여러 속성을 부여해도 내포는 어긋나
지 않는다. 말하자면 "그"가 4·19를 주도했으나 그 과정에서 희생을 당
한 인물이라 보아도 크게 잘못은 아니다. 不在한 인물인 "그"에 대한
화자의 그리움이 自然에서 "그"의 심상을 찾아내게 만들었다. 화자는
"산에 언덕에 피어"난 꽃에서 그의 얼굴을, "들에 숲속에"서 솟아나는
봄의 "숨결"에서 그의 노래를 듣는다. 이 은유들은 그가 떠나고 없는
곳에서, 그리움이 찾거나 만들어낸 그의 심상들이다.
"쓸쓸한 마음으로 들길 더듬는 행인"은 "그"에 대한 그리움이 만들어

낸 화자의 분신이다. 그가 없어 쓸쓸하지만, 그가 걸어간 "들길"은 화자 앞에 펼쳐져 있다. 이 길을 역사적 正義를 실천하는 자가 지나간 길이라 불러도 이상할 점은 없을 것이다. 음운적 유사성에 따라 "들길"은 "눈길"로 변용된다. 그는 이 풍경에서 제 모습을 거두어갔으나, 그의 "숨결"은 훈풍이 되어 남았다. 설혹 바람이 불지 않더라도, 화자는 그가 사람들에 대한 뜨겁게 살다갔으며 그 사랑이 남아있음을 안다. 이제 봄은 그의 "영혼"의 부활을 지시하는 온갖 상징들로 가득하다. "~지어이"나 "~ㄹ 지네"와 같은 어미에서, 그리움이 만들어낸 안타까움과 설움의 감정이 묻어난다.

이 시에서 "얼굴"과 "노래" "모습" 등은 산과 언덕, 들과 숲 속 어디서나 발견된다. 그의 모습을 보여주는 각각의 세목들은 풍경을 이루는 하위 세목들과 은유적 연관을 맺고 있다. 그러나 한편으로 이 세목들은 "그"의 모습을 보여주는 제유적 세목이기도 하다. 제유적 세목들로 理想 的 全體를 드러내는 시편들은 신동엽의 시에서 아주 많은데, 이 시 역시 그와 같은 방식으로 설명될 수 있다. 가로축을 은유에, 세로축을 제유에 할당하여 도식화하면 다음과 같다.

은유 =

그 (전체)	자연 (전체)
얼굴(세목1)	꽃(세목1)
노래(세목2)	숨결(세목2)
모습(세목3)	영혼(세목3)

제유∪

시가 진행될수록 "그"와 자연은 合―을 이룬다. 마지막 연에 가서 은유적 항목은 흐트러져 버린다. 그의 모습과 영혼을 은유로 묶기는 어렵다. 자연은 그의 영혼을 담는 그릇과 같은 것이 된다. "들에 언덕에 피어나"는 것이 "그의 영혼"인 것이다. 결국 이 시에서도 은유적 구성보다는 제유적 구성의 방식이 우세하다고 말할 수밖에 없다. 엄밀히 말해 이 시에서 도출되는 은유의 축은 제유의 체계성이 낳은 부산물이라고 보는 것이 정확할 듯 하다.

신동엽의 시에서 은유가 구성의 차원으로 활용되는 예는 거의 없다. 시적 체계를 정교하게 꾸밀 때 은유가 곧잘 쓰인다. 김춘수나 김수영 시를 은유적 구성으로 분석할 수 있는 것은, 이들이 은유의 중첩되거나 병렬되는 성질을 구성에 원용하였기 때문이다. 그러나 宣言的인 언술에서는 전언의 직접적인 호소력을 의도하므로, 은유적인 정교함을 돌보지 않는 경우가 흔하다. 신동엽의 은유가 상식적인 차원에 머물고 만 것은 이런 언술의 성격에서 비롯된 것이다. 신동엽은 은유적 구성을 취하지 않은 대신, 환유가 가진 관습적 성격과 제유가 가진 전체적 성격을 활용하였던 것이다.

2) 寓意的인 구조

신동엽의 시가 宣言的 언술로 짜여져 있다는 것은, 그의 시에 등장하는 화자가 개인적 성격을 가지고 있지 않다는 것을 의미한다. 선언적 언술은 다수의 청자를 상정하는 언술이어서 개인적인 전언의 영역에는 어울리지 않는다. 신동엽 시의 화자가 개인이나 대상을 말할 때, 그들은 대개 민중의 대표이거나(제유적 일반화), 외세나 침탈자들의 대표(환유적 이접)이다. 제유의 경우 신동엽은 신체 일부로 전체로서의 우리를 나타내거나, 특정 인물로 우리 민족 전체를 나타냈으며, 환유의 경우 침탈자들의 도구(사물)로 침탈자들을 나타냈다. 이런 예들은 무수해서, 신동엽 시의 거의 全篇에서 이런 예를 찾을 수 있다고 해도 좋을 정도이다.

신동엽의 시에서, 환유와 제유의 어느 경우에나 이야기하는 화자는 私的인 영역에 속한 화자가 아니다.[28] 신동엽 시의 화자는 일종의 대표성을 갖고 있어서, 개인적 차원에서 말을 하지 않는다. 이 때문에 시에

---

28) 미발표 시들을 모은 『꽃같이 그대 쓰러진』(실천문학사, 1988)에 실린 시들에서는 환유, 제유적 성격을 찾을 수 없는 시편들이 여럿 있다. 이런 시들은 대개 개인적인 연정이나 일상적 소회를 이야기한 것들이다. 예컨대, "그의 행복을 기도드리는 유일한 사람이 되자/ 그의 파랑새처럼 여린 목숨이 애쓰지 않고 살아가도록/ 길을 도와주는 머슴이 되자."로 시작되는 시 「그의 행복을 기도드리는」(앞의 책, 14면)은 은유적 병렬의 방식으로 설명될 수 있다. 습작으로 보이는 이 시는 특정 인물에 대한 사랑의 토로로 짐작되는데, 이런 언술은 告白的인 것이며, 시의 화자는 私的인 화자이다. 신동엽이 환유적, 제유적 구성으로 선언적 언술을 이루었고, 이런 시들의 화자가 公的 화자임을 보여주는 反證인 셈이다. 이 논문에서는 여기에 실린 작품이 시적 성취를 논하기에는 미흡하다고 판단하여 논의에서 제외하였다. 신동엽 시의 功過는 전집에 실린 시들을 대상으로 논의되어야 한다고 본다.

서 제시하는 상황이 일상적 상황으로 보일 때에도 그 상황을 개인의 상황이라 말할 수 없다. 신동엽의 시는 表面에 드러난 개별 상황이 裏面에 있는 일반적 상황을 제시하는 이중구조를 지니고 있어서, 이를 寓意的 구조라 부를 수 있다. 따라서 신동엽 시의 우의적 구조는 대개 제유적 일반화의 방식에서 생겨난 것이다. 다음은 2장에서 살펴본 바 있는 「주린 땅의 指導原理」의 일부이다.

> 비로소, 허면 두 코리아의 主人은 우리가 될 거야요. 미워할 사람은 아무데도 없었어요. 그들끼리 실컷 미워하면 되는 거야요. 아사녀와 아사달은 사랑하고 있었어요. 무슨 터도 무슨 堡壘도 掃除해 버리세요. 창칼은 구워서 호미로나 민들고요. 담은 헐어서 土肥로나 뿌리세요.
> 비로소, 우리들은 萬邦에 宣言하려는 거야요. 阿斯達 阿斯女의 나란 緩衝, 緩衝이노라고.
> ——「주린 땅의 指導原理」 8연(47면)

아사달과 아사녀가 생명력을 가진 민중의 제유임은 앞에서 살펴 보았다. 둘의 대화로 이루어지는 이 이야기를 개인적 상황으로 볼 수 없다. "그들"은 우리를 갈라놓은 외세이다. 앞 연에서 아사달은 우리의 "포동 흰 알살"을 덮고 있던 "두드러기며 딱지며 면사포며 낙지발들을 面刀질해 버리"자고 말했다. "四月에 맞은 건 帽子" 뿐이었다. 이제 "모자나 겨드랑이 아니라 아랫도리"를 맞추어야 한다. 이 수많은 환유와 제유의 목록들을 실행에 옮긴 후에, 비로소 아사달과 아사녀는 갈라진 두 "코리아의 주인"이 될 수 있을 것이다. 국토 여기저기에 놓여 있던 증오와 죽임의 도구들을 부수어 버리자는 청원은 그래서 절실하다. "무슨 터도 무슨 보루도" "창칼"과 "담"도 모두 제거하고, 殺氣와 적의에서 벗어난 "완충" 지대를 만들자는 청원이 보인다.

이 시의 寓意的 성격은 제유적 일반화에서 나온다. 신동엽은 민중의 염원을 아사달, 아사녀라는 인물에 대입하여 이야기를 진행시켰는데, 이로써 두 인물의 소망이 민족 전체의 소망으로 일반화된다. 다음 시에서는 꿈을 빌어, 시인의 소망을 우의적으로 나타냈다.

> 술을 많이 마시고 잔
> 어제밤은
> 자다가 재미난 꿈을 꾸었지.

나비를 타고
하늘을 날아가다가
발 아래 아시아의 반도
삼면에 흰 물거품 철썩이는
아름다운 반도를 보았지.

그 반도의 허리, 개성에서
금강산 이르는 중심부엔 폭 십리의
완충지대, 이른바 북쪽 권력도
남쪽 권력도 아니 미친다는
평화로운 논밭.

술을 많이 마시고 잔 어제밤은
자다가 참
재미난 꿈을 꾸었어.

그 중립지대가
요술을 부리데.

너구리새끼 사람새끼 곰새끼 노루새끼들
발가벗고 뛰어노는 폭 십리의 중립지대가
점점 팽창되는데,
그 평화지대 양쪽에서
총부리 마주 겨누고 있던
탱크들이 일백팔십도 뒤로 돌데.

하더니, 눈 깜박할 사이
물방게처럼
한 떼는 서귀포 밖
한 떼는 두만강 밖
거기서 제각기 바깥 하늘 향해
총칼들 내던져 버리데.

꽃피는 반도는
남에서 북쪽 끝까지
완충지대,
그 모오든 쇠붙이는 말끔이 씻겨가고
사랑 뜨는 반도,
황금이삭 타작하는 순이네 말을 돌이네 마을마다
높이높이 중립의 분수는
나부끼데.

> 술을 많이 마시고 잔
> 어제밤은 자면서 허망하게 우스운 꿈만 꾸었지.
> ──「술을 많이 마시고 잔 어제밤은」, 전문(75-76면)

　화자는 처음에는 "재미난 꿈"이라고 했다가 마지막에 가서 "허망하게 우스운 꿈"이라고 하여, 이 소망이 그 이상적 모습으로서는 신명나는 소망이지만 실현 가능성이 희박한 소망이라는 것을 이야기한다. "나비를 타고/ 하늘을 날아가다가"와 같은 형식이 夢遊의 형식이다. "발 아래"에 반도 전체를 보고 있으니, 화자가 거시적 조망을 가진 公的 화자임을 알겠다. "폭 십리의 완충지대"를 평화지대로 간주하는 것은 신동엽의 시에서 흔한 상상이다. 비무장지대(중립지대)는 권력과 전쟁에서 자유로이 놓여난 곳이다. 아마도 신동엽은 美蘇의 대립 사이에 찢긴 우리 나라가 그와 같은 완충지대로서의 평화를 누릴 수 있으리라 믿은 듯 하다. 그곳은 "이른바 북쪽 권력도/ 남쪽 권력도 아니 미치"는 곳이다. 이미 박두진에게서 적절한 시적 형상을 얻은 낙원, 사람과 짐승이 한데 어울려 "발가벗고 뛰어노는" 그런 낙원이 거기에 있다. 낙원에 대한 강렬한 소망은 서로 "총부리"를 겨누던 "탱크들"을 "일백팔십도 뒤로 돌"게 하고, "바깥 하늘 향해" "총칼들"을 내던져 버리게 만든다. 이제 완충지대는 반도 전체로 확장된다. "꽃피는 반도" "사랑 뜨는 반도"라 노래하는 화자의 목소리에는 어떤 들뜸과 설렘이 있다. "순이네 마을 돌이네 마을"은 이 땅의 모든 마을을 대표하는 제유적 터전이다. 그곳에서는 사람들이 "황금이삭"을 타작하고, "높이높이 중립의 분수"가 나부낀다.
　이 상상은 강렬한 그만큼 실현하기가 어렵다. 시인은 내 땅 안에 들어와 있는 "총칼" "탱크" 혹은 그것들을 아우르는 "그 모오든 쇠붙이" 등의 환유적 異物들을 환상으로 단번에 제거했지만, 정작 그 환상이 "허망하게 우스운" 것임을 안다. 불가능하기 때문에 우의적 성격을 띠게 되었다고 보는 것이 옳을지도 모르겠다. "술을 많이 마시고" 잠들었다는 것 역시, 어지간한 꿈으로서는 실현하기 어려운 소망이라는 것을 보여주는 장치라 할 수 있다. 어쩌면 화자는 그런 소망이 이루어지지 않는 데 대한 울분으로 술을 많이 마셨는지도 모른다. 어쨌든 소망을 갖는다는 것은 마음속에 어떤 이상을 잃지 않았다는 말이다. 위 시에서 신동엽은 그런 이상을 환유적 否定物과 제유적 肯定物로 나누어 배열하였다.

스칸디나비아라든가 뭐라구 하는 고장에서는 아름다운 석양 대통령이라고 하는 직업을 가진 아저씨가 꽃리본 단 딸아이의 손을 이끌고 백화점 거리 칫솔 사러 나오신단다. 탄광 퇴근하는 鑛夫들의 작업복 뒷주머니마다엔 기름묻은 책 하이데거 럿셀 헤밍웨이 莊子 휴가여행 떠나는 국무총리 서울역 삼등대합실 매표구 앞을 뙤약볕 흠쓰며 줄지어 서 있을 때 그걸 본 서울역장 기쁘시겠오라는 인사 한 마디 남길 뿐 평화스러이 자기 사무실문 열고 들어가더란다. 남해에서 북강까지 넘실대는 물결 동해에서 서해까지 팔랑대는 꽃밭 땅에서 하늘로 치솟는 무지개빛 분수 이름은 잊었지만 뭐라군가 불리우는 그 중립국에선 하나에서 백까지가 다 대학 나온 농민들 추럭을 두 대씩이나 가지고 대리석 별장에서 산다지만 대통령 이름은 잘 몰라도 새이름 꽃이름 지휘자이름 극작가이름은 훤하더란다 애당초 어느쪽 패거리에도 총쏘는 야만엔 가담치 않기로 작정한 그 知性 그래서 어린이들은 사람 죽이는 시늉을 아니하고도 아름다운 꽃동산처럼 풍요로운 나라, 억만금을 준대도 싫었다. 자기네 포도밭은 사람 상처내는 미사일기지도 땡크기지도 들어올 수 없소 끝끝내 사나이나라 배짱 지킨 국민들, 반도의 달밤 무너진 성터가의 입맞춤이며 푸짐한 타작소리 춤 思索뿐 하늘로 가는 길가엔 황토빛 노을 물든 석양 大統領이라고 하는 직함을 가진 신사가 자전거 꽁무니에 막걸리병을 싣고 삼십리 시골길 시인의 집을 놀러 가더란다.
　　——「散文詩<1>」 전문(83면)

화자는 짐짓 의뭉스런 말투로 이야기를 시작한다. "스칸디나비아라든가 뭐라구 하는 고장"의 이야기라는 것인데, 다른 나라에 대한 상념은 급격하게 이 나라의 미래에 대한 상념과 섞인다. 나라 이름 대신에 반도 이름을 댄 데서, 신동엽이 같은 반도국가인 우리 나라와의 연관성을 의도했음을 알 수 있다. 국가 대신 "고장"을 든 것도, 이 이야기의 직접성을 보장하기 위한 제유적 장치이다. 한 나라 전체보다는 한 고장 내의 이야기로 나라 형편을 빗대는 것이 설득력이 있다. 서두에서 다른 중립국 이야긴가 했더니 곧 "서울역"이나 "남해에서 북강까지"와 같은 어사가 출현하여, 이 시의 이야기가 우리 나라의 소망스런 미래에 대한 우의적 풍경화임을 알려준다. 딸아이와 백화점에 칫솔 사러 온 대통령, 철학과 문학책을 읽는 광부들, 국무총리를 친구 대하듯 하는 역장 등은 평등이 온전하게 실현되는 사회에서나 만날 수 있는 구성원들이다.

그 다음의 구절은 이 시의 언술이 가진 宣言的 성격을 분명히 보여준다. "남해에서 북강까지 넘실대는 물결 동해에서 서해까지 팔랑대는 꽃밭 땅에서 하늘로 치솟는 무지개빛 분수"는 이 나라 동서남북과 천지, 곧 六合이 두루 살만한 곳임을 보여주는 선언적 구절이다. 그 다음에는 이 나라가 교육적, 경제적, 문화 예술적 수준에서 평등을 이루었음이 이야기된다. "대학 나온 농민들"은 "추럭을 두 대씩이나 가지고 대리석 별장에서" 살며, "꽃이름 지휘자이름 극작가이름"에 흰하다. 아이 적부터 전쟁 놀이를 싫어하는 천성, 외세를 배격한 강단 있는 국민성을 가진 이 나라 백성들은 "춤 思索"을 즐기는 풍류와 명상의 나라를 이룩하였다. 이 나라는 정치가와 시인이 친구를 이루는 평등과 자유의 나라이다.

중립 상태에 대한 신동엽의 이상은 이처럼 寓意的으로 그려질 수밖에 없을 만큼 소박하고, 소박한 그만큼 강렬한 것이었다. 아직 실현되지 않은 이상이므로, 실현 가능성을 떠나 그 이상의 끝간 모습을 그려보이는 것은 당연한 일인지도 모른다. 현실에 대한 비판적 시선이 미래의 이상과 마주칠 때 이와 같은 우의적 풍경이 탄생한다고 보는 것이 옳을 것이다. "더라"체 語尾가 가진 다양한 성격이 십분 발휘되어, 시적 느낌을 풍요롭게 하고 있음도 주목할 만하다.

> 마을 사람들은 되나 안되나 쑥덕거렸다.
> 봄은 발병 났다커니
> 봄은 危篤하다커니
>
> 눈이 휘둥그래진 수소문에 의하면
> 봄은 머언 바닷가에 갓 上陸해서
> 冬栢꽃 산모퉁이에 잠시 쉬고 있는 중이라는 말도 있었다.
>
> 그렇지만 봄은 맞아 죽었다는 말도 있었다.
> 狂症이 난 惡漢한테 몽둥이 맞고
> 선지피 흘리며 거꾸러지더라는……
> 마을 사람들은 되나 안되나 쑥덕거렸다.
> 봄은 自殺했다커니
> 봄은 장사지내 버렸다커니
>
> 그렇지만 눈이 휘둥그래진 새 수소문에 의하면
> 봄은 뒷동산 바위 밑에, 마을 앞 개울
> 근처에, 그리고 누구네 집 울타리 밑에도,
> 몇 날 밤 우리들 모르는 새에 이미 숨어 와서
> 몸 丹粧29)들을 하고 있는 하고 있는 중이라는
> 말도 있었다.
> ──「봄의 消息」전문(94면)

---

29) 『전집』에는 "丹裝"으로 표기되어 있으나, 오식인 듯 하다.

아직 오지 않은 봄과 계속되고 있는 겨울이 대립된 상황으로 설정되어 있음을 쉽게 짐작할 수 있다. 봄을 의인화했으므로 시 전체가 은유적으로 구성되어 있지만, 은유가 가진 생성적인 인식은 이 시에서도 찾아보기 어렵다. 봄이 가진 관습적 상징이 조금도 변하지 않은 채 수용되고 있다는 데서, 이 시의 언술이 가진 宣言的 성격을 다시금 확인할 수 있다. 신동엽은 "봄"이 가진 일반적인 내포, 이를테면 희망, 생명, 자유 등의 의미를 시에서 받아들이고 거기에 혁명의 의미를 추가하였다. 앞에서 분석한 바 있는 「4月은 갈아엎는 달」이 혁명으로서의 봄을 보여준다. 「봄의 소식」에서의 봄은 살만한 세상을 이루는 전제가 되는 봄이다.

시절은 여전히 겨울이고, 사람들은 오지 않는 봄에 대해 쑥덕거린다. "발병 났다커니" "위독하다커니"하는 소문은 사람들의 절망적인 심사에서 비롯된 것이다. 희망적인 소문도 있었다. "머언 바닷가에 갓 상륙"했다는 봄소식이다. 여전히 이 땅은 凍土의 땅이지만, 머지않아 봄의 훈기가 불어올 것이다. 하지만 안타깝게도 봄이 "맞아 죽었다는 말도 있었다". 부정의 대상을 "광증이 난 악한"과 같은 관습적인 어사로 표현하는 것을 신동엽 시의 약점이라고 말하지 않을 수 없겠으나, 이는 시가 가진 선언적 성격에서 불가피하게 비롯된 것이기도 하다. 사람들의 쑥덕거림은 더욱 심해져서 봄이 "자살했다커니", 봄을 "장사지내 버렸다커니" 하는 얘기가 떠돈다. 절망이 심해지는 그만큼 희망도 강렬해진다. 봄이 이미 이곳에 와 있다는 소문도 있었다. "봄은 뒷동산 바위 밑에, 마을 앞 개울/ 근처에, 그리고 누군 집 울타리 밑에" 다시 말해 우리가 사는 바로 이곳에서 움트고 있다는 것이다. 신동엽은 이미 「봄은」이란 시에서, "봄은/ 남해에서도 북녘에서도/ 오지 않는다". 봄은 "제주에서 두만까지/ 우리가 디딘 아름다운 논밭에서 움튼다"(71면)고 노래한 바 있다. 우리가 살고 있는 바로 이곳에서 새 희망이 시작되는 것처럼, 극단적인 절망의 상황 안에서 이미 희망은 싹을 틔우고 있었던 것이다.

거듭된 희망과 절망은 오지 않는 봄과 계속되는 겨울이라는 상황에서 생겨난 것이다. 반가운 손님과 같은 봄은 새 세상에 대한 희망이다. "봄"="기다리는 이"라는 우의적 도식이 이 시를 지탱하는 틀이라 하겠다.

신동엽은 환유적인 이접과 제유적인 일반화의 방식을 활용하여 시를 지었다. 그는 환유적인 사물들로 평화와 자유를 억압하고 침탈하는 자들을 말했고, 제유적인 인물들을 내세우거나, 신체 일부로 理想的 全體를 나타내는 방식으로 조화로운 삶에 관해 말했다. 이접의 방식이나 일반화의 방식은 선동적인 문체에 잘 어울린다. 그는 이 두 방식을 결합하여 시에 선언적인 특성을 부가하였다. 억압하는 자들에 대한 공격성과 민중에 대한 열정적인 사랑이 선언적인 언술로 이야기된다. 선언적인 언술을 위주로 한 시들에서, 화자는 公的 영역에 속하게 된다. 선언적 언술이 다수의 청자를 대상으로 공적 관심사를 토로하기 때문에, 개인적인 화자로서의 성격은 극도로 억제된다. 신동엽 시의 화자를 대개 민중의 대표로 간주할 수 있는 것은 이런 까닭이다. 시의 화자가 제유적인 일반화의 방식을 시에서 활용하였으므로, 시는 대개 개별적인 표면의 이야기로 일반적인 이면의 상황을 드러내는 이중 구조를 갖게 된다. 이런 우의적 성격이 신동엽 시의 구조적 특성이다.

결 론

이 논문은 한국 현대시의 詩作方法을 김춘수와 김수영, 신동엽의 시를 중심으로 연구한 논문이다. 詩作을 이루는 시적 구성의 방법론을 확립하기 위하여 이 논문에서는 비유의 주요 유형인 은유, 환유, 제유에 주목하였다. 은유, 환유, 제유를 이루는 기저 개념이 언술 차원으로 확산된다고 보아 이것들을 시적 상상력의 구조화 원리로 다루었다. 언술의 영역[場]이란 방법적 개념을 설정한 것은 은유, 환유, 제유를 시작의 방법론을 이루는 시적 구성의 원리로 다루기 위한 것이다. 이를 활용하여, 은유적 구성, 환유적 구성, 제유적 구성을 유별하였고, 이들을 다시 둘로 나누어 도합 여섯 가지 구성의 유형을 산출하였다.

은유적 구성은 은유의 동일성 혹은 유사성의 원리를 시를 이루는 언술에 투영한 구성이다. 언술과 언술이 동일성의 원리에 따라 강하게 결속되어 있는 것이 은유적인 중첩이며, 유사성의 원리에 따라 느슨하게 결속되어 있는 것이 은유적인 병렬이다. 환유적 구성은 환유가 가진 자동화된 인접성의 원리를 언술에 투영한 구성이다. 하나의 언술이 인접성의 길을 따라 다른 언술과 접속되는 방식이 환유적인 연접이며, 相反된 연상에 따라 대조적인 언술과 결합되는 방식이 환유적인 이접이다. 제유적 구성은 제유가 가진 구체화 혹은 일반화의 방식을 언술에 투영한 구성이다. 일반화된 언술을 개별화된 언술로 나타내는 방법이 제유적인 구체화이며, 그 역이 제유적인 일반화이다.

 김춘수와 김수영, 신동엽의 시를 텍스트로 삼은 것은 이 여섯 가지 유형이 세 시인의 시에서 각각 발견된다고 보았기 때문이다. 이 논문에서는 각각의 유형이 세 시인의 시에서 어떻게 발견되는가를 개별 시의 분석을 통해 상세히 논구하려 하였고, 그것들을 통해 드러나는 시의 언술적 특징과 시적 구조, 화자의 성격을 규명하려 하였다. 또 시인의 시론을 검토하여 각 시인이 왜 그와 같은 구성의 방식을 취택하였는지를 밝히고자 하였다. 이 논문의 결론은 다음과 같다.

 1-1. 김춘수의 무의미시론은 순수시의 극단적 전개에 해당한다. 무의 미시론의 단초가 된 것은 서술적 이미지의 발견이다. 김춘수는 서술적 이미지로 이루어진 시가 대상이나 관념, 사상을 갖지 않고 그 자체로 대상화되는 시여서 순수한 것이라 생각했다. 김춘수는 시적 대상의 소거를 관념, 사상의 소거와 동일시하였고, 나아가 시가 갖는 모든 의미화 작용을 초월한 곳에 무의미시가 있다고 주장하였다. 무의미시가 의미 없는 기호나 음운의 말놀이를 보여준다는 통상의 추론은 김춘수의 시론을 문자적으로 받아들인 결과이다. 김춘수의 이런 주장은 기실 참여시에 반대하고 순수시의 이론적 입지를 확보하려는 노력에서 나온 것이다. 따라서 그의 최초의 의도를 존중하면 무의미에 대한 주장은 통상의 사회적인 의미를 소거하려 했다는 주장으로 제한하여 읽을 필요가 있다. 무의미시론을 정립하던 시기에 김춘수는 <의미>라는 말에 관념, 역사, 현실 따위의 내포를 섞어서 말했다. 더욱이 몇몇 곳에서 김춘수는 무의미시가 시인의 내면 풍경을 그려내는 시라고 말했는데, 이는 무의미시가 특정한 의미구조를 가지고 있음을 암시하는 것이다. 실제로 무의미시를 분석하면 시의 내적 질서를 이루는 구성적 원리가 잠재해 있음을 알 수 있다.

 1-2. 김춘수의 시는 은유적인 중첩과 환유적인 연접의 방식으로 구성되었다. 은유적 중첩의 경우, 김춘수는 하나의 언술을 그것과 은유적으로 동일시할 수 있는 다른 언술로 계속적으로 변용하여 시를 구성하였다. 김춘수는 한 편의 시에서, 숨어 있는 취의를 통해 결합되어 있는 은유적인 언술 영역을 배치하거나, 이면적으

로 동일한 취의를 가진 여러 개의 언술 영역을 중첩하여 시적
풍경을 이루어냈다. 때로는 동음이의어를 통한 희언이나 제목이
가진 개념적 속성에 은유적인 所與를 부여하기도 하였다. 김춘수
와 김수영의 시를 모더니즘의 틀 안에서 다룰 수 있는 것은 이
와 같은 은유적 성격에서 비롯된 것이라 할 수 있다. 중첩은 일
종의 재진술에 해당한다. 표면적으로는 달라 보이지만 이면적으
로는 동일한 언술 영역의 결합으로 시를 구성하는 방식이기 때
문이다. 김춘수의 시가 대개 내면풍경의 複寫에 해당하는 것은
시적 풍경이 은유적인 중첩의 방식으로 결합되어 있어서, 시적
문맥의 외부(곧 현실적 맥락)에 대해 닫혀 있는 데 그 까닭이 있
다. 이 점이 같은 은유적인 구성을 보이면서도 김수영의 시가 은
유적인 병렬의 방식으로 외적 현실을 시에 도입한 것과 다른 점
이다.

　김춘수 시의 환유적인 구성은 풍경과 풍경이 공간적으로 접면
하는 곳에서 관찰된다. 하나의 풍경이 시선의 이동에 따라 인접
한 다른 풍경과 접속되므로, 이와 같은 구성의 방식을 환유적인
연접이라 부를 수 있다. 김춘수의 시와 신동엽의 시가 가진 定型
的인 성격을 환유에서 비롯된 것이라 볼 수 있다. 그러나 김춘수
시가 보여주는 환유적인 연접의 방식은 시선의 이동에 따른 묘
사의 방식이다. 그러므로 김춘수 시의 환유적 성격은 연상이 가
진 관습적 성격을 활용한 신동엽 시의 환유적 성격과 다르다. 김
춘수가 인접한 언술들로 연속된 대상들을 배열한 것과는 달리,
신동엽은 상반된 두 계열의 언술들로 이항대립적인 대상을 배열
하였다.

　김춘수의 시에서 제유적 구성은 매우 드물다. 개인적(개체) 차
원의 이야기가 사회적(전체) 차원의 이야기와 결합되는 방식이므
로 제유적 구성은 사회 역사적 현실을 드러내는 데 유용한 방식
이다. 제유가 드러난 시편들이 사회적 비판의식을 그 저변에 깔
고 있음은 이런 연유에서이다. 김춘수 시에서 제유적 구성이 드
러나지 않는다는 것은, 그의 시에 공동체로서의 이상형이 결핍되
어 있음을 뜻한다. 풍경을 축조하는 방식만으로는 현실의 복잡한
제유적 맥락을 드러내기가 쉽지 않은 것이다.

1-3. 중첩과 이동을 통해서 김춘수는 敍景的 특성을 시에 도입하였다. 은유적 중첩과 환유적 연접은 묘사에 적합한 구성방식이다. 묘사 위주의 시들에서 풍경이 全面에 부각되는 것은 자연스러운 일이다. 김춘수에게서 중첩은 하나의 풍경을 다른 풍경과 겹쳐 놓는 방법이었으며, 연접은 하나의 풍경을 그와 인접한 다른 풍경과 접속하는 방법이었다. 이른바 무의미시는 풍경의 인상적 소묘를 위주로 한 짧은 敍景詩들과 특정 화자를 내세워 제작한 연작시들로 대별되는데, 어느 쪽 유형에서나 서경적 언술이 두드러진다. 김춘수가 서경적 언술을 주로 사용한 것은 주체나 세계와 단절된 채, 언어 구조만으로 이루어진 시를 꿈꾸었기 때문이다.

　서경적 언술이 두드러진 곳에서는 화자의 기능이 약화된다. 이런 화자는 풍경을 관찰하는 것으로 자신의 역할을 제한하므로, 文面에 드러난 화자 "나"를 생략해도 시를 짓는데는 큰 지장이 없다. 하지만 풍경을 중첩하고 이동하는 화자의 역할 자체가 시에서 소멸하는 것은 아니므로, 숨은 화자의 자리까지 소거되는 것은 아니다. 숨은 화자는 특정 인물의 역할을 맡아하기도 하는데, 이런 시들을 분석해보면 이 인물들이 사실은 동일한 성격과 세계관을 가진 화자임을 알 수 있다. "처용" "예수" "이중섭" 등의 뒤에 숨은 화자는 세상의 몰이해와 비웃음을 忍苦의 방식으로 견뎌내는 인물이다. 이런 대립이 전면에 두드러졌다면, 아마도 환유적인 離接의 방식이 시의 구성적 원리가 되었을 터이나, 김춘수는 이런 인물의 심사만을 전면에 부각시켜 시를 지었다. 김춘수의 시가 역설의 구조를 이루는 것은 흔히 이런 대립을 내부에 감추고 화자의 내면만을 드러낸 데서 생긴 현상이다. 짧은 서경시들의 경우에도 시인의 의도와 결과, 혹은 드러난 풍경들은 모순된 경우가 많다. 이런 모순 역시 역설적 성격을 시에 부여했다고 하겠다.

2-1. 자신의 시적 입지를 순수론에 두었던 김춘수나 참여론에 두었던 신동엽과 달리, 김수영은 참여, 순수의 어느 자리를 편향적으로 찬성하지 않았다. 그는 시론에서 시를 쓰는 인식이 투철하지 못함을 들어 예술파의 시를, 예술성이 부족함을 들어 순수파의 시를 비판하였다. 그는 깊이를 확보한 현실인식과 예술적 성취를

동시적인 것으로 보았다. 그가 보기에 진정한 시는 예술성과 현
실성, 형식과 내용, 음악과 의미, 시와 산문 등을 통일하고 지양
한 곳에 있었다. 그는 세계의 개진이란 용어로 자신의 시가 가진
산문성을 설명하려 하였는데, 시에서는 이 점이 은유적 병렬의
구성으로 나타난다. 김수영이 시론에서 말한 시적 덕목은 "행동,
현실, 양심, 진지성, 사랑, 자유" 등이다. "행동, 현실"이란 용어
로 그는 시적 현실과 언어 현실을 동시에 받아들이면서 극복하
고자 했고, "양심, 진지성"이란 말로 기교 이전에 필요한 시적
정체성과 자기 인식의 소중함을 강조했으며, "사랑"이라는 말로
사람살이의 원리를 설명하였고, "자유"라는 말로 사회적 개인적
차원의 이상을 두루 포괄하였다.

2-2. 김수영의 시는 은유적인 병렬과 제유적인 구체화의 방식으로 구
성되었다. 병렬의 기초는 문법적 유사성을 통한 의미적 유사성이
다. 김수영은 하나의 언술을 그와 유사한 다른 언술로 바꾸어나
가는 방식으로 시를 지었다. 병렬을 이루는 원형적 사고가 기저
언술에 나타나므로 병렬은 은유적 구성의 하위 구성방식이다. 김
수영은 각각의 병렬이 내포한 은유, 기저 언술이 내포한 은유,
제목에 기초한 은유들을 병렬하고 교차하면서 시를 만들어 나갔
다. 병렬은 다변을 가능하게 하는 형식적 원리이다. 동일한 구문
이 시 전체에 통일성을 부여하고 연상을 자연스럽게 이어주기
때문이다. 김춘수의 시가 동일성의 場에 기초한 풍경들의 중첩으
로 설명되는 것과 달리, 김수영의 시는 유사성의 場에 기초한 이
야기들의 연쇄로 설명된다. 병렬을 통해 김수영은 산문적 이야기
를 담아내면서도 통일적인 인상을 성취할 수 있었다.

　　김수영은 개인적이고 사소한 일상의 일들을 나열하여 이야기
하는 방식을 선호하였다. 이것들이 하나의 중심선을 이루고 있는
데, 이 중심선을 類槪念으로 간주할 수 있다. 김수영의 시에서
전체 상황과 개체들은 이와 같은 제유적 구체화의 방식으로 맺
어진다. 화자의 전언이 제유적 대상에 투영되어 나타나므로, 구
체화는 흔히 시적 형상화의 기초를 이룬다. 일반 상황을 제유적
대상에 빗대어 말하면서, 김수영은 개체를 통해 공동체의 실상과
이상을 말할 수 있었다. 김수영과 신동엽을 참여시의 계보로 묶

는 것은, 두 시인이 이와 같은 제유적 구성을 통하여 사회 역사적 현실을 시에서 형상화하는 데 성공하였기 때문이다. 그러나 제유적 구체화를 활용한 김수영의 시가 개인의 상황을 드러냄으로써 사회 현실을 풍자했다면, 제유적 일반화를 활용한 신동엽의 시는 개인의 몸을 사회적 이상형으로 제시함으로써 사회 변혁을 부르짖었다.

김수영 시에서는 환유적 구성이 드물다. 환유적 구성은 관습적 사고를 받아들인 구성이다. 김수영의 시에서 환유적 구성이 드물다는 것은 시적 상투형에서 그의 시가 비교적 자유롭다는 것을 암시한다. 더욱이 김수영 시가 가진 思辨的이고 多辯的인 요소는 환유적 방식으로는 쉽게 드러나지 않는다.

2-3. 김수영의 시는 비교적 절제된 短形詩들과 요설과 다변이 두드러진 長形詩들로 나뉘는데, 어느 유형에서나 병렬과 구체화의 방식이 주를 이룬다. 그는 이 두 방식을 준용하여 서술적 특성을 지닌 시를 썼다. 김수영의 서술적 언술은, 시적 화자가 서술을 통일하는 의미상의 주체라는 점에서 통상의 서술시들과 구별된다. 화자는 서술적인 언술들을 병렬하여 이야기를 전개하는 한편, 그것들을 주체의 어조나 태도에 종속된 것으로 끌어 모은다.

이 때문에 김수영의 시에서는 화자의 역할이 강조된다. 김수영은 사소하고 일상적인 진술로 그보다 상위의 대사회적 전언을 표출하는 제유적 구체화의 방식을 선호하였다. 이 점이 김수영 시의 화자를 私的인 화자로 규정짓게 만든 소이이다. 개인적인 일상 雜事에서 사회적인 一般事를 읽을 수 있는 셈이다. 사소한 화자가 스스로를 풍자할 때, 시는 반어적으로 구조화된다. 그래서 김수영의 시는 사적인 화자의 전언 너머에 있는 일반화된 전언을 유추하게 만든다.

3-1. 신동엽이 보기에 인류 역사는 原數性 世界에서 떨어져 나와 次數性 世界로 진입해 있었다. 모든 인류 문명은 次數 세계의 비인간성을 보여주는 것이다. 신동엽은 자연이 최초의 평정을 되찾을 날, 인류 역시 歸數性 世界로 돌아갈 것이라고 생각했다. 이런 소망이 귀수 세계의 우의적 理想畵를 그려보게 한 動因이 되었다. 그는 생생한 감각적 체험을 소중히 여겼다. 그는 이런 체

험이 세계의 본질을 직관하는 生 체험이라 생각했다. 그가 부분적이고 구체적인 감각으로 이상적 전체를 드러내는 제유적 일반화의 방식을 선호한 것을 이 점에서도 이해할 수 있다. 그는 진정한 민중적 생명력을 가진 존재를 제유로 드러내곤 했다. 그가 은유적인 방식을 쓰지 않은 것은, 언어세공에만 몰두하는 기능적 작업이 세계의 본질을 직관하고 자신과 이웃에 대한 사랑을 토로하는 시적 본질에 어그러진다고 생각했기 때문이다. 이 점이 신동엽 시의 화자를 공적인 영역에서 발언하게 만들었을 것이다. 그는 자신의 시가 참여시의 노선에 드는 것이라고 명확히 의식하고 있었다. 그가 보기에, 참여로서의 저항은 부정의 대상과 긍정의 대상 사이에 분명한 戰線을 형성하는 것이었다. 이 점이 환유적인 반동의 방식을 가능하게 만든 지점이다. 신동엽은 비본질적인 것들, 곧 억압하고 침탈하는 자들을 환유로 나타내었다.

3-2. 신동엽의 시는 환유적인 이접과 제유적인 일반화의 방식으로 구성되었다. 신동엽 시의 환유적 구성은 相反되는 언술 영역을 접속한 곳에서 드러난다. 신동엽은 이항대립적 지점을 설정하고, 대상들이 이 두 지점에 수렴되게끔 시를 구성하였다. 그의 시에서 대체로 제유는 긍정적인 계열에서, 환유는 부정적인 계열에서 발견된다. 환유가 외적인 대상들을 인접성에 따라 배열하는 것이므로, 신동엽이 환유적 異物들로 부정의 대상을 일관되게 형상화한 것은 이해할 만한 일이다. 신동엽의 시가 갖는 도식성은 환유적 구성이 생겨나는, 二分化된 지점에서 파생된 것이다. 김춘수의 시선의 이동에 따른 시적 풍경의 연속으로 환유적 구성을 활용했다면, 신동엽은 연상의 反動에 따른 시적 대상의 對照로 환유적 구성을 활용했다.

신동엽 시의 제유적 구성은 부분적인 언술로 전체의 언술을 드러내는 곳에서 관찰된다. 신동엽은 특히 몸의 일부로 인물 전체를 드러내는 제유를 즐겨 썼는데, 이렇게 드러난 인물은 理想的 全體라 할만한 속성을 갖게 된다. 신동엽의 제유가 긍정적 계열체에서 관찰되는 것은 이와 같은 사정을 반영한 것이다. 김수영의 제유가 소시민 의식에 대한 자기 비판이나 풍자를 보여주는 것과는 달리, 신동엽의 제유는 민중의 생명력에 대한 적극적인 믿음을 보여주었다. 그러나 신동엽이 보여주는 공동체로서의 이상형은 관념적 편향으로 말미암아 다분히 추상적이다. 이는 제유적 일반화가 갖는 속성 때문이기도 하다.

신동엽의 시에서는 은유적 구성이 드물다. 그의 시에서 발견되는 은유는 시어를 수식하는 일차적 기능에 한정되는데, 이는 신동엽 시가 가진 宣言的인 성격에서 연유하는 것이다. 선언적 언술은 독자보다는 청자를 필요로 하는 언술이어서, 일반화된 전언으로 구성된다. 표현을 돌보기보다는 전언의 강렬함에 집중하고, 교묘히 꾸미기보다는 직설적으로 토로하는 방식에서 은유적인 풍부함은 전언의 明澄性에 장애가 된다. 환유가 가진 자동화된 연상이나 제유가 가진 일반화된 연상이 선언적 언술의 특징을 이루는 것이다.

3-3. 신동엽은 환유적인 사물들로 민중을 억압하고 침탈하는 자들을 지칭했으며, 제유적인 인물들이나 신체 일부로 이상적 전체를 나타내는 방식으로 건강하고 생명력 넘치는 민중을 지칭했다. 이런 구성은 선동적인 문체에 잘 어울린다. 신동엽의 시가 가진 宣言的 성격은 억압하는 자들에 대한 환유적인 공격성과 민중에 대한 제유적인 사랑에서 비롯된 것이다.

선언적인 언술을 엮어 가는 화자는 公的인 영역에 속한 화자이다. 선언적 언술이 다수의 청자를 상정하기 때문에, 개인적인 화자로서의 성격이 극도로 억제되는 것이다. 김춘수 시의 화자가 숨어 있고, 김수영 시의 화자가 사적인 목소리를 가진 것과는 극명히 대비되는 지점이다. 시의 화자가 제유적인 일반화의 방식을 시에서 활용하였으므로, 시는 대개 개별적인 이야기로 일반적인 이면의 상황을 드러내는 이중 구조를 갖게 된다. 이런 우의적 구조가 신동엽의 시에서 흔히 보인다.

ABSTRACT

This study is primary concerned with the composing methods of Korean modern poetry through the works of Kim Chun Su, Kim Su Young, and Shin Dong Yeop. It considers the underlying concepts of metaphor, metonymy, and synecdoche as diffusing the dimension of discourse, and treats the concepts as the structural principles of poetic imagination. The reason why the field of discourse is set up as a methodical concept is to deal with metaphor, metonymy, and synecdoche as the principles of poetic structure. Using this, the study classifies metaphorical structure, metonymical structure, and synecdoche structure, and then produces six types of structure after dividing them into two respectively.

Metaphorical structure reflects the principle of metaphorical sameness or similarity in poetic discourse. That discourses are strongly connected by the principle of sameness is metaphorical piling-up. That they are loosely connected by the similarity is metaphorical parallelism. Metonymical structure reflects the principle of the autonomous contiguity of metonymy in poetic discourse. The way that one discourse is connected with another discourse by contiguity is metonymical junction. The way that it is connected with contrastive discourse is metonymical disjunction. Synecdoche structure reflects the principle of concretization or generalization of synecdoche in discourse. Synecdoche concretization means the way that generalized discourse is represented by concretized one, and the opposite is synecdoche generalization.

1. The poems of Kim Chun Su are composed of metaphorical piling-up and metonymical junction. In the case of metaphorical piling-up, he composes his poems by transfiguring a discourse into something different with metaphorical sameness. Metonymical structure is observed where scenes make contact spatially.

Synecdoche structure is rarely found in his poems. Such structure is useful in showing socio-historical reality because it is the way that the story of individual dimension is linked with one of social dimension. That synecdoche structure is not found in his poems means that his poems have no ideal type of community.

Through piling-up and shifting Kim Chun Su introduces descriptive feature in his poems. Metaphorical piling-up and metonymical junction are the structures suited to description. It is natural that scenes are emphasized in descriptive poetry. For him piling-up is the way to put one scene upon another, and junction is the way to connect a scene with another contiguous scene. This so-called <Meaninglessness poetry> is classified into short descriptive poems, with impressive sketches of scenery, and sequent poems, with specified speaker. Both have remarkable descriptive discourse. To create poems composed of word structure only, he cuts himself off from a subject or the world itself and mainly uses descriptive discourse in his poems.

The function of speaker is weakened when descriptive discourse is distinctive. Because this type of speakers put their role only on the observation of scenery, it is possible to omit the speaker 'I'. Even when the concealed speakers in his poems play the role of a specified person, the speakers all have the same character and outlook on the world. The speakers concealed behind "Cheoyong", "Jesus Christ", and "Lee Jung Seop" bear the lack of understanding and the ridicule of the world with endurance. Because his poems conceal this conflict within and only expose the speaker's inner world, they have structure of paradox. In shorter descriptive poems, his intention, the result, and the exposed scenery all contradict one another. The contradiction also gives paradoxical character to his poems.

2. The poems of Kim Su Young are composed of metaphorical

parallelism and synecdoche concretization. In the case of metaphorical parallelism, he creates his poems by paralleling and crossing metaphors in each line, in underlying discourse, and in titles. Through parallelism he puts prosaic story in his poem and achieves unified impression. In the case of synecdoche concretization, he likes to arrange everyday personal and trivial things in a row. Comparing common situation to synecdoche object, he can express the reality and ideal of community through individual. There is rarely metonymical structure in his poems. It suggests that his poetry is comparatively free from poetic platitude.

Kim Su Young writes poems with narrative quality, using the way of parallelism and concretization. His narrative discourse is distinguished from usual one in the respect that poetic speaker is the subject of meaning to unify narratives. While the speaker parallels narrative discourses and develops the story, he subordinates them to the tone or the attitude of subject. The speakers in his poems are defined as personal one. It is derived from the structural quality of his poetry which makes one read general social things in personal everyday trivial things. When petty person ridicules his own insignificance, the poem has the ironic structure.

3. The poems of Shin Dong Yeop are composed of metonymical disjunction and synecdoche generalization. In the case of metonymical disjunction, he establishes binary opposition and collects objects strictly toward the two points. In his poem roughly synecdoches are found in positive group, and metonymies in negative group. In the case of synecdoche generalization, he expresses general discourse through partial one. He likes to use the synecdoche which shows a person with the parts of his body. As the result, the person has an attribute of so-called ideal

entirety. Hence synecdoches in his poems are observed in positive group. There is rarely metaphorical structure in them. Metaphors in his poems are defined as the first function that modifies poetic diction, because his poetry has declaratory quality. Declaratory discourse needs listeners instead of readers. Because it concentrates on the intensity of message and seeks not skillful fabrication but straight talk, the plenty of metaphors become an obstacle to the lucidity of message.

Shin Dong Yeop indicates oppressors with metonymical things, and does lively people by expressing ideal entirety with synecdoche persons or the parts of whole body. Such structure goes well with inflammatory style. Declaratory quality of his poetry is sprung up from metomymical aggressiveness to oppressors and synecdoche love toward people.

The speakers weaving declaratory discourses belong to public field. Their characters as personal speaker are strictly confined, because declaratory discourse needs a number of listeners. The speakers use synecdoche generalization so that the poems have double structures in which individual story shows the general other side of situation. Such allegorical structure is frequently found in his poems.

II부

김춘수의 시세계

서 론

이 논문의 목적은 김춘수의 시세계 전반을 시의 내재분석을 통해 해명하는 데 있다. 김춘수의 시가 가진 내재적 논리를 분석하여 김춘수의 시가 가진 시적 인식의 체계를 점검하고자 한다. 이를 통해 김춘수의 시세계가 몇몇 특징으로 구획되는 이질적인 층위로 나누어지는 것이 아니라, 지속적인 의식의 변증법적 합일 과정을 보여준다는 점을 밝힐 것이다. 김춘수의 시 전반을 검토하기 위해 김춘수의 시세계를 세 시기로 나누어 살펴보기로 한다.

첫시집인 『구름과 장미』(1948)에서 『부다페스트에서의 소녀의 죽음』(1959)까지를 초기시로 간주하고, 이후 『타령조 · 기타』(1969)에서 시선집 『처용 이후』(1982)까지를 중기시로 보기로 한다. 이 시기까지의 시편들은 문장사판 시전집(1982)에 수록되었다. 전집 출간 이후 발표된 시집 『라틴 점묘 기타』(1988) 이후의 시들을 후기시로 본다. 초기시와 중기시 사이에는 10년, 중기시와 후기시 사이에는 8년의 공백이 있으며, 각 시기마다 뚜렷한 詩作 태도가 관찰된다고 판단하였다. 예컨대 『타령조 · 기타』에 실린 시들의 방법론은 『남천』(1977)이나 『비에 젖은 달』(1980)에 수록된 시들에서도 그대로 관철되고 있으며, 『서서 잠자는 숲』(1993)에 실린 시들의 산문화 경향, 화자와 시인의 비분리 경향은 『라틴 점묘 기타』에 실린 시들에서 이미 보인다.

초기, 중기, 후기를 독립된 항으로 설정하여 시의식의 변모양상을 살폈다. 각 항목의 첫째 하위항은 각 시기별 시에서 뚜렷이 관찰되는 시적 특성을 추출한 것이며, 둘째 하위항은 이러한 특성이 가지는 시적 의의를 기술한 것이다. 이 둘은 물론 확연히 분리되는 것이 아니며, 단지 기술상의 편의를 위한 것이다.

2장에서 초기시의 세계를 분석한다. 초기시가 일원적인 조화의 세계를 보여준다는 점을 개별 시의 분석을 통해 밝힐 것이다. 초기시는 하나의 단일한 중심을 가진 일원화된 세계이다. 이 시기 시의 뚜렷한 성취로 평가받는 <꽃>을 주제로 한 시편들이 가지는 의의가 여기에 있다.

첫째 항에서 <境界>를 상정하는 시어가 이 시기 시편들에서 빈번히 출현한다는 점을 밝히고, 둘째 항에서 이 점이 언어와 사물의 관계를 탐구한 초기시의 문제의식과 어떻게 연관되는가를 고찰할 것이다.

3장에서는 중기시를 다룬다. 본격적인 의미분석이 시도된 바 없었던 「타령조」 연작, 「처용단장」 2부, 『남천』과 『비에 젖은 달』에 수록된 이른바 무의미시들을 상세히 논의하기로 한다. 김춘수는 중기시에서 초기시의 문제의식을 이어받아 심화시켰다. 초기시에서 경계를 상정하는 시어를 통해, 경계 너머의 未知를 탐색하던 김춘수는 이 시기의 이르러 경계의 이편과 저편을 가르는 갈등의 상황을 목도한다. 3장의 첫째 하위항은 이 시기 김춘수 시가 어떤 作詩의 원리를 가지고 있는가를 밝힌다. 은유적 구성과 환유적 구성의 방법을 중기시의 해명에 집중적으로 원용한 이유는 이를 통해 무의미시의 구조와 의미를 해명할 수 있다고 보았기 때문이다. 이를 통해 밝혀진 방법론을 토대로, 둘째 하위항에서는 중기시가 이항대립을 내재하고 있으며, 이를 내면의 원리로 수용함으로써 역설의 세계를 이루고 있다는 점을 논구할 것이다.

4장에서 다룰 후기시에 대해서는 본격적으로 탐구된 바 없었다. 후기시는 중기시의 이항적 대립을 극복하고 순환적인 화해의 세계로 나아가는 김춘수 시의 지향을 분명히 보여준다. 화해를 가능하게 하는 원리가 인과율의 부정이며, 과거와 현재가 매개 사물을 통해 결합한다. 후기시에서 보이는 화해의 의식은 김춘수 시의식의 변증법적 전개과정이 이른 지점이 어디인가를 보여준다. 이를 통해 김춘수 시의 성과와 한계가 어디에 있는가를 살펴보는 것이 이 논문이 마지막으로 규명해야 할 일이다.

一元的 인식과 조화의 세계

1. 말과 事物의 境界

　김춘수의 시적 출발에서 감상적 정조가 기저를 이루고 있음이 지적된 바 있다.[1] 초기 작품들에서 "울다"라는 시어는 관성적이라 할만큼 빈번하게 출현한다. 이 울음은 비통하거나 고통스러운 울음이 아니고, 단지 막연한 심리상태를 표출하고 있는 울음이어서 감상적이라 할 만하다. 김춘수는 하나의 풍경을 시의 전면에 제시하면서, 풍경을 이루는 기본 색채를 감상으로 물들여 놓았다. 하지만 이 시기의 시가 단순한 감상의 표백에 불과한 것은 아니다. 김춘수는 시를 섬세하게 구축하여, 감상적 정조가 시적 풍경과 정교하게 결합할 수 있게 했다.

　　집집 굴뚝마다 연기 한 줄기 하소하듯 나부시 일렁거리고, 꼬부라진 길바닥의 한 모퉁이에는 무엇을 지키는지 헐벗은 전봇대 종일을 떨고 섰고,
　　薄暮의 무여질 듯 외로운 이 골목을 지금 먼 業報의 슬픈 그림자를 끌고 素服의 女人 하나 얼없이 걸어간다.
　　——「風景」 전문

---

1) 황동규, 「감상의 제어와 방임」, 『창작과 비평』, 1977, 겨울; 이혜원, 「시적 해탈의 도정」, 『1950년대의 시인들』, 나남, 1994 참조.

遠景에서 近景으로 시선을 좁히면서 시가 전개된다. 우리는 시를 따라 읽으면서 집집이 어울려 있는 동네에서 골목으로, 다시 한 여인에게로 시선을 모아간다. "하소하듯 나부시" 일렁거리는 "연기"나, "헐벗은" 채 "종일을 떨고" 서 있는 전봇대는 이 시의 근경을 이루는 "여인"의 모습을 은유하는 사물들이다. 시에 등장하는 事物들이 이 여인의 심사와 결합한다. "여인"을 또 다른 시어들, "먼 업보의 슬픈 그림자" "소복" "얼없이" 등이 수식한다. 이 시어들은 여인이 지금 누군가의 죽음으로 기운을 잃고 슬픔에 처해 있다는 것과 이 슬픔이 여인의 오래 전 업보에서 비롯하였다는 점을 지시해 준다. 김춘수의 초기시가 감상적이라는 지적은 시를 이루는 前景化된 이미지가 이처럼 煥情的인 시어들과 결합한 데서 비롯된 것이다.

시선의 이동을 통해 이 시에 숨겨진 화자가 있음을 짐작할 수 있다. 김춘수는 화자의 시선을 옮겨가면서 "한 여인"을 시의 전면에 등장시켰다. 시선을 선택하는 일은 일종의 의미부여 작용이다. 바르트에 의하면 "의미화의 장소로서 시선은 공감각, (심리적) 감각의 공유를 유발시킨다."[2] 시적 대상은 시선의 원근에 따라 "여인"에 모이도록 배열되어 있다. 한편 "연기"와 "전봇대"는 "여인"의 불행한 모습을 설명하기 위해 동원된 시적 등가물이다. 이 시의 초점은 여인과 여인의 처지를 설명해 주는 賓辭에 있으나, 실제로 "여인"이라는 대상을 지워도 시적 정조는 등가물들에 의해 표출되는 셈이다. 사물과 인간이 은유적 방식으로 결합하면서, 시적 대상에 화자의 정조가 스며든다. 사물이 화자의 시각 곧 의미부여 작용에 포섭되어 있음을 초기시 곳곳에서 확인할 수 있다.

초기시에서는 인간이 고유명사로서의 인칭을 부여받지 못한 채 등장하는 경우가 많은데, 이 경우 시에 등장하는 인물은 자주 그 사물 자체이다.

경이는 울고 있었다.
풀덤불 속으로
노란 꽃송이가 갸우뚱 내다보고 있었다.

그것뿐이다.

---

2) R. 바르트, 『이미지와 글쓰기』, 김인식 편역, 책세상, 1993, 112면.

나는 경이가 누군지를 기억ㅎ 지 못한다.

구름이 일다
구름이 절로 사라지듯이
경이는 가 버렸다.

바람이 가지 끝에
울며 도는데
나는
경이가 누군지를 기억ㅎ 지 못한다.

경이,
너는 울고 있었다.
풀덤불 속으로
노란 꽃송이가 갸우뚱 내다보고 있었다.
──「瓊이에게」 전문

이 시는 정확히 대칭구조로 짜여졌다. 3연을 중심으로 "나는 / 경이
가 누군지를 기억하지 못한다"라는 싯구가 짝을 이루고, "경이가 울고
있었다"와 "풀덤불 속으로 / 노란 꽃송이가 갸우뚱 내다보고 있었다"라
는 싯구가 또 다른 짝을 이룬다. 3연에서는 "구름이 일다 / 절로 사라
지"는 것과 "경이"가 "가 버"리는 행위가 짝을 이룬다. 자연의 풍경과
人事가 서로 결합되어 있는 것이다. 2, 4연에서도 이런 모습을 확인할
수 있다. 화자인 "나"는 "경이가 누군지를 기억ㅎ 지 못"하는데, 이런 사
실이 "바람이 가지 끝에 / 울며 도"는 모습으로 설명된다. 바람이 우는
것이 경이를 기억하지 못하는 나의 안타까움을 표현한 것이라 볼 수도
있으나, 1, 5연에서 경이가 우는 것은 일반적인 의미의 울음일 수 없다.
"나"는 경이가 누군지를 기억하지 못하기 때문이다. 1, 5연에서 동격으
로 구성된 시행을 통해 앞뒤 사정이 밝혀진다. 경이가 울고 있다는 것
과 노란 꽃송이가 갸우뚱 내다보고 있다는 시행은 실상은 같은 진술을
다르게 표현한 것에 불과하다. 경이가 울고 있던 곳이 풀덤불이며, 그
사이사이로 노란 꽃들이 피어 있었다는 산문적인 서술 너머에, 다음과
같은 시적 서술이 숨어 있는 것이다.

　i) 울고 있던 경이는 노란 꽃송이들처럼 예뻤다.
　ii) 노란 꽃송이들이 호기심을 가지고 경이가 우는 모습을 내다보고 있었다.

iii) 노란 꽃송이들이 피어 있는 모습은 경이가 울고 있는 모습이다.

　"노란 꽃송이"가 "경이"라는 세 번째 서술이 이 시에서 유추의 한계 지점이다. 비유하는 두 대상의 거리가 가장 멀리 있기에, 김춘수는 시의 처음 연과 마지막 연에 이 구절을 반복하여 강조하였다. "瓊"이라는 글 자가 사물에 붙이는 美稱이라는 점, 少女인 경이와 등가를 이루는 사물 역시 꽃이 아니라 "꽃송이"라는 점, 경이가 누군지를 모른다고 한 점과 (꽃의 이름을 모른 채) 그저 노란 꽃이라 말한 점 등은 경이가 꽃을 일 컫는 말임을 암시해 준다.3) 시를 이루는 사물과 사람이 동일한 뿌리에 서 나온 셈이다. 김춘수의 초기시에서는 이처럼 사물과 사람이 對位的 인 호응을 이룬다. 행위의 배경인 사물과 행위의 주체인 사람이 동일한 풍경의 변체라는 사실은, 처음부터 김춘수 시가 풍경에 집중하고 있음 을 암시한다. <울음>이라는 감정적인 어사가 시의 전면에 노출되어 있 으나, 그렇다고 해서 이 시가 감상적인 정조를 기반으로 하고 있다고 말하기는 어렵다. 시의 울음이 꽃이 핀 모습에 대한 서경적 진술로 한 정되는 까닭이다. <운다>는 행위가 꽃이 핀 모습에 대한 묘사이므로, 이 시의 풍경이 사물과 인간의 조화를 표상하고 있다고 가정할 수 있겠다.
　사물과 인간이 어울려 이루어내는 和音은 일원적인 조화의 화음이다. 김춘수 시에서 섬세한 감성과 시적 풍경은 이처럼 서로 스며들면서 대 위적인 화음을 낸다.

> 소금쟁이 같은 것, 물장군 같은 것,
> 거머리 같은 것,
> 개밥 순채 물달개비 같은 것에도
> 저마다 하나씩
> 슬픈 이야기가 있다.
> ──「늪」 2연

---

3) 이 시기 시에서 꽃을 인칭화한 시편들이 많이 보이는데, 이 역시 꽃을 경이로 볼 수 있는 유력한 증거이다.: "이렇게 많은 꽃을 / 꽃마다 이를 수는 없지 않은가 // 이야기야 많지만 <u>오늘 갓피울 너에게만</u> / 일러두고 가련다"(「歸蜀途 노래」 1-2연); "너도 아니고 그도 아니고, 아무 것도 아니고 아무 것도 아니라는데… 꽃 인 듯 눈물인 듯 어쩌면 이야기인 듯 <u>누가 그런 얼굴을 하고</u>"(「西風賦」 1행) [밑 줄 인용자]

화자는 "온 늪이 소리없이 흐느끼는 것을"(4연 2행) 본다. 이 시의 늪역시 인격화된 존재이다. 화자는 늪이 끌어안고 있는 미물들도 저마다 "슬픈 이야기"를 가지고 있다고 말한다. 늪이 전체를 끌어안는 큰 원을 이룬다면, 늪에 사는 미물들은 전체 원에 포섭되는 작은 동심원들을 이룬다. 늪이 인격화된 생명이듯, 늪에서 사는 미물들도 저마다 생명을 가지고 있다. 김춘수는 시행의 배열을 불규칙하게 하여, 미물들이 화자의 <바라봄>의 대상이 되고 있음을 분명히 한다.

소금쟁이·물장군[A-B] /
기머리[C] /
개밥·순채·물달개비[D-E-F] /
저마다 (/) 하나씩 [ABCDEF (/) ABCDEF] /

대상들은 화자가 시선을 옮길 때마다 드러났다 사라진다. 중요한 것은 개별적인 사물들이 아니라, 이것들을 통합하는 화자의 시각이다. 화자는 이를 "슬픈 이야기"라 명명한다. 화자의 시선은 개별 사물을 포섭하고, "슬프다"라는 감정적인 어사는 화자의 시선을 포섭한다. 결국 시의 사물에 개체성을 부여하는 것은 정서작용이다. 정서는 풍경의 밑그림을 이루고 풍경은 정서의 완성된 표상을 이룬다. 김춘수의 초기시에서 풍경을 이루는 사물과 인간이 하나로 통합할 수 있는 것은 이처럼 풍경이 정서화 되었기 때문이다. 화자와 사물은 하나로 융합하면서 동일한 정서를 표출하는 동전의 양면이 된다. 이를 일원적인 인식이라 부를 수 있을 것이다. 화자는 사물과 분리되지 않았으며, 시에서 표출되는 정서는 시적 풍경에 골고루 스며들었다. 김춘수의 초기시는 이처럼 하나의 중심을 이루고 있다는 의미에서 일원적인 세계이며, 화자와 사물이 하나로 어울린다는 점에서 조화로운 세계이다.

초기시의 시적 성취로 평가받는 <꽃> 시편들은 일원화된 조화의 세계를 꽃으로 은유하면서 지어졌다. 김춘수는 일찍이 꽃을 조화된 세계의 심상으로 여긴 듯 하다. 첫 시집에서부터 꽃을 인격화한 표현이 많이 보이는데, 이로써 "꽃"으로 비유된 "너"가 특유한 상징을 이룬다. 꽃의 이미지는 단일한 중심을 이룬다는 의미에서 일원적인 조화의 세계를 표상하는 데 적합한 이미지이다. 그것은 하나의 통합적인 세계를 표상

하는 이미지이면서, 有形과 無形의 경계를 제시해 보이는 이미지이다.4)
이 경계선을 기준으로 유형의 사물과 무형의 사물이, 인간화된(감성으로
파악된) 사물과 인간화되지 않은(파악되지 않고 사물 그 자체로 남아 있
는) 사물이 갈려져 나간다. 境界에 대한 인식은 이원화된 인식이 아니다.
경계는 하나의 중심을 가진 동심원 주변에서 형성된다. 김춘수 초기시
에서 가장 특징적인 시어는 境界를 표상하는 다음과 같은 시어들이다.

① 빈 꽃병에 꽃을 꽂으면
　　<u>밝아오는 室內의 가장자리만큼</u>
　　아내여,
　　당신의 눈과 두 볼도 밝아오는가,
　　──「六月에」 1-4행

② 차차 燭心이 서고 불이 제자리를 정하게 되면, 불빛은 방안에 그득히 <u>원을 그리
　　며 輪廓을 선명히 한다.</u> 그러나 아직도 이 윤곽 안에 들어오지 않는 것이 있다.
　　들여다보면 한 바다의 水深과 같다. 고요하다. 너무 고요할 따름이다.
　　──「어둠」 2행 [밑줄 인용자, 이하 같음]

　"가장자리" "윤곽"이라는 시어는 하나의 중심에서 퍼져나가는 동심원
의 경계를 표상한다. ① 어둠에 둘러싸인 방안에서, "빈 꽃병에 꽃을 꽂
으면" 실내가 밝아온다. "밝아오는 실내의 가장자리"는 꽃이 환기하는
감각이다. 꽃을 등불에 은유하고 여기서 다시 아내의 "눈과 두 볼"을
끌어낸 김춘수의 시적 감각은 탁월하다. 이 시행은 꽃을 보고 아내가
기뻐한다는 산문적 진술 너머에 다음과 같은 시적 진술을 감추고 있다.

　ⅰ) 꽃은 등불과 같다.
　ⅱ) 꽃은 어두운 실내를 밝힌다.
　ⅲ) 꽃(=등불)처럼 아내의 두 눈이 빛난다.
　ⅳ) 꽃(=등불)의 빛이 실내로 퍼지듯 아내의 볼이 기쁨으로 발그레해진다.

　따라서 "가장자리만큼 밝아(온다)"라는 시행에서 서술의 초점은 동심
원의 안쪽에 있다. ②에서 김춘수는 좀더 직접적으로 촛불이 방안을 밝

---

4) "유형물이나 무형물의 한계에 있어서 그 형태, 그 색깔, 그 향기로 말해지는 꽃은
　한 세계의 이미지를 보내 주는 것이다."(아지자 외, 『문학의 상징·주제 사전』, 장영
　수 옮김, 청하, 1989, 184면)

히는 장면을 제시해 보였다. 꽃과 촛불은 동일한 심상이다. 바슐라르에
의하면 "모든 꽃들은 불꽃, 빛이 되기를 바라고 있는 불꽃이다."⁵⁾ ①과
마찬가지로 ②에서도, 촛불은 방안을 밝히며 실내로 퍼져간다. 화자는
밝음과 어두움의 경계를 "윤곽"이라 표현했는데, 윤곽 밖의 세계는 어둠
이어서 화자의 시선(나아가 인식의 체계) 안에 들어오지 않는다. 빛의
영역 너머에서, 세계는 未知의 영역으로 남아 있다. 화자는 이 세계를
"한 바다의 水深과 같아서 너무 고요하다"라고 말할 수 있을 뿐이다.
①, ②는 모두 <밝음/어두움>이라는 대립에 기초하고 있지만, 이 구분
은 <대립>으로서의 구분이 아니라 <변별>로서의 구분이다.

초기시에서 높은 시적 성취를 보인다고 평가받는 꽃에 관한 시편들은
대개 동심원으로 표상되는 일원적인 세계와 주변부와의 경계를 그어 보
인다. 해당 시편들의 예를 적시해 본다. 경계 안쪽은 明示된 세계이며,
경계 바깥쪽은 未知의 세계이다.

> i) 그는 웃고 있다. 개인 하늘에 그의 微笑는 잔잔한 물살을 이룬다.
>   그 물살의 무늬 위에 나는 나를 가만히 띄워 본다.   - 「꽃 I 」 1행(부분)
> ii) 지금, 한 나무의 변두리에 뭐라는 이름도 없는 것이 와서 가만히 머문다.
>   - 「꽃 II 」 2행
> iii) 가장자리에 / 금빛 깃의 새들을 날린다.   - 「바람」 2연 5-6행
> iv) 꽃이여, 네가 입김으로 / 대낮에 불을 밝히면 / 환히 금빛으로 열리는 가장자리
>   - 「꽃의 素描」 1. 1-3행
> v) 존재의 흔들리는 가지 끝에서 / 너는 이름도 없이 피었다 진다.
>   - 「꽃을 위한 序詩」 1연 2-3행
> vi) 시는 해탈이라서 / 心象의 가장 은은한 가지 끝에 / [중략] / 잠시 자불음에 겨
>   운 눈을 붙인다.   - 「裸木과 시」 4. 14-18행⁶⁾

여섯 편의 시에서 동심원의 중심을 이루고 있는 사물은 모두 꽃이거
나 나무이다. 식물 이미지는 조화로운 일원적 세계의 표상이어서, 김춘

---

5) G. 바슐라르, 『초의 불꽃』, 민희식 역, 삼성출판사, 1982, 165면. "만약 여러분이
   정원의 튜울립을 여러분의 책상 위에 갖다 놓는다면 여러분은 램프를 가지는 것과
   마찬가지이다. 붉은 한 송이의 튜울립, 다만 한 송이의 튜울립을 목이 긴 꽃병에
   꽂아 보라! 그러면 그 꽃 근처, 그 외로운 꽃의 고독 속에서 여러분은 촛불의 몽
   상을 분명히 가질 것이다."(같은 책, 166면)
6) 문장사판 전집은 "詩는 解說이라서"로 표기되어 있는데, 이는 "解脫"의 오식이다.
   이 잘못은 민음사판 전집에서도 교정되지 않았다. 시집 『꽃의 소묘』, 시선집 『처
   용』에서는 "解脫"로 표기되었다.

수가 이를 초기시에서 중요시한 것을 이해할 만 하다. 경계에 닿아 있
는 사물들은 각각 i)과 iv)에서는 꽃의 미소(=꽃이 환기하는 정서), ii)
와 v)에서는 꽃, iii)과 vi)에서는 "새"로 표현된 나뭇잎 혹은 시이다.

i)과 iv)에서 "꽃"으로 표상된 세계는 제 자신의 경계를 "미소"로,
"금빛"으로 넓혀 나간다. 인식된 세계는 미지의 세계와 접면하며, 여기
에서 시적 감동이 생겨난다. ii)와 v)에서, 이러한 시적 감동이 직접
"꽃"으로 표상된다. 꽃은 그 자체로 조화의 표상이면서 조화로운 세계의
경계에서 피어나는 미지의 표상이다. iii)과 vi)에서 김춘수는 좀더 직접
적으로 시가 미지의 것을 표상하고 있다고 말한다. "시는 해탈"이기 때
문이다. 시는 "심상"으로 표현된 명시적 세계의 경계에서 미지의 세계로
촉수를 뻗치고 있다. 명시적 세계는 하나의 내면풍경, 곧 이미지를 이루
는데 시는 그 이미지의 경계를 세계 바깥으로 확장한다. 미지의 것에
빛을 밝히는 일이 이제 김춘수의 시적 소임이 되었다.

2. 언어를 통한 實存의 意味

김춘수의 초기시는 내면 풍경의 섬세한 구축을 보여준다. 풍경, 화자
의 시각, 감정 어휘는 同一律의 지배를 받고 있다. 이 세계를 일원적인
조화의 세계라 이름붙일 수 있을 것이다. 김춘수 초기시에 있어서의 시
적 성취는 이 명시적 세계의 경계에 대한 탐색을 통해 이루어졌다.

> 시적 상상력의 현상학은 우리들로 하여금 인간 존재를 표면——같은 것의 영역과
> 다른 것의 영역을 분리하는 표면——의 존재로서 탐구할 수 있도록 한다. 이 예민화
> 된 표면지대에서는 존재하기에 앞서 말해야 한다는 것을 잊지 말도록 하자. 다른 사
> 람에게는 아닐지언정 적어도 제 자신에게는 말해야 한다는 것을. 그리고 언제나 앞으
> 로 나아가야 한다는 것을. 이와 같은 방향 설정 밑에서는 말의 세계가 모든 존재의
> 현상들을——물론 새로운 현상들을 두고 하는 말이지만——지배한다. 시적 언어에 의
> 해 새로움의 물결이 존재의 표면 위로 흘러 퍼진다. 이리하여 언어는 열림과 닫힘의
> 변증법을 자체 내부에 지니고 있는 것이다. 뜻으로서 그것은 가두고, 시적 표현으로
> 서 열린다.7)

---

7) G. 바슐라르, 『공간의 시학』, 곽광수 역, 민음사, 1990, 388면.

표면의 존재는 말의 轉義的 뜻이 아닌 고유의 뜻, 그 말로 환기되는 이미지 자체를 가리킨다. 바슐라르는 <말의 고유한 의미에서의 인간>, 다시 말해 <참된 인간>을 탐구할 수 있도록 하는 것을 시적 상상력이라 불렀다. 그는 존재하기 위해서는 먼저 언어로 표현되어야 한다고 말했다. 모든 시적 언어는 內向的인 의사전달체계를 감추고 있다는 의미에서 自意識的이며, 미지의 것을 언어체계로 인식하여 명시된 것으로 포섭해 들인다는 의미에서 他者意識的이다. 언어에 의해 존재는 안과 밖의 변증법을 성취한다. 존재는 무한의 공간에 던져져 있지 않다. 무한은 존재의 內密함 바깥에 펼쳐져 있는 존재의 상상적 地平이다. 존재가 존재하기 위해서는 존재의 좌표가 설정되어야 한다. 좌표를 설정하지 않으면 "지금, 이곳"이라는 현존은 불가능하다. 바슐라르는 모든 현존재는 둥글다라는 하이데거의 말을 인용했다. 하나의 중심을 좌표의 기축으로 삼는 동심원이 현존재의 모습이다. "만약 우리들이 그러한 최면적인 힘에 복종한다면, 금방 우리들 전체는 존재의 둥금 속에 들어 있게 되며, 금방, 호두껍질 속에서 둥글어지는 호두처럼 삶의 둥금 속에서 살게 된다."[8] 언어는 명시된 세계를 구성하는 의식의 질료인 셈이다. 언어가 존재의 현상을 지배하는 因子이기 때문이다.

김춘수가 "시는 해탈이라서 / 심상의 은은한 가지 끝에 /…/ 잠시 자불음에 겨운 눈을 붙인다"라고 말한 이유가 여기에 있다. 시적 언어가 없으면 존재는 말의 가장 좁은 한계 안에 갇히고 만다. 말의 관용적인 의미만 통용되는 곳에서 일원적 조화의 표상인 동심원은 감옥과 같은 울타리로 변질되고 마는 것이다. 시적 언어는 한계를 부순다는 의미에서 해탈이며, 미지의 세계를 명시적 조화의 세계로 포섭해 들인다는 의미에서 해탈이다. 해탈이란 속박의 굴레에서 벗어나는 것이면서, 불안과 근심에서 놓여나 평정과 조화를 획득하는 것이기 때문이다. 시적 언어는 한편으로는 의미를 가두면서, 다른 한편으로는 미지의 세계를 열어 젖힌다.

김춘수의 초기시는 따라서 不可知의 세계가 아니다. 김춘수가 미지의 영역을 인정하는 것은 사실이나, 그의 강조점은 미지의 영역을 <인정하는 데> 있는 것이 아니라, <탐색하는 데> 있다.

---

8) G. 바슐라르, 앞의 책, 403면.

나는 시방 위험한 짐승이다.
나의 손이 닿으면 너는
未知의 까마득한 어둠이 된다.

存在의 흔들리는 가지 끝에서
너는 이름도 없이 피었다 진다.
눈시울에 젖어드는 이 無名의 어둠에
追憶의 한 접시 불을 밝히고
나는 한밤내 운다.

나의 울음은 아닌 밤 돌개바람이 되어
塔을 흔들다가
돌에까지 스미면 金이 될 것이다.

……얼굴을 가리운 나의 新婦여,
──「꽃을 위한 序詩」 전문

1연의 첫행("위험한 짐승")과 2연의 마지막 행("한밤내 운다")에 주목
한다면, 이 시가 不可知의 세계를 형상화하고 있다는 평가가 가능해진
다. 하지만 이를 인정하더라도 다음과 같은 의문은 여전히 남는다. "추
억"의 불이라는 말은 화자가 과거에 "꽃" 곧 "너"를 알고 있었다는 의
미인데, 이것이 어째서 불가지인가? 나의 울음이 절망적인 울음이라면
어떻게 "金"이 되는가?
   이 시는 네 개의 중요한 관념어와 다섯 개의 풍경으로 구성되어 있
다. 이 시의 풍경을 이루는 "나무" "접시" "탑" 등의 사물은 실상은 시
의 제목에 노출된 꽃의 변용이다. 이 사물들이 궁극에 가서 "신부"로
인격화된다. 이들이 경계를 갖는 하나의 동심원으로 표상되었다고 가정
하면, 다음과 같은 도식이 가능해진다.

꽃의 안쪽	꽃의 경계	꽃의 바깥쪽
나(위험한 짐승)	나의 손	너(未知의 어둠)
나무(存在)	가지 끝	너(꽃)
한 접시 불(追憶)	나의 눈(눈시울)	無名의 어둠
탑	金	나의 울음(돌개바람)
너(신부)	너의 가린 얼굴	나

시가 진행되면서 너는 동심원의 바깥쪽에서 안쪽으로, 나는 동심원의 안쪽에서 바깥쪽으로 자리를 옮긴다. 이 변화는 "꽃"과 "너"의 자리바꿈을 통해 가능해진 일이다. 1연에 등장하는 "너"는 꽃을 인칭화한 말에 불과하나, 마지막 행의 "너"는 꽃처럼 아름다운, 인격적인 존재이다. "너"로 지칭되는 꽃은 주체인 "나"에게 제약을 받는 수동적인 지위였으나, 꽃으로 비유되는 "너"는 나의 적극적인 행동을 유발하는 능동적인 지위로 격상한다.

처음에 화자는 꽃을 "너"라고 표현했다. 화자는 자신을 "위험한 짐승"이라고 불렀는데, 이는 <꽃을 꺾는다>라는 말이 <여자를 취한다>라는 관용적 의미를 가지고 있음을 염두에 둔 말이다. "나"는 "너"를 꺾어버릴 수 있는 존재여서 위험하다. 내가 꽃을 꺾으면 꽃은 미지의 어둠 너머로 사라져버릴 것이다. 그러나 한편으로 "존재"와 만나지 못한다는 사실은 "이름도 없이 피었다 지"는 일이다. 꽃은 나와 만나지 않으면 존재의 겉을 스쳐, 이름도 없이 피었다 질 뿐이다. "너"가 "미지의 까마득한 어둠이 된다"는 것과, "이름도 없이 피었다 진다"는 것이 실상은 같은 말이기 때문이다. 나의 손이 닿으면 너는 꺾여져, 未知가 된다. 하지만 나와 만나지 않으면 너는 無名인 상태로 사라질 뿐이다. 꽃인 "너"는 한편으로는 나를 만나야 하고, 한편으로는 나를 만나지 않아야 한다. "나"는 "너"라는 존재의 필수조건이면서, 부재의 선행조건이기도 하다.

세 번째 도식에서 너는 청자의 자리로 물러나고, 추억을 표상하는 꽃이 전면에 나선다. 앞의 시 「어둠」을 분석하며 살펴보았듯, 어둠을 밝히는 불은 꽃을 표상하는 말이다. 이 시에서도 한 접시 불은 꽃을 표상한다. 불을 "추억의 불"이라 지칭했으므로, 화자는 너라는 대상을 이미 알고 있었다. "꽃"은 동심원의 바깥, 미지의 영역에서 경계를 스치지만, "너"는 동심원의 안쪽, 추억의 영역에서 불빛이 번지듯 경계로 번져 나온다. "꽃"과 "너"는 유사성의 관계에 있으면서도 비유하는 대상과 비유되는 대상의 자리를 서로 바꾸어 앉았다.

네 주변을 회전하던 나의 울음은 탑에 스며들어 "金"이 될 것이다. 이 시행은 화자가 "미지의 어둠"을 탐색하는 일을 보람있는 일로 인식하고 있음을 시사해 준다. "너"와 탑 역시 유사성의 관계로 맺어져 있다. 너를 탑으로 묘사하여, 너의 고고한 모습이나 성품을 암시하려 했는지도 모른다. 내가 꽃에 손을 댔을 때에는 꽃이 미지의 어둠이 되어 버렸으나, 너에게 스며들 때에는 금이 된다. 김춘수는 "얼굴을 가린 나의 신부"라는 시행을 통해, 미지를 탐구하는 일이 불행하고 절망적인 일이 아님을 거듭 암시하였다. 통상 "新婦"가 얼굴을 가리고 있는 모습에서 부끄러움과 신비스러움을 느낄지언정, 알 수 없음[不可知]과 가려져 있음[無知]을 느끼지는 않을 것이기 때문이다.9)

> 내가 그의 이름을 불러주기 전에는
> 그는 다만
> 하나의 몸짓에 지나지 않았다.
>
> 내가 그의 이름을 불러 주었을 때
> 그는 나에게로 와서
> 꽃이 되었다.
>
> 내가 그의 이름을 불러 준 것처럼
> 나의 이 빛깔과 香氣에 알맞는
> 누가 나의 이름을 불러다오.
> 그에게로 가서 나도
> 그의 꽃이 되고 싶다.
>
> 우리들은 모두
> 무엇이 되고 싶다.
> 너는 나에게 나는 너에게
> 잊혀지지 않는 하나의 눈짓이 되고 싶다.

---

9) "허물어진 世界의 안쪽에서 우는/ 가을벌레를 말하라./ 아니/ 바다의 純潔했던 부분을 말하고/ 베꼬니아의 꽃잎에 듣는/ 아침햇살을 말하라./ 아니 그을음과 굴뚝을 말하고/ 겨울 濕氣와/ 漢江邊의 두더지를 말하라."(「詩 I」, 4-9행) 조남현은 이 부분을 인용하면서, "제 아무리 평이한 말을 동원한다 하여도 위의 주문대로 시를 짓는 한에 있어서는 독자들이 작은 소리로든 큰 소리로든 不可知論을 내보이는 것을 감내할 수밖에 없다."라고 말했다.(조남현, 『삶과 문학적 인식』, 문학과지성사, 1988, 120면) 하지만 이 시에서 초점은 일관성을 잃지 않는다. 이 시에 등장하는 시어들이 무작위로 추출되고 나열된 것은 아니다. 김춘수는 세 개의 이미지群을 제시하면서 시의 소명이 이러한 것들을 제시하는 데 있다고 말했다. 첫 번째 이미지는 세계의 "안쪽"에서 우는 가을벌레이다. 조화된 세계를 상징하는 동심원의 안쪽에서, 세계의 허물어짐을 우는 벌레이다. 두 번째 이미지는 동심원의 경계에 있다. "꽃잎"과 "바다의 순결했던 부분"이 경계를 이루는 사물들이다. 세 번째 이미지는 동심원의 바깥, 미지의 어둠에 잠겨 있어서 어둡고 습한 것들이다. 김춘수의 주문대로 시를 짓는다면, 언어를 통해 세계의 안팎을 두루 탐색하는 작업을 하게 될 것이다.

──「꽃」 전문

「꽃」은 주체와 대상이 어떻게 의미 있는 관계를 맺을 수 있는가를 보여준다. 이 시의 중심에는 이름 부르기(命名하기)라는 행위가 있다. 이름을 부르는 일이 곧 꽃이 되는 행위이다. 꽃이라는 시적 命名을 통해 김춘수는 "하나의 몸짓"을 "눈짓"으로 격상시켰다.10) 물론 "누가 나의 이름을" 부르기 전에도, 나는 빛깔과 향기를 가지고 있었다. 꽃이라는 이름 전에도 꽃으로서의 속성이 있었다. 다만 꽃으로서 제 이름을 가지지 못했을 따름이다. 그렇다면 꽃이라 불리기 전에 있던 속성을 꽃의 속성이라 할 수 있을까? 김춘수는 아니라고 말했다. 그는 이름 붙이기 전의 "그"를 "꽃"이라 하지 않고 "하나의 몸짓"이라 부른다. 꽃이 되기 위한 몸짓은 新生을 위한 안타까운 몸짓일 것이다. 꽃이라는 이름이 있어야, 사물은 바로 그 꽃이 된다. 몸짓에서 눈짓으로의 전이는 <未知의 어둠>에서 <언어적 존재>로의 전이이다. 시적 언어를 통해, <의미 없는> 몸짓이 <의미 있는> 눈짓, 꽃이라는 언어의 표상으로 옮아가는 것이다.11)

꽃은 꽃으로서 표상되기 전에는 희미한 몸짓이었을 뿐이다. 꽃이라는 이미지를 부여하기 전에는 꽃이 꽃으로서 존재하지 못한다. 꽃이 되는 것, 곧 이미지의 현현은 존재의 현재성을 드러내 준다. 이미지化는 존재화이다. 이미지의 현존성이 존재를 존재이게 한다. "예술작품이란 상상하는 존재의 실존성의 부산물"이다.12) 상상력이 이미지를 만들어내므로, 이미지들이 모여 구성한 풍경은 상상하는 존재의 실존을 증명한다. 이미지를 통해 사물이 존재를 부여받는다는 것은 결국 언어 행위가 사물의 사물됨을 담보하는 필수적인 의미부여 행위임을 보여주는 것이다.

---

10) 눈짓은 꽃을 환유한 말이다. 즉, "꽃"→"꽃이 피다" : "눈짓 하다"→"눈짓"으로의 轉移가 보이는데, :은 은유적 과정을, →은 환유적 과정을 보여준다. 다음 구절을 참고하라. "꽃이여, / 눈부신 純金의 阡의 눈이여,"(「꽃의 素描」 2. 2연 4-5행)

11) 처음에 "하나의 눈짓"은 "하나의 意味"라 표기되었다. 이와 같은 교정 역시 꽃이 시적 언어화를 통한 "의미"를 표상한 것임을 지지해주는 유력한 증거이다.

12) G. 바슐라르, 앞의 책, 342면. 김춘수는 이미지 자체를 사물의 표상으로 명확히 인식하고 있었다. 이미지를 비유적 이미지와 서술적 이미지로 나누고 후자에 더 큰 가치를 부여한 것은 이 때문이다. 이런 도식은 중기시에 가서 무의미시의 이론적 정초가 된다.

시적 언어는 동심원의 경계를 미지의 영역으로 확장한다. 실제로 이미지의 현현은 시선의 고착을 통해 이루어진다. 시선을 의미화로 간주한다면, 하나의 집중된 시선은 "보다" "보일 듯 말 듯 하다" "보이지 않다"라는 의미항을 포함할 것이다.

> 그 銳敏한 가지 끝에
> 닿을 듯 닿을 듯 하는 것이
> 詩일까,
> ──「裸木과 詩 序章」 5-7행

김춘수가 시를 경계에 "닿을 듯 닿을 듯 하는 것"이라 본 것은 그러한 이유에서이다. 꽃은 김춘수가 이 탐색에서 찾아낸 중심 이미지이다. 꽃이라는 이미지는 다음과 같은 세 가지 의미항을 함유한다.

> i) 꽃이 표상하는 이미지의 현현, 언어를 통한 존재화.
> ii) 꽃의 둘레가 표상하는 未知에 대한 탐색.
> iii) 꽃의 너머에 있는 無名의 어둠, 未知의 세계.

김춘수가 언어를 존재로 간주한 증거를 여러 시에서 발견된다. 사물의 사물됨, 사물의 현존은 언어를 통해 실현된다. 사물의 이미지 곧 현상이 사물의 실체와 본질에 우선한다는 생각이 표명된 시들이 모두 이러한 예가 된다.

> 바위는 몹시 심심하였다. 어느 날, (그것은 偶然이었을까,) 바위는 제 손으로 제 몸에 가느다란 금을 한 가닥 그어 보았다. 오, 얼마나 몸저리는 一瞬이었을까, 바위는 熱心히 제 몸에 무늬를 繡놓게 되었던 것이다. 점점 번져 가는 喜悅의 물살 위에 바위는 둥둥 떴다. 마침내 바위는 제 몸에 무늬를 繡놓고 있는 것이 제 自身인 것을 까마득히 잊어 버렸다.
> 바위는 모르고 있지만, 그때부터다. 내가 그의 얼굴에 고요한 微笑를 보게 된 것은…… 「바위야 왜 너는 움직이지 않니,」 이렇게 물어 보아도 이제 바위에게는 아무것도 들리지 않는다.
> ──「바위」 전문

김춘수는 바위의 풍화작용을 존재의 놀이로 그려 보였다. 실체로서의 바위는 "제 자신"을 까마득히 잊고 "수를 놓고" 있다. 사물 그 자체로서의 바위는 제 몸에 수를 놓는 바위에 가려졌다. 수를 놓는 바위만이 오직, 화자 앞에 놓여 있을 따름이다. 화자는 바위더러 왜 움직이지 않느냐고 묻지만, 실제로 제 힘으로 움직이는 바위는 없다. 바위는 수를 놓으며 기쁨을 느낀다, 곧 제 자신을 "희열의 물살 위"에 띄운다. 바위가 자신의 한계를 벗어나, 어떤 경계를 확장해 나가는 것이다.

실체보다 현상이, 사물의 사물성보다는 사물의 현존성——이미지가 먼저이다. 이미지의 현존성이 존재를 존재이게 하는 전제가 되는 것이다. 사물을 언어적 실체로 표상함으로써, 김춘수는 사물이 제 자신의 표상이 되는 것은 오직 사물의 현존성을 통해서라는 점을 역설하고 있다.

二元的 인식과 갈등의 세계

1. 自由聯想

김춘수의 중기시, 특히 <무의미시>에 대한 통념은 무의미시가 분석의 틀을 넘어서 있다는 것이다. 무의미시에 찬성하는 견해는 물론이고, 반대하는 견해에서도 <무의미시>의 難讀性이 지적되어 왔다. 무의미시는 김춘수의 언어적 탐색이 이른 극단으로 그 지시 대상을 배제한 채 시적 언어 자체로만 존재하려는 기본 속성이 있어서, 분석의 그물에 잘 걸려들지 않는다는 것이다. 2장에서 초기시가 언어적 실존 의식을 근간으로 하고 있으며, 언어적 표상의 경계를 가능한 한 미지의 영역으로 확장하려는 경향을 가지고 있음을 살폈다. 시적 언어를 미지의 영역에 방목하여 시 자체가 스스로 독자성을 가지게 하려는 시도가 무의미시에 내재해 있다고 보는 것은 원론적으로 생각할 때 가능한 일이다.

그러나 문학연구의 일차적 목적은 의미구조를 해명하는 데 있다. 언어가 본질적으로 사회적인 것인 한, 의미의 共有를 배제한 언어는 있을 수 없다. 무의미시가 통상적인 사회적 의미에서 이탈하려는 경향이 있는 것은 사실이지만, 이는 언어의 관용적인 의미를 거부하는 것이지, 의미구조의 해체를 겨냥하고 있는 것이 아니다. 중기시가 무의미 영역을

말한다고 해도 그 방법은 의미화를 통해서일 수밖에 없다. 무의미시에
서 의미를 찾을 수 없다고 단정하면 탐색해야 할 미지의 영역에 시를
가두어버리는 결과를 낳고 만다. 무의미시가 거부하는 것은 상투적인
의미이지, 언어가 갖는 본질적인 의미가 아니다.

　사물은 말을 통해 객관화된 이해의 영역으로 들어온다. 사물의 현상
형식을 구체화한다는 것은 언어 형식을 통해서 가능한 일이다. 시적 표
현은 산문의 일상성과 철학적 사변의 어조에서 벗어나야 한다. 말이 가
진 일상성과 사변성은 새로운 언어의 지평을 넓혀줄 수 없다. 무의미시
의 언어는 산문적 언어의 울타리를 벗어나, 언어의 내포적 문맥을 확장
해가려는 문제의식의 소산이다. 김춘수의 중기시는 이러한 시적 언어의
탐색과정과 연관을 맺고 있다. 이 항에서는 김춘수의 중기시가 어떤 作
詩 원리를 가지고 있는가를 해명하고자 한다. 김춘수의 중기시는 언어
의 고착성을 거부하고, 시적 언어의 가능성을 사회적 의미에서 제약하
지 않으려 한다. 김춘수의 시작의 방식을 은유적 구성과 환유적 구성으
로 갈라 말할 수 있다. 먼저 은유적 구성의 예를 들기로 한다.

　　　사랑하는 나의 하나님, 당신은
　　　늙은 悲哀다.
　　　푸줏간에 걸린 커다란 살점이다.
　　　詩人 릴케가 만난
　　　슬라브 女子의 마음 속에 갈앉은
　　　놋쇠 항아리다.
　　　손바닥에 못을 박아 죽일 수도 없고 죽지도 않는
　　　사랑하는 나의 하나님, 당신은 또
　　　대낮에도 옷을 벗는 어리디어린
　　　純潔이다.
　　　三月에
　　　젊은 느릅나무 잎새에서 이는
　　　연둣빛 바람이다.
　　　──「나의 하나님」 전문

　"하나님, 당신은 ~이다"라는 구문이 시의 골격을 이룬다. 동일한 구
문이 반복된다는 것은 이 시의 결합관계가 일정하다는 것을 의미한다.
김춘수 중기시는 구문의 통사적인 규약이 일정한 형태로 반복되는 경우
가 많은데, 이런 경우 시들은 은유적 구성을 보인다. 동일한 구문이 유

사성을 담보하는 형식적 장치가 되는 셈이다. "하나님"은 이 시에서 다섯 가지 유사 어휘로 은유되었다. 하나님은 태초부터 있었으며 인간에 대해 애통하는 마음을 가지고 있다는 의미에서 "늙은 비애"이다. 7행에 잠깐 보이는 그리스도는 하나님의 化肉인 바, 1행에서 이 사실을 "늙은 비애"라 묘사함으로써 증거하는 것이다. "늙은 비애"는 "푸줏간에 걸린 커다란 살점"처럼 아무 힘도 없고 덩치만 큰, 그래서 쓸쓸한 감정을 불러일으키는 존재이다. 커다란 고기는 체격이 발달한 北歐의 "슬라브 여자"를 연상시킨다. "슬라브 여자"는 시인 릴케에 대한 전기적 사실에 의하면 러시아 여자 살로메인데, 그녀의 도움으로 릴케는 러시아 민중의 종교생활에 큰 감명을 받았다고 한다. 따라서 "놋쇠 항아리"는 살로메가 가진 신앙심을 구체화한 은유이다. <무겁고 덩치가 크다>와 <신심이 깊다>가 두 시어가 공유하는 속성이다. 놋쇠처럼 단단한 신앙심은 "죽일 수도 없고 죽지도 않는" 하나님에 대한 생각을 다시 불러들인다. 7행에서 김춘수는 "손바닥에 못을 박"는 모습을 제시함으로써 죽음과 삶[復活]을 아우른 "하나님"의 모습을 보여준다. 죽음이 어찌하지 못하는 하나님은 "순결"하다. 순결하므로 "대낮에도 옷을 벗는 어리디어린" 행동은 전혀 이상한 행동이 아니다. 낙원에서 인간들은 벗은 채로 살아도 아무 부끄러움을 느끼지 않았다. 옷을 입어 부끄러움을 감추게 되었던 것은 죄로 인해 수치심을 느낀 후의 일이었다. 김춘수는 "순결"이라는 관념을 "삼월에/ 젊은 느릅나무 잎새에서 이는/ 연둣빛 바람"이라는 이미지로 제시하였다.

  이 시의 이미지들은 정확히 반분되어 있다. 앞의 일곱 행에서는 죽음의 이미지가, 뒤의 일곱 행에서는 삶의 이미지가 지배적이다. 7행을 축으로 하여 죽음과 생명의 이미지가 교차하고 있음을 엿볼 수 있는데, 이 점은 "하나님"이 그리스도로 成肉身하여 인간들을 죽음의 상태에서 삶의 상태로 변화시켰다는 사실과 대응된다. 김춘수는 이 시에서 은유를 구성의 중심 원리로 삼아, "늙은 비애"에서 "연둣빛 바람"에 이르기까지 이미지를 세심하게 배열하였다. 김춘수가 하나님을 인간적인 속성이 내면화된 선한 존재로 그려내고 있음이 인상적이다. 이 점은 김춘수가 신약시대를 詩材로 삼아 다수의 시편들을 창작한 이유가 어디에 있는가를 설명해 준다.13)

환유적 구성의 예를 들기로 한다.

> 쥐약을 먹었는지 쥐가 한 마리
> 內臟을 드러내고 죽어 있다.
> 內臟이 하얗게 바래지고 있다.
> 한 달을 비가 오지 않는다.
> 濟州道로 올라온 低氣壓골은
> 다시 밀리어
> 南太平洋까지 갔다고 한다.
> 웃통을 벗은 아이가 둘
> 가고 있다.
> 그들의 발뒤꿈치에서 먼지가 인다.
> 먼지도 하얗게 바래진다.
> 흙냄새가 풍기지 않는다.
> 金盞花의 노란 꽃잎 둘레가
> 한결 뚜렷하다.
> ──「적은 언덕 위」 전문14)

　김춘수는 공간적인 인접성에 따라 개별 풍경을 배열하였다. 무의미시에서는 동일한 구문이 아닌 경우, 은유적 구성이 최대한 억제되고 환유적 구성의 원리가 전면에 두드러진다. 김춘수는 처음에 "적은 언덕 위"에서 "쥐가 한 마리" 죽어 있는 모습을 그려 보인다. 죽은 쥐야 사소하고 흔한 것이지만, 김춘수는 시적 인식의 공간을 인접성의 원리에 따라 "언덕"→"제주도"→"남태평양"으로 확장하였다. 첫 시행에서 화자는 죽은 쥐가 풍화되어 가는 모양을 "내장이 하얗게 바래지고 있다"라고 그려

---

13) 이승훈은 이 시가 하나님을 <원관념>으로 삼아, 다섯 개의 긍정적, 부정적 보조 관념이 결합하여 형성되었다고 보았다(이승훈, 〔시론〕, 고려원, 1979, 261-262면). 이 분석은 매우 설득력이 있으나, 그는 이들을 하나로 묶어주는 자유연상의 원리는 설명하지 않았다. 연상의 끈이 없다면, 이미지를 선택한 방식이 자의적이라는 비판에서 시가 자유로울 수 없었을 것이다.

14) 문혜원은 이 시의 전체 이미지가 "건조한 공기와 말라가는 대지의 하얀 빛 그리고 금잔화의 황적색 사이의 대조로 이루어진다"고 말했는데, 이는 틀린 평가가 아니다. 이 시가 목적으로 하는 것은 일차적으로 풍경에 대한 소묘이다. 하지만 그녀는 "여기에는 어떤 관념이 전제되어 있지도 않고, 시의 표면에 드러나는 이미지 외의 다른 것이 존재하는 것도 아니다"라고 하여, 더 이상의 분석을 포기했다.(문혜원, 「절대순수의 세계와 인간적인 울림의 조화」, 『문학사상』 1990. 9., 139면.) 이 시는 서술적 이미지를 설명하고, 그를 통해 무의미시가 의미분석에 저항한다는 논지를 전개하기 위해 적시되었을 뿐이다. 무의미시에 대한 논자들의 선입견이 시 분석을 가로막는 요인이 되는 듯 하다.

보였다. 쥐의 육신이 언덕에서 풍화되어 가는 것은 비가 오지 않아서이고, 비가 오지 않는 것은 저기압골이 남태평양까지 밀려가서 올라오지 않아서이다. "남태평양"은 무더위, 원주민, 먼지, 하얀색 따위 하위 인접 어휘들을 떠오르게 만든다. 무더우니까 아이들은 원주민처럼 웃통을 벗고 길을 가고, "그들의 발꿈치에서 먼지가 인다." 죽은 쥐의 내장처럼 먼지도 하얗게 바래진다. 흰색은 물질성을 박탈당한 색이다. 흰 색이라는 색채 이미지 속에는 냄새가 없다. 흰 색은 지루함(←변화하지 않음), 짜증스러움(←무더위), 답답함(←정적) 등의 어휘와 등가를 이룬다.

김춘수는 쥐가 죽은 모습에서 감각적 연상을 통해 여름의 무더위라는 敍景을 끌어내었다. 이를 위해 김춘수는 인접성에 의한 공간의 축소와 확장을 시도하였다. 공간은 화자의 시각에 따라 확장되었다가 축소된다. 1-7행이 공간의 확장을, 8-12행이 공간의 축소를 보여 준다. 시는 "금잔화의 노란 꽃잎 둘레"를 제시하면서 끝나는데, 이는 초기시의 주제를 再演한 것이다. "꽃잎 둘레"에 노란빛이 상기하는 선명하고 따뜻한 느낌이 있다.

다음은 은유적 구성과 환유적 구성이 동시에 작용하는 시의 예이다.

> 둑이 하나 무너지고 있다.
> 날마다 무너지고 있다.
> 무너져도 무너져도 다 무너지지 않는다.
> 나일 江邊이나 漢江邊에서
> 女子들은 따로따로 떨어져서 울고 있다.
> 어떤 눈물은
> 樺榴나무 아랫도리까지 적시고
> 어딘가 둑의 무너지는 부분으로 스민다.
> ——「落日」 전문

동일한 구문에서는 은유적 구성이 전면에 나선다는 것을 염두에 두면, 이 시의 1-3행은 유사성의 관계로 묶인 듯 하다. "둑이 무너진다"는 시행과 유사성 관계에 있는 것은 제목이다. 김춘수는 "지는 해"라는 제목을 "해가 진다"라는 산문으로 해체한 후, "둑이 하나 무너지고 있다."라는 시행으로 은유한다. 세 개의 동어반복처럼 보이는 시행이 이를 증거한다. 1-3행을 풀어쓰면 다음과 같이 될 것이다. <해는 하나밖에 없다. 해는 날마다 진다. 해는 날마다 져도 다 지지 않아서 다음 날에 다시

또 진다.> 두 번째 풍경을 이룬 연상은 좀더 복잡하다. 먼저 환유적 연상에 따라 "나일강변"과 "한강변"이 "落日"의 공간으로 제시된다. 해지는 것을 둑이 무너지는 것으로 표현한 이상, 해지는 곳으로 "江邊"보다 近似한 장소는 없을 것이다. 석양의 빛을 반사하는 곳도 강변이며, 둑이 무너져 넘쳐나는 곳도 강변이기 때문이다. 강변의 여자들이 "울고 있"는데, 이 역시 눈물과 낙일을 은유한 것이다. 낙일, 둑이 무너짐, 눈물을 흘림 등은 동일한 연상의 계열에 속한다. 셋 모두 침잠 혹은 하강의 이미지를 갖고 있는데, 물이 쏟아져 내리는 모습으로 형용된다. 세 번째 풍경, 어떤 눈물이 "화류나무 아랫도리"를 적신다는 표현에는 환유적, 은유적 연상이 복합적으로 작용했다. 나무의 "아랫도리"는 둑이 무너지는 부분을 은유한 말이면서, 사람의 하체를 환유한 말이기도 하다. "樺榴나무"라는 <붉은 빛의 결이 곱고 단단한 나무>는 <花柳男>의 동음이의적 익살인 듯 하다. 이는 남자의 성기를 은유한 말이기도 하다. 7행의 구절은 해가 지니까, 석양빛이 나무의 아래에까지 번진다는 의미에서 은유적 풍경이기도 하고, 해가 지면 性的인 사건이 일어나기도 한다는 의미에서 환유적 익살이기도 하다. 후자의 의미일 때, 둑은 신뢰, 순결, 정조 등의 내포를 갖는다.

김춘수의 시가 다 성공적인 것은 아니다. 이른바 무의미시론의 원칙에 입각하여 쓰여진 시들의 경우, 난해성과 함께 시적 감상의 好惡를 제기하는 견해도 있었음을 염두에 두어야 한다. 많은 경우, 무의미시들은 감각의 '인상적 素描'를 위주로 한 짧은 서경시이다. 이 시들의 의미를 분석하는 일은 어렵지 않으나, 분석 가능성과 시적인 성취는 물론 별개의 문제이다.

> 南天과 南天 사이 여름이 와서
> 붕어가 알을 깐다.
> 南天은 막 지고
> 내년 봄까지
> 눈이 아마 두 번은 내릴 거야 내릴 거야.
> ──「南天」 전문

"남천"은 나무 이름이지만, 이 시가 계절 감각을 시화하고 있음을 염두에 두면, 남쪽 하늘이라는 내포도 가지고 있다고 보는 것이 옳다. 1행에서 첫번째 남천과 두 번째 남천은 같은 남천이 아니다. 그 사이에 여름이 있으므로, 첫번째 남천은 봄의 남천이고, 두 번째 남천은 가을의 남천이다. 남천은 상록교목이며, 여름에 작고 흰 꽃을 피운다. 2행의 "알"은 이 꽃을 형용한 말이다. "여름이 와서 / 붕어가 알을 깐다"라는 시행이 인과적인 관계로 맺어져 있다는 것이 유력한 증거가 된다. 남천 잎은 딱딱한 깃꼴의 겹잎이어서, "붕어"로 은유될 만하다. 곧 "붕어가 알을 깐다."라는 시행은 "남천 잎 사이로 흰 꽃이 피었다"라는 서경을 바꾸어낸 진술이다. 3행에서 지금이 늦가을임이 암시된다. 4, 5행은 겨울이 올 거라는 예측인데, "내릴 거야"라는 시행을 두 번 반복한 것은 물론 눈이 "두 번은 내릴 것"이기 때문이다. 김춘수는 이 시에서 리듬까지 세심하게 배려한 흔적을 보이면서도, 풍경의 인상적 소묘 이상을 기대하지는 않았다.15)

김춘수의 시적 언어는 은유적 구성과 환유적 구성을 자유로이 활용하면서 분방한 상상력의 地平을 넓힌다. 유사성과 인접성이 언술을 구성하는 두 축을 선택하고 결합하는 원리임을 받아들인다면, 김춘수의 시가 의미의 核을 잃지 않으면서도 분방한 상상력을 보여준다는 점은 시적 언어가 보여줄 수 있는 자유로움이 얼마만한 것인가를 보여주는 것이라 할 만하다.

2. 이항대립과 역설

이 항에서는 김춘수의 중기시가 어떤 주제를 시화하고 있는가를 살펴본다. 이 논문에서는 초기시의 세계를 <일원적 인식과 조화의 세계>라

---

15) "活字 사이를 / 코끼리가 한 마리 가고 있다."라는 시행으로 시작되는 「은종이」는 <책장을 넘기다 보니 은종이가 한 장 끼어 있었다>라는 부제가 붙어 있어, 김춘수 스스로 가벼운 寫生을 목적으로 한 시임을 밝힌 경우이다. "이 무의미시는 화자나 청자의 존재는 전혀 암시되어 있지 않다. 그렇다고 작품 밖의 어떤 대상도 갖고 있지 않다. 어떤 추상적이고 비현실적인 세계만이 보일 뿐이다. 따라서 지시적 기능이 무화되어 있다."(김준오, 『시론』, 삼지원, 1991(3판), 191면)라는 지적은 동의하기 어렵다. 이 시의 화자는 副題에서 암시된 대로 전지적 화자이며, "코끼리"는 "은종이"를 지시한다.

명명하였다. 김춘수는 "꽃"으로 표상되는 일원적 세계의 境界 너머에 있는 미지를 적극적으로 탐색한다. 김춘수의 중기시는 이러한 탐구와 모색의 결과이다. 은유적 구성과 환유적 구성의 自在로운 활용을 통해 언어적 세계 너머를 탐색하던 김춘수는 未知 속에 내재된 이성, 감성의 분열과 비합리적 간극을 발견한다.

조화로운 세계의 통일성이 미지의 영역에서 깨어져 나가는 것은 필연적인 결과라 하겠다. 어둠에 눈을 주지 않고 합리적인 세계의 통일에만 안주하는 것은 즉자적인 인식에 불과하다. 시원은 분화 이전의 세계라는 점에서 조화와 통일성을 보존하고 있는 세계이다. 하지만 未知의 세계를 탐색하기 시작하면서, 중심 혹은 起源은 자취를 감춘다. 일단 중심을 버리면 시원의 세계를 이루던 의미의 核이 분열하기 시작한다. "起源이란 원뿔의 꼭지점에 맺히는 虛像과 같다. 모든 차이, 모든 분산, 모든 불연속은 기원이라는 하나의 동일점을 이루기 위해 모인다. 이 동일점은 감지할 수 없는 <동일자>이다. 그러나, 그럼에도 불구하고, 이 <동일자>는 내부에서부터 터져나오는 힘이 있어서 이내 타자가 된다."16) 분화된 세계에서도 기원은 동일성의 세계이지만, 가짜 중심[허상]을 이루고 있을 뿐이어서, 하나의 중심으로 이끌지는 않는다. 세계의 통일성을 포기하고 현상의 분열과 대립을 인정하는 순간, 기원은 起源은 모습을 감춘다. 그 자리에 남은 것은 기원에 대한 정의할 수 없는 모호함과 향수뿐이다. 중심은 여전히 존재하지만 "감지할 수 없는" 同一者를 형성하고 있어서, 他者가 된다. 분화된 세계에서 기원은 인간을 인간 아닌 것과 연결시켜 주는 기능을 한다. 코기토(Cogito)는 인간 존재에 대한 인식의 명백함을 표명하기 위한 것이 아니라, 인간 존재를 존재 너머의 것과 연결시켜 주는 인식의 불명료함을 표명하기 위한 것이 된다. 단일한 중심이 확장하는 경계를 벗어나 未知의 영역을 탐색할 때, 중심은 세계의 참다운 무게중심이 아니다. 중심은 다만 좌표로서의 기능을 한다. 위도와 경도는 지도상의 지표이지, 실제 땅에 그려져 있는 표식이 아니다. 이 중심은 "내가 중심에 있지 않다."는 것을 깨닫게 해주는 중심이어서 <비어 있는 중심>이라 말할 수 있다. 김춘수의 중기시에서 이

---

16) Michel Foucault, *The Other Of Things(An Archaeology of the Human Science)*, London: Tavistock Publication, 1974, pp. 329-330.

단일한, 혹은 비어 있는 중심은 자주 <하나님>으로 표상된다.

> 바다 밑에는
> 달도 없고 별도 없더라.
> 바다 밑에는
> 肛門과 膣과
> 그런 것들의 새끼들과
> 하나님이 한 분만 계시더라.
> 바다 밑에서도 해가 지고
> 해가 져도, 너무 어두워서
> 밤은 오지 않더라
> 하나님은 이미
> 눈도 없어지고 코도 없어졌더라.
> 흔적도 없더라.
> ──「해파리」 전문

　김춘수는 "바다 밑"이라는 세계를 제시하여, 이 시의 공간이 일상적이고 합리적인 의식의 공간이 아님을 암시하였다. 아마도 이 공간은 무의식, 비합리의 공간이며, 좀더 일반적으로 말하자면 未知의 공간일 것이다. 이 세계에는 "달도 별도" 없다. 곧 합리적인 삶의 규준이 없다. 바다 밑에 있는 것은 "항문" "질" "하나님"이며, 이들 시어는 "해파리"를 은유하는 사물들이다. 아마도 김춘수는 다음과 같은 전언을 준비한 듯하다. 바다 밑이라는 미지의 세계에서 단일한 중심을 이루는 하나님은 아무것도 아닌 존재이다. 이런 하나님은 물결에 쓸려 다니는 해파리 같은 하나님이며, 항문이나 질처럼 아무것도 없음으로써 존재하는 하나님이다. 네 시어는 모두 <비어 있음>으로써 존재한다는 공통성이 있어서 <텅 빈 중심>으로 기능한다. 김춘수는 근대가 다원성의 맥락 속에 단일한 중심을 상실했음을 "항문" "질"로 비유되는 "하나님"으로 표현하고 있는 것이다. 바다 밑에는 "달도 별도" 없어서 向日的인 삶이 불가능하다. 주체로서 기능할 수 없는 중심이므로 "하나님"은 없는 것과 마찬가지인 중심이다. 10-12행에서 하나님이 "흔적도 없"어진 것은 당연한 결과이다. 바다 밑은 이미 어둡기 때문에 밤도 오지 않는 세계이다. 밤이 낮을 전제로 하는 대타개념인 까닭이다. 바다 밑이 어둡더라도, 밤이 있다면 낮도 있을 것이고, 그런 명암의 교차는 향일적인 삶을 가능하게 할 것이다. 그러나 "해가 져도", "달도 별도" 뜨지 않는다. "~더라"라는

회상의 어조를 띤 서술어미는 화자가 마치 바다 밑 세계를 직접 체험한 듯한 느낌을 준다.17)

　김춘수의 중기시는 시원에서 떨어져 나와, 無名의 세계를 표류하며 모험을 겪는 放浪記에 비유될 만 하다. 중기시에 비친 세계는 균열을 자신의 내재적인 원리로 수용하는 세계라는 점에서 二項對立의 세계이며, 대립을 수락하고 모순을 자기화한다는 점에서 逆說의 세계이다. 「타령조」 연작을 분석하며 이 점을 살펴보기로 하겠다.

> 사랑이여, 너는
> 어둠의 변두리를 돌고 돌다가
> 새벽녘에사
> 그리운 그이의
> 겨우 콧잔등이나 입언저리를 發見하고
> 먼동이 틀 때까지 눈이 밝아 오다가
> 눈이 밝아 오다가, 이른 아침에
> 파이프나 입에 물고
> 어슬렁 어슬렁 집을 나간 그이가
> 밤, 子正이 넘도록 돌아오지 않는다면
> 어둠의 변두리를 돌고 돌다가
> 먼 동이 틀 때까지 사랑이여, 너는
> 얼마만큼 닳아서 病이 되는가,
> 病이 되며는
> 巫堂을 불러다 굿을 하는가,
> ── 「타령조(1)」 1-15행

　타령조 연작이 실제 場打令의 리듬감을 구현한 것 같지는 않다. 김춘수는 이 연작에서 타령이 환기하는 끊임없는 중얼거림, 중얼거림이 야기하는 리듬감, 리듬을 통한 주술성 등을 시험하고 있을 뿐이다. 시는 몇 개의 구문이 교차하면서 전개되는데, 같은 구문 안에 다른 시행이 병렬되기도 하고, 반복되기도 한다. 1행에서 화자는 "사랑"을 "너"라고 부른다. 사물이나 관념어를 청자로 포섭하는 경향은 이미 초기시에서

---

17) 김주연은 이 어투가 간접화법 어투여서 화법 내부의 화자를 상정하고 있으며, 김춘수가 이를 통해 仲媒者를 원하고 있는 것이라 추론한다.(김주연, 『변동사회와 작가』, 문학과지성사, 1979, 212면) 하지만 이 시의 "~더라"는 회상을 나타내는 서술형 혹은 감탄형 어미이다. 아마도 "~(더)라고"에서 인용을 나타내는 부사격 조사 "~고"를 염두에 둔 착오인 듯 하다.

혼하게 관찰된다.[18] 사랑이 "변두리를 돌고 돈다"라는 구절은 <어떤 사람이 사랑 때문에 방황한다>라는 구절을 변용한 구절이다. 김춘수는 사랑에 빠진 사람을 직접 "사랑"이라 지칭하여, 사랑의 고민이 카진 크기를 암시하였다. 2행에서 초기시와 달라진 중기시의 문제의식이 드러난다. 김춘수는 "어둠의 변두리"라 말하는데, 동심원의 안쪽을 어둠이라 형용한 예는 초기시에서 찾아볼 수 없던 예이다. 화자가 좀더 직접적으로 미지의 영역을 탐색의 중심으로 삼기 시작했음을 시사하는 구절이라 할 만하다. 3-6행은 이 작업의 결과를 보여 준다. 그리워하는 대상인 "그이"의 모습을 어렴풋하나마 발견하는 것이다. 어둠의 변두리에서 먼 동이 트듯 화자의 눈이 밝아오는 것은 그 때문이다. 그러나 8-10행을 보면, 그이는 처음에는 "어둠"에 있던 것이 아니라, "집"에 있었다. 어느 날 그이는 산책하듯 슬며시 집을 나가서는 돌아오지 않았다. 집은 물론 밖과 구별된 안의 공간이어서 단일한 중심, 조화로움을 표상하는 공간이다.[19] 화자가 소망을 걸어둔 가치의 人格化인 "그이"는 처음에 집, 곧 동심원의 안쪽에 있었다. 화자는 그 경계의 안쪽에서 평안할 수 있었다. 김춘수는 "집을 나간 그이가… 돌아오지 않는다면"이란 가정법을 통해, 이 시가 집밖의 영역을 탐색하기 위한 전략의 소산임을 암시한다. 이 가정법은 마치 "내 소중한 가치(그이)가 미지의 영역(집밖)에 있다면"이라는 말로 들린다. 13-27행의 병렬을 통해「타령조」연작의 서술 전략이 암시된다. 뒷부분은 <집을 나가 돌아오지 않는 그이를 찾아다니다가 상사병이 난다. 굿을 하면서 役鬼神하여 "저승의 山河"를 바라본다>로 요약할 수 있다. "저승의 산하"는 물론 어둠 너머에 있는 미지의 영역이다. 귀신 노릇을 하는 것도 화자가 미지의 영역을 탐색하기 위해 취하는 전략의 일종인 셈이다.

　「타령조(1)」은 중기시의 문제의식이 집약적으로 제시된 작품이다. 타령조 연작은 내용상 상호 관련이 있는 시들로 이루어졌다. 그이를 찾아

---

18) 몇 가지 예를 든다. ① "너는 슬픔의 따님인가부다."(「갈대」) ② "돌이여, / 그 캄캄한 어둠 속에 나를 잉태한 / 나의 어머니,"(「돌」) ③ "발돋움한 너의 자세는 / 왜 이렇게 / 두 쪽으로 갈라져서 떨어져야 하는가,"(「분수」) ④ "꽃이여, 너는"(「꽃의 소묘」) ⑤ "새야, / 그런 위험한 곳에서도 / 너는"(「나목과 시」) ⑥ "여황산아 여황산아, 네가 대낮에 / 낮달을 안고 누웠구나."(「낮달」)
19) "모든 피난처들은, 은신처들은, 모든 방들은 여러 서로 조화되는 꿈의 가치들을 가지게 된다."(바슐라르, 앞의 책, 116면)

헤매는 방황이 「타령조」 연작의 서술내용을 이룬다. 「타령조」 연작 전체는 하나의 의미구조 아래서 독해될 수 있다. 작품 (1)이 序詞(prolouge)이며, 작품 (9)가 結詞(prolouge)에 해당한다. (2)에서 (8)까지는 계절에 따른 방황 편력을 담고 있다. 정리해 본다.

「타령조(1)」	서사
「타령조(2)」	봄("삼월 초순")
「타령조(3)」	장마철?("밤과 비")
「타령조(4)」	장마 직후의 여름("7월달 나팔꽃")
「타령조(5)」	없음("오뉴월 구름 / 입춘 가까운 눈발")[20]
「타링조(6)」	여름("8월 어느 날")
「타령조(7)」	가을("가을")
「타령조(8)」	겨울?("잠, 밤")
「타령조(9)」	결사("타고 있던 그때")

잃어버린 사랑을 찾아가는 김춘수의 편력은 여러 화자와 청자를 통해 구체화된다. 김춘수가 「타령조」 연작에서 주로 탐구하는 이항대립적 주제는 "사랑/욕망"이며, 이는 "정신/육체" "과거/현재" 등의 문제로 확장되어 간다.

> 저
> 머나먼 紅毛人의 都市
> 비엔나로 갈까나,
> 프로이드 博士를 찾아갈까나,
> 뱀이 눈뜨는
> 꽃피는 내 땅의 三月 初旬에
> 내 사랑은
> 西海로 갈까나 東海로 갈까나,
> 龍의 아들
> 나후라 處容아빌 찾아갈까나,
> 엘리엘리나마사박다니
> 나마사박다니, 내 사랑은
> 먼지가 되었는가 티끌이 되었는가,
> 굴러가는 歷史의
> 차바퀴를 더럽히는 지린내가 되었는가

---

20) 「타령조(5)」에서는 계절이 드러나지 않는다. "오뉴월 구름"이나 "입춘 가까운 눈발"은 "쓸개빠진 녀석"이 이리저리 휩쓸려 다닌다는 의미일 뿐이어서 계절감을 시화한 것이라 볼 수 없다.

구린내가 되었는가,
썩어서 果木들의 거름이나 된다면
내 사랑은
뱀이 눈뜨는
꽃피는 내 땅의 三月 初旬에,
——「타령조(2)」 전문

화자는 사랑과 욕망 사이에서 고통받고 있다. 김춘수는 사랑과 욕망을 대표하는 여러 인물을 등장시켜, 갈등의 드라마를 연출하였다. "프로이드 박사"를 찾아갈까 고민하는 화자는 물론 성적인 욕망으로 갈등하는 화자이다. 하지만 그는 프로이드가 있는 곳을 "저 머나먼 紅毛人의 都市"라 지칭하여, 정신분석의 이론이 자신의 고민("내 땅")과 일치하지 않음을 암시한다. 지금 "내 땅"은 "뱀이 눈뜨는" "꽃피는 삼월 초순"이다. 봄은 잠든 것을 일깨우면서, 동시에 관능도 불러 일으킨다. 뱀 곧 남성성이 눈을 뜨고, 꽃 곧 여성성이 피어나는 계절이 봄이다. 화자는 뱀과 대응하는 자리에 "처용"을 세운다. "나후라"[Rāhula]는 석가모니의 아들이자 10대 제자의 한 사람으로 계율을 엄격히 지켜 忍慾의 상징이라 할 만한 인물이다. 김춘수는 "처용"이 인욕보살 "나후라"의 현신이라는 견해를 받아들였다. 아내를 역신에게 빼앗기고서도 춤추며 물러나온 처용의 행동은 인내로 욕망을 극복한 행동이다. "프로이드 박사"는 뱀으로 상징되는 욕망을 인정했을 뿐이지만, "처용"은 <역신>으로 상징되는 인내로써 이겨냈다. 사랑이 정신적인 것이요, 욕망이 육체적인 것이라는 이항대립이 이 시에 보인다. 십자가 위에서 고통스럽게 죽어간 예수 그리스도의 탄식이 뒤를 잇는다. "엘리엘리나마사박다니"는 "하나님이여, 하나님이여. 어찌하여 나를 버리십니까"라는 뜻이다. 죽음과 고통이 육체를 짓눌렀지만, 예수는 인류에 대한 아가페적 사랑으로 "살고 싶다"는 육체의 욕망을 이겨냈다. "프로이드 박사"에게는 남근의 상징이었고, "처용"에게는 역신이던 뱀은 (그 내포를 흩뜨리지 않은 채) 예수에게 "악마"의 상징이 된다. 낙원의 인간들을 유혹하여 타락시킨 이후로, 뱀은 저주받은 악마의 상징이 되었다. 화자는 자신을 십자가상의 예수와 일치시킴으로써 정신적인 사랑을 극단화한다. "굴러가는 역사"란 말에서 김춘수의 순환적 역사관을 만난다.21) 역사의 輪廻는 화자의 고양된 정

---

21) 김춘수가 역사를 진보가 아닌 폭력으로 인식했음은 그 자신의 회고를 통해서 알

신적 사랑을 훼손한다. "먼지" "티끌" "구린내" "지린내"라는 유사 어휘
들이 내포하는 바는 거의 동일하다. 이 시어들은 은유가 가진 생성적인
기능을 제대로 수행하지 못한다. 이런 비유의 마비는 화자의 역사에 대
한 불신이 얼마나 깊은 것인가를 시사하는 것이기도 하다. 그러나 화자
는 이것마저 끌어안고자 한다. "내 사랑"은 "역사의 차바퀴에" 짓밟히고
더럽혀졌다. 그러나 그렇게 썩어서 "果木들의 거름이나 된다면" 그 또한
나쁜 일은 아니다.

> 志鬼야,
> 네 살과 피는 削髮을 하고
> 伽倻山 海印寺에 가서
> 讀經이나 하지.
> 환장한 너는
> 鐘路 네거리에 가서
> 男女老少의 구둣발에 채이기나 하지.
> 금팔찌 한 개를 벗어 주고
> 善德女王께서 도리천의 女王이 되신 뒤에
> 志鬼야,
> ──「타령조(3)」 1-9행

　「타령조」 연작에서는 대개 마지막 구절이 처음 구절을 그대로 複寫한
다. 이런 반복은 사랑을 탐색하는 편력이 계속되기 때문이기도 하고 타
령조의 계속되는 흥얼거림 때문이기도 하다. 각 시의 마지막이 마침표
가 아닌 쉼표인 것도 사랑을 탐색하는 각 시편의 작업이 終止가 아니라
休止임을 보여주는 장치이다. 이 시에서도 동일한 구문이 두 번 반복되
며, 시의 앞뒤가 연결되어 있어 화자의 방황이 진행형임을 암시한다.
　화자는 "志鬼"를 불러낸다. 지귀는 사랑의 번민을 못이긴 나머지 心
火로 타버렸다. "금팔찌를 벗어" 주었던 "선덕여왕"은 유언대로 입적하
여 "도리천"에 들었다. 2행은 지귀더러 중이 되어 선덕여왕의 복을 빌어
주라는 말이다. 그러나 정신적인 소원은 소원일 뿐, 지귀의 육체는 여왕
을 여읜 슬픔을 이기지 못한다. 사랑으로 인한 번민 때문에 거리를 방
황하는 모습이 "네거리에서 남녀노소의 구둣발에 채이"는 모습으로 제

　수 있다. 김춘수, 「장시 『처용단장』 시말서」, 『김춘수 시전집』 참조. 이 사실은
김춘수의 시를 다루는 모든 논의가 동의하는 것이기도 하다.

시된다. 2-7행을 이루는 두 개의 문장에서 주부와 술부는 교차적이다.

　 ⅰ) 네 살과 피 → 삭발하고 독경을 하다.
　 ⅱ) 환장한 너 → 거리에서 구둣발에 채이다.

　ⅰ)의 술부는 정신적인 행위에, ⅱ)의 술부는 육체적인 행위에 각각 대응하므로 위의 시행은 정신과 육체가 상호 엇갈리는 "지귀"의 착란 상태를 형용하고 있다. 정신적인 사랑은 명복을 빌어주는 행위로 구체화될 수 있지만, 여왕을 만나지 못하는 심정(욕망)이야 어디에서도 위로받지 못할 外傷일 것이다.

　　쓸개빠진 녀석의 쓸개빠진 사랑을 보았나,
　　녀석도 참
　　나중에는 제 불알을 따서
　　새끼들을 먹였지,
　　──「타령조(5)」 1-4행

　화자가 그 녀석의 사랑을 "쓸개빠진 사랑"이라 부르는 것은, 그 "녀석"이 정말로 자기의 쓸개를 빼줄 정도로 자식을 사랑했기 때문이다. "쓸개빠진 녀석"은 줏대가 없고 온당하지 못한 사람을 일컫는 비칭인데, 여기서는 <가장 소중한 것>이라는 "쓸개"의 내포를 끌어안은 채로 의미의 전이가 일어난다. "녀석"의 사랑은 자기를 희생하는 사랑이므로 냉혹한 현실의 기율에는 들어맞지 않는 사랑이다.

　　그해 여름은
　　六月 한달을 비만 보내다가
　　七月 한 달도
　　구질구질한 비만 보내다가
　　八月 어느 날 난데없이 달려와서는
　　서둘렀을까,
　　[중략]
　　그처럼 서두르다가
　　웃통을 벗은 채로
　　쿵하고 갑자기 쓰러졌을까,
　　정말 그처럼 허무하게
　　그녀의 마당에서 그해 여름은

쿵하고 쓰러져선 일어나지 못했을까,
—— 「타령조(6)」 1-6행, 14-19행

　의인화된 "그해 여름"이 시의 형식상 주체이다. 1-4행은 "유월, 칠월" 동안 내내 비만 왔다는 말이다. 아마도 사랑을 잃은 자의 마음이 쓸쓸하고 무거웠기 때문일 것이다. "그해 여름"은 물론 특정한 어느 해 여름이다. 아마도 화자에게는 "그녀"와 함께 했던 그해 여름의 추억이 있었던 듯 하다. 화자는 어느 해 "8월", 짧지만 고양된 사랑을 만났다가 헤어졌다. 그는 그 시절을 회상하며, "정말 그처럼 허무하게"라 하여 강조사를 세 번이나 쓴다. 사랑은 이 시에서 과거/현재라는 이항대립을 축으로 하고 있다.

시무룩한 내 靈魂의 언저리에
툭하고 하늘에서
사과알 한 개가 떨어진다.
가을은 헤프기도 하여라.
땀 흘려 여름 내내 익혀 온 것을
아낌없이 주는구나.
혼자서 먹기에는 부끄러운 以上으로
나는 정말 處置困難이구나.
[중략]
비릿한 그 五臟六腑 말고는
너에게 준 것이라곤 아무 것도 없다.
—— 「타령조(7)」 1-8, 16-17행

　가을이 힘써 사과를 익혀 내게 떨구어 주었다. 가을은 그렇게 "여름 내내 익혀 온 것을 / 아낌없이" 주는데, 나는 "처치곤란"이다. 이 진술은 16-17행을 살피지 않으면 이해할 수 없는 진술이다. 가을은 내게 사과알 한 개를 주었는데, 나는 네게 아무것도 준 것이 없고 다만 네게 비릿한 "오장육부"를 주었을 뿐이다. 이 진술은 약간 이상하다. 오장육부를 주었으면, 다 준 것인데 화자는 아무것도 준 것이 없다라고 말하는 것이다. 왜일까? 화자는 "너에게" 다 주었지만, 정작 "한 알의 사과"처럼 가치 있는 어떤 것을 주지 못했던 것이다. 7-8행이 보여주는 구문의 엇갈림은 사과에서 나로, 말하자면 대상에서 주체로 상황이 전이하는 것을 보여주기 위한 장치이다. 혼자서 먹기 부끄러우므로 처치 곤란

인 것은 사과이지만, 그 이상으로 아무것도 해 줄 수 없는 내 자신이 처치곤란인 셈이다.[22]

「타령조」 연작에서, 정신적인 사랑/육체적인 사랑(욕망), 과거/현재 등의 이항대립이 보인다. 이를 수락하고 내면화할 때 시는 역설적인 구조를 갖게 될 것이다. 「처용단장」 2부는 이와 같은 이항대립과 역설의 노래이다. 「처용단장」 1부에는 김춘수의 유년시절 체험이 드러나 있다. 유년의 공간은 대개 조화와 충일의 공간이다. 김춘수가 이 연작에 「처용단장」이라는 이름을 붙인 것은 현실의 기율에 피해를 입는 처용에게도 유년 혹은 바다가 동일한 공간이었기 때문일 것이다. 시인의 현실 체험은 2부에서 「처용가」를 부르던 당시의 처용과 만난다. 3, 4부에서 좀더 직접적으로 시인의 목소리가 노출되는 것으로 보아, 김춘수가 자신이 처한 사회역사적 상황을 처용의 처지에 빗댄 것은 분명해 보인다. 「처용단장」 2부에는 "들리는 소리"라는 제목이 붙어 있는데, <처용가>가 처용설화의 중심을 이루고 있으므로 이 소리는 당연히 <처용가> 노랫소리일 것이다. 2부 전체가 "~다오"라는 '해라'체 청유형으로 구성된 점으로 미루어, 「처용단장」 2부는 화자 처용이 <처용가>의 내용을 확장하여 덧붙여 부르는 노래의 형식을 취하고 있는 것으로 판단된다. 분석의 선례가 없었던 사정을 고려하여, 「序詩」와 敍景으로 판단되는 부분을 제외한 2부 전문을 분석의 대상으로 삼기로 한다.[23]

> 돌려다오.
> 불이 앗아간 것, 하늘이 앗아간 것, 개미와 말똥이 앗아간 것,
> 女子가 앗아가고 男子가 앗아간 것,
> 앗아간 것을 돌려다오.
> 불을 돌려다오. 하늘을 돌려다오. 개미와 말똥을 돌려다오.
> 女子를 돌려주고 男子를 돌려다오.
> 쟁반 위에 별을 돌려다오.
> 돌려다오.
> ——「처용단장」 2부-1 전문

---

22) 「타령조(8)」은 김인환, 「과학과 시」, 앞의 책, 124-126에서 전문이 세밀하게 검토되었으므로 별도의 분석은 생략하기로 한다.
23) 「서시」는 김주연, 「기쁜 노래 부르던 눈물 한 방울」, 앞의 책, 280-281면의 분석을 참조할 것. 다만 여기서 「서시」 전반의 구성 역시 이항대립에 기초하고 있으며, "기쁜 노래 부르던 / 눈물 한 방울"이라는 시행 역시 모순형용을 통한 역설의 예임을 지적해 둔다.

얼핏 기표의 말놀이로 일관한 시처럼 보인다. "돌려다오"라는 구문에 포함된 시어들이 유사성을 찾기 어렵기 때문에, 시어들이 무의미하게 흩어져 있는 것처럼 보인다. 동일한 구문으로 시적 대상이 나열되어 있을 뿐, 그것들을 결속하는 의미의 끈이 미약해 보이는 것이 사실이다. 그러나 이 시가 가진 통사적인 맥락이 해석의 실마리를 제공한다. 2, 3행과 5, 6행을 비교해보면 "불, 하늘, 개미…" 등이 앗아간 것은 바로 제 자신이다. 2, 3행의 대상들은 기표로서의 대상, 5, 6행의 시어들은 기의로서의 대상이다. 대상을 지시하는 기능이 언어의 기능이지만, 실제 언어화된 의미에는 대상의 참모습이 없다. 소쉬르의 말대로 기표를 기의에 결합시키는 관계는 자의적이기 때문에 아무리 기표를 탐구한다 해도 대상의 참모습을 파악할 수는 없다. "불, 하늘, 개미…" 등은 언어화가 실제의 지시대상을 가려버렸음을 역설적으로 보여준다. 이 연작은 김춘수의 중기시가 이른 문제의식을 보여준다. 초기시에서 언어는 대상의 현존성에 경사되어 있었다. 하지만 이 시기에 이르러 김춘수는, 언어가 대상을 바로 표상하지 못하고, 대상과 언어 사이에 비합리적 간격이 있다는 생각을 보여준다.

자세히 관찰하면 기표들 간의 관계에는 일정한 규칙이 있다. 시어들이 둘씩 짝을 지어 등장한다는 데에서 이 점이 추론된다. "불/하늘" "개미/말똥" "남자/여자"는 이항대립적 관계에 놓여 있다. 7행의 "쟁반 위의 별"은 "불"과 "하늘"을 결합한 은유이므로 "불"은 "별"과, "하늘"은 "쟁반"과 은유적 관련을 맺는다. 따라서 이 두 행을 인접성의 원칙에 따라 재결합하면, "불/쟁반" "별/하늘"의 대립쌍을 도출할 수 있을 것이다. "불/하늘"이라는 환유적 구성을 통해 시어가 갖는 내포가 확장되었다고 보겠다. "개미/말똥"의 이항대립은 분명하지 않다. 아마도 "개미"가 <개암>을 의미하든지, "말똥"이 <말똥구리>를 의미하든지 할 것이다. 개미가 개암, 즉 개암나무 열매를 말한다면 두 시어는 유사성(둥글다는 것)과 상이성(식물성과 동물성)으로 이항할 것이며, 말똥이 말똥구리를 의미한다면 두 시어는 유사성(동물성이라는 것과 부지런하다는 것)과 상이성(작은 곤충과 큰 곤충)으로 이항할 것이다. 어쨌든 세 시어들의 묶음에 이항대립이 내재해 있음은 분명해 보인다.

구름 발바닥을 보여다오.
풀 발바닥을 보여다오.
그대가 바람이라면
보여다오.
별 겨드랑이를 보여다오.
별 겨드랑이의 하얀 눈을 보여다오.
——「처용단장」 2부-2 전문

자연물과 신체의 일부가 결합되어 전언을 이룬다. "발바닥"이나 "겨
드랑이"가 감추어져 있는 부분이므로, 화자가 이를 통해 사물의 속내를
보여달라고 요청하는 듯 하다. 다른 시를 참조하면 두 시어의 내포가
좀더 분명해진다. "겨드랑이"는 사랑하는 사람을 나타낸 시어이며,24)
"발바닥"은 세속을 넘어서는 염결성을 의미하는 시어이다.25) 결국 "발
바닥" "겨드랑이"를 보여 달라는 간청은 세속을 초월할 수 있는 염결성
과 자신의 분신으로 여길 수 있는 사랑을 보여 달라는 간청이다. 이는
역신에 맞닥뜨린 忍苦行의 처용에게 촉급한 두 가지 소망이었을 것이다.

살려다오.
북치는 어린 곰을 살려다오.
북을 살려다오.
오늘 하루만이라도 살려다오.
눈이 멎을 때까지라도 살려다오.
눈이 멎은 뒤에 죽여다오.

---

24) "아내는 痲醉에서 깨지 않고 있다. / 手術室까지의 긴 複道를 / 발통 달린 寢臺
에 실려 / 아내는 아직도 가고 있는지, / 지금 / 죽음에 흔들리는 時間은 / 내
가는 肋骨 위에 / 河馬를 한 마리 걸리고 있다. / 아내의 머리맡에 놓인 / 仙人
掌의 / 피어나는 싸늘한 꽃망울을 느낄 뿐이다."(「새 봄의 선인장」 3-13행) 화자
는 "마취에서 깨어나지" 않은 아내를 애타게 기다린다. 침대에 실려 병실 복도를
지나가는 아내를 상상하며, 화자의 시간은 "죽음에 흔들"린다. 안타까움에 시달
리는 화자의 심정이 "하마"를 불러왔다. "하마"는 화자가 느끼는 압박감, 슬픔
등을 은유하는 말이다. 화자의 슬픔은 하마만큼 크고 우스꽝스럽다. 화자가 아내
의 소생을 위해 해줄 수 있는 것이 아무것도 없기 때문이다. 화자는 단지 새 봄
"선인장"의 아름다움을, 그 蘇生의 의미를 "싸늘"하게 "느낄 뿐이다". 이 시에서
"늑골"은 사랑에 대한 제유이다. 아담의 갈빗대라는 관념이 늑골에 부수되어 있
다. 206면시 「가을」 해석을 참조할 것.
25) "맨발로 바다를 밟고 간 사람은/ 새가 되었다고 한다./ 발바닥만 젖어 있었다고
한다."(「눈물」, 5-7행) 이 시에 등장한 異蹟의 주인공은 예수 그리스도이다. 세속
의 기율을 넘어서는 그로서도 발바닥이 젖는 것은 도리가 없었을 것이다.
194-196면 시 「눈물」의 전문분석을 참조할 것.

> 북 치는 어린 곰을 살려다오.
> 북을 살려다오
> ——「처용단장」2부-3 전문

　김춘수는 "북치는 곰"에 주목하였다. 북치는 곰은 그 이름처럼 북을 <쳐야만 하는> 곰이다. "북치는 곰"이라는 기표는 <북을 치다>와 <곰>이라는 기표가 결합하여 있으므로, 북을 치지 않는다면 "북치는 곰"일 수가 없다. 화자는 북을 쳐야만 하는 곰을 구원해 달라고 간청한다. 환유적 연상에 따라, "북치는 곰"→"북"으로의 전이가 일어난다. 곰은 북을 쳐야만 하고 "북"은 맞아야만 한다. 그래서 화자는 "오늘 하루만이라도" 그것들을 쉬게 해 달라고 간청한다. 하지만 "북치는 곰"은 북을 치는 것이 존재의 선행조건이다. 북을 치는 것을 그치는 순간, 곰은 쉴 수 있을지 몰라도 "북치는 곰"은 죽어버린다. 그러므로 "살려다오"라는 간청은 실은 "죽여다오"라는 간청의 다른 표현일 뿐이다. 삶과 죽음이 "북치는 곰" 속에 이항대립으로 내재한 셈이다. 김춘수는 작은 완구를 통해 운명과 존재의 형식을 탐구하였다.

> 애꾸눈이는 울어다오.
> 성한 한눈으로 울어다오.
> 달나라에 달이 없고
> 人形이 자라서 脫腸하고
> 말이 자라서 辭典이 되고
> 起重機가 올라갔다 내려오고 올라갔다 내려오고
> 올라갔다 내려온다고
> 애꾸눈이가 애꾸눈이라고
> 울어다오. 성한 한눈으로 울어다오.
> ——「처용단장」2부-4 전문

　"애꾸눈이"는 그 자체로 이항대립을 숨기고 있는 존재이다. "성한 한눈"은 온전한 눈이므로 애꾸가 아니며, 실명한 한 눈은 장님이므로 애꾸가 아니다. 따라서 "애꾸눈이"는 <온전함/온전하지 않음>을 결합한 모순개념인 셈이다. 3행에서 6행에서 보이는 시어들도 역설을 담고 있기는 마찬가지이다. 지구에서 달만을 볼 수 있듯이, "달나라"에서는 지구만 볼 수 있을 뿐 "달이 없"다. "인형"이 자란다는 말은 세월이 가면서 인형이 낡는다는 의미이다. 인간이 늙어가듯이 인형은 낡아가며, 인간이

"탈장"하고 죽듯이, 인형은 뱃속의 솜뭉치나 헝겊 조각을 쏟아 놓고 죽는다. 이 시행은 "(인간)/인형" "탈장/(탈솜뭉치)"의 결합을 바꾸어 환유적 구성을 이룬 역설의 예이다. "말"은 생겨났다가 자라서 "사전"에 오르는 지위를 누린다. 그러나 "사전"은 말의 집적창고인 한편으로 말의 무덤이다. 사전에 인쇄된 말은 쓰이지 않는 말이어서 죽은 말인 까닭이다. "기중기"라는 기표는 "무거운 물건을 들어올리는 기계"인데, 실제로 한 번 들어올리기 위해서는 한 번 내려가야 한다. 따라서 기중기 역시 "내리다"라는 단어를 제 안에 포함한 역설적인 단어이다. "성한 한 눈"으로 우는 "애꾸눈이"는 온갖 모순에서 비롯된 슬픔을 보여준다.

> 불러다오.
> 멕시코는 어디에 있는가,
> 사바다는 사바다, 멕시코는 어디에 있는가,
> 사바다의 누이는 어디 있는가,
> 말더듬이 一字無識 사바다는 사바다,
> 멕시코는 어디 있는가,
> 사바다의 누이는 어디 있는가,
> 불러다오.
> 멕시코 옥수수는 어디 있는가,
> ──「처용단장」 2부-5 전문

이 시는 소리들의 말놀이로만 이루어져 있는 무의미시의 대표작으로 여겨져 왔다. 이 시가 청각적 요소를 배려한 것은 사실이지만, 의미 요소가 없는 것은 아니다. 청각적 요소로만 이루어져 있다면, 음운의 배열에 "멕시코" "사바다" "누이" "옥수수"가 일률적으로 기능하는 소리의 결이 있어야 한다. 대개의 논의가 청각 印象을 지적하기는 해도 막연한 서술로 일관할 뿐 음운 분석에 실패하고 있는 것은 이 시가 청각적 요소의 일사불란한 배열로 이루어지지 않았기 때문이다. 반복되는 시어로 든 네 개의 시어 중 "사바다" "옥수수"만이 리듬감에 기여할 뿐이다. 이 시의 의미 도출에 실패한 이유는 "사바다"가 누구를 의미하는지 알 수 없었기 때문이다. 김춘수는 「처용단장」 3부에서 "사바다"가 누구인지를 밝힌다.

사바다는 그런 함정이 자기를 기다리고 있는 것을 전연 알지 못했다. 희망을 가지고 계까지 갔지만, 이상하다고 느꼈을 때는 이미 늦어 있었다. 창구와 옥상에서 비오듯 날아오는 총알은 그의 몸을 벌집 쑤시듯 쑤셔 놓고 말았다. 백마가 한 마리 눈앞을 스쳐갔을 뿐 아무것도 생각할 틈이 없었다. 그 뒤에 일어난 일들은 그의 알 바가 아니다. 그의 시신은 말에 실려가 그의 동포들의 면전에 한 벌 누더기처럼 던져졌을 뿐이다.
　　──보아라, 사바다는 이렇게 죽는다.
　　──「처용단장」 3부-36 부분

　인용한 부분 가운데 "비오듯" "벌집 쑤시듯" 등의 표현은 산문적인 관용어법에 가깝다. 다만 행을 바꾼 두 번째 말은 화자의 말이기도 하고, 사바다의 시신을 동포들 앞에 던진 살인자들의 말이기도 하다. 에밀리아노 사파타(Emiliano Zapata: 1879-1919)는 멕시코의 농민운동 지도자이다. 그는 농민군을 이끌어 멕시코 혁명에 공헌하였으며, 철저한 토지개혁을 요구하여 혁명 주류파와 대립하다가 결국 암살 당했다. 역사의 정의를 부르짖었던 사바다는 역사의 주류에 함몰되어, 희생되고 말았다. 그는 함정에 빠져 죽었다. 역사는 사바다나 멕시코의 편을 들지 않았다. "어디(에) 있는가"라는 안타까운 부르짖음이 계속되는 것은 이때문이다.
　멕시코는 가난하고 황량한 나라이다. 멕시코 사람 사바다는 이런 황량함과 가난함을 무대로 성장한 억세고 거친 인물이다. "사바다의 누이는 어디 있는가"라는 시행은 그런 드센 인물에게도 누이가 있는가라는 화자의 질문이다. 누이는 사바다에게 섬세함과 편안함을 선사해주는 존재였을 것이다.[26] 정리하자면, 이 시는 세 가지 환경이 사바다를 중심으로 결합해 있다. 멕시코는 사바다의 생활 터전을 이루는 사회적 환경이며, 누이는 사바다로 하여금 인간적인 가치를 느끼게 해주는 정신적 환경이고, 멕시코 옥수수는 서민들의 주식이므로 먹고 사는 문제를 대표하는 경제적 환경이다. "멕시코 옥수수는 어디 있는가"라는 시행은 서민의 경제적 터전이 착취와 수탈 아래 노출되어 있다는 의미일 수 있다. "사바다"가 시행들의 주체임은 "사바다는 사바다"라는 同一律 표현에서도 짐작할 수 있다.[27]

---

26) 누이의 내포를 다음과 같은 초기시에서 짐작해볼 수 있다. "나에게는 왜 누님이 없는가? 그것은 누구에게도 물어 볼 수 없는 내가 다 크도록까지 내 혼자의 속에서만 간직해 온 나의 다 하나의 비밀이었다."(「집(1)」 부분)
27) 결국 이 시는 사회적 문맥을 함축하고 있는 셈인데, 특별히 제유(식량→옥수수)

키큰해바라기.
네잎토끼풀없고
코피.
바람바다반딧불.

毛髮또毛髮. 바람.
가느다란갈라짐.
──「처용단장」2부-7 일부28)

급작스럽게 띄어쓰기를 무시한 것은 이 부분이 다급한 느낌을 시화하고 있기 때문이다. "키큰해바라기"는 고호를 연상시킨다.29) 고호의 그림이 주는 강렬함, 광기를 시적 문맥으로 끌어들이려는 시도로 보인다. 2행은 화자에게 "행운이 없다"라는 의미를 관용적으로 표현한 것이다. 3행에 등장하는 "코피"는 저녁 노을을 표현한 것으로, 「금송아지」에서도 보인다.30) 4행은 동일한 음운을 반복한 말놀이인데, 세 시어가 어울려 바닷가 마을의 풍경을 이룬다. 바다는 유년의 공간과, 바람은 다음 연과 연결된다. 시의 초점은 인용한 두 번째 연에 있다. "모발"은 "사랑하는 이"를 암시한다.31) 두 번째 연은 표면적으로는 바람에 머리칼이 날리는 모습을 형용한 것이지만, 이면적으로는 사랑하는 이가 "바람"으로 은유된 世波에 휩쓸리는 모습을 암시한 것이어서, 간단치 않은 의미를 내포하고 있다. 처용을 화자로 상정해 보면, 역신에 몸을 망친 "아내"의 모습이 뚜렷이 부각된다. 2부의 마지막 노래가 고통을 내면으로 수락하고 패배를 감내하는 처용의 목소리를 담을 것이라는 점은 짐작하기 어렵지

가 사회역사적 상상력을 위해 선택되었음에 주목할 만하다. 시 「가을」, 「동국」의 분석 참조.
28) 문장사판 전집에는 2부 6-8까지가 로마자로 10-11까지로 표기되어 있다. 시인 스스로 고친 것으로 짐작되는데 의미 변화가 없으므로 시의 일련번호는 민음사판을 따르도록 하겠다.
29) 고호에 대한 김춘수의 관심은 뒤에 「반 고흐」, 「다시 반 고흐」라는 시에서도 나타난다.
30) "죽음을 죽이는/ 바다는 高血壓의 코피를 흘린다."(「금송아지」 6-8행) 바다가 죽음을 죽일 수 있는 것은 바다가 유년의 공간이기 때문이다. 유년의 공간에서는 죽음이 부정되기 때문이다. 한편 바다가 코피를 흘린다는 표현은 저녁이 되어 노을이 진다는 서술의 시적 변안이다. 시 「나이지리아」, 「바다사냥」 분석 참조.
31) 다음 예를 참조할 것. "여름은 가고/ 네 毛髮을 생각한다./ 가을이 와서 落葉이 지면/ 네 毛髮은 바다를 건너/ 더욱 깊이 내 잠 속으로 오리라."(「네 모발」, 1-5행); "아내는 두 번이나/ 마굿간에서 아이를 낳고/ 지금 아내의 毛髮은 구름 위에 있다."(「李仲燮 2」, 1-3행)

않다.32)

「타령조」 연작과 「처용단장」 2부를 중심으로 하여 김춘수의 중기시가 가진 시의식을 논구하였다. 김춘수의 중기시는 초기시의 문제의식을 확장해 간 결과 산출되었다. 개별 시의 분석을 통해, 이 시기 시가 "사랑/욕망" "정신/육체" "과거/현재" "언어/대상" 등의 이항대립을 자체 내에 포함하고 있으며, 이 모순 상태를 인정하고 수락함으로써 역설을 시적 원리로 가지고 있음을 살펴 보았다. 이는 김춘수가 未知의 영역을 적극적으로 탐색하면서 감수할 수 밖에 없었던 결론이기도 하다. 일원적 세계의 조화가 깨어져 나간 자리에 남은 것은 갈등과 분열일 수밖에 없다. 김춘수 중기시의 난해성은 부분적으로 이러한 외적 세계의 분열을 시적 언어로 수용하고자 한 정직함에서 비롯된 것이라 할 수 있다.

---

32) 「처용단장」 2부-8 전문분석은 188-190면을 참조할 것.

循環的 인식과 화해의 세계

1. 因果律의 否定

　　김춘수의 후기시는 중기시의 분열과 갈등을 수용, 극복한 자리에서
시작된다. 이 시기에 이르러 김춘수는 초기시에서 보였던 서정을 회복
하였다. 초기시에서 김춘수는 대상, 화자의 시각, 감정을 나타내는 어사
들을 긴밀하게 통합하여 조화로운 언어의 세계를 구축하였다. 중기시는
초기시의 未知에 대한 탐색이 적극적으로 이루어진 결과로 산출되었다.
이 과정에서 김춘수는 어둠이 내포한 분열의식과 맞닥뜨리며, 이를 내
면의 원리로 수용함으로써 역설적인 시세계를 이룩한다. 중기시에서 보
였던 갈등은 어둠이라는 속성 가운데 내재한 분열과 모순을 시적 형성
의 원리로 삼은 데서 비롯된 것이다. "사랑/욕망" "정신/육체" "언어/
사물" 등의 이항대립은 서로가 서로를 배척하는 두 개의 중심이었다.
　　김춘수는 이러한 갈등과 분열의 양극단을 화해시키려 기도한다. 그는 후
기시에서, 중기시에서 노정하였던 대상의 분열을 통일하는 새로운 시각을
발견한다. "아픔과 아픔이 추위 속에서 서로를 확인할 때 극과 극은 통한다.
相生相克이다. 아픔은 아픔을 배반하지 않는다. 아픔과 아픔이 서로를 껴안
을 때 사랑의 힘이 발휘된다."33) 김춘수는 하나의 시각을 확보함으로써 모
순과 분열을 치유하고 통합하는 원리로 삼았다. 이에 이르기 위해 먼저 해

---

33) 최동호, 『평정의 시학을 위하여』, 민음사, 1991, 179면.

야할 작업은 결정론적 세계관을 부정하는 일이다.

> 기계론적 자연관은 거대한 우주 기계가 완전히 인과적이며 결정적이라는 엄격한
> 決定論과 밀접히 연관되어 있다. 발생하는 모든 것은 명확한 원인을 갖고 있으며, 또
> 한 일정한 결과를 가져오는 것이다. 그 체계의 모든 부분이 어떻게 될 것인지를, 주
> 어진 어느 시점에서 상태를 전반적으로, 상세히 알기만 한다면 절대적 확실성을 가지
> 고 예측할 수 있다는 것이다.34)

기계론적 세계관은 인간에게서 영혼을, 세계에서 신비함을 박탈했다.
모든 것이 파악가능한 수치로 환원되면 인간은 기계로, 세계는 물질로
전락하고 만다. 기계적 결정론은 단일한 規準을 모든 현상에 강제한다.
자연의 사물과 사물은 函數 關係로 파악된다. 하나의 조건이 정해지면
함수 관계에 따라 다른 조건이 연역된다. 하나를 선택한다는 것은 다른
모든 것을 배제한다는 것과 같다. 選擇은 전체항에서 排除의 원리가 간
여하는 모든 영역을 지움으로써 가능해진다. 기계론적 세계관은 전일적
인 "사랑"을 신체적인 사랑, 곧 욕망으로 환원하고, "육체"에서 常數로
환원되지 않는 "정신"을 배제하며, 언어기호만을 문제삼기 위해 언어가
지시하는 대상을 괄호 안에 넣는다. 합리주의는 모든 것을 설명하기 위
해, 설명할 수 없는 것을 설명의 목록에서 삭제해 버렸다. 김춘수 중기
시의 갈등은 있는 것과 있어야 할 것, 선택의 항과 배제의 항이 길항한
결과이다. 욕망이 사랑을, 육체가 영혼을, 언어가 대상을 포괄하고 지시
하지 못하는 상황이 이 갈등의 핵심을 이룬다.

김춘수는 중기시의 모순과 갈등을 없애기 위해, 합리적 사유를 버리
고 비합리적 사유를 선택했다. 그 선택의 방법적 원리가 因果律의 否定
이다.

> 사막에서 시계는 하물하물 묽어 간다. 넝마 같다. 보들레르는 시계포에서 무수한
> 시계 바늘이 제각기 멋대로 제멋대로 서 있는 것을 보고 깨달았다. 하늘에는 물고기
> 비늘 모양의 구름이 떠 있고, 땅에는 나뭇잎이 바람에 흔들린다.고,
> ──「정적」전문

"사막"에서는 시간에 대한 감각이 탈색된다. 무더움과 지루함은 시간

---

34) F. 카프라,『새로운 과학과 문명의 전환 The Turning Point』, 이성범 역, 범양사
　　출판부, 1985, 62면. 번역문에 오류가 있어 수정 인용했음.

에 대한 의식을 "하물하물 묽어" 가게 한다. "넝마"로 표현된 이 시간은 화자의 지루함과 짜증스러움이 스며든 시간이다. "보들레르"의 인식은 자아와 세계의 통일성이 깨어져 나간 시대의 인식이다. 그는 자아의 시간과 물질계의 시간이 서로 다르다는 것을 깨달았다. 하나의 자아가 보기에 다른 자아들의 세계는 물질계이다. 서로 다른, 일치하지 않는 자아들의 시간이 다르게 흘러가는 것은 당연한 이치인지도 모른다. 이때, 자아는 하늘에서 물고기를, 땅에서 나뭇잎을 발견한다. 화자는 있어야 할 곳에 있지 않은 사물들을 언급했을 뿐이지만, 실제로 화자의 생각은 이 시에서처럼 終止와 休止가 뒤바뀐 세계의 사물들이 제자리를 차지하고 있을 리가 없다는 것이다. 바다, 육지, 하늘은 인간의 인식체계를 구성하는 세 공간이다. 이러한 공간의 混在를 통해 화자는 인과의 혼란이 만들어내는 착시의 세계를 보여준다. 신으로 표상되던 보편자가 사라진 시대는 자의식을 현존의 코기토로 삼는다. 한 번 흘러가서는 다시 돌아오지 않는 시간의 無常性에 대한 두려움이 의식의 근원적 불안을 이룬다. 착시의 세계에서 화자는 인과의 부정을 맛본다. 시간의 속박에서 해방되어 있다는 의식만큼 큰 자유는 아마 없을 것이다.

> 포켓이 비어 있다. 땡그랑 소리 내며 마지막 동전 한 닢이 어디론가 빠져 나갔기 때문이다. 서운할 것도 없다. 세상은 무겁지도 가볍지도 않다. <않다>는 <않다>일 뿐이다. 괄호 안에서 멋대로 까무라쳤다 깨났다 하면 된다. 말하자면 모과는 모과가 되고, 나는 나대로 넉넉하고 넉넉하게 속이 텅 빈, 어둡고도 한없이 밝은, 뭐라고 할까, 옳지, 늙은 니힐리스트가 되면 된다.
> ──「어느 날 문득 나는」 전문

김춘수는 니힐리스트에게서, 시간이 주는 두려움에서 놓여난 자유인을 발견했다. 그러나 그 자유는 사실 시간에서 놓여난 자의 자유가 아니라, 시간에서 배제된 자의 자유이다. 어쨌든 시간에서 떨어져 나오자 화자는 넉넉하게 텅 빈 존재가 된다. 그는 포켓이 빈 것을 자신이 텅 빈 것에 빗대었는데, 이 환유를 이루는 생각의 근간은 "세상은 무겁지도 가볍지도 않다"는 생각이다. 시 「해파리」에서 개진된 <텅 빈 중심>이라는 생각이 화자에게 다시 떠오른다. "모과는 모과가 되고"라는 시행에서, 김춘수는 기표가 기의를 지시하는, 다시 말해 언어가 그 사물을 의미하는 행복한 상황을 상정했다. 언어가 사물을 지칭할 수는 없다. 언어는 제나름의 구성원리로 존재할 뿐, 실재세계와 대응관계를 이루지 않는다.

> 모과는 없고
> 모과나무만 서 있다.
> ──「리듬Ⅱ」 1-2행

에서 김춘수는 기표와 기의의 관계를 탐색한 바 있었다. 모과나무가 있어야 모과가 열린다. 하지만 언어는 모과가 열리는 나무를 모과나무라 부른다. 모과나무가 있어아 모과가 열리는 게 물질세계의 원리이며, 모과가 없으면 모과나무가 있을 수 없는 것이 언어세계의 원리이다. 기표가 기의에 우선하는 분열된 상황을 김춘수는 위의 시행에서 간단히 표명한 바 있었다. 「어느 날 문득 나는」은 중기시의 이러한 문제의식을 극복하는 길을 인과율의 부정에서 찾는다. "모과는 모과가 되고"라는 시행은 둘의 행복한 일치를 꿈꾸는 화자의 소망을 반영한다. 그런 세계라면 "나는 나대로" 행복한 "니힐리스트"가 될 수 있을 것이다. 모과가 없는 채로 모과나무만 있는 것이 현실의 모습이다. 하지만 일단 "모과는 모과가 된다"고 인정하면 어떨까. 김춘수는 일단 분열 상황을 잊고 생각해 보자고 말한다. "<않다>는 <않다>일 뿐이다." "<않다>"는 말이 부정의 원리로 관철되던 시기는 끝났다. <않다>가 <않다>를 의미한다고 인정하면 그뿐이다. "니힐리스트"는 존재의 근원을 무에서 찾으므로 인과율을 부정한다. 상수 $n \times 0[zero]$는 늘 0이다. 화자가 "니힐리스트"가 되려는 것은 인과율을 부정하려는 시적 전략의 소산이다.

> 여자와 남자가
> 함께 있다.
> 함께라는 말은 아름답다.
> 눈이 오지 않는데도
> 밤이 따뜻하다.
> 탱자나무 울 사이로 겨울인데
> 탱자꽃이 하얗게 피어 있다.
> 안다르시아 평원에 슬리는
> 밤이
> 부피로 쌓이고 또 쌓인다.
> 그네는 남의 품에 안기어 언제까지나

오늘밤은 나와 함께 있다.
──「안다르시아」 전문

서경을 진술하고(1-2행), 그 진술을 다시 진술함으로써(3행), 언어와 세계 사이의 간격은 사라진다. 남녀는 함께 있는데, 그 상황을 포함하기 때문에 "함께"라는 말은 아름답다. 분열된 이항대립의 삶을 살아온 화자에게 共存이란 말이 주는 느낌은 각별한 바가 있다. 김춘수는 "함께"라는 말이 연상시키는 아름다움을 1, 2행의 간결한 진술로 제시해 보였다. 겨울에 눈이 오면 대기가 따뜻해진다는 것은 경험적 사실이다. 화자는 "눈이 오지 않는데도 밤이 따뜻하다"라고 하여, "밤"을 긍정한다. "탱자꽃이 하얗게 피어 있어" 눈을 대신하기 때문이다. 탱자꽃이 하얀꽃을 피우는 때는 본래 5월이다. 화자는 탱자꽃이 겨울에 피어 있는 것을 보는데, 이는 일상적인 자연의 이항대립적 순환이 깨져 나갔기 때문에 가능해진 일이다. 4행을 보면 확실히 "탱자꽃"은 눈을 은유한 것이 아니다. 그렇다면 이 시행은 일종의 착란으로 사물과 사물의 인과적 관계를 부정하여 얻어낸 진술이라고 해야 옳다.[35] 화자는 "밤이 부피로 쌓이고 또 쌓이"는 것을 본다. 부피로 쌓이는 것은 본래 눈의 속성이다. 구문의 전이를 통해 눈과 정반대의 속성을 가진 밤에 눈의 속성이 부여되고 있는 셈이다. 말하자면 이 시에서 이항대립적 속성을 가져야 할 "밤/ 눈" "탱자꽃/ 눈"은 유사성의 자리를 갖는다. 마지막 두 행에서도 대립적 속성은 부정된다. "그네"는 1행에서 화자가 본 "여자"이며, "남"은 화자가 본 남자이다. 그런데 남의 품에 안겨 있던 그녀가 어느새 내 품에 안겨 있다. 마지막 두 행은 구문상으로도 맞지 않는다. 그 여자는 남자와 함께 있으면서 "언제까지나" 행복해 보인다. 화자는 이 풍경을 보면서 "오늘밤은 나와 함께 있다"라고 말했다. 남녀의 행복을 자기화한 화자에게서, 대상과 주체는 행복하게 만난다. 화자가 그녀를 느낄 때에도 그녀는 여전히 그 "남자"와 함께 있다. 이 진술은 남녀가 함께 있는 풍경을 아름답게 느끼고, 그 풍경을 받아들인 화자의 심회를 피력한 진술이다. 김춘수는 주체와 객체의 二分을 구문의 착란을 통해 화합시켰다.

───────────

35) 실제로 6,7행의 시적 진술은 이 시의 배경이 되는 안다르시아 지역이 지중해성 기후지역이어서 가능한 일이다. 이 곳을 통상의 인과율이 아닌 다른 인과율이 적용되는 곳이라 본다면, 화자를 중심으로 하는 세계에서의 인과율은 부정된다고 하겠다.

> 천사는
> 전신이 눈이라고 한다.
> 철학자 셰스토프가 한 말이지만
> 토레도 대성당 돔의
> 천정의
> 좁은 뚜껑문을 열고 그때
> 내 육체가 하늘로 가는 것을
> 그네는 보았다.
> 색깔 유리로 된
> 수많은 작은 창문들이 흔들리고
> 지상에서 한없이 멀어져 가는
> 내 육체의 갑작스런 죽음을
> 천사,
> 그네는 보았다.
> ──「토레도 대성당」 전문

화자는 "토레도 대성당"에서, 승화된 예술적 감흥의 순간을 맛보았다. 그림을 구경하는 화자와 그림 속 천사가 시에 등장하는데, 세 가지 점에서 인과율이 부정된다. 먼저 성당의 천정을 열고 "하늘로 가는 것"은 천사가 할 수 있는 일이지, 화자가 할 수 있는 일이 아니다. 화자는 천사의 속성을 자기화함으로써 예술적 감흥의 순간을 표현하고 있는 것이다. 1-3행은 이를 설득력 있게 제시하기 위한 전제인 셈이다.[36] 다음으로 "하늘로 가는 것"은 영혼이지 "육체"가 아니다. 승화된 고양의 순간은 영혼의 상승으로 표현되어야 옳을 것이다. 하지만 화자는 "내 육체"가 올라갔다고 말했다. 이는 물론 영혼의 상승을 이미지화한 표현일 텐데, 이 표현의 기초는 "영혼/ 육체"라는 二項의 混在이다. 그 다음으로 "육체가 하늘로 가는 것"은 승천인데, 화자는 "내 육체의 갑작스런 죽음"이라 말한다. 승천은 지상에서 죽음을 맛보지 않고 육신 그대로 하늘로 옮겨지는 것이다. 육체가 천상에서 생명을 얻는 것은 어쨌든 현세에서의 사라짐이니 틀린 말은 아니다. 천상의 "얻음"은 어쨌든 현세의 "잃음"을 가져오기 때문이다. 여기서도 하늘로의 승천/ 지상에서의 죽

---

36) 김현자는 초기시 「눈에 대하여」를 분석하면서 눈[雪]이 등장하는 시편들을 모아 함께 다루고 있는데, 이 시를 여기에 포함하여 분석한 것은 분명한 착오이다.(김현자, 『한국현대시작품연구』, 민음사, 1988, 257-258면) 이 시에 등장하는 것은 "눈[眼]"이기 때문이다. 다음을 참조할 것.: "쉐스토프의 책에는 <천사는 온몸이 눈(眼)으로 되어 있다>라는 구절이 있었다."(「그늘」 부분)

음이란 이항대립은 부정된다. 결국 "나/ 천사" "영혼/ 육체" "삶/ 죽음"은 인과의 착란을 통해 뒤섞이고 화합하는 것이다.

2. 과거와 현재의 매개

인과의 부정은 시간과 공간의 혼란을 가져온다. 과거와 현재, 먼 곳과 가까운 곳이 계기적 질서에서 벗어나 뒤섞인다. 이 뒤섞임이 혼란스럽고 무차별적이기만 한 것은 아니다. 시간, 공간은 인과적 관계를 잃고 해체되지만, 화자의 정서를 따라 새로운 중심으로 모인다. 자연의 인과율을 어기면 시간, 공간은 화자를 기준으로 재편된다.

> 말더듬이처럼
> 말과 말 사이에
> 가로놓인 하늘 머나먼 하늘
> ──「날지 않는 새」 1-3행

이란 시행에서 시간은 공간으로 환치되는데, 이 변화는 대상의 질서가 화자 중심의 질서로 재편되는 변화이다. 이 시는 말을 더듬는 짧은 순간의 낭패감, 곤혹감을 다루고 있는 것처럼 보인다. 말을 더듬는 사람이 느끼는 "말과 말 사이" 침묵의 순간은 이루 말할 수 없을 만큼 곤혹스러운 순간이다. 물리적으로는 길지 않은 순간이 "말더듬이"에게는 영원처럼 길게 느껴지는 것이다. 김춘수는 이를 "짧은 시간"→"긴 시간"→"좁은 공간"→"넓은 공간"으로 轉移함으로써 시적 효과를 창출하였다. 이런 공간의 전이는 화자 중심의 世界像을 보여준다. 인과율이 부정된 곳에서 세계는 자아를 중심으로 재편되는데, 이때 시간과 공간은 극단적으로 왜곡된다. 분열된 두 대상을 결합시키는 방법은 멀리 떨어져 있는 두 사물을 공간적으로 인접한 장소에 위치시키거나, 오래 전에 일어난 일과 지금의 일을 시간적으로 동시적인 것으로 간주하는 것이다. 시간, 공간적 인과율의 부정은 이 시의 경우처럼 대개 동시적이다. 김춘수는 이 시기 시에서 대개 시간의식을 공간의식에 투사하였다.

> 김철호가 3라운드에서 일순
> 다운되었을 때
> 내 입에서는 나도 모르게
> 아 하는 소리가 새어나왔다.
> 그는 곧 일어섰지만,
> 마닐라에서 최충일이 KO로
> 아주 누워 버렸을 때는
> 나도 함께 거기에 아주 눕고 말았다.
> 아주 누워서 나는
> 섣달이 다 가는 대구 만촌동 내 집 뜰에
> 千里香이 멀리멀리
> 첫 몽우리를 맺는 것을 보고 있었다.
> ──「아주 누워서」 전문

권투경기에 열광하는 관중의 심리를 이처럼 재치 있게 표현하기란 쉽지 않은 일이다. 화자는 TV를 통해 경기를 보고 있지만, 선수들의 동작을 온몸으로 느낀다. 그는 선수가 다운될 때 안타까움에 못 이겨 함께 신음 소리를 내고, KO로 쓰러질 때 함께 링에 쓰러져 버렸다. 화자는 대구에, "김철호"는 서울에, "최충일"은 마닐라에 있었다. 하지만 물리적 공간의 遠近은 화자에게 전혀 중요하지 않다. 화자의 주관에 따라 공간이 재구성되었기 때문이다. 이 시에서 시간적 격차는 공간의 원근법에 투사되어 있다. 먼 곳에 있는 대상과 화자를 결합시켜 주는 매개 사물이 이 시간과 공간을 결합시킨다. 공간의 전이를 매개하는 사물로 거리 개념이 들어 있는 "千里香"이란 식물을 선택한 것은 우연이 아니다. 김춘수는 "천리향"이 피워내는 꽃을 통해, 공간적 간격을 극복하는 全一的 교감의 세계를 그려 보였다.

후기시에서 김춘수가 시간적 인과율을 부정함으로써 얻는 일차적 성과는 유년의 기억을 현재화한다는 것이다. 지금, 이곳에서 유년의 온갖 느낌을 맛본다는 것은 확실히 행복한 일임에 틀림없다. 유년은 자아가 세계와 未分化된 상태여서 근원적인 충일의 상태이다. 김춘수는 시간적 인과성을 부정하여 유년의 기억을 현재의 것으로 만든다. 후기시에 등장하는 화자는 유년시절을 회상하는 것이 아니라, 현재화한다. 유년의 세계는 "밝고 평화로운 세계"이다. "자아와 세계는 분열되지 않았으며 자아는 동심의 평화롭고 아름다운 화해의 세계를 형성한다."[37] 김춘수는 시간적 간격을 공간 의식에 투사함으로써 곧장 유년의 삶을 현재화하였다. 과거가 현재에 포섭되는 모습은 후기시 곳곳에서 관찰된다.

> 꿈에서도 딱지는 팔팔할까, 딱지 하나는 가엾게도 모서리 어디가 나가 있다, 그의
> 발등에 누가 고약을 발라준다. 조고약, 그리고 손오공, 그의 손에 여의봉이 없다. 눈
> 을 떠야 한다 떠야 한다 하며 나는 벽을 더듬적거린다. 상의는 손에 잡히는데 포켓이
> 없다. 어디 갔나, (어제 딴) 내 딱지!
> ──「놀이 딱지」 전문

　꿈의 형식을 통해, 유년과 노년(현재)이 하나의 공간으로 녹아든다.
"딱지 모서리"가 떨어져 나간 것을 발등 어디를 다친 것과 동일시한다.
딱지 모서리가 사람의 발등으로 은유되었다고 보아도 좋고, 딱지 모서
리를 다듬는 손길에서 발등에 고약을 발라주던 어린 시절의 손길을 떠
올렸다고 보아도 좋다. 화자에게 고약을 발라주던 그 사람은 손만 떠오
를 뿐이다. 사람이 손으로 축소된 것은 유년의식이 극단적으로 작용한
결과이다. 유년을 복원해내는 화자는 있는 그대로의 과거 사실을 재구
하지 않는다. 기억은 과거 사실의 정확한 재현을 목표로 하지 않는다.
기억은 기억하고 싶은 것만을 기억한다. 기억은 스스로를 끊임없이 교
정하기 때문에, 기억의 영역에서 남는 것은 화자의 주관적 의식이 남기
는 것뿐이다. 기억의 긴 통로를 따라 재편된 유년의 공간이 "평화와 화
해의 공간"인 것은 이 때문이다. 유년은 화자의 어린 시절 공간이 아니
라 먼 과거의 어느 때, 화자가 그렇게 되고 싶어했던 공간이다. "기억"
이라는 과거적 성격과 "소망"이라는 미래적 성격이 유년의 공간에, 아니
유년을 회상하는 공간에 투사되는 것이다. 화자는 꿈에서 깨어 유년의
딱지를 찾는다. 마지막 시행("어디 갔나, (어제 딴) 내 딱지!")은 이 착시
의 효과가 얼마만한지를 잘 보여준다. 유년에 있었던 일을 화자는 "어
제" 있었던 일이라고 생각하고 있는 것이다.

> 뜻밖이다. 겨울 에게해는 납빛으로 가라앉았다. 눈앞의 사라미스 해협은 낮고 좀스
> 럽다.
> 나는 눈을 감는다. 60년 전 우리 집 넓디넓은 마당귀 키 큰 감나무 제일 높은 가
> 지 끝에 까치가 한 마리 앉아 있다. 꽁지 통박한 옛날의 그 새(鵲), 울지는 않고 이상
> 한 눈으로 나를 본다. 너는 왜 거기 가 있는가 하는,
> ──「까치」 전문

---

37) 최동호, 『한국현대시의 의식현상학적 연구』, 고대 민족문화연구소, 1989, 96면.

두 가지 풍경이 시에서 결합되었다. 첫 행의 첫 번째 문장은 기행에서 느낀 감상이다. 화자는 푸르고 온화한 지중해를 꿈꾸었으나, 눈앞에 펼쳐진 바다는 흐리고 낮고 좀스러웠다. 화자는 '공연히 이 먼 곳에 왔군. 편한 내 집이 좋은 걸'하는 생각을 했는지도 모른다. "납빛" "낮고 좀스러운" 등으로 수식되는 지금, 이곳과 "넓디넓은" "키 큰" "제일 높은" 등으로 수식되는 "60년 전, 우리 집"이 겹치면서, 화자는 어린 시절의 고향으로 돌아간다. 화자의 생각은 차츰 하나의 대상으로 집중되어 간다. 아무리 그래도 바다보다 마당이 넓지는 못할 것이다. 그러나 화자의 말투 속에 바다(해협)는 낮고 좀스럽고, "60년 전 우리 집 마당"은 넓디넓다. "넓은 마당→ 감나무→ 가지 끝→ 까치" 등으로 공간적 인접성의 원칙에 따라 차츰 시각을 좁히면서 전개되고 있다.

시공간적인 인과성을 부정하고, 과거/ 현재, 먼 곳/가까운 곳의 間隙을 극단적으로 압축, 전이하여 하나로 결합하는 그 두 개의 항이 실은 둘이 아니라는 인식에서 비롯된 것이다. 이를 순환적 인식이라 부를 수 있을 것이다. 김춘수는 후기시에서 갈등과 분열을 치유하고 하나의 자리로 통합하는데, 이 때 사물과 사물, 사물과 인간 주체가 화해한다. 이곳에서 육체는 영혼이 깃드는 곳이며, 욕망은 사랑이 자신을 구현하는 방식이며, 언어는 대상을 드러내는 유일하면서도 정확한 수단이다. 사물의 사물됨이 화자의 시각을 통해서 가능해진다는 것은 대상(사물)과 주체가 하나가 된다는 의미일 것이다. 자아 중심의 世界像에서, 이제 대상(사물)은 자아의 대리물이 된다.

> 가을이 되어 수세미가 누렇게 물들어 가고 있다. 그런 수세미의 허리에 잠자리가 한 마리 붙어 있다. 가서 기척을 해봐도 대꾸가 없다. 멀거니 눈을 뜬 채로다. 날개 한 짝이 사그라지고 보이지 않는다. 내 손이 그의 몸에 닿자 긴 꼬리의 중간쯤이 소리도 없이 무너져 내린다.
> ──「順命」 2행

김춘수는 잠자리의 形骸를 통해, 생명이 어떻게 자연 속에 흩어져 가는가를 보여 준다. 가을은 성숙의 계절이자 소멸의 계절이다. "수세미"는 누렇게 익어가는 한 편으로 낡아 간다. 곁에서 잠자리 한 마리가 육체를 벗으면서 목숨도 함께 놓아버렸다. 잠자리는 죽으면서 풍경의 일부가 되었다. 김춘수는 이 과정을 "順命"이라 이름 붙임으로써, 잠자리

의 죽음이 자연의 순리를 아름답게 보여주는 것임을 이야기했다. 삶과
죽음은 한 세상의 두 모습이다. 죽음은 더 이상 완성된 삶 너머에 있는
어떤 것이 아니다. 자연과 인간이 동조하는 모습은 다음 시에서도 확인
된다.

> 어떤 늙은이가 내 뒤를 바짝 달라붙는다. 돌아보니 조막만한 다 으그러진 내 그림
> 자다. 늦여름 지는 해가 혼신의 힘을 다해 뒤에서 받쳐 주고 있다.
> ——「산보길」 전문

「산보길」은 노년의 쓸쓸함을 감동적으로 시화하고 있다. 제 그림자를
"어떤 늙은이"라 표현한 것은 자신에 대한 겸손한 해학이다. 나는 "조막
만한 다 으그러진"이란 어사가 보여주듯, 곧 자연 속에 흩어질 인물이
다. 자연 역시 "늦여름 지는 해"가 보여주듯, 한 시절을 보내고 저물어
가고 있다. 자연의 흐름을 막을 수 없듯이 나의 죽음도 막을 수 없다.
이러한 세계상은 자연과 화자가 하나가 되어 상호 삼투하는 순환성에
기초하고 있다.

> 올 봄에는 자주 쑥이 눈에 띈다. 좀 유난스럽다. 길을 가다가도 문득 눈에 띈다.
> 손톱이 엷어지고 뒤로 자꾸 휘곤 한다. 어릴 때 먹은 쑥버무리가 문득 생각난다. 숨
> 을 쉬면 코에서 쑥 냄새가 난다.
> ——「빈혈」 전문

서경과 서정이 교차하면서 현재와 과거가 결합된다. 쑥에 대한 상념
은 결국 자신의 늙어가는 몸에 대한 쓸쓸한 상념이다. 쑥 냄새를 맡으
면서, 화자는 자신의 죽음에 대해 생각 키운다. 시를 이루는 여섯 개의
문장은 둘씩 짝을 이룬다. 각각의 짝들 가운데 앞의 문장이 쑥을, 뒤의
문장이 자신의 몸을 이야기한다. 죽을 때가 가까웠다는 말을 쑥이 눈에
뜨인다고 은유하고 있는 셈이다. 쑥이 자주 눈에 뜨이면서 "손톱이 엷
어지고 뒤로 자꾸 휘곤 한다". 그렇게 조금씩 몸이 무너져 가는 것이다.
쑥 냄새는 화자를 사로잡아 마침내 "쑥버무리"가 되고 몸에서도 쑥냄새
가 난다.

이 시에서 "쑥"은 과거와 현재를 매개하는 사물이기도 하고, 화자의
老軀를 은유하는 사물이기도 하다. 쑥이라는 자연물을 통해 화자는 풍

경과 주체가, 과거와 현재가 서로 만나는 어떤 순환성의 세계를 그려보이는 것이다.

김춘수 후기시가 꿈꾸는 세계는 중기시의 분열과 갈등을 지양하고 사물과 사물, 사물과 인간이 화해하는 세계이다. 이를 위한 방법적 원리가 因果律의 否定인데, 이를 통해 시간, 공간이 압축, 전이된다. 김춘수는 시간의식을 공간의식에 투사함으로써, 유년의 공간을 현재화하는데, 이때의 매개심상은 자연과 인간을 하나로 묶어주는 구실을 한다. 과거/현재, 먼 곳/가까운 곳의 결합은 그 둘이 다른 시간, 다른 공간이 아니라는 순환적 인식에서 비롯된 것이다.

그러나 이 和解의 세계가 하나의 착시 현상에 기초한 것임을 지적해야 한다. 인과의 부정은 의도적으로 혼란을 선택하는 행위여서, 진정한 사물과 사물의 화해라 할 수 없다. 화자가 꿈꾼 화해는 세계의 인과성을 부정한 후에, 화자를 전면에 내세움으로써 가능한 화해였다. 이 세계는 아무리 공교해도, 세계의 본모습에서는 벗어난 세계이다. 화자 중심으로 왜곡된 世界像일 따름이다. 후기시의 공간은 자아의 내면만을 複寫하는 닫힌 공간이다. 우리는 후기시를 읽으며 극단적인 밀폐감을 경험하는데, 이는 시인의 의식이 작품의 文面에까지 넘쳐나서 생긴 현상이다.

> 네 꿈을 훔쳐 보지 못하고, 나는
> 무정부주의자도 되지 못하고
> 모난 괄호
> 거기서는 그런 대로 제법
> 소리도 질러 보고
> 부러지지 않는
> 달팽이뿔도 세워 보고,
>
> 역사는 나를 비켜 가라,
> 아니
> 맷돌처럼 단숨에
> 나를 으깨고 간다.
> ──「처용단장」 4부-17, 1-2연

이 고백에 의하면 시인은 다른 이와 꿈으로 연대하지도, 완전한 허무에 침잠하지도 못했다. 그는 다만 "모난 괄호" 안에서 "소리" 질러보고, "달팽이뿔"같은 보잘 것 없는 "뿔"을 세워보고 했을 뿐이다. 그가 누린 자유는 기실 괄호 안의 자유일 뿐이어서, 괄호 밖에서는 다만 역사가 자신을 비켜가 주기를 바랄 수밖에 없었다. 그러나 괄호 안의 명령과 괄호 밖의 현실이 같지 않아서, 그는 어느 날 "역사"가 단숨에 자기를 으깨고 가는 것을 느낀다. 괄호 밖의 세계에서는, 괄호 안에서 구축한 공교한 세계가 사상누각일 뿐이다. 이 시에서 표명한 내용이 김춘수의 시적 고백이라 생각할 필요는 없겠지만, 김춘수 시의 밀폐감이 어디서 오는가에 대한 해답이 될 수는 있을 것이다.

이 논문에서는 김춘수 시의식의 변화를 추적한 결과, 후기시의 탐색이 순환적 인식에 기초하고 있다는 결론을 내렸다. 순환적 인식은 자신의 둘레에 테두리를 긋고, 모든 의식을 自己內的 존재로 집중하는 인식이다. 의식은 자기조절기능만을 문제삼을 뿐이어서, 외부의 자극은 평정을 깨뜨리는 異常으로 인식될 뿐이다. "이 사회는 인간을 인정하지 않고 이름을 박탈하고, 강요된 고독 속으로 추방하며, 이에 복종하지 않는 사람들은 이 강요된 고독을 (인정을 받고자 하지도 않고 필요로 하지도 않는) 오만한 고독으로 변형시키고자 노력한다."[38] 선한 인간과 부도덕한 사회라는 도식은 자기의식을 사유의 規準으로 삼는 경우에 피할 수 없는 인식이다. 김춘수는 후기시에서 사물과 인간이 하나로 만나는 화해의 세계를 보여 주었으나, 이 화해가 대상 자체의 변화를 수반한 화해는 아니었다. 순환적 의식의 흐름은 근본적으로 원환운동이어서 사물 자체의 변화에는 관심을 갖지 않는다. 대상이 자기 안에 투사된 모습이 중요할 뿐, 대상 자체는 괄호 안에 가두는 것이다. 김춘수의 후기시가 이룩한 시적 성과를 평가하면서도, 조심스러운 제한을 두어야 하는 이유가 여기에 있다.

---

38) M. Bakhtin, "K pererabotke knigi o Dostoevskom", p. 312 (T. 토도로프, 『바흐친: 문학사회학과 대화이론』, 최현무 역, 까치, 1987, 155면에서 재인용)

결 론

이 논문은 김춘수의 시세계 전반을 시의식의 변화과정을 통해 해명하는 데 목적을 두었다. 이를 위해 김춘수의 시론이나 시사적 연관을 통해 시에 접근하던 기존 연구의 관행을 지양하고 내재분석에 기초하여 시의식의 변모과정을 추적하고자 했다. 본문에서 논의한 바를 간략히 정리하는 것으로 결론을 삼는다.

김춘수의 초기시는 일원적인 조화의 세계를 보여준다. 초기시에서 사물과 인간이 조화를 이루며, 화자의 정조가 시 전반에 스며들어 있음을 확인할 수 있었다. 초기시의 특징적인 면 가운데 하나는 "境界"를 나타내는 시어가 빈번히 출현한다는 점이다. 경계는 단일한 중심을 가진 동심원 주변에서 형성되는데, 이를 통해 일원적인 시의식의 영역이 어디까지인지 확인할 수 있었다. 경계 안쪽은 明示的인 조화의 영역이며, 경계 바깥은 未知의 영역이다. 이 시기의 시의식은 分化 이전의 의식이라는 점에서 조화와 통일성을 잃지 않고 있다.

초기 "꽃" 시편들은 명시적 영역의 경계를 미지의 영역으로 확장해 나가는 과정에서 산출되었다. 김춘수는 시적 언어의 가능성을 탐색하면서 언어적 실존이 사물의 사물성을 드러내는 필요조건임을 발견하였다. 초기시가 不可知의 세계보다는 可知의 세계에 적극적인 의미를 부여하는 것은 이 때문이다. 김춘수 시를 빌어 말한다면, 시적 언어는 관용화된 말 바깥을 탐색한다는 점에서 "해탈"이며, 未知의 세계를 可知의 세계로 포섭해 들인다는 의미에서 "해탈"이다. 언어의 현현을 통해 대상이 대상으로서의 성질을 획득하므로, 언어는 일종의 존재화라 할 수 있다. 이때 실체보다 현상이, 사물의 사물성보다 사물의 현존성이 우위에 놓인다.

중기시에서 초기시의 문제의식은 심화, 확장된다. 초기시에서 김춘수는 경계에 대한 인식을 통해 경계 너머의 未知를 탐색하였으므로, 이때의 강조점은 동심원의 안쪽에 있었다. 하지만 이 시기에 이르러 김춘수는 좀더 적극적으로 경계의 이편과 저편을 나누는 이원적 세계의 갈등을 시에 담아냈다. 그는 은유적, 환유적 구성의 자유로운 구사를 통해 시적 언어의 가능성을 시험하는데, 이러한 시적 자유로움은 미지의 여러 영역을 탐색하기에 적합한 방법론이라 할 수 있다.

未知의 영역에서 단일한 중심은 흩어지고 갈등과 분열이 노출된다. 중기시의 세계는 "사랑/ 욕망" "정신/ 육체" "언어/ 대상" "과거/ 현재" 등의 이항대립이 내재해 있는 세계이다. 김춘수의 중기시는 이를 내면의 원리로 수락함으로써 역설을 시적 원리로 가지게 된다.

후기시는 중기시의 갈등을 극복하고 상처를 치유하는 방법적 원리를 인과율의 부정에서 찾았다. 결정론적 관점이 인과적 모델을 통해 세계를 설명했다면, 후기시는 인과율을 부정함으로써 선택과 배제라는 이항적 논리를 극복하는 길을 찾았다. 이로써 원인과 결과가 맞물리는 순환적인 화해의 세계가 제시된다. 이항대립이 소멸하는 자리에서, 상극적이었던 두 중심은 상보적인 두 중심으로 변화된다.

김춘수는 후기시에서 시간, 공간을 변형하여 화자 중심으로 재구성하였다. 화해의 공간에서 육체는 정신이 깃드는 곳이며, 욕망은 사랑의 현재적 모습이며, 언어는 대상을 드러내는 유일하고도 유효한 수단이다. 김춘수는 후기시에서 유년(과거)과 노년(현재)을 매개사물을 통해 결합해 보인다. 유년의식이 조화와 충일을 지향하는 의식임을 염두에 둘 때, 사물과 사물, 사물과 인간의 화해를 지향하는 김춘수의 시의식을 보게 된다. 그러나 순환적 인식이 진정한 화해에 이른 것인가는 이와는 별개의 문제이다. 사물의 변화를 수반한 것이 아니라, 사물을 바라보는 시인의 시선만이 변화했을 뿐이다. 후기시에서 느껴지는 밀폐감은 여기에서 기인한 것이라 할 수 있다.

참고문헌

1. 1차 자료

『김춘수 전집1(시)』. 문장사. 1984.
『김춘수 시전집』. 민음사. 1994.
『김수영 전집1(시)』. 민음사. 1981.
『김수영 전집2(산문)』. 민음사. 1981.
『신동엽 시전집』. 창작과비평사. 1975.
신경림 편. 『꽃같이 그대 쓰러진』(신동엽 미발표시집). 실천문학사. 1988.
『김춘수 전집2(시론)』. 문장사. 1984.

2. 논문 및 잡지

강상대. 「김춘수론──공동체의 삶과 무의미시」. 『현대문학』. 1990. 12.
강연호. 『김수영 시 연구』. 고려대 대학원 박사논문. 1995.
강웅식. 『김수영의 시의식 연구--'긴장'의 시론과 '힘'의 시학을 중심으로』. 고려대
     박사논문. 1997.
_____. 「김수영 문학 연구사 30년, 그 흐름의 방향과 의미」. 『작가연구』 5호. 1998
     년 상반기.
강은교. 「신동엽 연구」. 『국어국문학』. 동아대 국문과. 1989.
강형철. 「신동엽 시의 텍스트 연구--「이야기하는 쟁기꾼의 대지」를 중심으로」.
구중서 · 강형철 편. 『민족시인 신동엽』. 소명출판. 1999.
강형철. 「신동엽 연구」. 숭전대 대학원 석사논문. 1984. 12.
_____. 「여전히 '불온'한 신동엽──신동엽 시의 시대의식」. 신동엽 기념 심포지엄
     발표문. 1999.
강희근. 「김수영 시 연구」. 『우리 시문학 연구』. 예지각. 1983.
고형진. 「선시와 무의미시」. 『현대시세계』. 1992. 봄.
구인환 · 조남현 · 최동호(대담). 「한국문학과 실존사상」. 『현대문학』. 1990. 5.

권영민. 「인식으로서의 시와 시에 대한 인식」.『세계의 문학』. 1982. 겨울.

권영진.『김춘수 시 연구──「처용」 시편을 중심으로』. 숭실어문3. 숭실대학교 국어국문학회. 1986 6.

권오만. 「김수영 시의 기법론」.『한양어문연구』(13집). 1996. 11.

권혁웅. 「'하늘'을 본 사람」. 문학사상. 1999. 4.

_____. 「어둠 저 너머 세계의 분열과 화해, 무의미시와 그 이후──김춘수론」.『문학사상』. 1997. 2.

_____.『김춘수 시 연구─시의식의 변모를 중심으로』. 고려대 대학원 석사논문. 1995.

김 현. 「김수영의 풀-웃음의 체험」. 김용직·박용철 편.『한국 현대시 작품론』. 문장사. 1981.

_____. 「자유와 꿈」. 김수영 시선집『거대한 뿌리』(해설). 민음사. 1974.

_____. 「시와 시인을 찾아서──김수영 편」.『심상』. 1974. 5.

_____. 「시와 시인을 찾아서──김춘수 편」.『심상』. 1974. 2.

_____. 「테로리즘의 문학」.『문학과지성』. 1971. 여름.

김광엽.『한국 현대시의 공간구조 연구──청마와 육사, 김춘수와 김수영을 중심으로』. 서강대 대학원 박사논문. 1994.

김기중. 「윤리적 삶의 밀도와 시의 밀도」.『세계의 문학』. 1992. 겨울.

김두한. 「김춘수 시의 회전운과 그 기능──우리 시의 압운 정립을 위한 試攷」.『문학과 언어』 7집. 1986.

김명인.『김수영의 <현대성> 인식에 관한 연구』. 인하대 박사논문. 1994.

_____. 「급진적 자유주의의 산문적 실천──김수영의 정치·사회·문화비평」.『작가연구』 5호. 1998년 상반기.

김소영. 「김수영과 나」.『시인』. 1970. 8.

김수이.『김춘수와 김수영의 비교연구──주제와 기법의 대응관계를 중심으로』. 경희대 대학원 석사논문. 1992.

김승희. 「'은유'와 '환유'로 본 90년대 시」.『현대시』. 2000. 4

김영무. 「김수영의 영향」.『세계의 문학』. 1982. 겨울.

김영무. 「알맹이의 역사를 위하여--신동엽의 시세계」.『문화비평』. 1970. 봄.

김영태. 「시의 짐과 장치」.『문학정신』. 1988. 7.

_____. 「포즈의 매력」.『심상』 12. 1974. 9.

김용직. 「아네모네와 실험의식──김춘수론」.『시문학』. 1972. 4.

김용태. 「무의미시와 시간성──김춘수의 무의미시에 대한 존재론적 규명」.『어문학교육』 9집. 한국어문교육학회. 1986.

김우창. 「신동엽의『금강』에 대하여」.『창작과 비평』. 1968. 봄.

김윤식. 「김수영 변증법의 표정」.『세계의 문학』. 1982. 가을.

김윤태. 「신동엽 문학과 중립의 사상」.『실천문학』. 1999. 봄.

김응교. 「신동엽 시 연구」. 연세대 대학원 석사논문. 1987. 12.

김인환. 「한 정직한 인간의 성숙과정」. 『신동아』. 1981. 11.

_____. 「이상 시의 계보」. 『현대비평과 이론』. 1997. 가을

김재만. 『김춘수 시 연구——물의 이미지와 상상력을 중심으로』. 한양대 대학원 석사 논문. 1988.

김재용. 「김수영 문학과 분단극복의 현재성」. 『역사비평』. 1997. 가을.

김재홍. 「한국현대시 은유형태 분석론」. 『시론』. 현대문학사. 1989.

김정환. 「2중의 불행을 시의 동력으로」. 『실천문학』. 1999. 겨울.

김종문. 「김수영의 회상」. 『풀과 별』. 1972. 8.

김종윤. 『김수영 시 연구』. 연세대 박사논문. 1987.

김종철. 「시적 진리와 시적 성취」. 『문학사상』. 1973. 9.

_____. 「신동엽의 道家的 想像力」. 『창작과 비평』. 1989. 봄.

김주연. 「시에서의 참여문제」. 『상황과 인간』. 박우사. 1969.

_____. 「명상적 집중과 추억」. 시집 『처용』(해설). 민음사. 1982.

_____. 「비극적 세계관과 새로운 생명」. 『현대문학』. 1993. 6.

_____. 「한국 모더니즘의 현단계」. 『현대시사상』 1호. 1988.

김춘식. 「김수영의 초기시: 설움의 자의식과 자유의 동경—「달나라의 장난」, 「헬리콥 터」를 중심으로 『작가연구』 5호. 1998년 상반기.

김현승. 「김수영의 시사적 의의와 업적」. 『창작과 비평』. 1968. 겨울.

김혜순. 『김수영 시 연구--담론의 특성 연구』. 건국대 박사논문. 1993.

김혜순. 『김춘수와 김수영 시에 나타난 시간의식의 대비적 고찰』. 건국대 석사논문. 1983.

노 철. 『김수영과 김춘수의 시작방법 연구』. 고려대 대학원 박사논문. 1998.

문덕수. 「김춘수론」. 『현대문학』333. 1982. 9.

문혜원. 「아내와 가족, 내 안의 적과의 싸움」. 『작가연구』 5호. 1998년 상반기.

_____. 「절대순수의 세계와 인간적인 울림의 조화」. 『문학사상』. 1990. 8.

민 영. 「1950년대 시의 물결」. 『창작과 비평』. 1989. 봄.

민병욱. 「신동엽의 서사시세계와 서사정신」. 『한국 서사시와 서사시인 연구』. 태학 사. 1998.

박기웅. 「서술적 이미지에 대하여」. 『시문학』. 1981. 2.

박선희. 『김춘수 시의 심상과 시의식』. 고려대 교육대학원 석사논문. 1988.

박성창. 「시들지 않은 수사학의 꽃, 은유와 환유」. 『현대시』. 2000. 4

박수연. 「전근대에서 근대로, 근대에서 다른 근대로」. 『실천문학』. 1999. 겨울.

박유미. 『김춘수 시 연구』. 고려대 교육대학원 석사논문. 1987.

박재열. 「환유로의 길트기」. 『현대시』. 2000. 4

박지영. 「유기체적 세계관과 유토피아 의식」. 민족문학사연구소 편. 『1960년대 문학 연구』. 깊은샘. 1988.

박철석. 「김춘수론」. 『현대시학』145. 1981. 4.

백낙청. 「역사적 인간과 시적 인간」.『창작과 비평』. 1977. 여름.

_____. 「김수영의 시세계」.『현대문학』. 1968. 8.

서우석. 「김수영--리듬의 희열」.『문학과 지성』. 1978. 봄.

서익환. 「신동엽의 시세계와 휴머니즘」.『한양여전 논문집』(14집). 1991.

성민엽. 「김수영의「풀」과『논어』」.『현대문학』. 1999. 5.

송효섭. 「김춘수의 꽃과 기호시」.『현대시사상』. 1995. 봄.

신익호. 「신동엽론」.『국어국문학』. 전북대 국문과. 1985.

신정순. 『김춘수 시에 나타난 <빛><물><돌>의 이미지와 상상력의 질서』. 이대 대학
        원 석사논문. 1981.

안수길. 「양극의 조화」.『현대문학』. 1968. 8.

염무웅. 「김수영론」.『민중시대의 문학』. 창작과비평사. 1979.

_____. 「김수영과 신동엽」.『뿌리깊은 나무』. 1977. 12.

오윤정. 「신동엽 시 연구」. 서강대 석사논문. 1997.

원태희. 「신동엽 연구」. 중앙대 대학원 석사논문. 1987. 6.

유성호. 「타자 긍정을 통해 ‘사랑’에 이르는 도정──김수영의 후기시를 중심으로」.
        『작가연구』 5호. 1998년 상반기.

유재천. 『김수영의 시 연구』. 연세대 박사논문. 1986.

유종호. 「시와 은유」.『시를 어떻게 볼 것인가』. 현대문학사. 1995.

_____. 「시의 자유와 관습의 굴레」.『세계의 문학』. 1982. 봄.

_____. 「뒤돌아보는 예언자──다시 읽는 신동엽」. 신동엽 기념 심포지엄 발표문.
        1999.

윤정룡. 『1950년대 한국 모더니즘 시 연구』. 서울대 대학원 박사논문. 1991.

이 중. 『김수영 시 연구』. 경원대 박사논문. 1994.

이가림. 「만남과 同情」.『시인』. 1969. 8.

이건제. 『김수영 시의 변모양상 연구』. 고려대 석사논문. 1990.

_____. 「김수영 시에 나타나는 ‘죽음’ 의식──그의 詩作을 중심으로」.『작가연구』 5
        호. 1998년 상반기.

이경철. 『김춘수 시의 변모 양상──초기시에서 무의미시까지』. 동국대 대학원 석사
        논문. 1987.

이경희. 「김수영 시의 언어학적 구조와 의미」.『이화어문논집』. 1986.

이광수. 『1950년대 모더니즘 시 연구』. 고려대 대학원 박사논문. 1995.

이기성. 「고독과 비상의 시학──그 방을 생각하며」.「푸른 하늘을」을 중심으로.『작
        가연구』 5호. 1998년 상반기.

이기철. 「무의미시. 그 의미의 확대」.『시문학』. 1976. 6.

_____. 「의미시와 무의미시」.『시문학』. 1981. 10.

이동하. 「신동엽론--역사관과 여성관」.『한국현대시인연구』. 민음사. 1989.

_____. 「순수문학과 독재정권──김동리. 서정주. 김춘수의 경우」. 서울시립대『대학

문화』12. 1989. 2.

이숭원. 「인간 존재의 보편적 욕망」.『시와 시학』. 1992. 봄.

이승훈. 「김수영의 시론」.『한국 현대시론사』. 고려원. 1993.

_____. 「김수영의 시론」.『심상』. 1983. 4.

_____. 「김춘수론──시적 인식의 문제」.『현대문학』. 1977. 11.

_____. 「김춘수의 시와 시론──김춘수 전집 1. 2」.『현대시학』164. 1982. 11.

_____. 「두 시인의 변모」.『문학과 지성』28. 1977. 여름.

_____. 「이미지·시의 위대성」.『현대시학』. 1971. 5.

_____. 「존재의 기호학」.『문학사상』142. 1984. 8.

_____. 「존재의 해명──김춘수의 꽃」.『현대시학』. 1974. 5.

_____. 「처용의 수난과 해체」.『현대시사상』. 1992. 봄.

이승훈·전봉건(대담). 「김춘수의 허무 또는 영원」.『현대시학』1973. 11.

이유경. 「우리에의 반어들」.『문학과 지성』26. 1976. 겨울.

이은정. 『김춘수와 김수영 시학의 대비적 연구』. 이화여대 대학원 박사논문. 1993.

_____. 『김춘수의 시적 대상에 관한 연구』. 이화여대 대학원 석사논문. 1986.

이인복. 「꽃. 위대한 단순성의 미학」.『시와 시학』. 1992. 봄.

이종대. 『김수영 시의 모더니즘 연구』. 동국대 박사논문. 1993.

이진홍. 「김춘수의 "꽃"에 대한 존재론적 조명」.『영남어문학』8. 1981.

_____. 「일상성의 파기」.『문학과 언어』1. 1980.

이창민. 「'김춘수론'을 위하여」.『문학과의식』43. 1999. 봄.

_____. 「김춘수의 연작시 「타령조」의 전통 수용 양상」.『현대시의 전통과 창조』. 열화당. 1998.

_____. 『김춘수 시 연구』. 고려대 대학원 박사논문. 1999.

이태수. 「김춘수의 근작·기타」.『현대시학』113. 1978. 8

이혜원. 「시적 해탈의 도정」. 송하춘. 이남호 편.『1950년대 시인들』. 나남. 1994.

장광수. 『김춘수 시에 나타난 유년 이미지의 변용』. 경북대 대학원 석사논문. 1988.

장윤익. 「비현실의 현실과 무한의 변증법──김춘수의 <이중섭>을 중심으로」.『시문학』69. 1977. 4.

장정일. 「인공시학과 그 계보」.『세계의 문학』. 1992. 봄.

정과리. 「현실과 전망의 긴장이 끝간 데」.『김수영』. 지식산업사. 1981.

정귀련. 「신동엽 시 이미지 연구」. 동아대 석사논문. 1987.

정남영. 「김수영의 시와 시론」.『창작과 비평』. 1993. 가을.

정유화. 『김춘수 시의 기호학적 구조 연구』. 중앙대 대학원 석사논문. 1990.

정효구. 「변하는 것과 변하지 않는 것」.『현대시사상』1. 1988.

정효구·김춘수(대담). 「시와 시인을 찾아서──김춘수 시인 편」.『시와 시학』. 1994. 가을.

조남익. 「신동엽론」.『시의 오솔길』. 세운문화사. 1973.

_____. 「김춘수의 절정 언어」.『현대시학』205. 1986. 4.

조명복.『1950년대 모더니즘 시에 있어서 '내적 체험'의 기호화 연구』. 서울대 대학원 석사논문. 1992.

조명제.『김수영 시 연구』. 전주 우석대 박사논문. 1994.

_____.『김춘수 시의 현상학적 연구』. 중앙대 대학원 석사논문. 1983.

조태일. 「신동엽론」.『창작과 비평』. 1973. 가을.

조해옥.『신동엽 연구』. 고려대 석사논문. 1992.

조현일. 「김수영의 모더니티관에 관한 연구──트릴링과의 영향관계를 중심으로」.『작가연구』5호. 1998년 상반기.

최동호. 「김수영의 문학사적 위치」.『작가연구』5호. 1998년 상반기.

_____. 「김수영의 시적 변증법과 전통의 뿌리」.『문학과 의식』40호. 1998년 여름.

최동호·김춘수(대담). 「김춘수 선생님과의 대담」.『문학과 의식』43. 1999. 봄.

최운석.『김춘수 시에 나타난 재생모티브 연구──초기시를 중심으로』. 한성대 대학원 석사논문. 1994.

최유찬. 「『금강』의 서술양식과 역사의식」.『리얼리즘 이론과 실제 비평』. 두리. 1992.

최정희. 「거목 같은 사나이」.『현대문학』. 1968. 8.

최현식. 「'곧은 소리'의 요구와 탐색──김수영의 시의식과 관련하여」.『작가연구』5호. 1998년 상반기.

한계전. 「작품과 세계와의 관계」.『문학과 지성』. 1978. 봄.

한명희. 「김수영 시에서의 고백시의 영향」.『전농어문연구』9집. 1997. 2.

한수영. 「'일상성'을 중심으로 본 김수영 시의 사유와 방법(1)」.『작가연구』5호. 1998년 상반기.

현승춘.『김춘수의 시세계와 은유구조』. 제주대 대학원 석사논문. 1994.

홍경표. 「「처용」──그 인간화와 예술의 변용과정──「처용」 "모티프"의 시적 변용을 중심으로」.『문학과언어』2. 1981.

홍기삼. 「신동엽론」. 앞의 책.

홍사중. 「탈속의 시인 김수영」.『세대』. 1968. 7.

황동규. 「정직의 공간」. 김수영 시선집『달의 행로를 밟을지라도』(해설). 민음사. 1976.

_____. 「감상의 제어와 방임」.『창작과비평』45. 1977. 겨울.

황정산. 「김수영 시론의 두 지향」.『작가연구』5호. 1998년 상반기.

3. 단행본

_____.『김춘수 연구』. 학문사. 1982.

고 은.『화가 이중섭』. 민음사. 1999[개정판].

구중서 편. 『신동엽—그의 삶과 문학』. 온누리. 1983.

구중서·강형철 편. 『민족시인 신동엽』. 소명출판. 1999.

권영민. 『한국현대문학사』. 민음사. 1994.

김두한. 『김춘수의 시세계』. 대구: 문창사. 1992.

김상환. 『해체론 시대의 철학』. 문학과지성사. 1996

김승희 편. 『김수영 다시 읽기』. 프레스21. 2000.

김여수 외. 『언어·진리·문화』. 철학과현실사. 1997.

김용직. 『문학비평용어사전』. 탐구당. 1985

_____. 『해방기 한국 시문학사』. 민음사. 1989.

김우창. 『궁핍한 시대의 시인』. 민음사. 1978.

김욱동. 『은유와 환유』. 민음사. 1999.

김윤식. 『문학비평용어사전』. 일지사. 1976

_____. 『한국현대문학사—1945~1980』. 일지사. 1983.

김인환. 『비평의 원리』. 나남. 1994.

_____. 『상상력과 원근법』. 문학과지성사. 1993.

김재홍. 『한국전쟁과 현대시의 응전력』. 평민사. 1978.

_____. 『한국현대시 형성론』. 인하대 출판부. 1995.

_____. 『현대시와 역사의식』. 인하대 출판부. 1988.

김종길. 『시에 대하여』. 민음사. 1986.

김주연. 『김주연 평론 문학선』. 문학사상사. 1992.

_____. 『나의 칼은 나의 작품』. 민음사. 1975.

_____. 『변동사회와 작가』. 문학과지성사. 1979.

_____. 『상황과 인간』. 박우사. 1969.

김준오. 『가면의 해석학』. 이우출판사. 1985.

_____. 『도시시와 해체시』. 문학과비평사. 1992.

_____. 『문학사와 장르』. 문학과지성사. 2000.

_____. 『시론』(4판). 삼지원. 1997.

_____. 『신동엽–60년대 의미망을 위하여』. 건국대 출판부. 1997.

_____. 『한국현대장르비평론』. 문학과지성사. 1990.

_____. 「순수·참여와 다극화 시대」. 28인 공저 『한국 현대문학사』. 현대문학사.
      1989.

김춘수. 『처용 이후』(해설). 민음사. 1982.

김창완. 『신동엽 시 연구』. 시와시학사. 1995.

김혜순. 『김수영–세계의 개진과 자유의 이행』. 건국대 출판부. 1995.

김 현. 『김현문학전집 3』. 문학과지성사. 1991.

_____. 『김현문학전집 5』. 문학과지성사. 1992.

김 현 편. 『수사학』. 문학과지성사. 1985

김 현·김윤식.『한국문학사』. 민음사. 1973.

김현자.『한국현대시작품연구』. 민음사. 1988.

김형필.『현대시와 상징』. 문학예술사. 1982.

문흥술.『모더니즘 문학과 욕망의 언어』. 동인. 1999.

박성수.『영화·이미지·이론』. 문화과학사. 1999.

박성창.『수사학』. 문학과지성사. 2000.

박진환.『한국현대시인연구』. 자유지성사. 1990.

박철희.『서정시와 인식』. 이우출판사. 1982.

서우석.『시와 리듬』. 문학과지성사. 1981.

서정철.『기호에서 텍스트로』. 민음사. 1998.

석경징 외 편.『서술이론과 문학비평』. 서울대출판부. 1999.

성민엽.『신동엽 평전: 껍데기는 가라』. 문학세계사. 1984.

송하춘·이남호 편.『1950년대의 시인들』. 나남. 1994.

안수환.『시와 실재』. 문학과지성사. 1983.

양왕용.『현대시교육론』. 삼지원. 1997.

오규원.『현대시작법』. 문학과지성사. 1993[재판].

_____.『현실과 극기』. 문학과지성사. 1976.

오세영.『현대시와 실천비평』. 이우출판사. 1983.

이화여대 기호학 연구소『기호학 사전』. 우석. 1990.

이상섭.『문학비평용어사전』. 민음사. 1976.

이승훈 편.『한국문학과 구조주의』. 문학과비평사. 1988.

이승훈.『비대상』. 민족문화사. 1983.

_____.『시론』(2판). 고려원. 1990.

_____.『한국현대시론사』. 고려원. 1993.

이어령.『시 다시 읽기』. 문학사상사. 1995.

이정민·배석남.『언어학 사전』. 박영사. 1987.

이정민 외 편.『언어과학이란 무엇인가』. 문학과지성사. 1977.

이중섭.『이중섭 작품집』. 현대화랑. 1972.

장윤익.『열린 문학과 닫힌 문학』. 인문당. 1992.

정시호.『어휘장 이론 연구』. 경북대출판부. 1994.

정원용.『은유와 환유』. 신지서원. 1996.

정한모·김재홍 편.『한국 대표시 평설』. 문학세계사. 1983.

정효구.『20세기 한국시와 비평정신』. 새미. 1997.

조남현.『삶과 문학적 인식』. 문학과지성사. 1988.

조창환.『한국시의 깊이와 넓이』. 국학자료원. 1998.

조태일.『시창작을 위한 시론』. 나남. 1994.

채광석.『민족시인 신동엽』.『한국문학의 현단계Ⅲ』. 창작과비평사. 1984.

최동호. 『현대시의 정신사』. 열음사. 1985.

_____. 『평정의 시학을 위하여』. 민음사. 1991.

_____. 『하나의 도에 이르는 시학』. 고려대 출판부. 1997.

최동호 편. 『남북한 현대문학사』. 나남. 1993.

최동호 · 권택영. 『문학비평용어사전』. 새문사. 1985.

최원규. 『한국현대시론고』. 신원문화사. 1993.

최원식. 『한국현대시사연구』. 일지사. 1983.

최익규. 『문학용어사전』. 보성출판사. 1994

최하림. 『시와 부정의 정신』. 문학과지성사. 1984.

_____. 『김수영 평전: 자유인의 초상』. 문학세계사. 1981.

최현무 편. 『한국문학과 기호학』. 탑출판사. 1988.

하현식. 『한국시인론』. 백산출판사. 1990.

한국기호학회 편. 『은유와 환유』. 기호학연구 5집. 문학과지성사. 1999.

홍문표. 『현대시학』. 양문각. 1987

홍신선 편. 『우리문학의 논쟁사』. 어문각. 1985.

황동규 편. 『김수영의 문학』(전집 별권). 민음사. 1983.

황동규. 『사랑의 뿌리』. 문학과지성사. 1976.

4. 국외 논저

Abrahams. 『문학용어사전』. 최상규 역. 보성출판사. 1994.

Aristotle. 『시학』. 천병희 역. 삼성출판사. 1982.

Bakhtin, Mihail etc.『현대문학비평론』. 김용권 외 역. 한신문화사. 1994.

Bal, Micke. 『서사란 무엇인가Introduction to Theory of Narrative』. 한용환 외 역. 문예출판사. 1999.

Berke, Kenneth. 「네 가지 비유법」. 석경징 외 편.『현대 서술 이론의 흐름』. 솔.1997.

Black, Max. 「은유」. 이정민 외 편. 『언어과학이란 무엇인가』. 문학과지성사. 1977.

Brooke-Rose, Christine. *A Grammar of Metaphor*. London: Secher & Warburg. 1958.

Culler, Jonathan. *Structuralist Poetics*. New York: Cornell University Press. 1976.

Dixon, Peter. 『수사법』. 강대건 역. 서울대 출판부. 1979.

Duois, Jacques etc. 『일반수사학』. 용경식 역. 한길사. 1989.

Eco, Umberto. 『기호학 이론』. 서우석 역. 문학과지성사. 1985.

Foucault, Micheal. *The Archaeology of Knowledge*. Trans. by Sheridan Smith. Routledge. 1972.

_____. 『담론의 질서』. 이정우 역. 새길. 1993.

Freud, Sigmund. 『꿈의 해석』. 김인순 역. 열린책들. 1997.

Greimas, A. J. 외. 『기호학 용어 사전』. 천기석 외 역. 민성사. 1988.

Hawkes, Terence. 『구조주의와 기호학』. 오원교 역. 신아사. 1982.

──────. 『은유』. 심명호 역. 서울대 출판부. 1978.

Jakobson, Roman. *Language in Literature.* edit. by Kristyna Pomorska & Stephen Rudy. Harvard Univ. Press. 1987.

Kayser, Wolfgang. 『언어예술작품론』. 김윤섭 역. 시인사. 1994[재판].

Kreuzer, James. *Eliments of Poetry.* New York: Macmillan Company. 1955. esp. 100p.

Lakoff, George & Johnson, Mark. *Metaphors We Live By.* Chicago: The Univ. Chicago Press. 1980.

Langer, Susanne. *Philosophy in a New Key.* Cambridge: Havard Univ. Press. 1942.

Link, Jürgen. 『기호와 문학』. 고규진 외 역. 민음사. 1994.

Lodge, David. *The Modes of Modern Wrighting.* London: Edward Arnold. 1977.

Lotman, Yuri. 『문화 기호학』. 유재천 역. 문예출판사. 1998.

──────. 『시 텍스트의 분석; 시의 구조』. 유재천 역. 가나. 1987.

──────. 『예술 텍스트의 구조』. 유재천 역. 고려원. 1991.

MacQueen, John. 『알레고리』. 서울대 출판부. 1980.

Metz, Christian. *The Imaginary Signifier: Psychoanalysis and the Cinema.* trans. by Celia Britton etc.. Indiana Univ. Press. 1982.

Muecke, D. C. 『아이러니』. 서울대 출판부. 1980.

Richards, I. A. *The Philosophy of Rhetoric.* Oxford Univ. Press. 1936.

Ricoeur, Paul. *The Rule of Metaphor.* Routledge & Kegan Paul Ltd.. 1978.

Saussure, Ferdinand de. 『일반언어학 강의』. 최승언 역. 민음사. 1990.

Scholes, Robert. *Structuralism in Literaure.* Yale University. 1974.

Todorov, Tzvetan. *Introduction to Poetics.* Trans. by Richard Haward. Univ. of Minnesota Press.. 1981.

Wellek, Rene & Warren, Austin. *Theory of Literature.* 3rd ed. New York: Harcourt Brace Jovanovich. 1977.

Wheelight, Philip. *Metaphor & Reality.* Indiana Univ. 1973.

池上嘉彦. 『시학과 문화기호론』. 이기우 역. 중원문화. 1984.

찾 아 보 기

김수영

● 용어 색인 ●

한국현대시의 시작방법 연구

2001년 1월 15일 인쇄
2001년 1월 20일 발행

지은이 권 혁 웅
펴낸이 박 현 숙
찍른곳 신화인쇄공사

110-290
서울시 종로구 인사동 153-3 금좌B/D 305호
T. 723-9798, 722-3019 F. 722-9932
펴낸곳 도서출판 **깊 은 샘**

등록번호/제2-69. 등록년월일/1980년 2월 6일

ISBN 89-7416-099-4

값 15,000